KB165138

La Chanson de Roland

롤랑의 노래

La Chanson de Roland

롤랑의 노래

샤를마뉴 황제의 전설

한 편의 영화 같은 중세 무훈시

《롤랑의 노래(La Chanson de Roland)》는 브르타뉴 행진의 롤랑과 그의 동료인 성(聖)기사들이 싸운 론세발레스의 역사적인 전투에 관한 오래된 11세기 프랑스(프랑크 왕국) 무훈시(武勳詩)다. 노래는 778년 8월 15일 샤를마뉴 프랑스 군대의 후방경비대가 바스크인들의 공격을 받았던 전투를 둘러싼 역사적 사건들을 바탕으로 한다. 계속되는 전투에서 롤랑과 중요한 기사들은 영웅적 죽음을 맞는다.

이야기는 바스크인을 사라센(무슬림)으로 변형시키고 역사와 달리 기공의 자유를 취하고 있다. 예를 들어 샤를마뉴 황제와 프랑스 군대는 스페인으로 쳐들어가 롤랑과 기사들의 복수로 무슬림을 사라고사에서 쫓아낸다. 사실 샤를마뉴 황제는 사라고사를 정복하지 못하고 롤랑이 죽음을 맞은 후 스페인을 떠났고 바르셀로나를 점령한 801년까지 돌아오지 않았다. 이 서사시는 11세기 십자군전쟁 기간에 이슬람에 대한 기독교인의 결의를 다지기 위한 것이므로 시의 기능은 부분적으로 역사와 함께 많은 시적 면허를 필요로 한다. 노래의 설명은 역사와 일치하지 않지만 기사도 미덕(美德)의 고전적 사례로 간주되고 있다.

사라고사에서 프랑스의 배신자 가노(가넬론)는 사라센의 마르실리우스 왕을 편들어 롤랑과의 전투에서 그를 제거할 음모를 꾸민다. 마르실리우스는 대규모 군사를 일으키고 가노는 프랑스로 돌아와 샤를마뉴 황제의 눈과 귀를 가리려고 한다. 마르실리우스의 사라센은 프랑스 군대의 후방을 공격한다. 롤랑의 친구 올리버는 그에게 뿔나팔을 불어 나머지 군대를 소환하라고 충고한다. 그러나 롤랑은 명예로운 결전을 택한다. 결국 프랑스인들은 학살당하고 롤랑은 그의 뿔나팔을 불지만 너무 늦었다. 그의 부하들은 모두 죽임을 당하고 롤랑은 최후의 행동에서 마지막 몇 명의 무어인 병력을 몰아내고 부상에 굴복하고 만다.

샤를마뉴가 실제로 전투에 나설 무렵 롤랑과 기사들은 대부분 전사하지만 마르실리우스는 롤랑의 검(뒤랑달)에게 오른손을 잃었다. 샤를마뉴는 롤랑의 시신을 애도하며 복수를 서약하고 프랑스인, 바이에른인, 독일인, 노르만인, 브레톤인, 플레밍스, 부르고뉴 군대를 모아 이교도를 공격해 사라고사의 회당과 모스크를 박살낸다.

이 시는 론세발레스를 사라센과의 전투로 변형시켜 기원전 5세기 페르시아인에 대한 고대 그리스 테르모필레 300 용사의 영웅적 위상으로 확대한다. 구성은 확고하고 일관성 있으며 스타일은 직접적이고 냉정하며 때로는 뚜렷하다. 또한 기사와 기사도 문화에 대한 비판적 시야기 전체 행간에서 살짝 드러난다. 일견 무훈시에 대한 비핀이라고 할 수 있다. 물론 그렇게 무모한 짓만 골라 하면서도 무수한 적을 상대로 의지와 검술만으로 버티며 무쌍을 벌이는 롤랑을 비롯한 기사들의 강력한 무력과 용맹함도 자세히 묘사한다.

특히 그리스 신화에서 본 듯한 무용담이 자주 등장하는데 그리스 신화의 영웅 페르세우스가 하늘을 나는 페가수스를 타고 바다 괴물의 제물이 된 안드로메다를 구하는 장면과 트로이의 영웅 헥토르의 후손인 로게로가 하늘을 나는 말 히포그리프를 타고 바다의 괴물에게 제물이 된 안젤리카를 구하는 장면에서 일치감을 나타낸다. 또한 안젤리카와 리날도가 마신 샘물은 그리스 신화에서 '사랑의 신' 에로스의 사랑의 화살과 미움의 화살을 연상시킨다.

그리고 세나푸스 왕의 식단을 가로채는 괴물 새 하르피스 이야기는 그리스 신화 이아손의 모험에 등장하는 하르피아와 동일하다. 예언가이자 왕인 피네우스가 음식을 입에 가져가면 하르피아들이 나타나 음식을 가로채거나 병균이 득실한 배설물을 뿌리는 등 이야기 설정이 비슷하다. 원래 그리스 신화 자체가 서양 문명의 요람이어서 《롤랑의 노래》의 영향을 받았으며 마법사와 아름다운 사랑 이야기는 오늘날 로맨스 소설에서 묘사되고 있다.

총 4,000행의 반해음 시절(半諧音 詩節)로 이뤄져 구어로 내려온 판본은 총 아홉 본이 있지만 그중 1834년에 발견된 옥스포드의 앵글로노르만어본이 원본으로 인정된다. 19세기 토마스 불핀치(Thomas Bulfinch, 1796~1867)는 《그리스·로마 신화》, 《원탁의 기사》에 이어 《롤랑의 노래》를 《샤를마뉴 황제의 전설》로 각색했는데 이 책에서는 토마스 불핀치의 《샤를마뉴 황제의 전설》과 《롤랑의 노래》의 서사시를 토대로 엮었다.

목차

샤를마뉴

프랑스에서는 클로비스 1세와 함께 오랫동안 국부와 같은 지위에 있었고 중세 이후 생성된
중세 기독교 · 기사도 구전문학에 의해 거의 신화적 전설로 포장되어 신격화되기도 했다.

롤랑

브르타뉴 변경백으로 샤를마뉴의 조카다. 닿는 모든 것을 두 동강내는 명검 뒤랑달에 전신은 다이아몬드와 같고 맨손으로도 나무를 두 갈래로 찢어버리는 등 성격은 차치하고 전투력은 가히 헤라클레스급이다.

리날도

롤랑과 아스톨포의 사촌이자 브라다만테의 오빠다. 그 외에도 남동생 셋이 있는 집안의 장남이다. 소유한 명마 베이야드는 프랑스어권에서 명마의 대명사다. 리날도는 보통 샤를마뉴에게 반항하는 역할로 등장해 '반역자'라는 별명으로도 불린다.

안젤리카

매우 빼어난 미모의 동방의 공주로 마법의 반지를 가지고 있어 몸을 숨기는 능력이 있다. 그녀는 사랑의 샘물을 마셔 리날도를 사랑했지만 미움의 샘물을 마신 리날도는 그녀를 싫어한다. 모든 영웅이 그녀를 차지하기 위해 경쟁을 벌인다.

나모 공작

바이에른 출신의 노전사로 샤를마뉴에게 조언하는 역할로 나온다. 12기사 중 최연장자로 추정된다. 그는 롤랑과 리날도를 비롯해 젊은 영웅들이 샤를마뉴로부터 모함을 당했을 때 항상 그들을 변호하며 보살폈다.

아스톨포

잉글랜드 왕 오토의 아들이자 롤랑과 리날도의 사촌이다. 아스톨포라는 이름은 고대 프랑스어 무훈시인 '아이몬의 네 아들'에서 처음 등장했지만 이탈리아 르네상스 기사문학에서 주요 인물로 등장한다.

플로리스마트 / 플로르델리스

터키 지방의 영주. 사라센인으로 기독교로 개종한 후 롤랑의 친구가 된다. 그의 연인인 플로르델리스와 함께 정결한 부부애와 믿음의 상징이다. 브라다만테, 로게로와 마찬가지로 사랑에 빠진 롤랑에서 처음 등장한다.

로게로

트로이의 영웅 헥토르의 후예로 여전사 브라다만테를 사랑한다. 그는 사라센 일원으로 참전해 기독교로 개종한다. 하늘을 나는 말을 타고 가 바다 괴물의 제물이 된 안젤리카를 구출한다.

올리버

오스트리아 빈 출신으로 롤랑의 라이벌이자 절친이다. 무력이 뛰어나지만 보통 신중한 올리비에로 유명하다. 《롤랑의 노래》에서도 다소 경솔한 롤랑에게 조언을 자주 해주는 역할로 나온다.

브라다만테

용맹함만큼은 최고 전사들에 필적하는 여기사다. 리날도의 여동생으로 '흰 깃털과 방패의 여기사' 로게로라는 사라센인과 얽힌 로맨스가 그녀의 스토리에 꽤 비중 있게 등장하며 그녀에 의해 로게로는 기독교도로 개종한다.

가노

샤를마뉴 황제와 나이가 같으며 황제의 신임을 받지만 그를 배신해 스페인의 마르실리우스 왕에게 간첩 노릇을 한다. 그의 간교로 롤랑은 죽음에 이르고 그도 모든 음모가 발각되어 사지가 찢기는 형벌을 받는다.

메도로

무어인인 메도로는 사라센의 하급 병사로 직책은 낮지만 정의롭고 의리 있는 사람으로 상관인 다르디넬 왕자가 적진에서 전사하자 시신을 안장하기 위해 친구와 함께 잠입해 죽을 고비를 맞는다. 하지만 안젤리카를 만나 살아나 그녀와 사랑을 나눈다.

말라기기

롤랑과 르노의 사촌이다. 님프 오리안데가 길러 강력한 마법사가 된다. 12용사의 일원이지만 사실 거의 리날도와 그 형제들과 함께 움직이며 주로 리날도와 형제들을 돕기 위해 마법을 쓴다. 리날도의 명마 베이야드도 원래 말라기기가 리날도에게 준 것이다.

그라다소

세라카네 왕국의 왕 그라다소는 스페인 마르실리우스 왕을 격파하고 프랑스로 진격한다. 그의 목적은 리날도의 명마 베이야드와 롤랑의 명검 뒤랑달을 빼앗는 것이었다. 리날도에게 패해 물러나면서도 그는 욕심을 포기하지 않는다.

오기에르

덴마크 출신으로 처음에는 샤를마뉴 궁정에 볼모로 와 있었다. 몸집과 키가 남들보다 배나 크지만 매우 미남으로 님프 모르가나가 반해 있으며 어린 시절 요람에 있던 그에게 아발론섬으로 데려가 영생을 살게 해주겠다고 약속한다.

마르실리우스

스페인 사라센 왕으로 프랑스의 조력자 가노와 친밀해 그에게서 많은 정보를 빼낸다. 그는 가노의 작전으로 론세발레스 전투에서 롤랑을 위기에 몰아넣어 결국 죽음에 이르게 한다. 하지만 그도 롤랑의 명검 뒤랑달에 한쪽 팔이 잘리고 만다.

아그라만트

아프리카 대왕으로 부왕의 복수를 위해 프랑스 침공을 노린다. 그는 안젤리카의 마법 반지를 손에 넣고 젊은 로게로를 마상시합에 유인해 우승하게 꾸민 프랑스 12용사와 대적하게 한다.

세비누스 공작과 알리스 사이에서 태어나 미처 성인이 되기도 전에 세비누스 공작이 죽자 어린 나이에 가문의 영주가 된다. 하지만 샬롯과 아마우리의 모략으로 곤경에 빠져 모험의 길을 떠난다.

마르피사

로게로의 쌍둥이 여동생으로 로게로와 성인이 될 때까지 헤어져 있었는데 로게로가 부상을
당해 사라센 진영에서 휴식을 취할 때 그를 치료하다가 둘의 신분을 알게 된다. 브라다만테
는 오해했지만 마르피사는 위기에 빠진 로게로에게 큰 도움을 준다.

La Chanson de Roland

롤랑의 노래

샤를마뉴 황제의 전설

《롤랑의 노래》 여덟 장면을 묘사한 필사본 그림

샤를마뉴와 12용사

샤를마뉴의 12용사는 중세 유럽의 전설로 내려오는 기사들로 그들을 팔라딘(Paladin)이라고 부른다. 이 12용사는 프랑크 왕국의 전설적 황제 샤를마뉴(카롤루스 대제)를 섬기는 기사를 가리키고 있다. 12명의 용사 중 롤랑(오를란도)은 샤를마뉴가 총애하는 조카이며 브르타뉴 변경백(Margrave: 중세 세습귀족 중 타국과 영토가 맞닿은 일부 봉토의 영주를 특별히 가리키는 말로 보통 봉건 귀족들이 자신들의 봉토에 대해 얻는 권리에 더해 외침에 대비한 군사권과 자치권이 폭넓게 인정되었다 – 편집자 주)이다. 그는 닿는 모든 것을 부러뜨리는 명검 뒤랑달을 가졌으며 전신이 다이아몬드 같고 맨손으로도 나무를 두 갈래로 찢어버리는 등 강력한 힘을 소유하고 있다. 위대한 가문의 기사인 롤랑은 샤를마뉴의 먼 일가친척인 밀론(밀로네)이 샤를마뉴 황제의 누이 베르다와 비밀결혼을 했다는 이유로 프랑스에서 주방되고 말았다. 그뿐만 아니라 교황으로부터 파문까지 당했다. 밀론과 부인은 거지가 되어 오랫동안 비참한 방랑생활을 하던 중 이탈리아 수트리에 도착해 그곳에 있는 동굴에서 은거하다가 롤랑을 낳았다. 롤랑의 어머니는 근처 농민들이 그녀를 동정해 베푸는 작은 도움으로 생활을 이어갔고 아버지 밀론은 명예와 부를 얻기 위해 외국으로 떠났다. 롤랑은 농부의 아이들과 함께 성장했다. 그의 친구 중 아버지가 읍장이던 올리버가 있었다. 두 소년 사이에 불화로 싸움이 일어났지만 롤랑은 올리버를 제압해버렸다. 하지만 둘 사이에는 우정이 싹터 평생 지속되었다. 롤랑은 너무 가난해 때로는 온몸이 보일 정도로 반나체로 다닐 정도였다. 그러나 친구들과 우애가 깊어 네 명의 친구가 그에게 옷을 만들 천을 가져다주었다. 두 소년은 흰 옷감, 다른 두 소년은 붉은 옷감을 가져왔다. 롤랑은 그것으로 문장을 수놓은 겉옷을 얻을 수 있었다.

한편, 샤를마뉴는 황제의 왕관을 받기 위해 로마로 가던 도중 롤랑이 거주하는 수트리에서 저녁식사를 하게 되었다. 롤랑과 어머니는 그날 아무것도 먹지 못한 상태였다. 롤랑은 황제의 풍성한 음식을 보자 가져갈 만큼 음식을 집어들고 황제 수행원들의 저항을 뚫고 도망쳤다. 황제는 사건 보고를 받고 꿈속에서 받은 암시가 떠올라 소년을 뒤쫓아가보라는 명령을 내렸다. 황제의 명을 받은 세 명의 기사는 그를 쫓아 동굴로 들어갔다. 롤랑은 자신을 뒤쫓아온 기사들과 한바탕 격투를 벌이려고 곤봉을 치켜들었다. 그때 롤랑의 어머니가 제지하고 나서자 롤랑은 뒤로 물러났다. 세 명의 기사는 여인의 존재를 알아보

샤를마뉴 황제의 행렬. 행렬 도중 롤랑을 만난다.

고 그녀의 발밑에 엎드려 황제의 사면을 받게 해주겠다고 약속했다. 그들의 약속은 쉽게 이뤄졌고 롤랑은 황제의 총애를 얻어 그와 함께 프랑스로 돌아가게 되었고 그 후 두각을 나타내 왕위와 기독교를 가장 강력히 지원하는 인물이 되었다.

　롤랑이 팔라딘으로서 경험한 첫 번째 무용은 거인 페라구스와의 전투였다. 페라구스는 몸집이 큰 거인으로 피부는 어떤 날카로운 무기로도 상처를 낼 수 없는 물질로 이뤄져 있었다. 사라센의 괴물 페라구스는 기독교 진영의 기사들을 양손으로 꼼짝 못하게 붙잡아 죽이는 식으로 하나씩 해치웠다. 롤랑의 전설적인 전투기술도 괴물 페라구스에게는 겨우 공격만 피하는 정도였고 검으로는 아무 타격도 가할 수 없었다. 페라구스가 공격하면 롤랑은 피하고 롤랑이 공격하면 타격이 전혀 없어 결국 둘은 지쳐버렸고 페라구스는 롤랑에게 휴전을 제안했다. 롤랑이 동의를 표하자마자 페라구스는 쓰러져 잠들어버렸다. 분명히 그를 죽일 절호의 기회였지만 기사도 율법에 어긋나는 행위여서 롤랑은 어쩔 수 없이 휴식을 취했다. 그런데 베개도 없이 쓰러져 자는 페라구스의 모습이 측은했던 롤랑은 매끄러운 돌을 구해와 페라구스의 머리 밑에 놔줬다. 거인은 시원하게 낮잠을 자고 일어나 롤랑이 베푼 배려를 알게 되자 친절하게 대하며 자유롭게 이야기했다. 그는 한 곳을 제외하면 몸 어느 곳도 상처를 입지 않기 때문에 그를 죽이려고 칼로 공격해봤자야 아무 소용이 없다고 말했다. 그러면서 자신의 손을 가슴 한가운데 치명적인 부위에 갖다댔다. 이 정보에 도움을 받은 롤랑은 싸움이 시작되자 거인이 가리킨 바로 그곳을 찔러 성공적으로 치명상을 입혔다. 기독교 진영은 매우 기뻐하며 황제와 모든 병사들도 승리를 거둔 용사에게 찬사를 아끼지 않았다. 이후 롤랑은 여러 전투를 치르다가 힘센 사라센 무사를 이겨 승리의 노획물로 뒤랑달이라는 검을 노획한 적이 있었다. 이 유명한 무기는 한때 명성이 자자했던 트로이 헥토로 왕자가 가지고 있었는데 최고의 기술로 강도 높게 잘 만들어져 세상 어떤 갑옷도 뚫을 수 있었다.

게렝 드 몽그리브는 샤를마뉴 황제의 속국 비엔(오스트리아 빈)의 군주였다. 그는 황제와 언쟁을 벌이는 바람에 황제로부터 도시를 공격당하고 약탈을 감수해야 했다. 늙은 무사였던 게렝은 자신의 도시를 방어하기 위해 당대 가장 용감한 기사인 네 아들과 두 손자에게 의지했다. 포위공격 두 달이 지났을 때 샤를마뉴는 스페인 마르실리우스 왕이 프랑스를 침공해 아무 저항도 받지 않고 남부지방까지 진격해 들어갔다는 소식을 들었다. 게렝과 대치 중이던 샤를마뉴는 12용사의 조언을 들어 양 진영에서 기사 한 명씩을 선출해 결투를 벌여 승부를 짓자고 제안했다. 게렝과 그의 아들들도 황제의 제안을 수락했다. 네 아들과 게렝 자신, 그리고 제비뽑기에 참가하겠다고 주장한 두 손자는 각자의 이름을 투구 속에 집어넣고 뽑기를 했다. 그런데 가장 나이가 어린 올리버가 뽑혔다.

샤를마뉴측에서는 롤랑이 결투자로 뽑혔다. 하지만 양쪽 모두 누가 자신의 결투 상대인지 몰랐다. 그들은 로네섬에서 대치했다. 양쪽 해 안에는 둘의 결투를 구경하려는 사람들로 가득했다. 둘은 처음 충돌 할 때 창이 흔들렸다. 그러나 둘 다 말을 탄 자세에 아무 흐트러짐도 보이지 않았다. 그들은 말에서 내려 칼을 뽑았다. 그리고 결투가 계속 되었다. 하지만 둘의 실력은 우열을 가리기 힘들어 구경꾼들은 결투 가 어떻게 끝날지 의견을 모을 수 없었다. 2시간 넘게 두 기사는 피로 의 기색을 전혀 보이지 않은 채 격렬한 결투를 벌였다. 마침내 롤랑이 올리버의 방패를 내려치다가 뒤랑달 칼끝이 땅속에 묻힐 정도로 깊숙 이 박히고 말았다. 그는 검을 다시 뽑아낼 수 없었다. 동시에 올리버 도 롤랑의 가슴을 세차게 찌르다가 칼 손잡이 부분이 부러지고 말았 다. 그렇게 둘은 무기가 없는 상태가 되었다. 하지만 쉴 새 없이 돌진 해 상대방을 넘어뜨리려고 했다. 그것도 여의치 않자 서로 투구를 붙 잡고 벗기려고 했다.

이윽고 둘의 투구가 모두 벗겨지자 서로 바라보며 잠시 서 있었다. 롤랑은 올리버를 알아봤고 올리버도 롤랑을 알아봤다. 둘은 잠시 조 용히 있다가 두 팔을 벌리고 달려가 얼싸안았다.

"내가 졌네."

롤랑이 말했다.

"아냐, 내가 항복했어."

올리버가 대답했다.

올리버가 대답했다.

해안에 모인 사람들은 그 광경을 어떻게 받아들여야 할지 알 수 없었다. 그러나 둘이 손잡고 서 있는 것을 보니 결투가 끝난 것은 분명했다. 기사들은 두 사람 주위로 모여 이구동성으로 영광스러운 무승부라고 외쳤다. 싸움이 끝나지 않았다고 불평하는 사람들에게 덴마크인 오기에르가 선언했다.

"둘 다 명예가 요구하는 일을 행했으니 무승부요."

샤를마뉴 황제는 게렝과의 문제가 해결되지 않은 채 나흘간의 휴전을 맺었다. 그리고 시간이 흘러 나모 공작과 올리버가 중재함으로써 두 진영 사이에 화해가 성립되었다. 샤를마뉴는 게렝과 그의 용감한 가족과 합세해 스페인 마르실리우스와 싸우기 위해 전진했다. 샤를마뉴 황제가 게렝과 연합해 진격해온다는 소식을 들은 마르실리우스 왕은 국경을 넘어 서둘러 후퇴했다. 리날도는 샤를마뉴의 누이동생 아야와 결혼한 아이몽의 네 아들 중 한 명이어서 샤를마뉴의 조카이자 롤랑과는 사촌지간이었다. 리날도가 무기를 다룰 수 있을 만큼 성장했을 때 롤랑은 이미 프랑스를 침입한 사라센군을 샤를마뉴와 용감한 기사들과 함께 몰아낸 공으로 유명한 인물이 되어 있었다. 롤랑의 명성은 리날도의 경쟁심을 자극했다. 리날도는 영광을 얻으려는 노력에서 파리 근교 어느 시골을 방랑하다가 마구를 완비한 최상급 말 한 필이 나무 밑에 있는 것을 발견했다. 말 위에는 갑옷 한 벌도 얹혀 있었

샤를마뉴 황제에게서 기사 작위를 받는 롤랑과 올리버

다. 리날도는 그 갑옷을 입고 말 위에 올랐다. 하지만 검이 없었다. 황제로부터 형제들과 함께 기사 작위를 받던 날 유명한 기사에게서 검을 빼앗기 전까지는 결코 검을 차지 않겠다고 맹세했기 때문이었다. 리날도는 많은 모험으로 유명한 아르덴숲으로 갔다. 숲에 들어가자마자 허리가 굽은 노인을 만났는데 노인은 그 숲에 길들일 수 없는 야생마 한 마리가 자기 앞을 막는 것은 뭐든지 발로 차고 부수며 다닌다고 말해줬다. 말을 공격하거나 마주치기만 해도 죽음을 의미한다는 것이었다. 하지만 리날도는 그 이야기에 놀라기는커녕 말과 싸우고 싶은 강한 욕망을 느꼈다. 그 말은 훗날 유명해진 베이야드였다. 말은 전에 갈리아에 사는 아마디라는 사람의 소유였다. 그런데 그 영웅이 죽은 후 말은 한 마법사의 주문에 걸리게 되었다. 마법사는 주문 효력이 끝나면 아마디와 같은 수준의 용맹함을 가진 기사가 말을 정복할 거라고 예언하고 있었다. 이 놀라운 말을 얻기 위해서는 말을 힘이나 기술로 제압하는 게 필수였다. 제압되는 그 순간부터 말은 온순하고 다루기 쉽다고 알려져 있었다. 말이 자주 가는 곳은 숲 가장자리에 있는 동굴이었다. 하지만 초인적인 힘과 용기 없이 말에게 접근하는 사람은 누구든지 화를 면치 못할 것이었다.

 노인은 그런 이야기를 모두 한 후 사라졌다. 사실 그는 늙은이가 아니라 리날도의 사촌이자 마법사인 말라기기였다. 젊은 기사의 모험심이 마음에 들었던 그가 리날도를 위해 말과 갑옷을 마련한 것이었다.

리날도는 그것을 우연히 발견했지만 이 세상에 비교할 수 없는 말을 얻을 수 있는 길로 한발씩 걸어갔다. 리날도는 숲으로 뛰어들어가 베이야드를 찾기 위해 며칠 밤을 보냈다. 하지만 어디서도 말의 흔적을 찾을 수 없었다. 그러던 중 신기의 말을 찾던 사라센 기사 이솔리아를 만났다. 둘은 흔한 일인 듯 베이야드를 두고 결투를 벌이게 되었다. 아직 베이야드는 그들의 눈에 나타나지도 않았는데 치열한 결투 끝에 리날도가 승리했다. 이솔리아는 패배의 충격이 너무 커 오랫동안 의식을 잃었다. 이윽고 그가 의식을 회복해 결투를 다시 벌이려는 순간 길을 지나가던 한 농부가 둘의 결투를 말리며 무서운 말이 가까이 있으니 둘이 힘을 합쳐 말을 정복하라고 조언했다. 그는 농부로 변신한 마법사 말라기기였다. 둘은 언제 결투했냐는 듯 친구가 되어 말을 공격하러 나섰다. 둘은 베이야드를 발견하자 숲에 몸을 숨기고 말의 늠름함과 위용에 감탄하며 한참 바라봤다. 선명한 베이지 적갈색 말은 이마에 은빛 별이 있고 늠름한 몸집에 머리는 우아하고 넓은 가슴은 팽창한 근육으로 불룩했으며 어깨는 넓고 튼튼하고 직선 다리는 근육으로 불거지고 갈기 같은 두툼한 머리털이 궁형의 목 아래에 드리워져 있었다. 그리고 자기 앞을 가로막는 것은 뭐든지 박살내려는 듯 바위, 덤불, 나무, 어느 것도 아랑곳하지 않고 저항하는 울음소리를 내며 숲속을 뛰어왔다. 말은 맨 먼저 이솔리아를 발견하자마자 그에게 달려들었다. 이솔리아는 창을 놔둔 상태에서 공격빋있다. 사나운 말은 그의 창을 부러뜨렸다. 그렇다고 말의 진로가 순간적이나마

지연된 것은 아니었다. 이솔리아는 능숙하게 옆으로 살짝 비켜 폭풍우처럼 돌진하는 말에게 길을 열어줬다. 베이야드는 진로를 돌려 이미 칼을 뽑은 이솔리아에게 다시 덤벼들었다. 그가 칼을 뽑은 것은 말을 길들일 수 있다는 희망을 버렸기 때문이었다. 말을 고분고분하게 만드는 것은 불가능하다고 생각했다. 베이야드는 앞발을 들고 그를 이리저리 맹렬히 공격했다. 이솔리아는 흰 별이 장식된 말의 이마를 칼로 내리쳤지만 헛수고였다. 그는 약하게 내리쳤다는 생각에 수치심까지 느꼈다. 그러나 사실 말의 살갗이 아무리 예리한 칼로 찔러도 관통되지 않는 질긴 피부임을 그는 알지 못했다. 그는 칼에서 휘파람 소리가 날 정도로 한 번 더 힘껏 내리쳤다. 그러자 칼 힘의 영향을 받았는지 사나운 말은 머리를 아래로 늘어뜨렸다. 그러나 다음 순간 말은 적을 세차게 타격해 이솔리아를 땅에 쓰러뜨려 기절시켰다. 이솔리아가 쓰러지는 모습에 죽었다고 생각한 리날도는 말을 향해 쏜살같이 달려가 주먹으로 말의 턱을 힘껏 갈겼다. 말의 입이 피로 물들었다. 말은 커다란 비명을 지르며 화살보다 더 빨리 그를 공격하려고 발버둥쳤다. 리날도는 한 발 뒤로 물러나 한 번 더 말의 이마를 가격했다. 베이야드는 몸을 돌려 산이라도 박살낼 듯 뒷다리에 힘을 실어 리날도에게 발길질했다. 리날도는 말이 자신의 머리나 발, 무엇으로 공격하든 피했다. 하지만 아무리 피해도 발을 헛디디는 바람에 말의 발길질에 엄청난 타격을 받고 기절할 뻔했다. 말이 한 번만 더 공격해해왔다면 아마 그는 죽고 말았을 것이다. 그러나 흥분한 말은 이판사

판 발길질해 리날도의 몸에 한 번도 충격을 가하진 못했다. 그렇게 싸움이 계속되다가 베이야드의 발이 우연히 떡갈나무 뿌리 사이에 끼이고 말았다. 기회를 포착한 리날도는 혼신을 다해 말을 땅에 쓰러뜨렸다. 베이야드의 몸이 땅에 닿자마자 갑자기 온순해졌다. 더 이상 공포의 대상이 아니라 부드러움에 위엄마저 보여줬다. 리날도는 말의 목을 가볍게 두드리고 가슴을 쓰다듬으며 갈기 같은 머리털을 쓰다듬었다. 말은 주인의 애무에 기쁜 듯 특유의 울음소리를 냈다. 말이 완전히 제압되었음을 간파한 리날도는 다른 말에서 안장과 장식품을 가져와 베이야드를 장식했다.

리날도는 샤를마뉴 궁전에서 가장 유명한 기사 중 한 명이 되었다. 사실 롤랑을 제외하면 샤를마뉴 궁전에서 가장 유명한 인물이었다. 그러나 그는 마땅히 순종해야 할 황제의 명령에 항상 순종한 것은 아니었다. 물론 그가 저지른 잘못도 사실 리날도와 그의 가족의 원수인 악독한 마간자의 공작인 가노의 음모가 과장한 것이었다. 전에 리날도가 샤를마뉴를 대단히 불쾌하게 만든 적이 있었다. 그래서 더 이상 샤를마뉴의 총애를 받을 가능성이 없다고 생각하고 스페인으로 가 사라센 왕 이보를 섬겼다. 그의 형제 알라르도, 리카도, 리시아르테토도 그와 동행해 이보 왕을 극진히 충실히 섬겨 그로부터 많은 총애를 받았다. 이보 왕은 프랑스와 스페인 국경 산림지를 그들에게 하사하고 리날도로 하여금 주변의 모든 고장을 다스리게 했다. 산에는 대리석이 풍부했을 뿐만 아니라 왕의 노예를 제공해 리날도에게 높은 담으로 둘러싸인 거의 난공불락의 성이 지어졌다. 리날도는 자신의 성을 몽탈반이라고 불렀고 친구들뿐만 아니라 자기처럼 추방된 사람들을 모이게 했다. 사람들은 리날도의 성이 자신들을 보호해주는 대가로 곡식을 바쳤다. 그러나 리날도의 측근 몇 명이 불법행위를 저지르고 때로는 물자가 충분히 공급되지 않아 리날도와 그의 수비대가 선물로 받지 못하면 물건을 강제로 빼앗는다는 소문이 돌기도 했다. 그래서 몽탈반을 '약탈자의 둥지', 그 수비자들은 '거지 돌격대'라고 부르게 되었다.

샤를마뉴의 노여움은 오래 가지 않았다. 샤를마뉴의 이야기가 본격적으로 시작될 무렵 리날도와 그의 형제들은 황제의 총애를 완전히 회복했다. 그 후 사라센인이나 이교도들과 치른 모든 전쟁에서 황제의 기사 중 리날도와 그의 형제들만큼 황제를 열성적으로 충실히 섬긴 기사는 찾아볼 수 없을 정도였다.

✖《 2 》✖
마상 창 시합

녹음이 푸르른 5월 오순절 축제가 열릴 때였다. 샤를마뉴 황제는 성대한 축제를 명령하고 12용사와 황제의 가신을 비롯해 당시 파리에 머물던 기독교인과 사라센인을 포함한 모든 이방인을 불러들였다. 초청된 손님 중에는 스페인 그란도니오 왕, 매의 눈을 가진 사라센인 페라우, 황제의 조카 롤랑과 리날도, 나모 공작, 현존 인물 중 가장 미남인 영국의 아스톨포, 마법사 말라기기, 교활한 반역자이자 황제에게 애정을 믿게 만드는 기술을 가졌지만 왕에 대한 음모를 꾸민 마간자 출신 가노가 포함되어 있었다. 가신과 12용사 앞 상석에 앉은 샤를마뉴는 수많은 초청자를 둘러보고 자신의 힘을 생각하며 기쁨에 젖어 있었고 다른 모든 사람도 음악을 들으며 식사를 했다. 그런데 갑자기 거인 네 명과 기사 한 명이 숨막히게 아름다운 여인 한 명과 함께 축제가 벌어지는 연회장으로 들어왔다. 미모의 여인은 지금까지 아름다웠던 모든 여성이 비교가 되지 않을 정도로 아름다웠다. 기독교 기사들은 누구나 그녀에게 눈길을 줬고 심지어 이교도들도 그녀 주위에 모여들었다. 그때 그녀가 목석같은 마음도 흔들어놓을 달콤한 목소리로 황제에게 말했다.

"고결하신 폐하, 폐하의 훌륭하심과 폐하가 거느린 기사들의 용기는 세상 곳곳에 그 명성이 자자합니다. 그것이 폐하를 뵙기 위해 지구 끝에서 온 두 순례자의 피로가 헛되지 않으리라는 희망이 제게 새로 돋습니다. 제가 여기 왜 왔는지 말씀드리기 전에 저희를 소개하자면 이 기사는 제 오라버니 우베르토이고 저는 누이동생 안젤리카입니다. 저희는 유명한 마상시합이 이 축제에 열린다고 들었습니다. 여기 모인 기사님 중 누구라도 마상시합에서 그와 대결하고 싶다면 오라버니는 파인 샘터 옆 메르렝 계단에서 차례대로 한 명씩 대결할 생각입니다. 그의 결투 조건은 이렇습니다. 땅에 쓰러지는 기사는 누구든지 결투를 계속 할 수 없고 오빠의 포로가 될 것입니다. 그러나 오빠가 쓰러지면 오빠는 저를 승자의 전리품으로 남겨놓고 이 나라를 떠날 것입니다."

그러나 안젤리카와 자신을 우베르토라고 부르는 본명 아르갈리아는 사실 기독교 군대를 파멸시키기 위해 파견된 동방의 갈라프론 왕의 자식들이었다. 아르갈리아는 뭐든지 닿으면 쓰러뜨리는 마법의 창으로 무장했고 그가 타고 다니는 말도 바람보다 빠른 마법의 말이었다. 안젤리카는 모든 마법을 막아낼 수 있는 마법의 반지를 끼고 있었는데 이 반지는 입속에 넣으면 사람의 모습을 투명하게 만들어 형체

오순절 축제가 벌어지는 연회장에 안젤리카가 등장한다.

가 보이지 않았다. 그래서 아르갈리아는 어떤 기사들이 대항해오면 그들을 포로로 만들어 데려갈 계획이었고 안젤리카는 12용사를 유혹해 축제를 엉망으로 만들고 반지를 이용해 쉽게 도망칠 생각이었다. 안젤리카는 말을 멈추더니 황제 앞에 무릎을 꿇고 황제의 대답을 기다렸다. 그동안 모두 감탄하는 눈빛으로 그녀를 바라봤다. 특히 물랑은 자신도 모르게 그녀에게 마음이 끌려 몸을 떨며 안색마저 변해버렸다. 흰머리의 늙은 나모 공작, 샤를마뉴 황제, 홀에 있는 모든 기사도 똑같은 느낌에 빠져들었다. 모두 하나같이 그녀를 바라보며 황홀경에 빠져 한참 말없이 서 있었다. 불같은 젊은이 페라우는 거인들에게서 그녀를 빼앗아 도망가고 싶은 심정을 억제할 수 없었다. 리날도는 얼굴이 불같이 붉어졌다.

한편, 안젤리카가 진실을 말하지 않는다는 것을 간파한 말라기기는 그녀를 바라보며 나지막한 목소리로 중얼거렸다.

'교묘하게 거짓말하는 인간! 그대에게 술책을 써 더 이상 큰 소리로 네 방문을 자랑스럽게 떠들지 못하게 하겠다.'

샤를마뉴는 그녀를 가능하면 오랫동안 붙잡아두기 위해 그녀의 말에 대한 답변은 미루는 대신 그녀에게 몇 가지 다른 질문을 했다. 그녀가 황제의 모든 질문에 신중히 답하자 마상시합을 하자는 그녀의 도전이 받아들여졌다. 그녀가 물러나자 말라기기는 자신의 마법책을 들여다보고 비열한 이교도 갈라프론의 음모를 간파했다. 그래서 안젤리카를 찾아가 그녀의 계획을 좌절시키기 위해 이방인이 머무는 장소에 이르렀다. 그곳에서 안젤리카는 오빠와 함께 아름다운 대형 천막 안에 잠들어 있었고 거인 네 명이 보초를 서고 있었다. 말라기기는 마법책을 꺼내 주문을 외웠다. 그러자 네 거인은 그 자리에 쓰러져 잠들어버렸다. 그는 칼을 뽑아들고 이방인 처녀를 벌하기 위해 천막 안으로 들어갔다. 그러나 그녀의 너무나 아름다운 모습에 잠시 멈췄다. 그녀가 자신의 마법에 걸려 깨어날 수 없어 그는 서둘 필요가 없었다. 하지만 안젤리카는 자신이 끼고 있던 반지가 마법에 걸리지 않도록 지켜줬을 뿐만 아니라 작은 소리에도 예민한 그녀는 잠에서 깨 일어났다. 그리고 큰 소리를 지르며 오빠에게 날아가듯 다가가 그를 잠에서 깨웠다. 마법 지식이 있던 그녀의 도움으로 그들은 마법사 말라기기를 붙잡아 묶고 마법책을 빼앗아 그의 주문을 역이용했다. 그리고 악마 패거리를 불러 그 포로를 알브라카 도시에 사는 갈라프론 왕에게 데려가라고 명령했다. 악마들은 그들의 명령을 수행해 포로가 된 말라기기를 바다 밑 바위에 감금시켰다.

마법사 말라기기가 안젤리카의 포로가 되는 동안 파리 축제장은 한바탕 소란으로 술렁거렸다. 롤랑이 맨 먼저 메르렝 계단의 모험을 하겠다고 주장했기 때문이다. 안젤리카를 얻으려는 다른 사람들은 이에 분노를 느끼고 우선권을 먼저 얻기 위해 다퉜다. 샤를마뉴 황제는 소동이 점점 커지자 통상적인 제비뽑기로 결투자를 뽑자고 제안했다.

모두 그에 합의했고 제비뽑기의 첫 번째 결투자는 아스톨포였다. 사라센인 페라우가 두 번째 결투자, 그란도니오가 세 번째 결투자로 뽑혔다. 그 다음에는 베르링기에르, 오토, 샤를마뉴 자신이 차례로 뽑혔다. 그러나 운이 나쁘게도 롤랑은 30명 이상이 뽑힌 후에야 결투 자격을 갖게 되었다.

첫 번째 결투자로 뽑힌 아스톨포는 미남이고 용감하고 부유했다. 하지만 부주의 때문인지 기술부족 때문인지 운이 좋지 못했다. 번번이 말에서 떨어졌다. 그러나 그는 낙관적인 기분으로 계속 다시 말에 올라 불운을 바꿔보려고 했다. 하지만 그리 성공적이지 못했다.

아스톨포는 대단히 화려한 옷을 입고 모험에 나서 아르갈리아에 대항했지만 안장에서 바로 떨어지고 말았다. 그는 운명을 저주하며 모든 것을 자기 탓으로 돌렸다. 그러나 그의 고통스러운 감정은 안젤리카의 친절 덕분에 다소 완화되었다. 그녀는 그의 젊음과 잘생긴 용모에 끌려 그에게 천막 사용을 허락하고 친절과 관심을 보이며 그가 치료받게 해줬다.

다음 차례는 격정적인 성격의 페라우였다. 그러나 그도 아스톨포와 마찬가지로 말에서 바로 떨어졌다. 그러나 그는 불운을 쉽게 참지 못했다. 그는 칼을 들고 아르갈리아에게 달려들었다. 그러나 아르갈리아는 자신을 방어하기 위해 말에서 내려 칼을 거두고 싸움에 너무 지쳐 항복하겠다는 의사를 보냈다. 그리고 누이동생과 결혼하겠다는 페라우의 말을 경청했다.

그러나 안젤리카는 거칠고 야만스러운 페라우와 어울리는 게 내키지 않아 그의 결혼 제의에 낙담하고 오빠에게 아르덴 숲에서 만나자고 말하곤 마법의 반지를 이용해 급히 사라졌다. 그것을 본 아르갈리아는 자신의 준마를 타고 그녀가 달아난 방향으로 쏜살같이 달렸다. 그러자 페라우도 그의 뒤를 쫓아갔다. 혼자 남은 아스톨포는 부러진 자신의 창 대신 아르갈리아가 놓고 간 마법의 창을 갖고 마상시합장으로 돌아왔다. 그러나 그는 창 속에 있는 마법의 보물을 알지 못했다. 샤를마뉴 황제는 두 이방인 남매가 사라진 것을 알게 되었음에도 처음 계획대로 마상시합을 계속하라는 명령을 내렸다. 그렇게 아스톨포는 마술 창의 도움으로 모든 적수를 말에서 떨어뜨려 승리함으로써 그들은 물론 자신도 놀라움을 금치 못했다.

리날도는 페라우와 이방인의 결투가 어떤 결과를 냈는지 소식을 듣고 사랑과 성급함의 고뇌 속에서 아름다운 도망자의 뒤를 쫓아 말을 달렸다. 그가 사라진 것을 간파한 롤랑도 같은 방법으로 그들의 뒤를 쫓아갔다. 마침내 셋은 아르덴 숲에 도착해 보이지도 않는 그녀를 사방으로 찾아다녔다.

이 숲에는 연못이 두 개 있었는데 하나는 트리스탄과 이졸데(원탁의 기사의 연인)를 위해 현인 메르렝이 설계해 건축한 것이었다. 이 연못의 물을 한 모금 미시면 사랑을 망각하고 심지어 과거에 사랑했던 사람도 혐오하게 되는 마력이 있었다. 또 다른 연못은 이것과 반대의 특징을 갖고 있었다. 이곳의 물을 한 모금 마시면 물을 마신 후 맨 처음 눈에 띄는 생명체를 사랑하게 되는 것이었다. 리날도는 우연히 첫 번째 연못에 오게 되었다.

더위로 온몸이 달아올라 있던 그는 말에서 내려 물 한 모금으로 갈증을 해소했다. 그러자 그는 그동안 안젤리카를 사랑하기는커녕 정말로 그녀를 미워하기 시작했고 그녀를 찾아다녔던 것까지 혐오하게 된 채 깊이 밀려오는 피로감 속에 꽃이 많은 은신처를 찾아 잠에 빠져들었다.

그리고 이어서 안젤리카가 나타났다. 그녀는 다른 방향에서 와 두 번째 연못을 발견하고 갈증을 해소했다. 다시 길을 떠나기 시작한 그녀는 잠자는 리날도를 우연히 발견했다. 그리고 바로 사랑에 빠져 그 자리에 뿌리라도 내린 듯 서 있었다. 주위 수풀은 온통 백합과 들장미로 가득했다. 어떡해야 할지 모르던 안젤리카는 드디어 꽃을 한 웅큼 따 잠자는 사람의 얼굴 위에 하나씩 떨어뜨렸다. 눈을 뜬 리날도는 그녀를 발견하고 그녀의 인사에도 고개를 돌려 말을 타고 달아났다. 아름다운 여자는 그의 뒤를 따라가며 그의 이름을 부르며 자신이 무엇을 잘못했길래 그렇게 자신을 경멸하느냐고 헛되이 물었다. 그러나 리날도는 그녀에게 절망을 남기고 사라졌다. 그녀는 눈물을 흘리며 그가 잠자던 장소로 돌아왔다. 그리고 피로와 슬픔 속에서 그가 누웠던 대지 위에 잠들었다.

운명의 장난인지 안젤리카가 누워 잠자는 동안 롤랑도 그곳에 도착

사랑의 샘물을 마신 안젤리카가 리날도를 발견하는 장면

했다. 잠자는 그녀의 자태는 너무 아름다워 말로 표현할 수 없었다. 롤랑은 다른 혹성에 실려온 사람처럼 그 자리에 서서 그녀를 응시하며 혼잣말을 했다.

"나는 지구에 있는 것일까? 아니면 낙원에 와 있는 것일까? 나는 잠자고 있고 이것은 꿈이리라."

그러나 그의 꿈은 그가 원한 것이 아니었다. 아르갈리아를 뒤쫓아 마법의 창을 잃은 그를 살해한 페라우가 물랑과 안젤리카가 함께 있는 곳에 다가와 질투심에 롤랑과의 결투가 시작된 것이다. 결국 자고 있던 여인도 잠에서 깨어났다.

그 광경에 놀란 그녀는 둘이 싸우는 동안 자신의 말을 타고 숲속으로 달아났다. 둘은 전령이 그들 싸움에 끼어들 때까지 계속 싸웠다. 전령은 페라우가 모시는 왕 마르실리우스의 전갈을 가져왔는데 페라우의 도움이 절실한 왕이 그에게 스페인으로 돌아오라는 것이었다. 페라우는 이 말을 듣고 결투를 잠시 중단하자고 제의했다. 안젤리카 추적에 열을 올리던 롤랑도 제안에 동의하고 페라우는 전령과 함께 곧 스페인으로 떠났다.

아름다운 도망자를 잡으려는 롤랑의 추격은 허사로 끝났다. 마법 반지의 힘을 빌려 그녀는 급히 자신의 나라로 돌아갔다. 하지만 그녀는 리날도에 대한 사랑을 지울 수 없었다. 그녀는 리날도를 얻기 위해 포로가 된 말라기기를 석방시켜 이용해 가능하다면 그의 애정을 되찾기로 결심했다. 그녀는 자기 손으로 지하감옥 족쇄의 자물쇠까지 열어준 후 말라기기에게 책을 돌려주며 리날도를 자기 발 앞에 데려다준다면 큰 명예와 보상을 하겠다고 약속했다.

말라기기는 책의 도움으로 악마를 불러 그의 등에 타고 길을 떠났다. 목적지에 도착한 그는 리날도를 마법의 배로 유인해 도선사(도선법에 따라 일정 지역에서 선박을 안전하게 수로로 인도하는 자격을 가진 사람-편집자 주)가 없는 배를 타게 하고 조이우스라는 성이 있는 섬으로 이끌었다. 섬 전체가 정원이었다. 바다 가까운 서쪽에는 대리석으로 지은 궁전이 있었는데 너무 깨끗하고 찬란히 빛나며 주위 모든 풍경을 반사했다.

리날도가 해안에 뛰어내리자 한 여자가 그를 성안으로 안내했다. 성안은 하늘빛과 금빛, 고상한 그림들로 장식된 방들로 가득했다. 여자는 그를 이야기 그림이 그려진 방으로 안내한 후 금빛 머리로 장식된 수정 기둥 사이를 지나 정원으로 향했다. 이곳에서 그는 한 무리의 여인들을 만났다. 세 명은 함께 노래부르고 한 명은 절묘한 화음을 내는 악기를 연주하고 나머지 여인들은 그들 주위에서 춤추고 있었다. 여인들은 그가 오는 걸 보고 그의 주위에 모여 춤췄다. 그리고 한 여자가 아주 달콤한 목소리로 그에게 말했다.

"기사님, 식탁이 마련되었고 곧 연회가 시작됩니다."

그리고 계속 춤추며 그녀들은 그를 성 앞 잔디를 가로질러 식탁으로 데려갔다. 식탁은 샘터 옆 향기로운 연분홍 장미가 있는 나무 그늘의

리날도가 동방 궁전에서 여인들의 사랑을 받는 장면

금빛이 나는 훌륭한 린넨(Linen: 아마 실로 짠 얇은 직물을 통칭하는 말. 굵은 실로 짠 것은 양복감으로 쓰고 가는 실로 짠 것은 셔츠, 손수건, 실내 장식품 등을 만드는 데 쓴다 – 편집자 주)으로 덮여 있었다.

식탁에 이미 앉아 있던 네 명의 여인이 진주로 장식된 의자가 있는 상석에 리날도를 앉게 했다. 리날도는 경악을 금치 못했다. 아주 진귀한 음식과 보석으로 장식된 컵과 훌륭하고 향기로운 술이 담겨 나왔다. 식사가 끝나고 하프와 류트(Lute: 현악기의 하나로 만돌린(Mandolin)과 비슷한 모양에 6~13개 줄이 있고 줄감개 부분이 뒤로 꺾였으며 손가락이나 픽(작은 채)으로 퉁겨 연주한다. 이집트와 아라비아를 거쳐 중세에 유럽으로 들어와 18세기 말까지 널리 쓰였으며 동양에서는 비파로 발전했다 – 편집자 주) 연주 소리가 아득히 들려왔다. 그때 한 여인이 기사의 귀에 속삭였다.

"기사님이 보시는 이 성과 다른 모든 것이 기사님 것입니다. 기사님은 정말 행복하십니다. 기사님을 사랑하는 왕비는 세상에서 가장 아름다운 분이니까요. 그녀의 이름은 안젤리카입니다."

리날도는 자신이 그토록 싫어하는 이름을 듣자마자 깜짝 놀라 안색이 변해 벌떡 일어났다. 여인이 말한 모든 것에도 불구하고 그는 갑자기 모든 것을 중단하고 정원을 가로질러 맨 처음 상륙했던 장소에 도착할 때까지 쉬지 않고 달렸다. 배는 여전히 해안에 있었다.

그는 자신 이외에는 아무도 없는데도 훌쩍 배에 뛰어올라 끌어당겼다. 그리고 배의 움직임을 바로잡느라 헛수고했다. 배는 화가 난 듯 돌진하다가 마침내 어두운 숲으로 덮인 먼 해안에 도착했다. 그곳에서 그는 지금까지 대항했던 마법과는 다른 주문에 걸려 구덩이 속에 갇히게 되었다.

구덩이는 알티리파라는 성안에 있는 것으로 구덩이 주위로 사람 머리들이 걸려 있고 벽은 온통 붉은 피로 칠해져 있었다. 리날도가 놀란 눈빛으로 그것을 바라볼 때 구덩이 한쪽에서 기분 나쁘게 생긴 노파가 모습을 드러냈다. 노파는 살아 있는 인간을 제물로 바치지 않으면 온 나라에 해를 끼치는 괴물에게 그가 던져질 운명이라고 말했다. 그러나 리날도는 담담히 말했다.

"그런다고 나는 무서울 게 없소. 이대로 무장하고 있으면 두려운 게 아무것도 없소."

노파는 야유와 조소의 웃음을 지었다. 리날도는 밤새도록 구덩이에 있다가 다음 날 아침 괴물의 굴로 끌려갔다. 그곳은 높은 담으로 둘러싸인 궁전이었다. 리날도는 괴물과 함께 갇혔다.

둘 사이에 무시무시한 결투가 시작되었다. 리날도는 괴물의 비늘에 상처조차 낼 수 없었다. 하지만 괴물은 무서운 발톱으로 리날도의 갑옷을 순식간에 뜯어냈다. 리날도는 마지막 순간이 왔다고 생각하고 빠져나갈 방법을 찾기 위해 사방을 두리번거렸다. 그리고 높이가 약 3m나 되는 벽 위에 돌출된 들보(칸과 칸 사이 두 기둥을 건너질러 도리와는 'ㄴ'자 모양, 마룻대와는 '+' 모양인 나무 - 편집자 주)를 발견하고 그곳으로 기적처럼 뛰어올랐다. 그는 들보에 몇 시간 동안 앉아 있었다. 무시무시한 괴물은 그를 붙잡기 위해 아래에서 계속 뛰어올랐다. 그때 갑자기 공중에서 새소리 비슷한 소리가 들렸다.

그리고 안젤리카가 들보 끝에 내려와 앉았다. 그녀는 손에서 뭔가를 꺼내 그에게 내밀며 사랑스러운 목소리로 말했다. 그러나 리날도는 그녀를 보자마자 그녀의 모든 도움을 거절했다. 그리고 그녀가 자신의 곁을 떠나지 않는다면 괴물이 있는 곳에 뛰어내려 죽음을 맞겠다고 선언했다. 안젤리카는 그를 화나게 하기보다 차라리 죽고 싶다며 그의 곁을 떠났다.

그러나 그녀는 준비해둔 밀랍 케이크을 괴물에게 던지고 올가미 밧줄을 펼쳤다. 미끼를 먹은 괴물은 이빨이 밀랍으로 꽉 달라붙자 화가 나 날뛰다가 올가미에 완전히 엉켜 사지를 쓸 수 없게 되었다. 기회를 포착한 리날도는 괴물의 등 위에 뛰어내려 목을 붙잡고 죽을 때까지 놓지 않았다.

그러나 아직 해결해야 할 문제가 남아 있었다. 벽은 굉장히 높고 출구라곤 유일하게 벽에 있는 쇠창살 창문뿐이었다. 더욱이 쇠창살은 매우 단단해 부러뜨릴 수도 없었다. 이런 곤경 속에서 리날도는 마침내 안젤리카가 남겨둔 손톱 줄을 발견했다. 그리고 그것으로 살아나올 수 있었다.

알브라카의 포위공격

샤를마뉴 황제가 마상시합을 크게 벌리고 있을 때 아무도 대적할 수 없는 용맹스럽고 막강한 군주가 그의 왕국을 침략했다. 그는 세라카네 왕국을 다스리는 그라다소 왕이었다. 인간은 아무리 위대하고 돈이 많아도 자신이 소유할 수 없는 것을 가지려는 마음인데 그렇게 되면 이미 가진 것도 때로는 잃게 된다. 바로 이 왕이 롤랑의 칼 뒤랑달과 리날도의 말 베이야드를 손에 넣고 싶은 마음이 굴뚝같았다. 그는 이 두 가지를 획득하기 위해 프랑스와의 전쟁을 불사하고 막강한 군대에게 전투를 준비시켰다.

그는 스페인을 통해 진격하던 중 몇 번의 전투에서 스페인 마르실리우스 왕의 군대를 격파하고 빠른 속도로 프랑스를 향해 진군했다. 샤를마뉴는 마르실리우스가 사라센인이고 자신의 적이지만 공동의 위험을 감안해 궁지에 몰린 그를 구할 필요가 있다는 생각이 들었다. 그는 12용사와 회의해 리날도를 군대와 함께 급파해 그라다소에게 대항하는 조치를 취했다.

그라다소는 프랑스를 향해 꾸준히 진격해 리날도와 대치하게 되었다. 그러나 원하는 것을 얻겠다는 성급한 마음에 그라다소는 리날도에게 말을 타지 않고 맨발로 결투하자는 도전장을 보냈다. 리날도가 이기면 자신은 모든 포로를 석방하고 자기 나라로 돌아가겠지만 자신이 이기면 베이야드를 갖겠다는 조건이었다.

도전은 받아들여졌다. 이때 안젤리카에게 포로가 된 마법사 말라기기가 리날도 진영에 나타났다. 그는 리날도의 사랑을 죽도록 갈망하던 공주의 바람을 리날도가 받아들이도록 약속해 리날도와 그라다소의 결투를 무산시켜야 했다. 말라기기는 그라다소로 변장하고 리날도를 병사들에게서 떼어내 잠시 결투한 후 리날도 앞에서 달아나는 척했다. 그래야 리날도가 그를 뒤쫓아 배가 있는 곳까지 가 그 배를 타고 앞에서 말한 여러 가지 모험을 하게 될 것이었다.

샤를마뉴와 12용사는 리날도의 동생 리시아르테토가 지휘하는 군대와 합세했지만 참담한 패배를 맛봤다. 황제와 많은 용사가 포로가 되었다. 그러나 그라다소는 자신의 승리를 악용하지 않았다. 그는 샤를마뉴의 손을 잡아 자기 곁에 앉히고 자신은 명예를 위해 싸웠을 뿐이라고 말하며 베이야드와 뒤랑달을 자신에게 주면 점령한 모든 것을 포기하겠다고 선언했다. 베이야드와 뒤랑달은 원래 모두 자기 가신들의 소유물일 뿐만 아니라 특히 베이야드는 리날도가 약속대로 자신과 결투하지 않았으므로 이미 자기 것이라고 주장했다. 샤를마뉴는

아스톨포와 그라다소의 결투 장면

이 조건에 흔쾌히 동의했다.

베이야드는 주인인 리날도가 떠난 후 리시아르테토에게 맡겨졌다가 다시 파리로 돌려보내졌고 파리에 샤를마뉴가 없어 아스톨포가 맡고 있었다. 아스톨포는 베이야드를 보내라는 전갈을 받고 크게 화를 내고 전령을 보내 결투하지 않으면 친척인 리날도의 말을 내놓지 않겠다는 답신을 보냈다. 그라다소가 군마를 원한다면 직접 와 데려가라는 것이었다. 물론 아스톨포 자신은 벌판에서 그와 대결할 준비가 되어 있다는 것이었다.

그라다소는 아스톨포의 답변을 듣고 기뻤다. 성공한 무사로서의 아스톨포의 명성은 별로 대단하지 않아 그라다소는 리날도와 맺은 약속을 기꺼이 다시 수락해 아스톨포의 도전을 받아줬다.

둘은 마상시합으로 승부를 짓기로 하고 치열한 결투를 벌였다. 하지만 아스톨포 수중에 있는 마법의 창이 새로운 기적을 만들어 무시무시한 그라다소는 말에서 떨어지고 말았다.

패자가 된 그라다소는 놀랐지만 깨끗이 약속을 지켰다. 포로를 석방하고 자기 나라로 군대를 돌렸다. 그러나 리날도에게서 말을 빼앗고 롤랑에게서 칼을 빼앗을 때까지는 편히 잠들지 않겠다고 새로 맹세했다.

아스톨포에게 크게 감사를 느낀 샤를마뉴는 그를 곁에 두고 싶었지만 아스톨포는 리날도에게 말을 돌려주기 위해 리날도를 찾기 위해 파리를 떠났다.

한편, 이야기는 잠자는 안젤리카의 모습에 반한 롤랑에게 돌아간다. 잠에서 깬 안젤리카는 롤랑과 페라우가 결투하는 틈을 타 롤랑에게서 도망쳤다.

깊은 숲속에서 한참 그녀를 찾아 헤매던 롤랑은 그녀의 아버지가 사는 궁전까지 가 그녀의 행방을 수소문해보기로 결심했다. 그는 샤를마뉴 진영을 떠나 혹시라도 안젤리카 소식을 들을 수 있을지 모른다는 마음에 가는 곳마다 그녀를 수소문했으며 해가 뜨는 동쪽으로 발걸음을 옮겼다.

많은 모험을 경험한 어느 날 롤랑은 길이 만나는 곳에 이르렀다. 그곳에서 시종으로 보이는 사람을 만나 그녀 소식을 물었다. 시종은 자신이 안젤리카가 급히 보낸 사람으로 안젤리카의 아버지 갈라프론이 알브라카시에서 타타르(동유럽부터 서아시아에 이르는 지역) 아그리칸 왕의 포위공격을 받고 있어 시르카시아 사크리판트 왕에게 도움을 요청하기 위해 가는 길이라고 대답했다. 아그리칸 왕은 안젤리카에게 청혼했다가 뜻을 이루지 못하자 무기를 챙겨 그녀를 추적한다는 것이었다. 알브라카시까지는 하루 정도만 더 가면 도착할 수 있고 그렇게 되면 안젤리카를 분명히 만날 수 있다는 것을 알게 된 롤랑은 알브라카시를 향해 전속력으로 달렸다.

알브라카시를 향하던 롤랑은 한 다리에 이르렀다. 다리 아래로 흰 거품을 내며 강물이 흐르고 있었다. 그런데 다리에서 한 처녀가 술잔을 들고 그를 맞으며 말했다.

"이곳까지 오신 용사여! 이 다리를 건너려면 이 잔의 술을 마시는 게 관례입니다. 용사여! 용기 있는 자가 뜻을 이루니 이 잔을 받으소서!"

롤랑은 아무 생각 없이 술잔을 받아 마셨다. 그러자 정신이 혼미해지더니 자신의 여행 목적뿐만 아니라 다른 모든 일도 잊고 말았다. 그런 망각 상태에서 그는 처녀를 따라 장엄하고 멋진 궁전으로 들어 갔다. 거기서 그는 전혀 모르는 한 무리의 기사를 만났다. 그가 망각의 술을 마시지 않았다면 그들이 자신의 동료임을 알아봤을 것이다.

한편, 아스톨포는 멋진 옷을 차려입고 장비를 갖춘 후 리날도를 찾아 나섰다. 그는 시르카시아에 도착해 그곳에 이 나라의 왕 사크리판트 휘하 대군이 진을 친 것을 목격했다.

사크리판트 왕은 안젤리카의 아버지 갈라프론을 방어해주고 있었는데 아스톨포의 모습과 그의 말에 깊은 감명을 받고 정중한 말투로 그에게 도움을 청했다. 그러나 아스톨포는 최근에 거둔 승리의 자만에 빠져 그의 부탁을 경멸적인 어조로 거절하고 길을 떠났다. 하지만 그의 외모에 상당한 매력을 느낀 사크리판트 왕은 그렇게 쉽게 그와 헤어질 수 없었다. 그래서 그는 왕의 장식물을 모두 떼어놓고 그를 찾아 나섰다.

다음 날 이스톨포는 용감하고 훌륭한 기사이자 실반 타워 주인인 플로리스마트 경을 우연히 만났다. 그는 플로르델리스라는 젊고 아름다운 처녀와 동행 중이었는데 그녀의 미모는 눈부셨다. 둘은 사랑하는 사이로 아스톨포는 그녀의 미모에 반해 플로리스마트 경에게 도전장을 던졌다. 그는 미모의 여인을 자신에게 주든지 무기를 들고 결투해 승부를 짓자고 억지를 부렸다. 플로리스마트가 도전을 수락하자 결투가 이뤄졌다. 플로리스마트는 말에서 낙상하고 그의 군마는 죽었다. 그러나 베이야드는 부상을 입지 않고 멀쩡했다.

플로리스마트는 수치감으로 인한 절망과 비탄에 잠긴 처녀의 모습에 너무 낙담해 칼로 배를 찔러 자결하려고 했다. 그러나 아스톨포는 그의 손을 붙잡고 자결을 말렸다.

"나는 단지 영광을 위해 그대에게 결투를 신청한 것이니 아까운 칼을 멈추시오. 나는 기꺼이 즐거운 마음으로 여인을 그대에게 남겨두겠소."

아스톨포에게 죽어도 은혜를 다 갚지 못할 거라고 두 남녀가 말하는 사이 사크리판트 왕이 도착했다. 왕은 아스톨포의 말과 무기를 탐내는 것만큼 아름다운 플로리스마트를 보자 탐이 났다.

"아스톨포 그대가 승자의 관용을 베푸는지 모르지만 나와 겨뤄 그대의 승리에 도전하겠소."

둘은 바로 마상 창 결투를 벌였다. 하지만 마법의 창을 가진 아스톨포는 리날도의 명마 베이야드를 타고 있어 결투 자체는 의미가 없었다. 아스톨포는 사크리판트 왕을 낙마시키고 그의 준마까지 빼앗아 플로리스마트에게 건네줬다. 완패한 사크리판트 왕은 걸어서 자기 나

아스톨포와 플로리스마트의 결투 장면

라로 가야 했다.

친구가 된 아스톨포와 플로리스마트는 계속 길을 걸었다. 그러다가 미모의 플로르델리스는 자신이 아는 길 표지판을 발견하고 놀라 일행에게 말했다.

"지금 이 길로 들어서면 망각의 강에 접근하므로 돌아가든지 진로를 바꿔야 합니다."

그러나 둘은 그녀의 말을 귀담아 듣지 않고 계속 전진해 롤랑이 포로로 잡힌 다리에 이르렀다.

롤랑이 당했던 것처럼 다리 위로 묘령의 처녀가 잔을 들고 다시 나타났다. 그러나 미리 경고를 받은 아스톨포는 그녀의 잔을 거부했다. 그러자 그녀는 잔을 땅에 던져 불이 솟아오르게 만들어 그들이 다리에 접근하지 못하게 만들었다. 바로 그 순간 수많은 무사가 나타나 그들을 공격해왔다.

무사들은 아무것도 기억하지 못하는 좀비처럼 그저 자신들이 거처하는 감옥을 방어하기 위해 맹목적으로 공격했다. 그들 중에는 롤랑도 끼어 있었다. 아스톨포는 롤랑의 모습을 보더니 감히 그와 결투를 벌일 수 없어 베이야드의 빠른 발을 빌려 뒤돌아 도망쳤다. 한편, 플로리스마트는 가공할 위력에 압도되어 다리 위 처녀의 잔을 받아 마셨다. 그 후 그는 롤랑처럼 망각의 포로가 되었으며 졸지에 두 남성을 잃은 아름다운 플로르델리스는 다리에서 물러나 자신의 주인이자 연인을 구출하기 위해 최선을 다했다.

아스톨포는 아그리칸이 포위공격을 하려는 알브라카시에 도착했다. 그는 그곳에서 안젤리카의 환영을 받으며 그녀의 수호자 명부에 등록했다. 안젤리카의 미모가 마력을 뿜어내는 듯 아스톨포는 그녀가 자기에게 반하도록 전공을 올리고 싶었다. 그는 조급한 마음을 억누르지 못하고 야밤을 틈타 혼자 출격해 아그리칸 진영을 급습해 비장의 무기인 마법의 창으로 적 무사들을 도륙했다. 꿀벌 진영에 혼자 침입한 말벌처럼 용맹했지만 죽음을 각오한 꿀벌처럼 수많은 아그리칸 무사들은 아스톨포를 공격해 그를 포로로 결박할 수 있었다.

하지만 구원의 손길은 가까운 데 있었다. 아그리칸과 사크리판트의 전투가 소강상태에 들 무렵 아그리칸이 주둔한 성벽 아래에 구름 같은 먼지가 일었다. 그 먼지는 사크리판트의 기병이 일으키는 먼지였고 기병대는 포위공격을 받는 성곽도시의 통로를 차단하기 위해 출동한 것이다. 그러나 아그리칸은 아스톨포에서 빼앗은 베이야드를 타고 있어 뜻밖의 기습을 받아 병사들이 뿔뿔이 흩어졌지만 베이야드의 힘으로 군대를 재결집할 수 있었다.

한편, 사크리판트는 도시 성벽에 모습을 드러낸 안젤리카의 모습을 보고 더 용기를 내 필사적으로 병사들을 독려했다. 안젤리카는 그곳에서 아그리칸과 사크리판트 두 지도자가 벌이는 결투를 지켜봤다. 마침내 그녀의 수호자를 자처하던 사크리판트가 제압당하는 것 같았다. 그러나 그때 시르카시아인들이 결투장에 난입해 두 결투자를 갈라났다. 사크리판트는 중상을 입었지만 혼란을 틈타 알브라카로 도망쳤다. 안젤리카는 그를 친절히 맞아 정성스럽게 간호했다.

전투는 계속되었고 시르카시아인들은 패해 결국 후퇴하게 되었다. 그러나 적 진지와 성곽도시 사이에서 오도가도 못하게 되어 성벽 아래에서 피난처를 찾아야 했다. 안젤리카는 가동교를 아래로 내려 도망자들에게 문을 열어주라고 명령했다. 누가 누구인지 구별이 안 되는 도망자 무리 속에 잠입하려던 아그리칸이 시르카시아인과 중국인들을 따라 성곽 안으로 들어왔다. 그리고 성문이 닫히자 성곽 안에 갇혔다.

성곽에 갇힌 아그리칸은 검을 들어 자신을 둘러싼 도망자 무리를 공격해 물리쳤다. 하지만 아그리칸이 추종자 없이 혼자임을 알게 된 도망자들은 하나로 결집해 그를 에워쌌다. 게다가 안젤리카 병사들까지 합세해 그를 향한 공격의 고삐를 당겼다. 아그리칸은 고군분투했지만 궁지에 몰렸다. 바로 그때 공격을 멈추지 않던 안젤리카 병사들이 뿔뿔이 흩어졌다. 아그리칸 병사들이 파괴된 성벽 틈새로 성곽 안으로 들어왔기 때문이다.

아그리칸은 구조되고 성은 점령되었으며 주민들은 대학살을 당했다. 그러나 안젤리카는 자신을 지켜준 몇몇 기사와 사크리판트를 데리고 바위 위에 있는 성채(성을 지키는 요새)로 피해 목숨을 건졌다. 이 요새는 난공불락의 거점이었지만 식량이 부족하고 다른 필수품도 제대로 공급되지 않았다. 그런 상황에서 안젤리카는 성채에 함께 갇힌 사

아그리칸과 사크리판트 병사들의 성곽 안 전투 장면

람들에게 자신이 도움을 청하기 위해 밖으로 나가겠다고 말했다. 빨리 돌아오겠다고 약속하고 그녀는 손가락에 마법의 반지를 낀 채 길을 떠났다. 말에 올라탄 그녀는 적 방어선을 뚫고 해뜰 무렵 적 진지에서 멀리 떨어진 곳에 다다랐다.

그리고 길을 따라가다가 우연히 파멸적인 망각의 다리 가까이 이르렀다. 그녀가 다리에 가까워지자 그곳에서 흐느끼는 한 처녀를 만났다. 그녀는 아름다운 플로르델리스로 사랑하는 연인 플로리스마트가 롤랑과 같은 신세의 포로가 되었다고 안젤리카에게 알려줬다.

그녀의 말을 들은 안젤리카는 기회를 엿보다가 반지의 도움으로 투명인간의 모습으로 다리를 건너 성곽 안으로 잠입했다. 그곳에는 많은 사람이 망각의 상태로 포로가 되어 있었다. 안젤리카는 신속히 움직여 부적의 힘으로 롤랑을 비롯한 다른 포로를 마법에서 깨어나게 했다. 그러나 플로리스마트는 보이지 않았다. 그는 더 강력한 힘을 가진 마녀 팔레리나의 손아귀에 들어가 감금되어 있었다. 안젤리카는 마법의 힘을 빌려 플로리스마트를 구출하지는 못했지만 다른 이들을 구한 후 자신의 왕국을 회복하는 데 도움을 줄 그들을 데리고 알브라카를 향해 떠났다.

롤랑과 프랑스의 가장 용감한 기사 아홉 명이 알브라카에 도착함으로써 전황은 바뀌었다. 위대한 용사가 가는 곳은 어디서나 창기와 군기가 그들 앞에 도달하지 못하고 땅에 떨어졌다. 아그리칸은 병사들을 규합하려고 했지만 헛수고였다. 힘으로 당할 수 없었던 타타르족

왕 아그리칸은 롤랑 혼자 끌어들여 상대하기로 마음먹었다. 그는 말 머리를 돌려 절망한 나머지 도망가는 척했다.

그가 바란 대로 롤랑은 쏜살같이 그의 뒤를 추격했다. 아그리칸은 연못이 있는 숲 녹색지대에 도착할 때까지 계속 도망쳤다. 그곳은 아름다웠다. 그래서 아그리칸은 투구와 갑옷을 벗어 한쪽에 치우지도 않은 채 연못에서 원기를 회복하기 위해 말에서 내렸다. 롤랑은 그의 뒤에서 소리쳤다.

"그렇게 대담하던 자가 도망이라니! 부끄럽지 않소?"

타타르 왕은 적을 보자마자 말 안장 위로 뛰어올라 롤랑의 말이 끝나길 기다려 부드러운 목소리로 말하기 시작했다.

"그대는 틀림없이 내가 본 기사 중 가장 훌륭하네. 나는 그대를 위해 그대를 건드리지 않고 이대로 떠나고 싶네. 자네가 내 군대를 규합하는 걸 방해하지 않는다면 말일세. 내가 도망가는 척했던 것은 그대를 이 들판으로 끌어내기 위해서였지. 그래도 싸우고 싶다면 반드시 그대를 죽이겠네. 하지만 그렇게 하고 싶지 않다는 것을 하늘에 있는 태양에 맹세하지. 자네가 죽으면 아쉬우니까."

롤랑은 정중한 태도에 연민의 정을 느끼며 말했다.

"그대의 고결한 언행을 더 많이 보여줄수록 진실한 신앙을 알지 못하고 저세상에서 길을 잃을 생각에 가슴이 더 아프군. 즉시 그대의 영혼과 육체를 구하게나. 세례를 받고 평화롭게 길을 떠나게."

아그리칸은 롤랑의 말에 응수했다.

"나는 그대가 위대한 롤랑이라는 것을 알고 있네. 내 말이 맞다면 낙원의 왕이 되기 위해 이 기회를 놓치지 않고 그대와 싸우겠네. 내게 설교해도 모두 헛된 일일세. 더 이상 저세상 이야기는 하지 말게. 우리는 각자 세계가 있으니 말일세. 칼이 우리를 심판하도록 하세."

그리고 칼을 빼들고 대담하게 롤랑에게 달려들어 결투가 시작되었다. 싸움은 너무 집요하게 너무 오랫동안 계속되었다. 기적과 같이 용감한 두 무사의 싸움은 정오부터 밤까지 계속되었다. 어두운 하늘에 별이 뜨자 롤랑이 먼저 잠시 쉬었다가 싸울 것을 제의했다.

"해가 지고 별이 떴는데 어떻게 싸우겠나?"

아그리칸도 서슴없이 대답했다.

"이 초원에서 쉬었다가 동이 트면 다시 싸우세."

그들은 그렇게 휴식을 취했다. 각자 말을 나무에 메고 친구처럼 서로 멀리 떨어지지 않은 채 풀밭에 누웠다. 쾌청하고 아름다운 밤이었다. 둘은 서로 잘 자라는 인사를 나눴다.

기독교도의 옹호자는 하늘을 쳐다보며 말했다.

"별빛의 장관이야말로 훌륭한 작품일세. 하나님은 은빛의 달, 금빛의 별, 대낮의 햇살, 태양, 모든 것을 인간을 위해 만들었지."

타타르인 아그리칸이 대답했다.

"신앙에 대해서라면 자네에게 말해두는 게 좋겠군. 나는 그런 문제는 아는 게 없네. 어릴 때 신앙이나 믿음 같은 배움을 너무 싫어해 나를 가르치는 임무를 받은 사람의 목을 부러뜨린 적이 있었다네. 그런

롤랑과 아그리칸의 결투 장면

행동이 다른 사람들에게 너무 큰 영향을 미쳐 그 후 아무도 나를 가르치려고 하지 않았지. 당연히 나는 소년 시절을 말타기나 사냥, 싸움을 배우며 보냈지. 남자가 온종일 책과 씨름하는 게 무슨 소용인가? '기사에게는 용맹, 목사에게는 설교', 이것이 내 좌우명일세."

롤랑이 다시 입을 열었다.

"인정하네. 무기란 남자의 첫 번째 고려사항이라는 걸 말일세. 그렇다고 지식 때문에 남자가 불명예스러워진다고 할 수는 없지. 오히려 우리 앞 꽃들이 초지의 장식물이 되듯 지식은 남자의 재능에 큰 장식물이 될 수 있네. 또 조물주에 관한 지식을 말하자면 인간이 조물주에 관해 아는 게 없다면 나무 그루터기나 돌멩이, 짐승에 불과하다고 할 수 있네. 인간은 공부하지 않으면 명상의 깊이와 신성함을 제대로 이해하지 못하니까 말일세."

아그리칸이 말했다.

"그대가 유식하든 무식하든 내가 잘 모르는 주제를 이야기하기보다 자네부터 더 똑바로 행동하는 게 좋지 않겠나? 잠잘 생각이라면 잘 자게나. 하지만 말하고 싶다면 싸움이나 예쁜 여자 이야기를 하게. 말이 나왔으니 말인데 자네가 바로 세상을 떠들썩하게 만든 롤랑인가? 그런데 무엇 때문에 이곳에 왔는가? 그대는 사랑은 해본 적이 있는가? 틀림없이 해봤을 거야. 위대한 용사가 사랑하지 않았다면 심장이 없는 것과 같으니까."

롤랑이 대답했다.

"물론 나는 롤랑이라네. 그리고 사랑도 하고 있어. 사랑 때문에 모든 걸 포기하고 이 먼 곳까지 왔으니 말일세. 한마디로 내 마음은 갈라프론 왕의 딸 안젤리카에 있다네. 자네는 무력으로 갈라프론 왕의 성과 지배권을 빼앗기 위해 이곳에 왔겠지. 하지만 내가 이곳에 온 목적은 그를 도와 사랑하는 안젤리카를 기쁘게 해주고 그녀로부터 결혼 승낙을 받기 위해서네. 그 외 다른 것은 관심이 없네."

타타르 왕 아그리칸은 적의 말을 듣고 그가 진짜 롤랑이고 정말 안젤리카를 사랑하고 있다는 것을 알았다. 그리고 어둠 속에서 보이지는 않았지만 그는 슬픔과 질투로 얼굴빛이 변해 있었다. 그도 방식은 다르지만 그녀를 빼앗기 위해 군대를 출정시킨 것이고 그를 가로막는 거대한 경쟁자의 고백에 그의 심장은 너무 격렬히 두근거려 죽을 것만 같았다.

밤하늘에서 금성이 밝게 빛났고 어둠은 서서히 걷혀갔다. 잠시 침묵이 흐르고 롤랑이 먼저 말했다.

"자, 곧 날이 밝으면 결투를 진행하세. 둘 중 하나가 이곳 땅 위에서 죽겠지. 그전에 자네에게 한 가지 제의하겠네. 아니, 간청하겠네. 나는 그 여자를 너무 사랑한다네. 그러니 그녀를 내게 양보하게. 그럼 나는 자네에게 감사의 빚을 지게 될 걸세. 그리고 나는 포위공격을 포기하고 이 전쟁을 끝내겠네. 나는 그 누구도 그녀를 사랑하는 걸 참지 못하네. 내가 살아있는 동안 말일세. 우리 둘 중 하나가 죽어야 할 이유는 없지 않은가? 그녀를 포기하게. 포기해도 아는 사람은 없을 걸세.

나는 지키지 않은 약속은 해본 적이 없다네. 내가 약속을 지키지 않는다면 내 사지를 찢어내거나 눈을 파내도 좋네. 그녀를 사랑하지 못할 바에야 차라리 죽는 게 나으니까."

아그리칸은 롤랑의 말이 끝나기가 무섭게 화가 치밀어 한밤중인데도 말에 올라타 말했다.

"그녀를 포기하거나 죽음을 택하게!"

롤랑은 이교도가 자리를 박차고 일어서는 것을 보고 그가 과격함을 못 참고 결투 중단을 배반할 것 같아 그와 결투하기 위해 재빨리 말에 올랐다. 그리고 큰 소리로 말했다.

"결코 그녀를 포기할 수 없네! 포기하려고 했지만 그럴 수 없었지. 지금도 마찬가지 심정일세. 그녀를 얻으려면 이 방법 말고 다른 방법을 찾게나."

한밤중 푸른 초원에서 두 마리 말이 서로를 향해 세차게 돌진했다. 둘은 새벽 붉은 장미 아래에서 악의에 찬 무시무시한 공격을 주고받았다. 아그리칸은 맹렬히 싸웠고 롤랑도 그보다 더 냉정히 싸웠다. 타르타르 왕은 자신에게 일어난 많은 문제에 화가 치밀어 상상을 초월하는 예리하고 거센 타격을 적에게 가했다. 롤랑의 방패는 나무로 만들어진 것처럼 두 동강났다. 롤랑은 피를 흘리지는 않았지만 온몸의 관절이 놀란 듯 몸이 뒤흔들리는 것을 느꼈고 타박상까지 입었다. 그러나 정신만은 멀쩡해 상처에도 불구하고 반격을 가했다.

그의 반격은 위력이 너무 커 아그리칸의 방패뿐만 아니라 갑옷까지 산산이 꿰뚫었고 아그리칸은 갈비뼈가 세 개나 부러졌다.

타타르인은 옆구리의 고통을 견디며 한 마리 사자처럼 으르렁거리며 칼을 뽑아 공격했다. 그 공격은 롤랑이 그 누구에게서도 겪어보지 못한 위력으로 그의 투구에 부딪쳤다. 롤랑은 잠시 의식을 잃었다. 눈은 보이지 않고 귀에서는 윙윙거리는 소리가 들렸다. 놀란 말이 이리저리 날뛰어 말에서 거의 떨어질 뻔했다. 그러나 그 순간 그는 머리를 세우고 기억을 더듬었다.

"얼마나 창피한 일인가! 어떻게 다시 안젤리카를 볼 것인가? 지금까지 여러 시간 동안 이 사내와 싸웠지. 단 한 명뿐인데 말이야! 나 롤랑은 이름값도 못하는 졸장부 아닌가! 결투가 더 오래 계속된다면 나는 수도원에 파묻혀 두 번 다시 칼을 쓰지 않겠다!"

롤랑은 입술을 다물고 이를 갈며 중얼거렸다. 그의 코와 입에서는 숨결 대신 불길이 치솟는 것 같았다. 그는 양손으로 명검 뒤랑달을 높이 들어 아그리칸의 어깨를 향해 내리쳤다. 그러자 칼은 상대방의 가슴받이를 뚫고 엉덩이 아래까지 관통하며 말 안장 앞부분을 으깨버렸다. 말과 함께 쓰러진 아그리칸은 잿빛처럼 어두운 얼굴로 애써 웃으며 롤랑을 향해 가까이 오라고 힘을 모아 손짓하며 말했다.

"십자가에서 돌아가신 그분을 나는 믿네. 간청컨대 내게 세례를 베풀어주게. 감각이 모두 없어지기 전에 연못 옆에서 말일세. 나는 사악한 인생을 살아왔어. 하지만 죽어가는 마당에 하나님께 저항할 필요는 없겠지. 세상 모든 사람을 구하러 오신 하나님, 저를 구해주소서!"

그렇게도 거만하고 사나웠던 왕이 눈물을 흘렸다.

롤랑은 얼굴에 눈물을 머금고 말에서 내렸다. 그리고 부드럽게 두 손으로 그를 안고 연못이 있는 대리석 가장자리에 내려놓고 그와 함께 목놓아 울었다. 그는 왕에게 용서를 빌고 연못 물로 그에게 세례를 베풀어주고 무릎을 꿇어 기도했다.

그리고 롤랑은 잠시 말을 멈추고 왕을 바라봤다. 왕의 안색이 변하고 온몸이 차가워진 것을 알게 되자 그는 왕을 연못 대리석 가장자리에 무장한 그대로 남겨뒀다. 칼은 그의 옆에, 왕관은 머리에 그대로 놓은 채.

─(4)─
리날도와 롤랑

한편, 성벽 괴물과 싸워 겨우 승리한 리날도는 길을 재촉했다. 그는 길을 가던 도중 나무가 무성한 길옆에서 흐느끼는 아름다운 처녀를 만났다. 플로르델리스였다. 영문을 모르는 리날도가 인적 드문 곳에서 우는 그녀에게 연유를 묻자 그녀는 사랑하는 연인이 사악한 마녀의 포로가 되었는데 그를 구해줄 사람이 필요하다고 대답했다. 그리고 롤랑과 다른 사람들도 포로로 잡혀 있다는 것이었다.

리날도는 그녀의 말이 진심으로 느껴졌다. 그는 기사도를 발휘해 도와주겠다고 약속했다. 리날도는 자신이 탄 말 등에 그녀를 태웠다. 말고삐를 움켜쥐고 달려나가자 둘은 말 위의 연인과 같았다.

둘이 말을 타고 숲을 지나갈 때 이상한 소리가 들려왔다. 리날도가 말을 멈추고 살펴보니 한 거인이 둥근 천장이 있는 동굴 밑에 서 있었다. 손에 큰 곤봉을 쥔 거인은 아무리 대담한 사람도 공포를 느낄 만큼 무시무시한 타격을 가할 듯한 모습이었다. 동굴 옆에는 독수리 날개를 가진 사자 머리 괴물이 사슬에 묶여 있었는데 거인과 함께 한때 안젤리카의 오빠 아르갈리아가 소유했던 놀라운 말을 지키는 중이었다.

그 말은 마법의 힘으로 만들어져 힘과 속도와 생김새가 다른 말과 비교가 되지 않을 뿐만 아니라 동료 군마들의 먹이인 옥수수나 풀을 먹는 것을 떳떳하지 못하다고 생각해 공기만 먹고 사는 라비칸이었다.

주인 아르갈리아가 페라우에게 살해당한 후 자유의 몸이 된 말은 자신이 태어난 동굴로 돌아와 거인과 괴물 새의 보호를 받고 있었다. 리날도가 앞으로 다가가자 거인은 곤봉을 쳐들고 공격해왔다. 곤봉의 위력은 대단했다. 리날도는 먼저 처녀를 안전한 곳에 내려놓고 파상공세로 몰아치는 곤봉을 날쌔게 피했다. 거인의 곤봉은 부딪치는 모든 것을 깨부수는 파열음을 냈지만 곤봉의 위력만큼 거인의 움직임은 빠르지 못했다.

리날도는 거인의 공격을 피해 자신을 방어하며 반격을 가했다. 거인의 살갗이 질겼다면 반격은 헛수고였을 것이다. 하지만 일격의 반격으로 거인은 커다란 상처를 입고 도망가며 괴물 새를 풀어놨다. 그러자 괴물 새는 공중으로 솟아오르며 리날도에게 덤벼들었다. 기회를 엿보던 리날도도 괴물 새에게 상처를 입히기 위해 필사적으로 일격을 가했다. 그러나 괴물 새는 거인과 달랐다. 괴물 새는 또 한 번 날아올라 공격했고 리날도는 공격을 피했다. 그동안 처녀는 벌벌 떨며 싸움을 지켜봤다.

싸움은 계속되었고 밤이 되자 더 무서운 싸움으로 변했다. 리날도는 괴물 새를 정공법으로 이길 수 없다고 판단해 지혜를 발휘했다. 그는 부상으로 기절해 땅에 쓰러진 척했다. 리날도가 쓰러지자 괴물 새는 날개를 쳐들고 그의 등 뒤를 공격해왔다. 그 틈을 놓치지 않고 칼을 휘둘러 괴물 새의 한쪽 날개를 잘랐다. 괴물 새는 괴성과 함께 땅에 떨어지면서 발톱으로 리날도의 갑옷을 찔렀다. 그러나 리날도는 필사적으로 칼을 휘둘러 괴물 새를 죽여버렸다.

괴물 새가 죽자 한동안 적막감이 흘렀다. 리날도가 정신을 차리고 동굴 안으로 들어가자 장식 마의를 걸친 놀라운 말을 발견했다. 말은 머리에 별 모양의 흰점과 뒷다리 흰점을 제외하면 새까만 털로 덮여 있었다. 힘은 베이야드에게 약간 뒤졌지만 속력만큼은 세상에서 필적할 말이 없었다. 리날도를 만난 검은 말 라비칸은 영웅을 알아보고 얌전히 그를 따랐다.

그렇게 한참 길을 가다가 리날도는 아그리칸 군에서 탈영한 병사한 명을 만났다. 리날도가 추궁하자 탈영병은 자신의 왕이 안젤리카를 도와 싸운 어느 용사에 의해 죽임을 당했다는 사실을 알게 되었다. 리날도는 그가 롤랑이라고 생각했다. 하지만 롤랑은 지금 망각의 포로가 되어 있을 텐데 어떻게 구속에서 풀려났는지 납득되지 않았다. 호기심이 생긴 그는 싸움 현장에 가보기로 결심했다. 플로르델리스는 혹시 사랑하는 사람이 구출되었는지 찾기를 바라는 마음에서 리날도와 동행을 하였다.

그 무렵 타타르 군대는 아그리칸 왕의 죽음으로 완패해 지리멸렬 상태였다. 갈라프론 왕은 자신의 수도 알브라카를 구하기 위해 군대를 이끌고 적 진지를 공격해 대성과를 거뒀다.

전투 현장에 도착해 구경꾼처럼 싸움을 구경하던 리날도는 갈라프론 왕의 눈에 띄었다. 갈라프론은 안젤리카와 아르갈리아를 파리 오순절 축제에 보내면서 함께 줬던 말 라비칸을 바로 알아봤다. 갈라프론은 지금 그 말을 탄 사람이 아르갈리아를 살해했다고 생각하고 혼신의 힘을 다해 리날도를 공격했다. 리날도도 재빨리 반격했다. 왕의 추종자들이 즉시 왕을 에워싸고 둘을 떼어놓지 않았더라면 왕은 어려운 지경이 되었을지 모른다.

이런 이유로 리날도는 졸지에 자신의 선택과 무관하게 아무 관심도 없는 안젤리카의 적의 편에 들어가게 되었고 증오의 샘물에서 채운 갈증이 주는 적개심을 그녀에게 갖게 되었다.

며칠 동안 싸움이 결과를 못 내고 계속되면서 리날도는 안젤리카 진영의 가장 용감한 기사들을 차례대로 패배시켰다. 마침내 리날도는 롤랑과 결전을 벌이게 되었다. 두 용사는 각자 선택한 대의명분을 위해 서로 질책하며 격렬한 싸움을 벌였다. 롤랑은 리날도의 말 베이야드를 타고 있었다. 아그리칸이 우연히 소유하게 된 그 말을 다시 롤랑이 그와 싸워 전리품으로 노획한 말이었다. 그런데 베이야드가 주인에 대항해 싸우려고 하지 않아 롤랑은 불리한 상황에서 대치하게 되었다. 그때 리날도는 아스톨포를 봤다. 아스톨포는 리날도를 좋아해 그를 돕기 위해 롤랑을 버리고 달려오고 있었다. 하지만 밤이 찾아와 리날도와 롤랑의 결투는 다음 날로 미뤄졌다.

마음속으로 리날도를 사랑하던 안젤리카는 리날도가 롤랑과 다시 결투하는 걸 원치 않았다. 그녀는 둘 다 아꼈지만 혹시 모를 리날도의 안전을 생각하면 잠이 오지 않았다. 그래서 롤랑을 찾아가 자신의 부탁을 들어주면 그의 여자가 되겠다고 약속했다.

그리고 롤랑의 약속을 받아낸 그녀는 용감한 기사들이 함정에 빠져 투옥된 마녀 팔레리나의 정원을 파괴하기 위해 촌각을 다퉈 이곳을 떠나라고 명령했다.

롤랑은 누구의 말도 듣지 않았지만 사랑하는 안젤리카가 자신의 여자가 되겠다고 하니 그녀의 말을 천금처럼 여기고 자리를 떠났다. 그는 형편없는 행동으로 수치를 느끼는 말 베이야드를 남겨두고 자신의 말 브리글리아도로를 타고 출발했다.

롤랑이 떠나자 안젤리카는 베이야드를 리날도에게 보내 그를 달랬다. 그러나 리날도는 그녀가 이전에도 여러 번 친절을 베풀었을 때처럼 여전히 마음을 움직이지 않았다.

그리고 롤랑이 자신과 결투를 앞두고 떠났다는 소식에 더 이상 이곳에 머물 필요를 느끼지 않았다. 그는 플로르델리스와의 약속을 실행하기 위해 마녀 팔레리나의 성으로 향했다. 이렇게 리날도와 롤랑은 서로 알지 못한 채 같은 모험의 여정을 떠나게 되었다.

팔레리나 성은 강으로 둘러싸여 접근할 수 없는 위용을 자랑했다.

리날도를 사랑한 안젤리카는 롤랑을 설득해 리날도와의 결투를 무산시킨다.

강을 건너는 다리가 하나 있었지만 다리를 지키는 괴인이 버티고 있었다. 괴인은 쇠로 만든 철퇴를 두르고 있었는데 그의 주변에는 그동안 그에게 당한 희생자들의 전리품이 산더미처럼 쌓여 있었다. 리날도도 그를 공격해 길을 열려고 했지만 다른 사람과 마찬가지로 성공하지 못했다. 괴인은 매우 격렬히 철퇴로 리날도를 강타해 그는 쓰러지고 말았다. 위기의 순간 리날도는 괴인의 다리를 붙잡았다. 움직일 수 없던 괴인은 리날도와 함께 강물로 뛰어들었다.

한편, 안젤리카와의 약속을 실행하기 위해 롤랑도 리날도와 같은 모험을 찾아 길을 가고 있었다. 숲을 지나가던 그는 완전무장한 채 말을 탄 기사가 한 여자를 감시하는 것을 목격했다. 여자는 나무에 묶인 채 큰 소리로 울고 있었다. 롤랑은 그녀를 구하기 위해 급히 달려갔다. 그러나 기사는 롤랑을 가로막으며 그녀는 너무 사악해 마땅히 그런 운명에 처해야 한다며 간섭하지 말라고 말했다. 그 증거로 기사는 그녀에 대해 몇 가지 비난을 했다. 하지만 그녀는 모든 사실을 부인했다. 롤랑은 그녀의 말을 믿고 기사에게 도전해 그를 쓰러뜨린 후 그녀를 나무에서 풀어주고 자신의 말에 태우고 다시 길을 떠났다.

그들이 말을 타고 이동하는 동안 다른 처녀가 조랑말을 타고 가까이 와 위험이 임박했다고 경고하며 그들이 마녀의 정원 가까이 왔음을 알렸다. 롤랑은 그 정보를 듣고 기뻐하며 마녀의 정원에 어떻게 들어갈 수 있는지 알려달라고 간청했다.

그녀는 오직 해뜨는 새벽에만 들어갈 수 있다며 정원에 들어가는 데 필요한 사항을 알려줬다. 또한 마녀의 성과 더불어 정원과 정원 안의 모든 게 그려진 책 한 권을 줬다. 그리고 그녀 자신은 어떤 마법을 수행하기 위해 그 성에 은둔한 적이 있는데 그 마법이란 어떤 마법도 관통하는 마법의 검을 만드는 것이었다고 덧붙였다. 그렇게 마법의 검을 만든 목적은 마녀의 정원을 파괴하기 위해 오는 서쪽 기사를 죽이는 것이었는데 그녀가 읽은 책에 의하면 서쪽 기사는 롤랑이었다. 그렇게 말하곤 처녀는 그들을 떠났다.

롤랑은 다음 날 아침까지 행동을 미루기로 하고 바로 누워 잠을 청했다. 그에게 구조된 여자는 이리저리 도망칠 궁리를 하다가 그가 잠든 것을 보고 그의 말 브리글리아도로를 타고 명검 뒤랑달을 훔쳐 달아났다.

롤랑은 잠에서 깨 자신의 칼이 도난당한 것을 알고 분노가 치밀어 도둑을 반드시 잡겠다고 결심했다. 그러나 진실하고 훌륭한 기사들처럼 모험을 포기하지는 않았다. 그는 칼 대신 거대한 느릅나무 가지를 꺾었다. 그리고 해가 떠오르는 동시에 용 한 마리가 지키는 정원 문을 향해 걸어 들어갔다. 롤랑이 정원에 들어서자 뒤에서 정원의 문이 닫혀 돌아갈 길을 막았다. 롤랑은 숨죽인 채 주위를 살폈다. 물이 넘쳐 흐르는 아름다운 연못이 눈에 들어왔다. 연못 한가운데 형상이 있었는데 그 형상 이마에 다음과 같이 써있었다.

'제비꽃과 장미에게 물을 주는 시냇물, 여기서부터 마법의 궁전으

로 흐르도다'

롤랑은 정원의 쾌적한 모습에 넋을 잃고 흐르는 시냇물을 따라 궁전에 도착해 안으로 들어갔다. 궁전 안에는 흰옷 차림에 머리에는 금관을 쓴 여인이 거울 같은 마법의 검 표면에 자신의 모습을 비춰보고 있었다. 롤랑은 그녀가 도망치기 전 기습해 무기를 빼앗은 후 길게 넘실거리는 그녀의 뒷머리를 붙잡고 포로를 풀어주고 출구를 마련해주지 않으면 바로 죽이겠다고 위협했다. 그러나 그녀는 자신의 목적에 확고한 태도를 보이며 아무 대답도 하지 않았다. 롤랑은 위협이나 간청으로 그녀의 마음을 움직일 수 없음을 깨닫고 부득이 그녀를 너도밤나무에 묶어놓고 계속 탐색하지 않을 수 없었다.

그는 자신이 가진 책을 이용하기로 생각하고 책을 살펴봤다. 남쪽으로 출구가 있었지만 출구에 도달하기 위해서는 너무 매혹적이어서 듣는 사람은 누구도 물리칠 수 없는 노래를 부르는 미녀 사이렌이 거처하는 호수를 통과해야 했다. 그러나 책은 그런 위험에 대비한 대책도 적혀 있었다. 그 가르침에 따라 길을 따라 걸어가면서 사방에 핀 꽃을 많이 따 귓속을 채우고 새소리가 들리는지 귀기울여봤다. 딱 벌린 주둥이, 부푼 목구멍, 곤두선 깃털의 새들이 눈에 들어왔지만 소리는 전혀 들리지 않았다. 그는 자기방어에 만족하며 호수쪽으로 나아갔다. 호수는 작지만 깊었고 매우 맑고 조용했으며 밑바닥까지 훤히 보였다.

그가 호수둑에 도착하자 콸콸거리며 흐르는 물이 보였다. 연못 한가운데서 사이렌이 일어나 너무 감미롭게 노래를 불러 새와 짐승들이 노래를 듣기 위해 물가로 떼지어 모여들었다. 롤랑은 아무 소리를 듣지 못하면서도 그 마력에 굴복한 척하며 호수 둔덕에 털썩 주저앉았다. 그러자 사이렌은 그를 죽이려고 물에서 나왔다. 그 틈을 놓치지 않고 롤랑은 그녀의 머리카락을 낚아챘다. 사이렌은 그녀의 유일한 방어 수단인 노래를 더 크게 불렀지만 아랑곳하지 않고 롤랑은 그녀의 머리를 잘라버렸다. 그리고 책이 지시한 대로 그 피를 자신의 온몸에 발랐다.

이런 부적의 보호 속에서 롤랑은 마녀와 그녀의 정원을 지키는 괴물들을 차례대로 성공적으로 처리했다. 그러나 그는 곧 너도밤나무에 묶인 포로 마녀가 있는 곳에 되돌아왔음을 느꼈다. 하지만 조금 전 풍경과는 달랐다. 정원은 사라졌고 그렇게 거만하고 응수하지 않던 마녀 팔레리나가 자비를 간청하며 얼마나 많은 생명이 자신의 목숨에 달려 있는지 설명하고 너도밤나무에서 풀어달라고 애원하는 것이었다. 롤랑은 그녀가 포로를 풀어주겠다고 서약하면 목숨만은 살려주겠다고 약속했다.

그러나 그것은 쉬운 일이 아니었다. 포로들은 그녀의 소관이 아니라 훨씬 강력한 마녀이자 호수의 여신 모르가나의 손아귀에 있었다. 팔레리나는 포로석방 약속을 지키는 것이 모르가나에 대항해야 한다는 의미임을 알기 때문에 얼굴이 창백하게 질려 있었다. 팔레리나는 롤랑에게 포로석방 위험을 설명하면서 모르가나의 궁으로 그를 안내

롤랑이 사이렌의 유혹에서 벗어나는 장면

했다.

그녀의 궁으로 가는 도중 롤랑은 무례한 다리지기 괴인을 만났다. 다리지기는 매우 잔인한 성격의 아리다노였다. 모르가나가 다리지기에게 뚫을 수 없는 갑옷과 대적하는 적수를 물리칠 힘이 넘치게 하는 음식을 제공하고 있었다. 그와 싸워 이긴 사람은 아무도 없었다. 리날도도 그 괴인과 싸워 포로가 된 것이다. 괴인은 물속에서도 자유롭게 숨쉴 정도로 대단했다. 그는 어느 기사라도 붙잡으면 호수 밑바닥까지 끌고 들어가 승리의 표시로 기사의 무기를 들고 수면 위로 솟아올랐다.

팔레리나가 반복해 주의와 충고를 주는 동안 롤랑은 괴인이 빼앗은 전리품 중 리날도의 무기가 세워진 것을 보고 그와 나눈 최근 언행을 모두 잊기로 하고 친구를 위한 복수심이 불타올랐다. 오솔길에 도착하자 괴인이 길을 막았다. 그리고 곧 둘 사이에 필사적인 결투가 벌어졌다. 팔레리나는 그 틈을 타 도망쳤다. 롤랑과 결투를 벌이던 괴인은 무기로 주고받는 싸움에서 강적을 만났다는 생각이 들었다. 그는 롤랑을 붙잡고 호수 속으로 뛰어들었다. 호수 밑바닥까지 도착한 롤랑은 또 다른 세계를 봤다. 호수는 건조한 풀밭 위에 세워져 있었고 태양광선이 호수물을 관통해 빛났으며 물은 수정으로 만든 벽처럼 서 있는 것 같았다. 여기서 다시 결투가 시작되었다. 롤랑은 지금까지 아무도 갖지 못했던, 팔레리니기 소유했던 마법의 검을 갖고 있었다. 게다가 그 검은 어떤 주문도 무용지물이 되도록 그녀가 담금질한 것이었다. 이렇게 무장한 롤랑은 월등한 기술로 괴인의 힘을 제압하고 곧 그를 죽여 호수 속 들판에 던져버렸다.

그리고 그는 급히 공기가 있는 호수 위로 올라왔다. 물을 통과할 때 앞을 가로막은 통로는 마법의 검의 위력으로 열려 그는 곧 물 위로 머리를 내밀고 하늘의 별과 같이 보석이 두껍게 덮인 들판으로 나왔다.

롤랑은 모험을 미루고 온통 주위에서 찬란히 빛나는 보석을 모으고 싶은 유혹을 물리치며 들판을 가로질렀다. 다음에는 과일과 꽃으로 뒤덮이고 나무로 가득한 기쁨이 흐르는 초원을 통과했다.

초원 한가운데 연못 옆에서 모르가나가 곤히 잠자고 있었다. 그녀는 희고 주홍빛이 나는 옷을 입은 아름다운 여인으로 앞이마는 머리카락으로 잘 장식되어 있었지만 뒤통수에는 머리카락이 거의 없었다.

롤랑이 말없이 그녀의 미모를 유심히 관찰하는 동안 목소리가 들려왔다.

"성공하고 싶으면 마녀의 머리를 잡아라."

그러나 롤랑은 그녀의 미모와 주변 광경에 현혹되어 경고 외침에 신경쓸 수 없었다. 그녀 주변으로 높은 뾰족탑과 기둥, 발코니와 창문이 있는 궁전이 나무가 있는 오솔길로 연결된 풍경이 갑자기 시야에 들어왔다. 그가 지금까지 본 것을 능가하는 웅장함이 깃든 건축물이었다. 그가 조용히 경탄하며 말없이 서서 바라보는 동안 풍경은 신기루처럼 천천히 녹아 사라졌다.

롤랑은 놀라움에 정신을 차리고 다시 연못쪽으로 시선을 돌렸다. 마녀는 눈을 뜨고 일어나 노래에 맞춰 나뭇잎처럼 가볍게 연못 주위를 돌며 춤추고 있었다.

"누가 이 세상의 부와 보물을 나눠 가질까?
명예, 즐거움, 지위, 최상의 것?
내 앞이마에서 휘날리는 머리카락을 잡아라.
그리고 복을 받아라.
주는 선물을 거절하지 못하도록 내버려두게나.
달아나는 복을 붙잡지 못하고 놓칠 때까지.
지금 잃어버린 것을 내일 헛되이 쫓으리니."

마녀는 그렇게 노래하고 나비처럼 사뿐사뿐 뛰어 꽃이 만발한 초원에서 도망쳐 접근하기 힘든 높은 산으로 올라갔다. 롤랑은 가시와 바위를 뚫고 그녀의 뒤를 쫓아갔지만 하늘에 구름이 몰려오면서 마침내 폭풍우와 번개를 동반한 우박의 공격을 받았다.

롤랑이 그렇게 그녀의 뒤를 쫓는 동안 창백한 얼굴의 깡마른 여자가 회초리를 들고 나타나 그를 세차게 때렸다. 그리고 자신의 이름은 리펜터스(후회)로 프루던스(신중함)의 목소리에 복종하지 않고 게으름 피우다가 포춘(행운)을 놓치는 사람을 벌주는 것이 임무라고 말했다.

이런 징벌에 화가 치민 롤랑은 자신을 괴롭히는 여인에게 덤벼들었지만 그의 타격은 허공을 공격하는 것과 같았다. 그녀에게 대항하는 것의 무모함을 알게 된 그는 다시 마녀 모르가나를 추적해 그녀를 따라잡았다. 그리고 그녀의 희고 주홍빛이 나는 옷을 잡아채려고 했지만 계속 손아귀에서 빠져나갈 뿐이었다. 마침내 그녀가 머리를 돌리자 롤랑은 기회를 놓치지 않고 그녀의 앞머리를 붙잡았다. 그러자 폭풍우가 멈추고 하늘이 고요해지더니 리펜터스도 자기 동굴로 물러갔다.

롤랑은 모르가나에게 감옥 열쇠를 요구했다. 마녀는 기분좋은 듯한 태도로 은열쇠를 건네며 조심해 사용하라고 경고했다. 자물쇠가 망가지면 그는 물론 모든 게 파멸된다는 것이었다. 롤랑을 한참 명상하게 만든 경고는 다음과 같았다.

"처녀에게 치근대는 구혼자 중 행운의 열쇠를 사용할 줄 아는 사람이 정말 적구나!"

롤랑은 마녀의 앞머리를 계속 단단히 붙잡고 감옥에 도착해 염려했던 불행한 사태를 일으키지 않고 열쇠를 돌려 포로들을 구출했다.

구조된 사람 중에는 플로리스마트, 리날도뿐만 아니라 프랑스의 가장 용감한 상당수 기사가 있었다. 모르가나는 롤랑의 손아귀에서 연기처럼 사라지고 풀려난 기사들은 롤랑의 안내를 받으며 그가 왔던 길로 돌아섰다. 이윽고 그들은 보물의 들판에 도착했다. 리날도는 재물 한가운데 있게 되자 몽탈반의 가난한 수비대가 떠올라 전리품의 일부를 갖고 싶은 유혹을 떨칠 수 없었다. 특히 다이아몬드가 박힌 황금 사슬을 물리치기에는 너무 벅차 롤랑의 충고에도 불구하고 그것을 몰래

여성 마법사 모르가나

손에 넣었다. 하지만 그가 문에 다가가자 강풍이 불어 그를 빙글빙글 돌리더니 출발 지점으로 다시 돌려보냈다. 그런 일이 두세 번 반복되자 결국 리날도는 어쩔 수 없이 전리품을 던져버렸다.

이윽고 다리에 도착한 그들은 아무 방해도 없이 다리를 건너 자신들이 빼앗긴 무기로 만든 승리의 기념탑을 발견하고 각자의 무기를 되찾았다. 그리고 12용사와 그 친구들을 제외하고 모두 각자의 임무가 있는 곳으로 길을 떠났다.

구조된 기사 중 한 명인 덴마크인 두돈은 사촌들에게 자신이 아름다운 마녀 모르가나의 포로가 된 이야기를 들려줬다. 그는 샤를마뉴의 대사직을 수행하던 중 황제로부터 기독교 국가를 지키기 위해 귀국 요청을 받고 돌아가던 길에 포로가 된 것이다. 롤랑은 안젤리카에게 완전히 반해 샤를마뉴의 소환에 응할 수 없었기 때문에 자신과 동행하려는 충직한 플로리스마트를 데리고 알브라카성으로 돌아갔다. 그리고 리날도, 두돈, 이롤도, 프라실도를 포함한 다른 기사들은 롤랑과 반대 방향인 서쪽으로 길을 떠났다.

❯ 5 ❮

회교도의 프랑스 침공

아프리카의 대왕 아그라만트는 그를 따르는 군주를 소집해 회의를 열었다. 그는 자신이 프랑스에서 입었던 부상을 상기시키며 샤를마뉴와 치른 전투에서 자신의 아버지가 쓰러진 것과 지금까지 패배의 오욕을 씻지 못한 점을 한탄하며 다시 프랑스를 침공해 복수의 전쟁을 벌일 계획을 논의했다.

아그라만트의 제안에 그의 가장 현명한 책사 소브리노는 전쟁계획의 경솔함을 설명하며 반대했다. 그러나 알제리의 젊고 불같은 로도몬트 군주는 소브리노의 조언이 비열하고 비겁하다며 당장이라도 전쟁을 시작하자고 주장했다. 그의 강력한 주장에 장내는 숨을 죽였다. 그때 모든 사람의 존경을 받는 예언자 가라만테스의 늙은 군주가 나서 프랑스의 강력한 12용사에 필적할 수 있는 젊은 용사가 없으면 전쟁은 실패할 거라며 트로이의 용사이자 헥토르의 직계인 젊은 로게로를 대표적인 젊은이의 예로 들었다.

로게로 왕자는 수양아버지이자 강력한 마법사 아틀란티스와 함께 산속에서 은둔생활 중이었다. 아틀란티스는 마법의 힘으로 로게로가 세상사람들과 어울린다면 그를 잃을 것임을 잘 알고 있었다. 아틀란티스는 그런 일이 생기지 않도록 마법으로 외부로부터 발발할 수 있는 사태의 대응조치를 모두 취해놨다.

하지만 마법을 무용지물로 만들고 로게로를 은둔생활에서 탈출시킬 방법은 단 한 가지뿐이었다. 그것은 모든 마법에 효력을 발휘하는 부적으로 카테이의 공주 안젤리카가 가진 마법의 절대 반지였다. 이 반지만 있으면 만사형통이었다. 그러나 반지가 없으면 그 어떤 모험도 절망적이라고 예언자 군주는 말했다.

로도몬트는 늙은 예언자의 말에 코웃음쳤다. 늙은 군주가 세월의 무게에 의지해 예언을 재확신하는 행동을 보이지 않았다면 아마도 회의는 예언자의 말을 중요하게 생각하지 않았을지도 모른다. 하지만 그의 행동이 회의 참석자들에게 너무 강력한 인상을 줘 모든 사람은 로게로를 자신들 진영에 끌어들일 때까지 전쟁을 연기하자는 데 이구동성으로 동의했다.

이에 따라 아그라만트 대왕은 안젤리카의 반지를 가져오는 자에게 한 왕국의 주권을 부여하겠다고 선언했다. 이 선언에 아프리카 전역에서 가장 총명한 브루넬로라는 난쟁이가 반지를 찾아오겠다고 나섰다.

그는 계획을 실행하기 위해 안젤리카의 왕국으로 가는 길을 잘 이용

리날도를 그리워하는 안젤리카

해 마침내 알브라카 성벽 아래에 도착했다. 그가 도착했을 때 칼라프론과 아그리칸 사이에 한창 벌어지고 있었다. 성채 앞에는 포위공격하는 아그리칸 군대가 진을 쳤고 공성전을 벌이는 칼라프론 수비대가 성을 사수하기 위해 긴장감이 흐르고 있었다.

난쟁이 브루넬로는 혼잡한 틈을 타 쉽게 성벽을 넘을 수 있었다. 그는 낮에는 은밀한 곳에 숨어 성안 지형을 살폈다. 그리고 밤에 안젤리카 거처로 숨어들었다. 안젤리카는 밤하늘의 별을 바라보며 리날도가 무사하길 빌었다. 그녀는 옥수 같은 손마디로 눈물을 훔치고 있었다. 그렇게 무한정 시간이 흐른 후 잠자리에 들었다.

그리고 또 시간이 흐른 후 도둑고양이처럼 브루넬로가 나타났다. 그는 안젤리카의 침실에 잠입해 그녀의 반지를 조심스럽게 뽑아내는 데 성공했다. 하마터면 그녀의 아름다움에 반해 실패할 뻔했다. 하지만 권력욕에 눈이 먼 그에게는 오직 그녀의 반지가 목적이었다. 브루넬로는 급히 해변으로 도망쳐 미리 준비해둔 배에 올라타고 아프리카 비세트라에 도착했다. 그곳에는 아틀란티스의 마법을 깨고 로게로를 손에 넣을 수 있는 안젤리카의 반지를 기다리며 안달난 아그라만트 대왕이 기다리고 있었다. 난쟁이가 자신 앞에 무릎을 꿇고 반지를 바치자 아그라만트는 그의 성공적인 임무 완수를 기뻐하며 보답으로 그를 린기타니 왕으로 책봉했다.

아그라만트 대왕은 서둘러 로게로를 찾아나서고 싶어 기병대가 출발해 곧 카레나 산에 도착했다. 카레나 산기슭 아래에는 큰 강에서 물을 공급받아 열매가 주렁주렁 달린 나무들이 많은 평야가 있었다. 산꼭대기에는 아름다운 정원이 딸린 아틀란티스의 궁전 같은 대저택이 보였다. 전에 보이지 않던 것을 보이게 해준 마법의 반지의 위력은 낙원을 보여줬지만 아그라만트와 그 추종자들이 그 안에 들어가는 것은 허락하지 않았다. 바위가 너무 가파르고 미끄러워 그 위를 올라가려는 브루넬로의 시도는 번번이 실패로 끝났다. 그렇다고 그런 장애 때문에 임무를 포기하지는 않았다. 그는 아그라만트의 허락을 받아 조신과 기사들이 산 아래 평야에서 마상시합을 벌이게 했다. 그것은 젊은 로게로를 요새에서 유인하기 위한 것이었다.

마침내 혈기 넘치는 로게로는 참지 못하고 마상시합에 참가하게 되었다. 그가 마상시합에 참가하자 모두 그의 적수가 되었지만 일부러 그의 창 앞에 무력하게 쓰러져갔다. 결국 마상시합 우승자가 된 로게로는 아그라만트로부터 프론티노라는 훌륭한 말과 명검 한 자루를 선물로 받았다. 아그라만트가 프랑스를 침공한다는 말에 한층 고무되었던 그는 그 원정에 참가할 것을 흔쾌히 승낙했다.

한편, 성급한 마음을 억누를 수 없었던 로도몬트는 아그라만트가 하는 일을 마냥 기다릴 수 없었다. 그는 가용한 군대를 총동원해 프랑스 해안에 상륙했다. 그리고 몇 번의 전투에서 기독교 군대를 패배시키는 데 성공을 거두었다. 그러나 이보다 앞서 롤랑과 샤를마뉴 조시키는 데 성공했다. 그러나 이보다 앞서 롤랑과 샤를마뉴 조카들의 적이자 반역자 가노는 스페인 사라센 왕 마르실리우스를 프랑스로 초대해 반역을 꾸미는 서신을 주고받고 있었다. 이런 세작의 격려에 고무된 마르실리우스는 군대를 이끌고 국경을 넘어 로도몬트와 합류했다. 이것이 마녀 모르가나의 포로로 풀려난 리날도와 다른 기사들이 샤를마뉴의 소환을 받고 프랑스로 귀국하는 이유였다.

리날도 일행이 헝가리 부다페스트에 도착했을 때 헝가리 왕은 샤를마뉴를 돕기 위해 아들 오타치에로를 군대와 함께 급파하려고 했다. 헝가리 왕은 리날도 일행의 도착을 기뻐하며 리날도 휘하에 아들과 군대를 맡겼다. 곧 군대는 프랑스 국경에 도착해 롬바르디아 왕 데시데리우스와 합세해 프로방스로 진군했다. 이 연합군은 진군을 시작한 지 며칠 되지 않아 작은 산 뒤에서 로도몬트가 이끄는 회교도 군대와 기독교 군대의 전쟁을 알리는 북과 나팔 소리를 들었다.

리날도는 산에서 로도몬트의 용맹한 행동을 잠시 지켜본 후 군대를 친구들에게 맡기고 창을 꽂은 말을 타고 그를 향해 달려나갔다. 충동을 참을 수 없었던 리날도의 성급한 판단이었다. 그가 결투장에 도착하자 로도몬트는 말을 타고 있지 않았다. 리날도는 그의 유리한 입장을 이용하고 싶지 않아 언덕으로 다시 돌아와 베이야드를 매놓고 결투하기 위해 맨발로 그에게 다가갔다. 그러는 동안 전투는 전면전으로 번졌고 헝가리군은 패배를 맛봤다. 리날도는 황급히 돌아왔지만 오타치에로는 부상당했고 두돈은 포로가 되었다는 소식을 듣고 굴욕을 맛

아그라만트와 로도몬트가 프랑스를 침공하는 장면

봤다. 그가 결투를 재개하기 위해 로도몬트를 찾아나서는 동안 다시 새로운 북과 나팔 소리가 들려왔다. 샤를마뉴 자신이 주력부대를 이끌고 전투대열을 유지하며 전진해온 것이다. 이것을 본 로도몬트는 두돈의 말을 타고 맨발로 서 있는 리날도를 버려둔 채 새로 나타난 적을 향해 돌진해나갔다.

그 무렵 로게로와 합류한 아그라만트도 프랑스 상륙에 성공해 자신의 군대를 로도몬트 군대와 합류시켰다. 로도몬트는 자신이 두각을 나타낼 첫 번째 기회를 기꺼이 받아들여 가는 곳마다 프랑스의 가장 용감한 기사들을 차례대로 패배시키며 공포의 대상이 되었다.

리날도는 앞에서 말한 대로 자신을 놔두고 다른 곳으로 달려가는 로도몬트를 보고 자신은 말을 타고 있지 않아 그를 뒤쫓아갈 수 없었다. 그는 로도몬트에게 돌아와 결투를 끝내자고 소리쳤다. 그때 로게로는 리날도처럼 말을 타지 않고 맨발로 서서 지켜보고 있었다. 그리고 기독교 기사 리날도가 격렬히 결투하려는 모습을 보고 로도몬트 대신 자신이 나서는 게 어떨지 리날도에게 물었다. 리날도도 이 무어족 군주가 상대할 가치가 있다는 생각에 그의 도전을 받아들였다. 그들이 결투를 벌이는 동안 격렬한 전투가 진행되었다. 그러나 전세가 이교도 군대에게 결정적으로 유리해지면서 샤를마뉴 군대는 만회할 수 없는 혼란으로 도처에서 후퇴하기 시작했다. 두 결투자도 도망자와 추격자 무리에 밀려 서로 갈라지고 말았다. 전쟁의 혼란 속에서 매뒀던 베이야드가 달아나는 바람에 서둘러 말을 회수해야 했던 리날도가 말을 쫓아 울창한 숲속으로 들어가 어쩔 수 없이 로게로와 헤어져야 했다.

로게로도 그런 혼란 속에서 말을 찾다가 두 용사가 목숨을 걸고 싸우는 곳에 오게 되었다. 그는 두 용사가 누구인지 알 수 없었지만 적어도 한 명은 회교도이고 다른 한 명은 기독교도라는 것 정도는 식별할 수 있었다. 둘의 진지한 태도에 감동한 로게로가 그들에게 다가가 외쳤다.

"두 분 중 그리스도를 섬기는 분은 잠시 싸움을 멈추고 제 말을 듣기 바랍니다. 샤를마뉴 군대가 패해 후퇴하고 있습니다. 그를 따라가겠다면 지금 이렇게 지체할 시간이 없습니다."

기독교 용사는 바로 브라다만테로 용맹성은 최고 기사와 필적할 만한 여성 용사였다. 그녀는 그 소식을 듣고 벼락을 맞은 듯 놀라 결투를 마무리짓지 않고 들판을 떠나려고 했다. 그러나 그녀와 결투를 벌이던 적수 로도몬트는 결코 동의하지 않았다. 그의 그런 무례함에 분노한 로게로는 그녀에게 떠나라고 주장하며 자신이 로도몬트와의 싸움을 떠맡았다.

그러나 고집스럽게 계속되던 둘의 싸움은 브라다만테가 다시 돌아옴으로써 중단되었다. 그녀는 후퇴하는 군대를 따라잡을 수 없었고 결투의 부담과 위험을 다른 사람에게 떠넘기고 싶지도 않아 다시 결투하기 위해 돌아온 것이다. 그러나 돌아와 보니 그녀를 옹호하던 로게로가 로도몬트에게 강력한 타격을 가해 칼과 고삐를 땅에 떨어뜨리게 만든 참이었다.

적의 무방비 상태를 이용하는 것을 경멸하는 로게로는 말 위에 앉아 있었고 로도몬트를 태운 말은 정신없이 들판을 이리저리 뛰어다니고 있었다.

브라다만테는 로게로가 그렇게 관용을 보이는 용기를 높이 사 그에게 다가갔다. 그리고 자신 때문에 싸움에 개입한 그에게 적을 맡기고 떠난 것을 양해해달라며 그녀가 그렇게 한 것은 군주에 대한 의무 때문이었다고 덧붙였다. 그녀가 그런 말을 하는 동안 로도몬트는 정신을 차리고 말을 타 다시 그들에게 다가왔다. 그러나 그의 태도는 달라져 있었다. 예의상 이미 정복한 군대의 사람과 결투를 계속할 수 없다며 더 이상의 결투를 접었던 것이다. 그는 그렇게 말하며 칼을 집어들고 말에 박차를 가해 그들 시야에서 급히 사라졌다.

전장의 혼란 속에서 적에서 친구가 된 둘은 함께 길을 가면서 그녀는 자신 옆에서 걷고 있는 동료의 이름과 신분을 물었다. 로게로는 자신의 나라와 가문을 알려줬다. 트로이 헥토르의 아들인 아스트야낙스가 시칠리아에 메시나 왕국을 건설했는데 그로부터 현재의 유명 가문의 기원이 된 두 가문이 생겼고 그중 한 가문이 페펭과 샤를마뉴 왕족이고 다른 한 가문이 이탈리아 레기오 왕족이라는 것이었다.

"레기오 왕족에서 제가 나왔어요."

그가 말을 이었다.

"어머님은 전쟁으로 집을 잃고 나를 낳다가 돌아가셨어요. 그런데

한 현명한 마법사가 사막과 추격 위험에도 나를 맡아 데려다 무예를 가르쳤어요."

말을 끝낸 로게로는 그녀에게 자신처럼 그녀 가문의 내력을 말해 달라고 간청했다. 그러자 그녀는 아무 꾸밈없이 자신이 클레르몽 가문 출신이며 그도 이미 명성을 알고 있을지도 모를 리날도의 자매라고 대답했다. 그 정보에 감동받은 로게로는 그녀에게 투구를 벗어달라고 간청했다. 그리고 남장한 그녀의 아름다운 얼굴을 보자 기뻐 어쩔 줄 몰랐다.

둘이 그런 생각에 몰두하는 동안 뜻하지 않은 위험이 둘을 엄습했다. 후퇴 중인 기독교 병사들을 체포하기 위해 숲속에 잠복해 있던 회교도 병사들이 급습한 것이다. 졸지에 투구를 벗은 브라다만테는 머리에 부상을 입고 말았다. 로게로는 그 공격에 화가 치밀었고 브라다만테도 다시 투구를 쓰고 로게로와 합세해 적에게 곧바로 보복했다. 그들은 들판에서 적을 몰아냈다. 하지만 적을 계속 추격하다가 헤어지고 말았다. 로게로는 추격을 멈추고 잃어버린 그녀를 찾아 산과 계곡을 두루 헤매고 다녔다.

그녀를 찾아다니는 동안 그는 우연히 만난 두 명의 기사와 합류해 브라다만테의 무기를 설명하며 동료를 찾는 것을 도와달라고 부탁했다. 하지만 질투심에 그들에게 그녀의 성별을 말하지 않고 숨기고 있었다. 그들이 합류한 것은 밤이었다. 밤새도록 말을 타 이제 동이 트기 시작했다.

여전사이자 리날도의 동생 브라다만테

날이 밝자 로게로의 방패 문양을 본 기사가 로게로에게 무슨 권리로 트로이 문장을 가지고 다니냐고 대답을 요구했다. 로게로는 자신의 출신과 가문을 말하고 나서 질문한 기사에게 자신의 헥토르 문양을 어떻게 알아봤냐고 되물었다. 질문을 받은 기사는 입을 열었다.

"나는 롤랑이 비열하게 살해한 타타르 왕국 아그리칸 왕의 아들 만드리카르도입니다. 롤랑은 아버지를 비열하게 죽였어요. 정정당당히 싸웠다면 그렇게 할 수는 없었을 겁니다. 나는 아버지의 원수를 갚고 롤랑의 것이 아닌 내 명검 뒤랑달을 빼앗기 위해 프랑스에 왔습니다."

그 말을 들은 두 기사는 무슨 권리로 명검 뒤랑달이 자기 거라고 주장하냐고 따졌다. 그러자 만드리카르도는 자신의 내력을 말했다.

"아버님께서 돌아가시기 전 저는 거칠고 무모한 젊은이였습니다. 아버님의 죽음이 저를 자각시켜 복수를 생각하게 되었어요. 나 자신의 노력으로 복수하겠다고 결심하고 이렇게 수행원이나 말, 무기도 없이 길을 떠났습니다. 그렇게 홀로 걸어가던 어느 날 연못 가까이에 세워진 큰 천막을 발견했습니다. 모험삼아 그 안에 들어갔고 우아하게 생긴 처녀를 만났습니다. 처녀가 내 질문에 대답해줬어요. 그 연못은 어느 님프가 만든 것으로 님프의 성이 이웃 언덕 너머에 있다는 겁니다. 그곳에서 님프는 많은 기사를 얻기 위해 노력하다가 생명이나 자유를 잃은 보물을 감시하고 있답니다. 그 보물은 아킬레스가 교활하게 살해한 트로이 왕자 헥토르의 갑옷입니다. 헥토르의 명검 뒤랑달만 없을 뿐 모든 게 완벽합니다. 뒤랑달은 펜테실리아라는 아마존 여왕 수

중에 들어갔는데 다시 그녀의 후손을 통해 알몬테스에게 돌아갔고 롤
랑이 알몬테스를 살해해 그 칼을 소유하게 되었습니다. 헥토르의 나
머지 무기들은 에니아스가 모아 간직하다가 님프가 봉사해준 대가로
님프에게 준 겁니다. '그 무기들을 얻을 용기가 있다면 제가 안내해드
리죠.'라고 처녀가 덧붙이더군요."

만드리카르도는 처녀의 제안을 흔쾌히 수락하고 그녀에게서 말과
갑옷을 얻어 여인과 함께 모험의 길을 떠나게 되었다며 계속 말했다.

"말을 타고 가면서 처녀는 모험의 위험을 설명했어요. 헥토르의 갑
옷을 손에 넣으려고 시도했지만 성공하지 못하고 그 대신 님프의 포
로가 된 모험가들이 매일 교대로 지킬 것을 강요받고 있다는 것이었
어요. 마침내 그들은 황금으로 뒤덮인 설화석고성에 도착했어요. 성
앞 잔디밭에 무장한 기사가 말을 타고 있었는데 그는 세라카네 왕 그
라다소였습니다. 그는 프랑스에 침입했지만 성공하지 못하고 귀국하
다가 님프의 마법에 빠져 감금되어 그녀들의 명령을 따르고 있었어
요. 나는 그를 보자마자 투구 면갑을 벗어 땅에 떨어뜨리고 창을 창받
침에 꽂았어요. 성을 지키는 투사도 싸울 준비를 해 결투가 벌어졌습
니다. 똑같은 힘으로 싸우다가 둘의 창이 모두 부러지고 말았습니다.
그러자 이번에는 다시 칼을 들고 결투를 계속했어요. 결투는 오래 계
속되었고 결과는 알 수 없었어요. 이에 결투를 끝내기로 결심한 나는
그라다소를 양팔로 붙잡았습니다. 그래서 둘 다 땅에 떨어지고 말았
어요. 그러나 나는 그라다소 위에 떨어져 유리한 입장이 되어 그라다

소는 부득이 굴복해야 했어요. 그러자 처녀가 개입해 승자를 축하하고 패자를 위로했습니다. 다음에 나는 처녀와 성문으로 갔습니다. 그러나 아무도 문을 지키고 있지 않아 성안으로 들어가보니 황금으로 된 벽기둥에 방패 하나가 걸려 있었습니다. 하늘색 바탕에 흰 독수리가 그려져 있었는데 프리지아 족속의 귀감인 가니메데스를 붙잡아 달아난 제우스의 새를 기념하는 것이었어요. 그 밑에 다음과 같은 두 줄의 시가 적혀 있었습니다.

"헥토르처럼 강하지 않은 자는
누구라도 내 방패를 만져 더럽히지 말라."

처녀는 말에서 내려 고개를 숙이고 무기에 경의를 표했습니다. 나도 똑같이 고개를 숙여 경의를 표하고 방패로 다가가 내 칼로 방패를 건드려봤어요. 그러자 지진이 난 듯 땅이 흔들리며 성안으로 들어왔던 길이 막혀버렸어요. 이어 맞은편의 다른 문이 열리더니 황금으로 된 줄기와 낟알로 가득한 들판이 펼쳐져 있었습니다. 그러자 처녀가 내게 눈앞의 곡식을 잘라내고 들판 한가운데 있는 나무 한 그루를 뽑아내는 것이 그곳을 빠져나갈 방법이라고 말했어요. 나는 아무 대답도 하지 않고 칼로 곡식을 베기 시작했습니다. 그러나 칼을 세 번도 내려치기 전에 모가지가 잘린 줄기들이 맹독성의 흉악한 짐승으로 변해 나를 공격할 태세를 갖췄어요. 나는 처녀의 지시를 받고 돌멩이 하나를 집어 그 짐승 무리 한가운데로 던졌습니다. 그러자 기적이 발생했습니다. 돌멩이가 짐승들 사이에 떨어지자 짐승들은 분노해 서로 갈기갈기 찢고 싸우기 시작했어요. 나는 그런 기적에 전혀 놀라지 않고 하던 일을 계속하면서 나무를 뿌리째 뽑을 준비를 했습니다. 나는 나무줄기를 양손으로 부둥켜안고 뿌리째 뽑아 올리려고 혼신의 노력을 다했습니다. 그러나 그가 힘을 한 번 쓸 때마다 나뭇잎들이 소나기처럼 떨어지더니 바로 맹금류 새로 변신해 끔찍한 비명을 지르며 날개로 내 얼굴을 때리며 공격했습니다. 그러나 나는 낙담하지 않고 나무뿌리를 뽑기 위해 위로 잡아당겼습니다. 그 순간 갑자기 바람이 불고 천둥이 치더니 매와 독수리들이 소리지르며 날아가버렸어요. 하지만 새로운 적이 다시 나타났습니다. 나무를 뽑아낸 구멍에서 사나운 뱀 한 마리가 나와 내 손발을 으깰 듯 칭칭 감았어요. 그러나 운명이 다시 내 친구가 되었어요. 뱀 모양의 괴물에 감겨 몸부림치던 나는 뒤쪽 나무 구멍에 떨어졌는데 그게 내 몸무게에 눌려 압사했어요. 나는 어느 정도 정상을 회복하고 뱀이 죽은 걸 확인하자 내가 떨어진 구덩이를 유심히 살펴봤습니다. 그곳은 불타는 석탄으로 빛을 발하고 값비싼 금속으로 장식된 둥근 돔형 구덩이였습니다. 구덩이 한가운데는 상아로 된 무덤이 있었는데 그 무덤 위에 갑옷을 입은 듯한 기사의 형상이 있었어요. 그러나 사실 칼을 빼고 모든 게 그대로인 헥토르의 값지고 소중한 무기로 이뤄진 전리품 동상이었습니다. 내가 그것을 천천히 보는 동안 뒷문이 열리더니 한 무리의 처녀들이 들어와 춤추며 갑옷과 투구를 하나씩 집어들고 나를 방패가 매달린 곳으로 안내했어요. 그곳에 성의 님프가 당당한 자세로 앉아 있었는데 그녀는 내가 싸워 획득한 무기들을 하사했어요. 나는 롤랑에게서 빼앗아야 하는 뒤랑달 검 외에는 결코 다른 칼을 휴대하지 않겠다고 맹세하고 헥토르의 무기를 찾는 모험을 끝냈어요."

❱❰ 6 ❱❰

격전의 전사들

만드리카르도는 이야기를 마치고 시선을 로게로에게 돌려 트로이 기사의 상징물을 누가 소유하는 것이 합당한지 결투로 정하자고 제의했다. 로게로는 자신의 적수가 칼을 갖고 있지 않은 데 양심의 가책을 느끼는 것을 제외하면 그의 제안에 별다른 반대를 느끼지 않았다. 만드리카르도는 뒤랑달 검을 손에 넣을 때까지 칼을 사용하지 않겠다고 맹세해 그것이 장애가 될 수 없다고 주장했다. 그러자 만드리카르도와 동행하던 그라다소가 이의를 제기했다. 그라다소는 뒤랑달 우선권이 자신에게 있다며 자신이 프랑스를 침공한 이유도 뒤랑달을 손에 넣기 위한 것이었다고 말했다. 그래서 타타르 왕과 세라카네 왕 사이에 다툼이 일어났다. 그들이 거친 언쟁을 벌이는 동안 한 기사가 처녀 한 명을 데리고 그들 앞에 나타났다. 그들은 플로리스마트와 그의 여인 플로르델리스였다. 플로리스마트는 로게로에게 둘 사이에 언쟁이 벌어진 이유를 물었다. 로게로는 롤랑의 검 뒤랑달 때문이라고 알려줬다. 플로리스마트는 둘의 언쟁이 심각해 자신의 주인이 된 롤랑에게 데려가 주겠다고 말해 그들을 화해시켰다. 뜻하지 않게 롤랑을 만날 수 있다니 그곳에 모인 사람들은 플로리스마트를 앞세워 길을 떠나게 되었다. 일행이 발걸음을 재촉해 길에 들었을 때 난쟁이가 헐레벌떡 그들 앞을 막았다.

"기사님들, 제 여주인께서 날개가 달린 마법사에게 납치되었습니다. 부탁하오니 주인님을 구해주십시오."

난쟁이는 땅에 엎드려 엉엉 울며 간청했다. 그를 도우려면 칼 문제를 해결하지 않고 제쳐둬야 해 기사들은 내키지 않았다. 그렇다고 간청을 거절하기도 어려웠다. 그래서 그라다소와 로게로는 난쟁이를 돕기로 하고 만드리카르도는 플로리스마트와 동행해 롤랑을 찾기 위해 샤를마뉴 진영으로 향하기로 했다.

한편, 로게로를 양육하며 애정을 쏟았던 마법사 아틀란티스는 마법으로 브라다만테의 영향으로 기독교로 개종할 운명임을 알고 있었다. 그래서 그는 하나님의 뜻을 저지하고 로게로를 다시 수중에 넣기 위해 가능한 계략을 총동원했다. 그를 추종하는 귀신들의 도움으로 그는 접근 불가능한 피레네 산속에 성을 세웠다. 그리고 그것을 제자를 위한 쾌적한 거처로 만들기 위해 우연히 성 근처를 지나던 기사와 처녀들을 함정에 빠뜨려 성안으로 끌어들였다. 그곳은 관능을 위한 낙원으로 그곳 사람들은 기꺼이 영광과 의무를 모두 잊은 채 나태한 향락 속에서 시간을 보냈다. 기사들을 유혹해 자신의 세력권 안으로 들어오도록 난쟁이를 보낸 사람도 마법사 아틀란티스였다.

로도몬트와의 결투를 중단한 리날도 이야기로 다시 돌아가보자. 리날도는 적과 결투를 끝낼 생각으로 로도몬트가 들어갔을 것으로 추정되는 아르덴 숲으로 향했다. 그가 숲에 들어가자 발가벗은 예쁜 아이가 아름다운 처녀 세 명과 춤추는 환상을 보고 깜짝 놀랐다. 그 광경에 넋을 잃고 감탄하는데 아이가 그에게 다가와 한 줌의 장미와 백합을 던져 그를 말에서 떨어뜨렸다. 그가 땅에 떨어지자마자 춤추던 처녀들이 다가와 그를 붙잡았다. 그리고 그를 이리저리 끌고 다니며 졸도할 때까지 꽃으로 괴롭혔다. 리날도가 정신을 차리자 무리 중 한 명이 다가와 이 세상 모든 것이 복종하는 힘에 복종하지 않아 이런 처벌을 받는 거라고 설명했다. 그리고 사랑의 샘물을 마시는 것이 유일한 치료 법이라고 덧붙였다. 그리고 그들은 리날도를 떠났다.

온몸이 쓰라리고 머리가 어지러운 리날도는 근처에 흐르는 샘터쪽으로 다가가기 위해 몸을 질질 끌었다. 갈증으로 목이 말랐는지 그는 무의식적으로 게걸스럽게 물을 마셨다. 물맛은 매우 달콤했다. 하지만 사실 매우 쓴 물이었다. 몇 번 갈증을 푼 그는 힘과 기억이 되살아나는 느낌이었다. 그리고 전에 안젤리카가 자신의 얼굴에 꽃을 뿌려 잠을 깨웠을 때 그녀의 호의를 무시하고 도망친 곳에 와 있음을 알게되었다. 그 장면이 떠오르자 자신이 지은 죄를 크게 깨닫고 안젤리카

아르덴 숲에서 리날도가 꿈꾸는 장면

에게 했던 배은망덕한 행동을 크게 뉘우치며 안젤리카의 나라로 가 그녀의 발 밑에 용서를 구하고 싶은 마음에 급히 베이야드에 뛰어올랐다.

이제 발길을 돌려 샤를마뉴가 침략자를 물리치기 위해 두돈을 통해 12용사에게 프랑스 귀국 소환령을 내렸던 때로 돌아가보자. 용사들은 모두 그의 명령에 복종했다. 하지만 롤랑은 안젤리카에 대한 열렬한 사랑으로 황제의 소환령에 응하지 않았다. 알브라카성에 도착한 롤랑은 맨 먼저 그녀가 사는 성곽이 포위공격을 받는 것을 발견했다. 그러나 그는 성채로 들어가 출발할 때부터 시작해 샤를마뉴를 돕기 위해 리날도가 귀국하는 바람에 그와 헤어진 이야기를 해줬다. 그러자 안젤리카는 수비대의 고통과 포위한 공격군의 힘을 설명하면서 자신이 절박한 위험에서 탈출해 프랑스까지 갈 수 있도록 도와달라고 간청했다. 롤랑은 이런 말을 하는 그녀의 동기가 리날도를 남몰래 사랑하는 데서 오는 것임을 전혀 눈치채지 못한 채 그녀의 제의를 흔쾌히 승낙했다.

그들은 성채에서 피어오르는 불빛을 뒤로 한 채 해질 무렵 출발해 적 진영을 무사히 통과했다. 그리고 많은 위험을 겪은 후 마침내 해안에 도착해 프로방스에서 배에서 내려 육로로 계속 이동했다. 그러던 어느 날 더위에 지쳐 아르덴 숲에서 햇빛을 피할 곳을 찾았다. 우연히 샘터를 발견한 안젤리카는 벌컥벌컥 물을 마셨다.

그리고 둘은 숲에서 나오다가 낯선 기사를 만났다. 리날도였다. 리날도는 자신의 무감각을 안젤리카에게 용서를 구하며 새로 찾은 열렬한 사랑을 알리기 위해 막 출발하려던 참이었다. 리날도는 처음에는 놀라움과 기쁨에 말문이 막혔지만 곧 정신을 가다듬고 즐거운 마음으로 그녀에게 인사하고 그녀가 자신의 여자이므로 자신의 보호를 받는 것이 마땅하다고 말했다. 그러나 안젤리카는 그의 무례한 말을 경멸적인 태도로 거부했다. 그녀는 샘물 때문에 마음이 변한 것이다. 롤랑도 자신의 권리를 침해하는 리날도의 행동에 화가 치밀어 각자의 주장을 결투로 결정짓자며 도전장을 던졌다.

이렇게 벌어진 결투에 혼비백산한 안젤리카는 숲속으로 도망쳤다. 그리고 천막이 있는 평야로 나오게 되었다. 그곳은 마르실리우스에 대항하기 위해 전진한 군대를 지원하는 샤를마뉴의 예비군 진지였다. 샤를마뉴는 그의 두 사촌과 어려운 사정으로 헤어져 나온 안젤리카의 이야기를 듣고 나모 공작에게 모든 언쟁의 원인인 그녀를 맡기며 다가올 전투에서 그녀를 얻을 자격이 있는 자에게 그녀를 주겠다고 약속했다. 그러나 이런 계획과 희망은 꺾이고 말았다. 샤를마뉴 군대는 모든 전투에서 패하고 사라센군을 피해 후퇴하게 되었다.

한편, 두 연인 모두로부터 관심을 잃은 안젤리카는 자유의 몸이 된 것을 기뻐하고 자신의 말을 타고 숲속으로 들어갔다. 마침내 부드러운 산들바람이 불고 실개울 두 개가 합쳐져 흐르며 기분좋은 소리를 내며 어린 나무에게 물을 공급하는 작은 숲에 이르렀다. 리날도로부터 멀리 떨어져 있다는 안도감과 피로와 여름 더위에 지쳤던 그녀는 꽃으로 덮인 둑이 시야에 들어오자 즐거워졌다. 둑은 녹색 잔디를 모두 가릴 정도로 꽃이 만발해 그녀에게 쉬라고 손짓하는 것 같았다. 그녀는 말이 실개울 근처 신선한 풀을 뜯어먹고 원기를 회복할 수 있도록 말에서 내렸다. 그리고 자신도 이끼로 덮이고 장미와 산사나무 꽃으로 울타리 친 은신처에서 감사의 휴식을 취했다.

잠든 지 얼마 되지 않아 그녀는 말이 접근해오는 소리에 깼다. 그녀는 시냇가에 도착한 무장한 기사를 보고 놀라 벌떡 일어났다. 그가 두려워해야 할 존재인지 아닌지 확신이 서지 않아 그녀의 가슴은 불안으로 뛰었다. 그에게 들킬까 봐 제대로 숨도 쉬지 못하면서 그가 어떤 사람인지 보기 위해 주위 꽃을 옆으로 제치고 숨었다. 이윽고 기사는 꽃이 만발한 둑 위로 몸을 던지더니 머리를 한 손에 대고 누워 공상 속으로 깊이 빠져들었다. 그러다가 침묵을 깨고 깊은 한숨으로 가득한 불평을 쏟아내기 시작했다.

"아, 후회해봤자 소용없어 잔인한 운명이라니! 사람들은 승리를 거두는데 나는 그저 비참한 무력감을 견디고 있으니. 이렇게 수치스럽고 답답한 사슬 갑옷을 입고 있느니 차라리 천 번 죽는 게 낫지 않을까?"

그제야 안젤리키는 낯선 기사를 알아봤다. 그녀에게 청혼한 훌륭한 기사 중 한 명인 시르카시아 왕 사크리판트였다. 군주는 자기 나라에서 그녀를 뒤쫓아 프랑스까지 따라왔지만 그곳에서 그녀가 기사 롤랑의 보호를 받고 샤를마뉴 황제는 그녀를 얻을 자격이 있는 용기 있는 사람에게 그녀를 주겠다고 공표했다는 실망스러운 소식을 들었다.

사크리판트가 계속 비탄의 말을 내뱉고 있을 때 안젤리카는 대리석 같은 단단함으로 늘 그의 탄식에 귀기울이지 않았지만 이처럼 불행한 위기에 그를 이용하지 못할 이유가 없다고 생각했다. 그를 결코 배우자로 맞을 수는 없지만 그녀에게 필요한 봉사를 해주면 대가를 받을 수 있다는 희망을 줄 필요가 있다는 생각이 들었다. 그래서 그녀는 다이아나(달의 여신이자 처녀성과 수렵의 수호신)처럼 갑자기 나무 그늘에서 나와 그에게 다가가 말했다.

"신의 가호를 빌며 저에 대한 모든 나쁜 감정을 버리기 바랍니다."

그리고 그녀가 아버지의 궁전에서 그와 헤어진 후 일어난 모든 일을 이야기하며 포위당한 성곽도시에서 탈출하기 위해 롤랑의 보호를 받아야 했다고 설명했다. 그때 말과 갑옷 소리가 들리면서 누군가 다가오는 소리가 들렸다. 대화를 중단시킨 소리에 화가 난 사크리판트는 투구를 쓰고 말에 올라타 창을 꽂았다. 그리고 눈같이 흰 깃털 장식의 스카프를 휘날리며 다가오는 기사를 봤다.

사크리판트는 화난 눈빛으로 그를 바라보며 자신이 그와 조금 떨어진 곳에 있어 결투하자고 덤벼들었다. 기사는 상대방의 화난 어조에 아무 대답도 없이 그저 방어 자세만 취했다. 그와 동시에 박차를 가한 두 기사의 말이 폭풍우처럼 서로를 향해 돌진했다.

사크리판트 앞에 나타난 안젤리카

그들의 방패는 창 공격에 구멍이 났다. 가슴받이 금속의 탄성이 없었다면 둘 다 목숨을 잃었을 것이다. 두 마리 말도 강한 충격에 몸을 움츠렸다. 하지만 미지의 기사의 말은 박차를 가하자 정신을 차렸다. 사라센 왕의 말은 죽어 쓰러지며 주인을 덮쳤다. 백인 기사는 그런 상황에 처한 적을 보고 자신이 충분한 명예를 얻었다고 생각해 다시 결투하고 싶지 않아 그대로 길을 떠났다. 그가 1.6km가량 갔을 때 사크리판트는 말 아래에서 겨우 빠져나올 수 있었다.

마치 쟁기질하는 황소를 죽인 천둥소리에 깜짝 놀란 농부처럼 사크리판트는 안젤리카가 자신의 패배를 목격했다는 굴욕감에 말없이 서 있었다. 그의 신음은 부상보다 그녀 앞에서 보인 패배의 수치심에서 나온 것이었다. 공주는 그를 동정하며 가능한 모든 위로를 보냈다.

"후회는 버리십시오. 이번 사건은 단지 휴식을 취하지 못해 약해져 있었기 때문입니다. 폐하의 적도 결투를 다시 시도하지 않고 서둘러 달아났기 때문에 명예를 얻지는 못했습니다."

그녀가 그렇게 사크리판트를 위로하는 동안 밀사로 보이는 사람이 접근했다. 그는 사크리판트에게 다가와 흰색 방패와 흰색 깃털이 달린 투구를 쓴 기사를 봤는지 물었다.

"물론이죠. 그가 나를 땅에 쓰러뜨리고 갔소. 하지만 그가 누구인지 당신한테서 듣고 싶소."

사크리판트가 대답하자 그 밀사는 말했다.

"당신을 쓰러뜨린 사람은 용감하고 아름다우며 고귀한 용기를 가진 여인입니다. 당신에게서 승리의 영광을 얻은 기사는 바로 그 유명한 브라다만테입니다."

　그렇게 말한 후 밀사는 말을 타고 떠났다. 사크리판트는 전보다 더 큰 고통과 수치를 느꼈다. 그는 말없이 안젤리카의 말 위에 올라 그녀를 뒤에 태우고 더 안전한 피난처를 찾아 길을 떠났다. 3km를 채 가기도 전에 숲에서 새로운 소리가 들렸다. 용맹스럽고 힘센 말 한 필이 앞길을 가로막는 나뭇가지를 뚫고 그들 앞에 달려온 것이다. 말은 황금으로 장식된 호화로운 마구를 착용하고 있었다.

　"내 눈이 덤불을 꿰뚫어볼 수 있을지 모르겠지만 덤불 사이로 힘차게 돌진해온 저 말은 베이야드임에 틀림없군요. 우리가 탄 말이 너무 약해 자신을 필요로 한다는 걸 아는 것 같아요."

　안젤리카가 말했다. 사크리판트는 타고 있던 말에서 내려 불같은 준마 베이야드에 접근해 고삐를 잡으려고 했다. 그러나 말은 경멸적인 태도로 대리석 담도 박살낼 듯 그에게 연달아 발길질했다. 그리고 충직한 개가 오랜만에 만난 주인에게 하듯 부드럽고 사랑스러운 태도로 안젤리카에게 접근했다.

　말은 알브라카에서 안젤리카가 자신을 애무해주고 음식을 줬던 것을 일을 기억하고 있었다. 그녀는 왼손으로 고삐를 잡고 오른손으로 그의 목을 가볍게 두드렸다. 놀랄 만큼 총명한 베이야드는 그녀에게 완전히 복종하는 것 같았다. 그래서 사크리판트는 말에 뛰어오를 기회를 포착하고 말이 높이 뛰지 못하게 제압했다. 안젤리카도 자신의

여전사 브라다만테에게 패한 사크리판트

말을 타고 원래 자리를 잡았다.

그때 숲에서 다시 무기끼리 부딪치는 소리가 들려왔다. 그쪽으로 눈길을 돌린 사크리판트는 리날도를 발견했다. 리날도는 이제 자신의 목숨보다 안젤리카를 더 사랑하고 있었다. 하지만 안젤리카는 겁많은 학이 매를 피해 달아나듯 그를 피하고 있었다.

안젤리카가 샘터에서 마신 물이 너무 큰 영향을 미쳐 고통에 찬 얼굴과 떨리는 목소리로 그녀는 사크리판트에게 리날도가 다가올 때까지 기다리지 말고 어서 도망치자고 말했다.

그러자 사크리판트는 상한 자존심을 회복하기 위해 입을 열었다.

"당신을 보호할 힘을 의심할 정도로 나를 존중하지 않는군요. 알브라카 전투를 잊었습니까? 또 당신을 보호하기 위해 혼자 아그리칸을 비롯해 많은 기사와 싸웠던 것은 어떻습니까?"

안젤리카는 어쩔 줄 몰라 아무 대답도 하지 않았다. 그러나 이제 리날도가 너무 가까이 다가와 도망칠 수도 없었다. 그는 자신의 말을 알아보고 위협적인 자세로 사크리판트 왕에게 다가와 외쳤다.

"이 야비한 도둑놈아, 말에서 내려라! 감히 내 재산을 훔치다니. 그에 대한 처벌을 피할 수 있으면 어디 피해봐라. 그 공주도 내 손에 남겨놔야 해. 그렇게도 매력적인 여자와 용감한 말을 그런 식으로 고통받게 하다니 그것이야말로 죄악이다."

시르카시아 왕은 모욕적인 말을 듣고 노발대발하며 큰 소리로 대답했다.

"나를 도둑놈이라고 부르다니. 거짓말쟁이 악당아! 도둑놈은 내가 아니라 너다. 이 여인의 아름다움과 이 말의 완벽함은 무엇과도 비교할 수 없다. 그러니 누가 이들을 가질 자격이 있는지 시험해보자."

말이 끝나자 사크리판트와 리날도는 전력을 다해 상대방을 공격했다. 한 명은 말을 타고 다른 한 명은 맨발이었다. 그렇다고 사크리판트가 일방적으로 유리한 건 아니었다. 베이야드가 익숙하지 않은 사크리판트가 리날도보다 말을 잘 다룰 수는 없었기 때문이다. 충직한 베이야드는 주인을 너무 좋아한 나머지 그에게 상처를 입히려고 하지 않았고 사크리판트의 손에 복종해 도움을 주는 것을 거부해 사크리판트의 공격은 상대방을 때리지만 아무 효과도 없었다. 그래서 사크리판트가 앞으로 전진하고 싶을 때는 뒷걸음질쳐 머리를 숙이고 몸통을 활처럼 구부리고 발로 몸을 바깥쪽으로 내던지는 듯한 동작으로 그가 안장에서 떨어지도록 흔들었다. 사크리판트는 말을 다룰 수 없음을 알고 기회를 노려 안장에 똑바로 앉았다가 가볍게 땅에 내렸다. 그렇게 말이 주는 당혹감에서 해방되어 상대방과 더 동등한 입장에서 결투를 재개했다. 찌르고 피하는 둘의 기술은 똑같았다. 한쪽으로 공격하고 다른 쪽으로 방어했다. 한발을 땅에 확고히 디딘 채 돌고 돌리면서 상대방을 가격하거나 공격을 피했다.

마침내 리날도가 사크리판트에게 무시무시한 일격을 가했다. 리날도의 훌륭한 칼 후스베르타가 표면을 잘 달군 두꺼운 강철판으로 표면을 덮은 뼈로 만든 사크리판트의 방패를 두 동강냈다. 사크리판트의 한쪽 팔은 방어장치를 잃은 채 타격 후유증으로 마비 상태에 빠졌다. 승리가 누구에게 기울었는지 간파한 안젤리카는 자신이 리날도의 전리품이 될 거라는 생각에 부들부들 떨며 더 이상 망설이지 않고 말머리를 돌려 전속력으로 도망쳤다. 정신없이 도망친 그녀는 계곡 아래에서 몸 한가운데로 턱수염이 흘러내린 존경스러운 모습의 경건한 늙은 은둔자를 만났다.

나이와 단식으로 몸이 오그라들어 보이는 은둔자는 초라한 당나귀를 타고 천천히 이동하는 중이었다. 두려움에 압도된 공주는 자신을 바다 항구로 데려가달라고 그에게 간청했다. 그곳에서 배를 마련해 프랑스를 떠나면 더 이상 지긋지긋한 리날도 이름을 듣지 않을 것 같았다.

늙은 은둔자는 마법사와 같은 요소가 있었다. 그는 안젤리카를 위로하며 그녀를 위험으로부터 보호해주겠다고 약속했다. 그리고 짐보따리를 열더니 책을 꺼내 한 페이지를 읽었다. 그러자 그의 마법에 복종하는 정령이 하인의 모습으로 나타나 명령을 내려달라고 말했다. 정령은 명령을 하달받고 두 기사가 아직도 싸우는 현장으로 달려가 대담하게 끼어들었다.

"이 결투에서 이기는 사람에게 어떤 이득이 있습니까? 당신들이 싸우는 목적은 이미 달성되었습니다. 롤랑이 아무 노력도 하지 않고 아무 저항도 하지 않는 공주를 데려가고 있으니까요. 오히려 그를 빨리 추격하는 게 낫지 않습니까? 롤랑이 파리에 도착하면 더 이상 안젤리카를 볼 수 없을 테니까요."

한참 결투를 벌이던 둘은 그 말을 듣고 당황해 넋잃은 사람처럼 롤랑과 겨뤄 승리할 공평한 기회를 가리자는 데 동의했다. 리날도는 베이야드에게 다가가며 수치와 분노의 한숨을 내쉬면서 롤랑을 붙잡는다면 그의 심장을 찢어버리겠다고 끔찍한 맹세를 했다. 그리고 베이야드에 올라타 옆구리에 박차를 가해 숲속에 그대로 서 있는 시르카시아 왕 사크리판트를 놔두고 급히 내달렸다.

베이야드가 리날도에게 고분고분 응한 것을 이상하게 생각할 필요는 없다. 이 훌륭한 동물은 거의 인간과 같은 지능이어서 주인으로부터 도망친 것도 안젤리카의 흔적이 있는 궤도로 주인을 이끌어 다시 그녀를 얻도록 하기 위해서였다. 공주 안젤리카가 전투 현장에서 달아나는 것을 본 베이야드는 마침 리날도가 자신을 놔두고 맨발로 결투한 덕분에 자유롭게 안젤리카의 뒤를 쫓아갈 수 있었다. 주인이 자신에게 접근하는 것을 허락하지 않는 동시에 자기 뒤를 따라오도록 유인해 공주의 모습을 보게 만들었다. 그러나 지금은 베이야드도 리날도처럼 정령의 거짓 정보에 속아 여느 때처럼 고분고분히 주인을 태우고 섬겼다.

리날도는 베이야드를 타고 흥분 상태에서 온 힘을 다해 파리로 향했다. 베이야드는 바람보다 빠른 속도로 달릴 수 있었지만 주인은 그것을 몰라주는 것 같았다. 리날도는 빨리 롤랑과 대결하고 싶어 그날 밤 베이야드에게 불과 몇 시간만 잠을 재우고 계속 달렸다. 그리고 다음

늙은 은둔자를 만난 안젤리카

날 아침 일찍 큰 성곽도시가 갑자기 그의 눈 앞에 나타났다. 도시 성벽 밑에는 샤를마뉴 황제가 집결시킨 군대가 도열해 있었다.

황제는 곧 사방으로부터 공격당할 거라는 예상에 오래된 요새를 보수하고 넓고 깊은 도랑으로 둘러싸인 요새를 건설하고 있었다. 또한 적보다 유리한 고지를 차지하기 위해 새로운 동맹국들을 포섭하는 노력을 최대한 기울였고 영국으로부터도 새 진지를 구축하는 데 충분한 도움을 얻으려고 했다. 그런 상황에서 리날도가 다시 합류하자 황제는 지원군을 요청하기 위해 그를 영국대사로 임명했다. 리날도는 자신의 임명을 결코 탐탁지 않게 생각했지만 황제의 명령에 복종했다. 그래서 마음속 가장 소중한 연인을 위해 단 하루도 시간을 쓸 수 없게 되었다. 그리고 서둘러 칼레(도버해협에 면한 북부 프랑스의 항구)로 가 임무를 신속히 수행한 후 빨리 돌아오길 간절히 바라며 배에 올랐다.

여전사 브라다만테

흰색 깃털과 방패로 무장하고 갑자기 사크리판트 앞에 나타나 그와 결투해 제압했던 여전사 브라다만테는 만나자마자 헤어진 로게로를 찾아다니는 중이었다. 그녀는 로게로와 다시 만나리라는 희망에 숲길을 계속 걷다가 마침내 아름다운 샘터에 도착했다.

샘의 물은 넓은 초원을 가로질러 흐르고 있었다. 늙은 나무들이 샘터에 그늘을 만들었고 나그네들은 샘에서 흐르는 물의 달콤한 속삭임에 매혹되어 걸음을 멈추고 땀을 식혔다. 브라다만테도 이곳의 아름다움을 즐기기 위해 사방을 둘러보다가 나무 그늘에서 깊은 슬픔에 고통스러워하는 듯한 기사를 발견했다. 브라다만테는 그에게 다가가 연유를 물었다. 기사는 울먹이며 말했다.

"아, 악당이 젊고 매력적인 친구인 아내를 빼앗아 가버렸습니다. 그 악당은 차라리 악마라고 부르는 게 좋겠군요. 그놈은 날개가 달린 말을 타고 공중에서 내려와 울부짖는 그녀를 납치해 자신의 소굴로 끌고 갔어요. 나는 말이 더 이상 올라가지 못하는 바위에 이를 때까지 계곡을 뚫고 추격했지만 이제는 죽음만 기다리고 있습니다."

그리고 우연히 그곳을 지나던 두 기사도 자신을 도와주려고 했지만 성공하지 못했다고 덧붙였다. 그들은 세라카네 왕 그라다소와 무어족 로게로였는데 현재 둘 다 마법사의 계략으로 포로가 되어 산꼭대기 난공불락의 성에 감금되어 있다는 것이었다.

로게로라는 이름이 언급되자 그녀는 깜짝 놀라 기쁨을 감추지 못했다. 그러나 기쁨은 곧 사랑하는 그가 마법사의 함정에 빠져 포로가 되었다는 말에 슬픔으로 변했다. 그녀는 그를 위로하듯 말했다.

"기사님, 절망하지 마세요. 당신이 나를 마법사의 성으로 안내할 수 있다면 오늘은 생각보다 행복한 날이 될 수도 있습니다."

그러자 기사는 정색하고 입을 열었다.

"인생의 소중한 것을 모두 잃은 마당에 모험을 피할 이유는 없죠. 당신의 요구에 따르겠습니다. 하지만 앞으로 겪을 위험을 미리 경고하는데 실패하더라도 내 탓으로 돌리지 않길 바랍니다."

그들은 성을 향해 출발했다. 그러나 한 전령이 브라다만테의 뒤를 쫓아와 그녀가 군대로 돌아와 사기가 저하된 군대에 용기를 불어넣고 무어족의 전진을 방어해야 한다는 전갈을 알려왔다. 전령의 말을 들은 슬픔에 빠졌던 피나벨이라는 기사는 브라다만테가 자신의 가문인 마이엥스와 오랫동안 불화 사이인 클레르몽가의 자손이라는 것을 알게 되었다. 그때부터 그는 브라다만테 일행에게서 벗어날 방법에 골

날개가 달린 말 히포그리프의 등장

몰했다. 그의 이름과 혈통을 그녀가 알게 된다면 자신은 치명상을 입고 그녀도 좋지 않은 일을 겪을 거라는 생각이 들었기 때문이다.

브라다만테는 군대로 복귀하라는 명령을 받았지만 감금된 연인을 그냥 두고 떠날 결심이 서지 않았다. 그래서 먼저 로게로를 구출하기로 결정했다. 그들은 피나벨의 안내로 마침내 어느 숲에 이르렀다. 숲 한가운데 바위가 많은 가파른 산이 있었다. 브라다만테로부터 도망칠 방법에 골몰하던 피나벨은 밤을 보낼 대피처를 찾으려면 널리 볼 수 있는 산으로 올라가는 게 좋겠다고 제의했다. 그리고 산으로 올라가는 척하면서 그녀를 떠나 산허리를 올라가다가 마침내 바위가 갈라진 틈에 도착했다. 그곳에서 밑을 내려다보니 갈라진 틈 밑에 넓은 공간의 동굴이 보였다.

한편, 브라다만테는 안내자를 잃을지 모른다는 두려움에 그의 뒤를 바짝 따라갔다. 그래서 동굴 입구에서 그를 다시 만났다. 배신자는 그녀로부터 도망치는 게 불가능함을 간파하고 다른 계략을 세웠다. 그녀가 오기 전 동굴에서 고귀한 가문 출신임을 나타내는 화려한 의상의 묘령의 아름다운 처녀가 나와 눈물을 흘리며 한탄하면서 도와달라고 애원했다는 거짓말로 둘러댔다. 그래서 그가 그녀를 구하기 위해 아래로 내려가려는데 악당이 그녀를 붙잡고 동굴 안으로 서둘러 사라졌다고 거짓말했다.

진실과 용기로 충만한 브라다만테는 배신자의 거짓말을 쉽게 믿었다. 그리고 붙잡힌 처녀를 구하고 싶은 간절함에 동굴로 쉽게 내려갈 방법을 찾기 위해 사방을 둘러봤다. 그러던 중 뻗은 가지가 있는 커다란 느릅나무를 발견하고 가장 큰 가지 하나를 칼로 잘라 동굴 앞 빈터에 던졌다. 그리고 나뭇가지를 붙들고 동굴 아래로 내려가면서 피나벨에게 큰 나뭇가지 끝을 단단히 붙잡고 있으라고 지시했다.

그녀가 그렇게 매달린 것을 본 그는 미소를 지으며 조롱하는 듯한 어조로 그녀에게 물었다.

"뛰어내리기를 잘하십니까?"

그리고 배신의 즐거움을 느끼며 잡고 있던 큰 나뭇가지를 놔버리자 브라다만테는 동굴 아래로 추락하고 말았다. 그는 회심의 미소를 지으며 중얼거렸다.

"네 가문 모두 그곳에서 죽기 바란다."

그러나 피나벨의 잔인한 계획은 뜻대로 되지 않았다. 브라다만테가 붙들고 있던 가지에 달린 나뭇잎과 작은 가지들이 완충 역할을 해준 덕분에 땅에 떨어져 기절했지만 중상을 입지 않아 다른 모험을 할 힘은 남아 있었다.

브라다만테는 충격에서 회복되자 주위를 둘러보고 문 하나를 발견했다. 그리고 그 문을 통해 첫 번째 동굴보다 더 크고 높은 다른 동굴로 들어섰다. 지하 사원 같았다. 매우 순수한 설화석고 기둥들이 지붕을 버티고 있었고 가운데는 간단한 제단이 있었으며 등불이 설화석고 벽에 반사되어 부드러운 빛을 사방으로 퍼뜨렸다.

종교적 경외심으로 고무된 브라다만테는 제단으로 다가가 무릎을 꿇고 자신의 생명을 지켜주시는 분에게 힘을 발휘해 보호해달라고 기도하며 감사했다. 그 순간 작은 문이 열리더니 한 여자가 맨발로 나와 그녀에게 말했다.

"용감하고 관대한 브라다만테여, 당신을 이곳에 오게 만든 것은 저 높은 곳의 힘이었음을 알기 바랍니다. 이곳을 지상의 마지막 거처로 사용했던 메르렝이 내게 당신이 이곳에 도착할 거라는 사실과 내가 당신을 기다릴 거라는 운명을 알려줬습니다."

그녀는 계속 말을 이었다.

"이 유명한 동굴은 마법사 메르렝이 만든 것입니다. 그의 유해는 이곳에 안치되어 있어요. 현명하고 덕망 있는 메르렝 마법사가 어떻게 죽었는지 당신도 틀림없이 들어봤을 겁니다. 호수의 교활한 님프의 희생양이 된 메르렝은 그녀의 위험한 요청을 순순히 받아들이다가 배은망덕한 그녀의 마법에 저항할 힘을 잃고 무덤으로 들어가 살게 된 겁니다. 그의 영혼은 이곳의 여기저기를 떠돌고 있습니다. 그리고 그 영혼은 마지막 나팔 소리로 죽은 자들을 불러 심판할 때까지 이곳을 떠나지 않을 것입니다. 그는 자신의 무덤 가까이 다가오는 사람들의 질문에 답해줍니다. 당신도 그의 목소리를 들을 권리가 있습니다."

브라다만테는 그녀의 말과 지금 보는 것들이 꿈인지 생시인지 알 수 없었다. 그녀는 당황하면서도 겸손하게 얼굴을 붉히며 말했다.

"그렇게 위대하신 분이 나 같은 사람에게 말씀해주시다니!"

하지만 여전히 남모르는 만족감 속에 여사제를 따라 메르렝의 무덤

동굴 속 여성 마법사 메르렝을 만나는 브라다만테

으로 갔다. 무덤은 단단하고 불같이 빛나는 돌로 만들어져 있었다. 돌에서 나오는 광선만으로도 햇빛이 전혀 들지 않는 무서운 그곳이 충분히 밝게 빛나고 있었다. 그러나 그 빛이 돌 자체의 인광 때문인지 많은 부적의 결과인지는 알 수 없었다.

브라다만테가 성스러운 곳의 문턱을 지나자마자 마법사의 영혼이 확고하고 또렷한 목소리로 그녀에게 인사했다.

"오, 정숙한 처녀여, 그대의 계획이 성공하길 빕니다. 미래의 영웅의 어머니이자 이탈리아의 영광인 그대는 세상을 영광으로 뒤덮을 분입니다. 그대의 자손들은 위대한 지휘관과 유명한 기사가 되어 교회를 지키고 고대의 찬란함을 되찾을 것입니다. 그리고 아우구스투스와 슬기로운 누마와 같은 군주들이 황금시대를 부활시킬 것입니다(이 예언은 에스테의 귀족 가문, 즉 페라라의 공국인 그의 모국의 공주를 칭찬하기 위해 아리오스토가 소개한 것이다). 이런 큰 운명적인 일들을 이루기 위해 당신은 로게로와 결혼할 겁니다. 그러므로 그를 구하기 위해 즉시 떠나 그대에게서 그를 빼앗아 쇠사슬에 묶어버린 배신자를 굴복시키십시오!"
메르렝은 이렇게 말하고 여사제 멜리사에게 처녀의 진로를 더 자세히 가르쳐주도록 했다. 멜리사는 이어서 말했다.

"내일 제가 당신을 로게로가 포로로 잡혀 있는 바위성으로 안내하겠습니다. 거친 숲속을 통과할 때까지 당신을 떠나지 않고 당신이 실수하지 않도록 길을 안내할 것입니다."

다음 날 멜리사는 바위와 절벽을 지나 급류를 가로질러 복잡한 오솔길을 통과하는 모험에서 브라다만테를 안내하면서 그녀의 계획이 성공하도록 정보를 제때 알려줬다.

"성은 힘만으로 뚫고 들어갈 수 없습니다. 그리고 날개가 달린 말이 당신의 노력을 수포로 만들 것입니다. 또 한 가지 알아야 할 것은 마법사의 둥근 작은 방패가 너무 찬란한 빛을 발한다는 것입니다. 그래서 누구나 그 빛을 보면 눈이 멀고 맙니다. 그렇다고 빛을 피하려고 눈을 감지는 마십시오. 눈을 감으면 그의 공격을 어떻게 피할 수 있겠습니까? 이제 한 가지 적절한 방법을 가르쳐 드리겠습니다. 무어족의 군주 아그라만트는 인도 왕비로부터 모든 마법을 무용지물로 만드는 힘을 가진 반지를 훔친 적이 있습니다. 아그라만트는 로게로가 어느 무사보다 중요하다는 것을 알고 있었기 때문에 마법사로부터 로게로를 꺼내오고 싶었습니다. 그래서 하인 중에서 가장 솜씨가 좋은 난쟁이 브루넬로에게 그 놀라운 반지를 줬어요. 이제 브루넬로는 로게로를 구출하기 위해 열심히 노력하고 있습니다. 하지만 아름다운 브라다만테여, 나는 당신을 제외하고 아무도 당신의 미래의 배우자를 구출할 영광을 갖는 것을 바라지 않습니다. 그러니 제 말을 잘 듣기 바랍니다. 이제 해변으로 통하는 이 길을 따라가면 머지않아 여관이 보일 것입니다. 그리고 사라센인 브루셀로가 도착할 것입니다. 120cm도 안 되는 키에 불균형적인 큰 머리, 사팔뜨기 눈과 창백한 안색, 턱까지 내려온 눈썹을 가진 그를 쉽게 알아볼 수 있을 것입니다. 더구나 그의 옷은 밀사의 옷처럼 보이므로 그를 쉽게 알아볼 수 있습니다. 당신이 그와 대화를 시작하는 것은 그리 어렵지 않을 것입니다. 당신을 마법사와 결투하려는 기사로 소개하십시오. 하지만 당신이 그의 반지에 대해 알고 싶어하는 인상을 주면 안 됩니다. 그는 당신을 마법사의 성으로 안내하겠다고 제안할 것입니다. 그러면 그의 제안을 받아들이되 성의 빛나는 둥근 지붕이 보일 때까지 그의 뒤에 머무세요. 그런 후 과감히 그를 죽이십시오. 비열한 그 자는 동정할 가치도 없습니다. 그런 다음 그에게서 반지를 빼내십시오. 그가 당신을 의심하게 만들면 안 됩니다. 의심하게 되면 그는 반지를 즉시 입에 넣을 것이고 그러면 시야에서 사라질 테니까요."

이런 대화를 하면서 슬기로운 멜리사와 아름다운 브라다만테는 깨끗하고 넓은 카롱강이 바다로 흐르는 도시 보르도에 도착했다. 여기서 그녀들은 부드럽게 포옹을 나누고 헤어졌다. 목적 달성만 신경쓰던 브라다만테는 브루넬로가 자신보다 불과 몇 분 전에 도착한 여관에 가기 위해 서둘렀다. 젊은 여걸은 그를 쉽게 알아봤다. 그녀가 그에게 말을 걸어 몇 가지 질문을 하자 그는 교묘하게 거짓말로 대답했다. 브라다만테는 자신의 성, 종교, 출신 국가, 가문 등은 전혀 말하지 않았다. 그렇게 그들이 이야기 나누는 동안 갑자기 여관에서 외치는 소리가 들려왔다.

"세상에! 무슨 일로 갑자기 이런 소리가 날까?"

그녀가 말했다. 그녀는 곧 그 이유를 알 수 있었다. 남자 주인, 아이

여성 마법사 메르렝의 조언을 듣는 브라다만테

들, 하인 모두 휘둥그런 눈으로 혜성이나 개기일식을 보듯 실제로 존재할 것 같지 않은 비범한 형제를 응시하고 있었다. 그것은 날개가 달린 말을 타고 호화로운 갑옷을 입은 기사였는데 말은 빠른 속도로 공기를 가르며 날고 있었다. 준마의 날개는 학의 날개처럼 펼쳐져 있었고 여러 가지 색의 깃털로 덮여 있었다. 기사의 갑옷에서 발하는 광택으로 깃털은 무지개 색을 띠었다. 잠시 후 말과 기사는 산봉우리로 사라졌다.

브루넬로는 하늘을 나는 말을 보고 "저것은 가끔 공중을 가르며 날아가는 마법사입니다. 가끔 그는 땅을 미끄러지듯 별 사이를 날아다닙니다. 그는 피레네산맥 꼭대기에 굉장히 멋진 성을 갖고 있습니다. 많은 기사가 용감하게 그를 공격했지만 모두 살아 돌아오지 못했습니다. 목숨을 잃었거나 자유를 잃은 것입니다."

브라다만테는 브루넬로에게 말했다.

"그 마법사의 성으로 인도해줄 안내인을 구해주실 수 있습니까?"

브루넬로는 그녀의 말을 끊으며 말했다.

"당신이 그를 찾게 될 거라고 믿습니다. 제가 직접 안내해드리겠습니다."

브라다만테는 그에게 감사를 표하며 그를 안내원으로 받아들였다.

브루넬로에게는 다루기 꽤 좋은 말 한 필이 있었다. 그래서 브라다만테는 그것을 타고 갈 수 있도록 교섭을 벌어 다음 날 새벽 사라센인 브루넬로를 안내인으로 앞세우고 좁은 계곡길을 따라 출발했다.

그들은 프랑스, 스페인, 두 개의 바다가 보이는 피레네산맥 꼭대기에 도착했다. 산꼭대기에서 그들은 험한 길을 따라 깊은 계곡 아래로 내려갔다. 계곡 중턱에는 수직 바위돌로 이뤄진 산이 외롭게 솟아 있었다. 브루넬로는 브라다만테에게 말했다.

"저쪽에 그 마법사가 포로를 가둔 요새가 있습니다. 그곳을 넘어가려면 날개가 필요합니다. 이 성의 주인이 자신의 거처와 감옥을 오가면서 사용하는 날개가 달린 말의 도움이 필요하다는 뜻입니다."

브라다만테는 그로부터 충분한 정보를 얻고 반지를 손에 넣을 때가 되었다고 판단했다. 그러나 무방비 상태의 사람을 살해할 결심이 쉽게 서지 않았다. 그래서 브루넬로가 눈치채지 못하게 그를 붙잡아 나무에 묶어 그의 손가락에서 반지를 빼냈다. 배신을 밥먹듯하는 사라센인은 소리를 지르며 살려달라고 애원했지만 그녀는 마음을 돌리지 않았다. 그리고 성곽이 있는 바위 밑으로 나아가 경적을 울리며 마법사를 결투로 유인하며 한 번 싸워보자고 소리쳤다.

마법사는 날개가 달린 말을 타고 곧바로 밖으로 나왔다. 그렇게 무서운 존재로 묘사되는 사람이 창, 곤봉, 치명적인 무기도 휴대하지 않은 채 나타나자 브라다만테는 기쁨보다 놀라움을 느꼈다. 그는 천으로 덮인 작은 방패를 한쪽 팔 위에 들고 책 한 권을 한쪽 손에 들고 있었다. 날개가 달린 말은 마법에 걸려 있지 않았다. 그 말은 리피이언 산맥에 사는 종족의 말이었다. 그리핀(그리스 신화에 등장하는 동물로 독수리 머리와 날개, 사자 몸통의 괴물)처럼 말은 독수리 머리와 갈고리 모양의 발톱, 깃털로 덮인 날개에 몸통은 말의 형상이었다. 말의 이름은 히포그리프였다.

마법사가 다가오자 브라다만테는 온 힘을 다해 마법사를 공격했다. 하지만 상처를 입히지는 못했다. 헛수고인 공격을 한동안 계속한 후 그녀는 더 효과적으로 싸우고 싶은 듯 말에서 내려 맨발로 섰다. 마법사는 자신의 유일한 무기를 사용할 준비를 했다. 작은 마법의 방패 뚜껑을 벗기며 상대방의 감각을 빼앗으려는 것이었다. 반지를 믿는 브라다만테는 적의 일거수 일투족을 살폈다. 그리고 마법사가 방패 뚜껑을 벗기자 방패의 찬란한 빛에 압도당한 듯 그녀는 땅 위에 쓰러지는 척했다. 그러나 사실 마법사가 말에서 내려 그녀에게 접근하도록 유인하는 것이었다.

일은 그녀의 계획대로 되어갔다. 마법사는 그녀가 쓰러진 것을 보자 방패를 말 안장 앞 테에 올려놓고 쓰러진 그녀를 붙잡기 위해 다가왔다. 유심히 지켜보던 브라다만테는 가까이 다가온 그를 보자마자 벌떡 일어나 있는 힘껏 그를 붙잡아 쓰러뜨렸다. 그리고 마법사가 그녀를 잡으려고 준비한 쇠사슬로 꽁꽁 묶어 도저히 저항할 수 없게 만들었다. 마법사는 절망감에 외쳤다.

"젊은이, 나를 죽이게나!"

그러나 브라다만테는 그 요청을 들어줄 사람이 아니었다. 그녀는 마법사의 이름과 난공불락의 요새를 만든 목적을 알고 싶어 그에게 비밀을 털어놓으라고 명령했다.

마법사를 태운 히포그리프

"슬프도다! 내가 성곽을 지은 것은 전리품을 숨기기 위한 것도 비난받아 마땅한 계획도 아니라네. 그저 내가 애정을 품은 한 젊은 기사의 생명을 보호하기 위한 것뿐이네. 나는 마법으로 그 기사가 결국 기독교도가 되어 가장 흉악한 배신을 당하고 곧 죽을 거라는 걸 알게 되었네. 로게로라는 이 젊은이는 기사들 중에서 가장 멋지고 능숙하지. 그가 어릴 때부터 내가 키웠네. 하지만 그는 명예와 영광을 갈망하고 내 곁을 떠나 아그라만트가 프랑스를 침공할 때 함께 참가했다네. 나는 로게로에게 그의 부모보다 더 헌신적이었지. 그래서 그를 위협하는 잔인한 운명에서 구하기 위해 이곳에 데려올 여러 가지 계획을 세웠지. 이 독적을 위해 자네에게 사용한 것과 똑같은 방법으로 그를 이곳에 데려왔지. 물론 그 방법으로 많은 기사와 여인도 성곽으로 데려오는 데 성공했네. 사랑하는 제자의 감금생활의 부담을 덜어주기 위해서 말이지. 그에게 기쁨을 줄 수 있는 사교생활을 제공하고 그가 전쟁이나 영광과 같은 문제를 생각하지 않도록 하기 위해서였네. 아! 하지만 내 모든 배려는 헛수고가 되어버렸네. 그러니 제발 내가 사랑하는 제자만 놔두고 모든 걸 가져가게. 이 방패도 날개가 달린 준마도 다 가져가게. 포로 중에 친구가 있다면 모두 풀어주겠네. 하지만 사랑하는 로게로만은 그냥 놔두게. 자네가 로게로를 데려가겠다면 차라리 보존할 가치도 없는 내 생명을 가져가게."

브라다만테가 대답했다.

"늙은 양반, 애원으로 내 마음을 움직일 생각은 마시오. 정확히 말해

내가 필요한 것은 로게로의 자유뿐이니까. 당신이 예상한 운명으로부터 그를 구하기 위해 그를 가두고 나태한 쾌락을 누리게 하지 않았는가? 허영심 많은 늙은 양반, 자신의 앞일도 모르면서 어떻게 그의 운명을 예상할 수 있단 말인가? 당신의 생명을 거둬달라고? 아니지. 내 팔과 영혼은 그런 요청을 거부하오."

그녀는 이렇게 말하고 마법사에게 앞장서 성곽으로 가는 길을 안내하라고 요구했다. 이렇게 해 주색에 빠져 지내는 생활이 끝난 것을 아쉬워하는 포로를 포함해 모든 사람이 석방되었다. 브라다만테와 로게로는 서로 만나 기뻐 어쩔 줄 몰랐다.

그들은 산에서 내려와 결투가 벌어진 곳으로 갔다. 그곳에는 날개가 달린 말 히포그리프가 있었는데 천에 싸인 마법의 방패가 말 안장에 걸려 있었다. 브라다만테는 말 고삐를 붙잡기 위해 말에게 다가갔다. 말은 그녀가 다가오길 기다리는 것 같았다. 그녀가 자신을 붙잡기 전에 그녀를 피해 날개를 펴 근처 언덕 위로 날아올랐다. 로게로와 함께 석방된 다른 기사들은 말을 잡기 위해 언덕 위로 흩어졌다. 마침내 그 동물은 로게로가 자신의 고삐를 붙잡는 것을 허락했다. 용맹한 로게로는 주저없이 말 위에 올라탔다. 그가 말에게 박차를 가하자 말은 원기가 살아난 듯 잠시 단거리를 달리다가 갑자기 날개를 펴 공중으로 솟아올랐다. 브라다만테는 연인과 재회한 한순간에 다시 로게로를 태운 말이 하늘로 날아가는 것을 보고 가슴이 미어지는 비탄을 맛봤다. 말을 다룰 줄 모르는 로게로는 날아가는 말을 어떻게 할 수 없었다. 더구나 산꼭대기 위에서 너무 높이 날아 어디가 땅이고 어디가 바다인지 분간할 수도 없었다. 히포그리프는 매우 상쾌하고 유리한 강풍에 올라타 파도를 가르는 범선처럼 서쪽으로 날아갔다.

〉(8)〈

아스톨포와 마녀

히포그리프를 타고 오랫동안 날던 로게로는 산과 바다를 지나 미지의 장소로 향했다. 말을 어느 정도 다룰 수 있게 되자 그는 가장 가까운 땅에 내리게 했다. 발이 닿을 정도로 육지에 가까이 다가가자 로게로는 말에서 뛰어내려 말을 도금양나무에 묶었다. 나무 가까이에는 히말라야 삼목과 야자나무에 둘러싸인 깨끗한 샘물이 흐르고 있었다. 로게로는 방패와 투구를 벗어 옆에 두고 즐거운 마음으로 깨끗한 공기를 마신 후 샘물로 입술을 적셨다. 말을 타고 온 것을 생각하면 그가 얼마나 피곤할지 짐작이 간다.

그런 그가 달콤한 휴식을 맛보려는 순간 도금양나무에 묶여 있던 히포그리프가 뭔가에 놀란 듯 나무에서 떨어져 나가려고 전력을 다해 발버둥쳤다. 말이 몸부림쳐 흔들리는 도금양나무에서 아름다운 나뭇잎들이 땅에 떨어져 흩어졌다. 이윽고 도금양나무에서 장작타는 듯한 소음이 희미하고 불분명하게 나오더니 점점 크게 들리다가 마침내 어떤 목소리가 말했다.

"오, 기사님, 당신의 늠름한 모습처럼 마음씨도 부드럽다면 제발 저를 괴롭히는 이 동물로부터 구해주십시오. 나는 외부적으로 당하는 고통 말고도 이미 내부적으로 큰 고통을 당하고 있습니다. 제발 이런 고통을 내 운명에 더하지 않게 해주십시오."

로게로는 그 목소리를 듣고 재빨리 도금양나무로 시선을 돌려 급히 내달렸다. 그리고 목소리가 나무 자체에서 나온 데 놀라 잠시 나무 앞에 꼼짝하지 않고 서 있었다. 그러다가 바로 나무에서 말을 풀어주고 놀라며 후회하는 어조로 말했다.

"그대가 인간인지 숲의 여신인지 알 수 없지만 본의 아닌 실수를 용서하십시오. 나무껍질이 감정이 있다면 어떻게 아름다운 도금양나무가 군마의 모욕을 받도록 놔뒀겠습니까? 제가 끼친 피해를 하늘과 공기의 감미로운 힘이 보상하도록 빌겠습니다. 저로서는 당신의 용서를 받기 위해 할 수 있는 모든 것을 하겠다고 약속드립니다."

이 말을 들은 도금양나무는 뿌리부터 줄기까지 흔들리는 것 같았다. 로게로는 통나무가 불에 탈 때 나오는 눈물과 같은 액체가 나무에서 흘러나오는 것을 봤다. 도금양나무는 계속 말했다.

"당신의 친절한 말씀을 들으니 제가 누구인지 무슨 운명으로 이런 형상인지 말하지 않을 수 없군요. 저는 그 유명한 롤랑과 리날도의 사촌 아스톨포입니다. 저도 프랑스에서는 가장 용맹한 12용사 중 한 명이었습니다. 물론 아버지 오토의 뒤를 이어 영국을 통치할 권리를 갖고 태어났습니다. 리날도를 비롯한 많은 기사와 함께 먼 동부 지역에서 귀국하던 도중 바다와 인접한 곳에 알씨나라는 강력한 마녀가 소유한 성곽 근처에 도착했습니다. 그때 그녀는 낚시하며 시간을 보내기 위해 바닷가에 나와 있었습니다.

우리는 잠시 걸음을 멈추고 그녀가 낚싯줄도 없이 원하는 것은 뭐든지 잡아올리는 걸 봤습니다. 그런데 해안에서 멀지 않은 곳에서 섬처럼 보이는 거대한 고래가 넓은 등을 보이며 나타났습니다. 그때 알씨나는 저를 보고 저를 자신의 손아귀에 넣을 계획을 했습니다. 그녀는 우리에게 이렇게 말했습니다.

'이 시간에 바다에서 가장 아름다운 인어가 매일 규칙적으로 저쪽 섬 해안에 나타납니다. 그녀의 노래 소리가 너무 아름다워 파도는 그녀의 노래를 들으며 잔잔히 흐릅니다. 당신들도 그 노래를 듣고 싶다면 나와 함께 그곳으로 가봅시다.'

그리고 알씨나는 우리가 섬으로 생각한 거대한 동물을 가리켰습니다. 경솔하게도 나는 주저 없이 그녀를 따라갔습니다. 말은 헤엄치게 하고 나는 고래 등에 올라탔습니다. 리날도와 두돈은 조심하라는 신호를 내게 보냈습니다. 하지만 알씨나는 미소를 지으며 내게 길을 안내했습니다. 우리가 고래에 올라타자마자 고래는 큰 지느러미로 재빨리 물을 가르며 앞으로 나아갔습니다. 바로 그 순간 내 어리석음을 깨달았습니다. 물론 후회하기에는 너무 늦었죠. 알씨나는 내 분노를 진정시키며 나를 사랑했기 때문에 이런 일을 했다고 말했습니다. 이윽

고래 등에 올라탄 아스톨포

고 우리는 섬에 도착했는데 처음에는 운명에 만족하고 하루하루 행복하게 보내도록 모든 일이 갖춰져 있었습니다. 그러나 알씨나는 나를 정복한 것에 만족했는지 더 이상 내게 관심을 보이지 않고 곧 싫증을 냈습니다. 그래서 마침내 나를 제거하기 위해 이런 모습으로 바뀌버렸어요.

그녀는 이전에 많은 연인에게도 이런 짓을 저질렀습니다. 그들은 올리브나무, 야자나무, 히말라야 삼목, 샘물, 바위, 심지어 야생동물로 바뀌었어요. 우연히 이 마법의 섬에 오신 예의바른 기사님께서는 알씨나에게 정복당하지 않도록 조심하시기 바랍니다."

로게로는 그의 자세한 이야기를 듣고 매우 놀랐다. 아스톨포에 따르면 이 섬의 대부분은 알씨나가 지배하고 있었다. 그녀는 자매 모르가나의 도움으로 세 번째 자매 로게스틸라의 세습재산을 모두 **빼앗**았다. 사실 이 섬 전체는 아버지가 로게스틸라에게 물려준 것이었다. 로게스틸라는 온순하고 현명한 여자인 반면, 다른 자매들은 불성실하고 방탕했다.

아스톨포는 여기서 이야기를 끝냈다. 로게로는 아스톨포가 브라다만테의 사촌임을 알게 되어 기꺼이 그를 구출할 방법을 찾고 싶었지만 그럴 힘이 없었다. 그래서 그를 위로하며 로게스틸라의 궁전으로 가는 길과 알씨나의 궁전을 피해 갈 길을 알려달라고 간청했다. 아스톨포는 기칠고 비위로 가득하지만 왼쪽 길로 가는 게 좋다고 일러줬다. 물론 그 길에도 큰 장애물이 있고 백성들이 영토에서 도망가지 못하게 감시하는 괴물들이 그의 행동을 방해할 거라고 충고했다. 로게로는 도금양나무에게 감사를 표시하고 길을 떠날 준비를 했다.

처음에 로게로는 날개가 달린 말을 타고 산에 오를 생각이었지만 말을 다룰 자신이 없어 다시 말을 타고 하늘을 나는 위험을 감수할 수 없었다. 게다가 배도 고팠다. 그래서 말을 뒤따라오게 하고 자신은 걸어서 멀지 않은 두 자매의 영토로 향했다.

그가 3.2km쯤 갔을 때 매우 훌륭한 알씨나의 도시가 눈에 들어왔다. 도시는 황금벽으로 둘러싸였고 성벽 높이는 하늘에 닿은 듯했다. 아마도 누군가는 성벽의 황금을 진짜 황금이 아닌 연금술로 만든 황금으로 생각할지도 모른다. 하지만 그는 성벽이 황금처럼 빛나 진짜 황금으로 생각했다.

넓고 평평한 도로가 성곽도시의 문으로 이어졌고 이 길에서 좁고 거친 길이 갈라져 나와 산악지역으로 이어졌다. 로게로는 주저없이 좁은 길을 택했다. 하지만 그가 좁은 길에 들어서자 수많은 정령이 길을 가로막고 그를 공격했다.

이런 정령처럼 우스꽝스럽고 이상한 것은 아무도 본 적이 없을 것이다. 어떤 정령은 목부터 발까지는 인간의 형상이고 머리는 원숭이나 고양이 형상이었다. 어떤 정령은 말의 다리와 귀를 갖고 있었다. 머리가 벗겨진 무시무시한 늙은 남녀가 실성한 듯 반나체로 이리저리 뛰어다니기도 했다. 어떤 정령은 고삐도 없이 전속력으로 말을 몰고 있었다. 어떤 정령은 당나귀나 암소를 타고 느릿느릿 움직이고 있었다.

어떤 것은 친구들이 탄 동물의 꼬리나 갈기를 붙잡고 이리저리 껑충껑충 뛰어다녔다. 또 어떤 것들은 뿔 나팔을 불고, 어떤 것들은 술잔들을 휘두르며 쇠꼬챙이와 쇠스랑으로 무장해 있었다. 대장으로 보이는 정령은 거대한 배와 살찐 큰 머리에 엉금엉금 기어가는 거북이 등에 올라타 일정한 방향 없이 움직이고 있었다. 목과 귀, 주둥이가 있지만 인간과 비슷해 보이는 정령은 로게로를 보고 사납게 짖어댔다. 로게로가 오른쪽으로 방향을 돌리게 해 성곽으로 통하는 길로 다시 들어가게 유도하기 위해서였다. 그러나 용감한 로게로는 소리쳤다.

"내가 이 칼을 사용할 수 있는 한 그렇게 하지 않겠다."

그리고 곧바로 칼끝을 정령의 얼굴에 들이밀었다. 그러자 정령은 창으로 기사를 공격했다. 하지만 로게로는 정령보다 훨씬 빠른 동작으로 그의 몸통을 칼로 뚫었다. 정령의 등 뒤로 손 하나 넓이의 칼끝이 길게 나온 것 같았다. 분노를 온전히 표출한 로게로는 전력으로 오합지졸에 대항하며 전진했다. 그러나 그들이 너무 많고 가까이 몰려와 뚫고 나가기 위해서는 브라이루스만큼 무기가 있어야 했다.

로게로가 말 안장에 걸린 마법사의 방패 뚜껑을 벗기기만 했다면 정령 인간들을 쉽게 제압할 수 있었을 것이다. 하지만 로게로는 그런 생각을 하지 않았다. 아니면 명검 이외 다른 방법으로 자신을 방어하고 싶지 않았는지도 모른다.

어쨌든 그의 난처한 상황이 극에 달한 순간 태도와 의상으로 미뤄 신분을 짐작케 하는 두 명의 젊은 미인이 성곽도시의 문에서 나왔다. 그

숲속의 정령들을 만나는 로게로

녀들은 흰 담비 빛을 능가하는 흰색 유니콘(말과 비슷하며 이마에 뿔이 박힌 전설적 동물)을 타고 있었다. 그들은 로게로가 정령 인간들과 용감히 싸우는 풀밭으로 다가왔다. 그들이 다가오자 정령 인간들은 모두 물러갔다. 두 여자는 몸이 많이 움직였을 뿐만 아니라 수줍은 성격으로 뺨이 발개진 젊은 무사에게 다가와 손을 내밀었다. 그는 그녀들의 도움에 감사를 표했다. 그리고 그녀들을 거부하고 싶지 않아 그녀들을 따라 성곽도시의 문으로 향했다.

웅장하고 아름다운 출입구 현관은 네 개의 거대한 기둥으로 이뤄졌고 모두 다이아몬드로 장식되어 있었다. 문간과 기둥 사이에는 한 무리의 매력적인 젊은 여자들이 어울려 놀이를 즐기고 있었다. 그녀들은 모두 뛰어나와 로게로를 영접하며 낙원으로 보이는 궁전으로 그를 안내했다.

이곳의 시간은 계산할 필요도 없이 항상 새로운 즐거움 속에서 흘러갔다. 이곳에 사는 주민들은 싫증이나 부족함을 느끼거나 무엇보다 늙었다고 생각해본 적이 없었다. 그들은 사치와 쾌락 이외에는 아무 감정도 느끼지 못했다. 행복의 술잔을 언제나 무한정 마셨다. 로게로가 정령 인간들과 싸울 때 도와준 두 처녀가 그를 여주인이 사는 곳으로 안내했다. 아름다운 알씨나가 앞에 나와 그에게 위엄있고 정중하게 인사했다. 그녀의 모든 신하는 로게로를 둘러싸고 입에 침이 마르도록 아첨의 말을 했다. 성곽의 징엄함은 그 안에 사는 사람들에 비하면 덜 감탄스러운 편이었다. 그들은 남녀 모두 미모와 젊음, 우아함으함으로 너무 잘 어울려 보였다. 그러나 이 매력적인 집단 중에서도 알 씨나는 태양이 별들을 무색하게 만들듯 찬란히 빛나는 존재로 보였다. 젊은 무사 로게로는 알씨나에게 반했다.

로게로는 도금양나무에게서 들은 이야기를 모두 악의에 찬 비방으로 생각했다. 거짓과 배신이 미소와 순진한 진실 속에 은폐되어 있음을 그가 어떻게 의심할 수 있겠는가? 그는 아스톨포는 당연히 현재의 운명에 처해 있어야 하고 어쩌면 더 가혹한 운명에 처해야 한다는 것을 의심하지 않았다. 그는 도금양나무의 모든 이야기를 한낱 실망한 영혼이 복수하고 싶은 열망에 만들어낸 것으로 생각했다. 하지만 로게로를 너무 가혹하게 비난하면 안 될 것이다. 그도 마법의 희생자이기 때문이다.

그들이 식탁에 앉자마자 류트와 하프가 매우 황홀한 소리를 내며 고요를 깨뜨렸다. 매력적인 시 낭송이 연주를 더 흥겹게 만들었고 연회의 장엄함이 여왕의 음식을 더 돋보이게 했다. 배신의 여왕은 다른 용사들에게도 그랬듯 그를 유혹했다가 싫증나면 다른 형상으로 바꿔버리기 위해 그를 붙잡아둘 계획에 골몰했다. 하루하루가 이같이 흘러갔다. 즐거운 게임, 춤, 가벼운 운동이 시간을 더 빨리 지나가게 했다. 그런 오락과 목욕, 수면의 상쾌함을 더 흥미롭게 해주는 것들이었다. 샤를마뉴와 아그라만트가 제국을 위해 분투하는 동안 로게로는 이렇게 나태히고 사치스러운 향락에 빠져 있었다.

로게로를 영접하는 마녀 알씨나

브라다만테는 들판과 도시를 돌아다니며 로게로를 찾아봤지만 찾지 못하고 이제 어디로 가야 할지 막막했다. 그녀는 로게로의 죽음을 걱정하지는 않았다. 그런 영웅이 죽었다면 그의 소식은 히다스페스로부터 가장 먼 소구의 강까지 울려 퍼질 것이 틀림없기 때문이었다. 그러나 그녀는 그가 육지에 있는지 공중에 있는지 알 수 없어 마지막으로 메르렝의 무덤이 있는 동굴로 다시 가 그를 찾을 확실한 방향을 묻기로 했다.

그녀가 그런 생각에 잠겨 있는 동안 지혜로운 사제 멜리사가 갑자기 그녀 앞에 나타났다. 인정 많은 여사제는 주문을 걸어 로게로가 자신의 명예와 군주를 잊은 채 쾌락과 나태 속에서 시간을 보내고 있음을 알게 되었다. 영웅으로 태어난 사람이 저속한 나태 속에 시간을 낭비하고 훼손된 명예를 후세에 전할 거라는 생각에 참을 수 없는 그녀는 그를 덕망의 길로 끌어내기 위해 적극적인 조치를 취해야 한다고 느꼈다. 로게로의 생명을 보존하는 데만 열중하고 그의 명성은 신경쓰지 않는 마법사 아틀란티스와 달리 멜리사는 상냥한 용사에 대한 애정에 눈이 멀지 않았다. 히포그리프를 너무 매력적인 알씨나의 섬으로 보내 로게로가 명예를 잊고 영광 추구도 멈추길 바란 계략을 쓴 이는 바로 늙은 마법사 아틀란티스였다.

브라다만테는 멜리사를 보고 기뻐 얼굴을 밝게 펴며 희망에 부풀었다. 멜리사는 그녀에게 아무것도 숨기지 않고 로게로가 알씨나의 올가미에 어떻게 걸렸는지 알려줬다. 브라다만테는 갑자기 슬픔과 공포에 빠져들었다. 그러나 친절한 여성 마법사는 그녀를 진정시켜 두려움을 없애주고 며칠 지나 용사를 그녀의 발 밑에 데려다주겠다고 약속했다.

"사랑하는 딸이여, 마법을 이겨낼 수 있는 당신의 반지를 내게 다오. 그것으로 거짓말쟁이 알씨나가 로게로를 붙잡아둔 요새로 들어가 틀림없이 그녀를 정복하고 그를 구출하겠소."

브라다만테는 로게로를 위해 최선을 다해달라고 부탁하며 난쟁이 브루넬로에게서 빼앗은 안젤리카의 절대 반지를 선뜻 건넸다. 멜리사는 마법으로 새까만 색으로 뒤덮인 거대한 말을 불렀다. 그리고 그 말을 타고 빠른 속도로 달려 다음 날 아침 알씨나의 거주지에 도착했다.

그곳에서 멜리사는 늙은 마법사 아틀란티스와 완전히 닮은 형상으로 변신하고 야자나무처럼 키를 늘려 전체적인 몸집을 키웠다. 턱은 긴 턱수염으로 가리고 얼굴에는 주름살을 만들었다. 또한 그의 목소리와 버릇을 흉내내며 로게로를 단독으로 만날 기회를 엿봤다.

드디어 그녀가 로게로를 만날 때 로게로는 비단과 금색의 화려한 튜니카(옛 그리스·로마인의 소매가 짧고 무릎까지 내려오는 속옷)를 입고 목에는 보석으로 된 칼라를 두르고 운동으로 거칠어진 팔에는 팔찌를 차고 있었다. 그의 태도와 일거수 일투족은 여성의 나약함 자체로 이름만 로게로일 뿐 실제로 로게로다운 점은 하나도 남아 있지 않았다. 마녀가 로게로에게 그렇게 영향을 미쳤다.

멜리사는 옛 스승의 모습으로 로게로 앞에 나타나 엄숙하고 진지한 태도로 말했다.

"그래, 내가 너를 위해 애쓴 결과가 고작 이거란 말이냐? 나는 네게 사자와 호랑이 골수를 먹이고 용을 제압하고 헤라클레스(제우스의 아들로 그리스 신화에 등장하는 최고 영웅)처럼 뱀을 손으로 잡아 질식시켜 죽이는 것도 가르쳤다. 그러나 이 모든 수고에도 불구하고 너는 나약한 아도디스(그리스 신화에 등장하는 사랑과 미의 여신 아프로디테의 사랑을 받은 목동)가 되었구나. 나는 밤마다 별들을 지켜보고 운세를 점치며 출생지를 계산했다. 그런데 이 모든 것이 네가 위대한 사람으로 태어날 것임을 잘못 지적한 것이었구나. 네가 천한 여성 마법사의 노예가 될 거라고 누가 믿었겠느냐? 오, 로게로, 알씨나에게 뭔가 배워라. 그녀의 마법을 배우고 그에 대항할 방법을 습득하거라. 그리고 이 반지를 받아 손가락에 끼고 돌아가 그녀의 진정한 매력을 스스로 알아보거라."

그 말을 듣고 로게로는 부끄럽고 당황스러워 시선을 땅에 떨군 채 뭐라고 대답해야 할지 몰랐다. 멜리사는 기회를 잡아 슬쩍 반지를 그의 손가락에 끼워줬다. 그러자 로게로는 본연의 자세로 돌아왔다. 그것은 그에게 청천벽력과 같은 사건이었다. 부끄러움에 압도되어 감히 스승의 얼굴을 쳐다볼 수 없었다. 드디어 그가 고개를 들자 눈에 들어온 것은 늙은 스승이 아닌 여성 성직자 멜리사였다. 반지 때문에 멜리사도 원래 모습으로 돌아온 것이다. 그녀는 그를 구출하러 오게 된 동기와 브라다만테의 슬픔과 낙담 그리고 그녀가 얼마나 그를 찾아다녔는지 전부 말해줬다.

알씨나의 궁전에서 퇴락하는 로게로

"그토록 매력적인 아마존이 당신에게 이 반지를 보냈어요. 이 반지는 모든 마술의 최고 해독제입니다. 당신을 섬기는 데 더 큰 힘이 된다면 그녀는 내 손에 자신의 심장이라도 담아 보냈을 겁니다."

멜리사가 더 말할 필요는 없었다. 알씨나에 대한 로게로의 사랑은 마법의 작용에 불과해 마법의 힘이 없어지자마자 사라져버렸다. 이제 그는 그녀를 사랑했던 것처럼 열렬히 그녀를 미워하게 되어 그녀의 악덕 이외에는 아무것도 보이지 않았고 그녀로 인해 수모를 당한 것에 분노를 느낄 뿐이었다.

그가 알씨나를 다시 만났을 때는 놀랍게도 분노만 일어났다. 반지로 인해 그녀의 마법에 대항할 수 있게 된 그는 마녀가 추한 괴물임을 알아봤다. 그녀의 모든 매력은 꾸며낸 것이었고 잘 들여다보면 모두 보기 흉한 것이었다. 사실 그녀는 헤카베(그리스 신화에 등장하는 트로이 왕 프리아모스의 아내)나 로마 무당보다 늙어 보였다. 그러나 유감스럽게도 당시 존재하지 않는 마법의 힘으로 그녀는 자신을 매력적으로 보이고 젊음의 매력을 보여줄 옷을 입을 수 있었다. 이제 로게로는 모든 것을 이해할 수 있었다. 하지만 멜리사의 충고대로 놀라움을 드러내지는 않았다. 그리고 그는 어떤 핑계를 대고 믿음직한 발리사르도 칼 옆에 놔둔 갑옷을 입고 덮어둔 작은 방패를 집어들었다.

그리고 알씨나의 의심을 사지 않고 그녀의 마굿간에서 말 한 필을 골랐다. 멜리사의 충고대로 히포그리프는 남겨뒀다. 멜리사가 히포그리프를 맡아 말을 잘 듣게 훈련시켜주겠다고 약속했기 때문이다. 그가 택한 말은 한때 아스톨포가 소유했던 라비칸이었다. 그런 후 그는 반지를 멜리사에게 돌려줬다.

로게로는 말을 타고 나간 지 얼마 되지 않아 팔뚝에 매 한 마리가 앉아 있고 뒤에는 개 한 마리를 데리고 다니는 알씨나의 사냥꾼을 만났다. 힘센 말을 타고 있던 사냥꾼은 대담하게 용사에게 다가와 약간 거만한 태도로 어디를 그렇게 바쁘게 가냐고 다그쳤다. 로게로는 대답할 가치가 없다고 생각하고 아무 반응도 보이지 않았다. 그러자 사냥꾼은 그가 도망 중인 걸로 생각하고 계속 말을 던졌다.

"내가 매를 시켜 당신을 가지 못하게 막으면 어떻게 하겠소?"

그러면서 사냥꾼은 새를 날려 보냈다. 라비칸이 새를 따라잡을 수는 없었다. 이어서 사냥꾼은 말에서 내려 자신의 말이 입을 벌려 헐떡거리며 로게로를 빨리 뒤쫓게 했다. 사냥꾼도 바람이나 불이 실어주듯 빨리 뛰었고 그의 개도 라비칸과 같은 속도로 따라왔다. 로게로는 도망치는 것이 불가능해지자 말을 멈추고 추격자들과 정면으로 맞섰다. 하지만 그의 칼은 무용지물이었다. 오만한 사냥꾼은 로게로에게 폭언하며 회초리 무기로 그를 마구 때렸다. 개도 그의 발을 물어뜯고 사냥꾼의 말도 발굽으로 발길질했다. 동시에 매도 그의 머리와 라비칸의 머리 위로 날아와 발톱과 날개로 공격했다. 그때 계곡에서 나팔과 심벌즈 소리가 들려왔다.

알씨나가 군대를 총동원해 로게로를 추격한다는 것을 분명히 알리는 소리였다. 로게로는 더는 꾸물거릴 시간이 없다고 생각했다. 그때

히포그리프를 타고 알씨나의 성에서 탈출하는 로게스틸라

다행히 목에 걸고 있던 아틀란티스의 방패가 생각났다. 그가 방패 덮개를 벗기자 마법의 놀라운 힘을 발휘했다. 사냥꾼, 개, 말은 납작하게 쓰러졌고 퍼덕거리던 매의 날개도 더 이상 지탱하지 못하고 의식을 잃고 땅에 떨어졌다. 귀찮은 존재들을 제거한 로게로는 혼수 상태에 빠진 그들을 그대로 둔 채 말을 타고 도망쳤다.

알씨나는 로게로를 추격하기 위해 궁전에서 동원가능한 모든 병사들을 이끌고 출격했다. 뒤에 남은 멜리사는 기회를 놓치지 않고 반지의 보호를 받으며 모든 방을 샅샅이 뒤졌다. 그리고 부적을 발견하자마자 모두 망가뜨리고 도장들을 깨뜨리고 조상들을 불태웠다. 그리고 급히 들판으로 달려가 나무, 샘물, 돌, 짐승으로 변한 희생물들을 마법에서 풀어줘 자유를 되찾아줬다.

그들은 구원자에게 죽도록 감사하며 선량한 로게스틸라의 영토를 향해 전력을 다해 도망쳤다. 그리고 그곳에서 각자 집으로 길을 떠났다.

멜리사가 맨 먼저 석방한 사람은 아스톨포였다. 로게로가 그녀에게 각별히 그를 부탁했기 때문이다. 멜리사는 아스톨포가 한때 아르갈리아 것이었던 귀중한 황금머리 창을 회수하도록 도와줬다. 그리고 그와 함께 날개가 달린 말을 타고 단숨에 공중으로 날아올라 로게스틸라의 성곽에 도착해 로게로와 합류했다.

그곳에서 그들은 지혜로운 로게스틸라와 덕망있는 신하들과 함께어 즐겁고 유익한 친교를 잠시 나눴다. 그리고 로게로는 히포그리프와 반지와 작은 방패, 아스톨포는 황금창을 휴대하고 가장 빠른 군마

라비칸을 타고 각자 목적지로 떠났다. 로게스틸라는 로게로에게 히포그리프를 다룰 수 있는 재갈과 고삐를 선물하고 아스톨포에게는 다른 무기들이 무용지물이 되면 소리를 내는 놀라운 뿔나팔를 줬다.

⟨ 9 ⟩

제물이 된 안젤리카

아름답고 매력적인 안젤리카의 이야기는 그녀를 두고 경쟁을 벌이는 두 연인 사크리판트와 리날도가 결투를 벌이던 중 그녀가 도망쳐 늙은 은둔자를 만났을 때 중단되었다.

그녀는 리날도를 사랑했지만 미움의 샘물을 마신 후 리날도를 미워하게 되었다. 안젤리카는 미워하는 그를 피하고 싶은 마음에 늙은 은둔자에게 프랑스와 유럽을 떠나 바닷가에 도착하는 방법을 강구해달라고 부탁했다. 비열한 마법사인 가짜 은둔자는 안젤리카를 도와주는 것이 그의 거짓 신들도 좋아하지 않는 일임을 잘 알고 있었다.

은둔자는 안젤리카에게 말 한 필을 제공했다. 그러나 마법을 부려 그 말 안에 음흉한 악마가 들어가게 하고 안젤리카를 태워 바다로 갈 진로를 지시했다.

안젤리카는 아무 의심 없이 말을 타고 길을 떠났다. 그러나 말이 해변에 도착하자 악마는 말에게 물속으로 곤두박질치라고 재촉했다. 안젤리카는 말을 육지로 되돌리려고 했지만 헛수고였다. 말은 계속 전진하다가 드디어 밤이 다가오자 등에 탄 그녀를 모래땅에 내려놨다.

안젤리카는 무서운 고독 속에 혼자 버려진 것을 깨닫고 온몸이 마비된 듯 움직이지 못하고 그저 하늘에 두 손 모아 눈물을 흘리며 소리쳤다.

"잔인한 운명의 여신이여, 저에 대한 분노를 이제 거둬주소서! 무슨 비참한 운명을 또 주려고 하십니까? 아! 차라리 끝장을 내주세요. 저를 잔인한 짐승에게 넘기든 어떤 운명도 개의치 않으니 제 목숨을 거둬가세요. 제 생명과 비참한 처지를 끝내준다면 감사하겠어요."

그리고 마침내 슬픔에 지쳐 모래 위에 쓰러져 잠이 들었다.

다음에 무슨 일이 일어났는지 말하기 전에 이 불행한 여인이 처한 곳을 말하는 것이 좋을 것 같다. 아일랜드 해안을 씻어내는 바다에 에부다라는 섬이 있었다. 한때 많았던 섬주민들이 프로테우스(그리스 신화에 등장하는 자유자재로 변신하고 예지력을 가진 바다의 노인 신)의 분노를 사 그 수가 줄어 이제 남은 사람은 거의 없었다. 옛날 섬주민들로부터 통상적으로 받던 존경을 더 이상 받지 못한 신이 화가 치밀어 그들에게 복수할 마음에 무서운 바다 괴물을 그곳에 보내 주민들을 잡아먹게 했다.

바다 괴물이 만든 참혹한 피해에 대한 공포가 너무 커 섬주민들은 모두 주요 성곽도시 안에 틀어박혀 나오지 않고 성벽에 의지해 살고 있었다. 이런 재난 속에서 그들은 예언자에게 조언을 구했다. 예언자는 나라에서 가장 예쁜 처녀를 바다 괴물에게 제물로 바쳐 그의 노여

바다 괴물의 제물이 된 안젤리카

움을 가라앉히라는 지시를 내렸다.

무서운 예언자의 지시가 떨어진 바로 그 무렵 안젤리카가 누워 있는 해안에 상륙한 선원들은 잠자는 미녀를 발견했다.

오, 눈먼 기회의 여신이여, 인간사에 그토록 큰 힘을 가진 그대가 여러 군주를 수중에 넣기 위해 앞다퉈 결투를 자청하기도 했던 아름다운 여인을 무서운 괴물 앞에 던질 수 있단 말인가? 슬프게도 아름다운 안젤리카는 잔인한 섬주민들에 의해 제물이 될 운명에 처했다.

잠자던 그녀는 에부다 사람들에 의해 결박당해 배 위로 옮겨졌다. 그때서야 비로소 자신이 처한 상황을 깨달았다. 배가 바람을 잔뜩 받으며 신속히 항구에 도착하자 그 광경을 지켜보던 사람들은 누구나 그녀가 틀림없이 프로테우스의 희생물이라고 입을 모았다. 자신의 잔인한 운명에 관한 무시무시한 상황을 깨달은 그녀가 하늘을 원망하며 인간적 고통으로 가득한 비명을 질러봤자 누가 그녀를 불쌍히 여기겠는가? 나도 그럴 수 없었을 것이다. 자, 이제 이 이야기의 즐거운 부분으로 넘어가자.

로게로는 로게스틸라의 궁전을 떠나 하늘을 나는 준마 히포그리프를 타고 산꼭대기를 넘어 창공을 비행하며 서쪽으로 향했다. 이번에는 멜리사가 준 고삐 덕분에 쉽게 히포그리프를 다룰 수 있었다. 그는 브라다만테를 빨리 찾고 싶어 속도를 내면서 그가 모험으로 멈추곤 했던 많은 지역과 나라의 광경을 내려다보며 기쁨을 감추지 못했다. 드디어 그는 영국 해안에 도착해 화려하고 찬란한 대군이 승리의 희망에 부풀어 막 출전하려는 듯 진을 친 것을 발견했다. 그는 그곳에서 멀지 않은 곳에 내렸다. 그러자 감탄을 금치 못하는 구경꾼과 기사, 병사들이 호기심과 놀라움에 그에게 몰려들었다. 로게로는 그들로부터 찰스 왕이 영국 대사 리날도의 요청으로 프랑스 황제를 돕기 위해 훌륭한 병사들을 데려가고 있다는 것을 알게 되었다.

그 무렵 영국 기사들은 휴식을 취하던 히포그리프를 구경하며 일부 호기심을 충족시켰다. 로게로는 그들의 놀라움과 즐거움을 새롭게 해주기 위해 다시 히포그리프를 타고 양 옆구리에 박차를 가해 유성처럼 재빨리 공중을 날아 서쪽으로 향했다. 그리고 드디어 아일랜드 해안이 보이는 곳에 도착했다. 그곳에서 그는 아름다운 처녀 혼자 바다쪽으로 툭 튀어나온 바위에 단단히 묶여 있는 것을 발견했다. 가까이 가보니 여인은 놀랍게도 아름다운 안젤리카 공주였다. 그날 그녀는 그곳에 끌려와 바다 괴물의 제물이 되어 바위에 묶였던 것이다. 로게로는 그녀에게 다가가 큰 소리로 말했다.

"도대체 어떤 야만스러운 영혼이 당신을 이렇게 묶었습니까?"

안젤리카는 눈물을 흘리며 그저 그의 말을 알아듣는다는 응답만 할 뿐이었다. 그리고 떨리는 목소리로 그곳까지 온 끔찍한 운명을 들려줬다. 그녀가 그렇게 말하는 동안 바다 먼 곳에서 무시무시한 굉음이 들리더니 기대한 바다 괴물의 몸통 일부가 동굴 위로 드러났다. 공포에 질려 반죽음이 된 안젤리카는 절망한 나머지 자포자기 상태였다.

로게로는 히포그리프에게 박차를 가해 범고래쪽으로 다가가 창으로 바다 괴물을 세차게 찔렀다. 무시무시한 괴물은 자연이 만든 것이 아니었다. 이리저리 뒤척이는 몸통, 머리, 눈, 입이 있고 야생 멧돼지와 같은 뻐드렁니가 장식된 생물체에 불과했다. 로게로는 창으로 괴물의 미간을 찔렀다. 그러나 괴물의 비늘이 바위와 쇠처럼 질겨 뚫을 수 없었다.

기사는 자신의 첫 번째 공격이 아무 효과가 없음을 알고 두 번째 공격을 준비했다. 물 위에 히포그리프의 큰 날개 그림자가 떠 있는 것을 본 괴물은 안젤리카를 포기하고 더 가까이 있는 하늘의 말을 잡기 위해 방향을 돌렸다.

로게로는 그 틈을 타 그의 살인적인 이빨 가까이 가지 않도록 조심하며 괴물의 이곳저곳을 맹렬히 공격했다. 그러나 괴물의 비늘은 어떤 공격에도 끄덕하지 않았다. 더욱이 범고래가 꼬리로 물을 내리쳐 거품을 일으켜 로게로와 그의 말을 둘러싸 로게로는 자신이 물속에 있는지 공중에 있는지 분간할 수도 없었다. 심지어 히포그리프의 날개가 물에 너무 많이 젖어 더 이상 공중에서 버티지 못할까 봐 걱정마저 들기 시작했다. 그 순간 로게로는 안장 앞머리에 걸어둔 마법의 방패가 떠올랐다. 그러나 마법의 방패의 번쩍이는 빛이 안젤리카의 눈을 멀게 할지도 모른다는 생각에 함부로 사용할 수 없었다.

그는 멜리사가 준, 이미 마법의 힘을 입증한 반지가 다시 떠올랐다. 그래서 급히 안젤리카에게 다가가 반지를 그녀의 손가락에 끼워줬다.

바다 괴물을 물리치고 안젤리카를 구출하는 로게로

그런 후 작은 방패 덮개를 벗겨 빛나는 원판을 가증스러운 범고래의 얼굴 정면으로 향하게 했다. 효과는 바로 나타났다. 감각을 잃고 움직이지 못하던 괴물은 바다에서 뒹굴다가 물 위에 둥둥 떠올랐다. 로게로는 드러난 괴물의 몸통에 창을 던지고 싶었지만 괴물이 소생하기 전에 시간을 보내지 말고 쇠사슬에서 풀어달라는 안젤리카의 애원에 먼저 응했다. 그는 서둘러 그녀의 결박을 풀고 그녀를 데리고 히포그리프 등 위에 올라탔다. 말은 땅을 박차고 공중으로 솟아올라 빠른 속도로 날아갔다.

로게로는 잔인하고 흥분된 시간을 보낸 안젤리카에게 휴식이 필요하다고 생각하고 곧 땅을 밟기 위해 브르타뉴(프랑스 북서부의 반도) 해안에 내렸다. 해안 가까이 새소리가 울려 퍼지는 울창한 숲이 보였다. 숲 한가운데 투명한 샘물이 작은 풀밭 잔디를 적시고 있었다. 그곳에서 멀지 않은 곳에 경사가 완만한 작은 산도 있었다. 로게로는 히포그리프가 초원의 땅을 밟게 하고 자신도 말에서 내려 안젤리카를 땅에 내려줬다.

첫 감정의 흥분이 가라앉자 안젤리카는 이미 효능을 잘 아는 반지를 내려다봤다. 반지는 사라센 브루넬로가 그녀에게서 빼앗아간 바로 그 절대 반지였다. 그녀는 손가락에서 반지를 빼 입속에 넣었다. 그러자 홀연히 용사의 시야에서 사라졌다.

로게로는 미친 듯 사방을 둘러보다가 자신이 그녀의 손가락에 반지를 끼워준 것을 기억했다. 자신의 도움을 이런 식으로 갚는 그녀의 배은망덕에 충격받은 그는 큰 소리로 외쳤다.

"감사할 줄 모르는 미녀여, 이런 식으로 내게 보상하는 겁니까? 그 반지를 내게서 빼앗아 달아나는 겁니까? 아니면 선물로 받겠습니까? 부탁했으면 기꺼이 드렸을 텐데."

그렇게 말하면서 로게로는 잃은 것을 찾기 위해 장님처럼 양팔을 벌려 사방을 뒤졌지만 헛수고였다. 잔인한 미녀는 이미 먼 곳에 가 있었다.

안젤리카는 자신을 구해준 사람에 대한 의무감은 알고 있었지만 당장 옷과 음식, 휴식이 필요했다. 그녀는 곧 오두막에 도착해 안으로 슬그머니 들어가 필요한 것을 찾아봤다. 한 늙은 모자가 오두막에 살면서 한 무리의 암말들을 돌보고 있었다. 안젤리카는 암말 한 필을 골라 그 위에 올라탔다. 그러자 마음속에서 동부 지역 고향으로 돌아가고 싶은 충동이 되살아났다. 그 목적을 이루기 위해서라면 자신을 고향과 갈라놓은 넓은 지역을 가로질러 가는 데 롤랑이나 사크리판트의 보호 제의를 기꺼이 받아들일 수 있을 것 같았다. 그래서 그녀는 둘 중 한 명을 만나기 위해 길을 떠났다.

한편, 로게로는 안젤리카를 다시 만날 생각을 버리고 날개가 달린 말을 남겨둔 곳으로 돌아왔다. 그러나 말은 말굴레를 부러뜨리고 도망치고 없었다. 말을 잃은 그는 앞서 느낀 실망과 번뇌 속으로 휘말려 들어갔다. 그는 슬픔으로 무기를 집어들고 작은 방패를 어깨에 걸친 후 넓게 펼쳐진 울창한 숲속으로 들어갔다.

얼마나 걸었을까. 왼쪽에서 시끄러운 소리가 들려왔다. 귀기울여보니 무기끼리 부딪치는 소리였다. 그는 소리가 나는 쪽으로 향했다. 두 무사가 사생결단 결투를 벌이고 있었다. 한 명은 남성다운 고상한 기사였고 다른 한 명은 사나운 거인이었다. 기사는 거인의 육중한 곤봉에 맞서 자신을 방어하며 그의 타격을 칼과 방패로 막으면서 완벽한 솜씨를 발휘했다. 로게로는 멈춰 결투를 구경했다. 사실 남몰래 기사 편에 서고 싶었지만 그렇게 하지 않았다.

마침내 슬프게도 기사가 거인의 크고 무거운 곤봉에 머리를 맞고 쓰러졌다. 거인은 그를 해치우기 위해 재빨리 그에게 달려가 그의 투구를 풀었다. 그 순간 로게로는 그 기사가 브라다만테임을 알아보고 크게 당황해 소리쳤다.

"잠깐만, 이 악당아!"

그는 칼을 뽑아들고 달려갔다. 그러자 거인은 다시 결투하고 싶지 않다는 듯 브라다만테를 어깨에 매고 숲속으로 달아나버렸다. 로게로는 그의 뒤를 쫓아갔지만 거인이 워낙 빨리 따라잡을 수 없었다.

드디어 그들은 숲에서 빠져나왔다. 로게로는 대리석으로 지은 호화로운 궁전을 봤다. 거인은 황금문을 통해 궁전 안으로 들어갔고 로게로도 그의 뒤를 쫓았다. 그러나 사방을 둘러봐도 거인이나 브라다만테는 보이지 않았다. 그는 비겁한 적에게 돌아와 결투하자고 큰소리리로 외치며 이 방 저 방을 뛰어다녔다. 그러나 아무 대답도 들리지 않앉고 거인과 희생자도 보이지 않았다. 그런 헛된 추격 도중 페라우, 플로리스마트, 그라다소, 롤랑, 그리고 자신처럼 마법성의 올가미에 걸린 많은 사람을 만났다. 그러나 그는 그들을 알아보지 못했다.

로게로를 세력권 안으로 끌어들이고 자신의 안전을 위협할지도 모르는 사람들을 담보로 잡아둔 이 성은 바로 아틀란티스가 새로 고안한 계략이었다. 로게로가 브라다만테라고 생각한 것은 유령에 지나지 않았다. 로게로가 돌아오길 오랫동안 기다리며 그를 보고 싶어하던 브라다만테는 이미 먼 곳에 있었다. 샤를마뉴 황제가 마르세유 성곽도시와 수비대를 브라다만테에게 맡겼기 때문에 그녀는 용기 있고 신중하게 이교도에 대항하는 임무를 이행하고 있었다. 그러던 어느 날 갑자기 멜리사가 그녀 앞에 나타났다. 그녀의 질문을 예상하고 멜리사는 말했다.

"로게로는 걱정하지 마세요. 그는 살아있고 당신에게 한결같이 충실할 것입니다. 하지만 그는 자유를 잃었습니다. 잔인한 마법사가 다시 로게로를 자신의 포로로 만드는 데 성공했죠. 그를 구출하고 싶다면 말을 타고 나를 따라오십시오."

멜리사는 아틀란티스가 브라다만테의 허깨비를 만들어 로게로의 눈을 속인 일을 이야기해주며 말을 이었다.

"당신이 숲에 침투해 그의 성곽에 접근한다면 당신도 같은 계략에 말려들 겁니다. 로게로를 보고 있다고 생각하지만 사실은 마법사를 보고 있는 거죠. 그러니 마법사에게 속지 말고 그의 몸속에 칼을 찔

브라다만테를 납치해 도망치는 거인과 그를 추격하는 로게로

러 넣으세요. 마법사를 죽여야 로게로뿐만 아니라 마법사가 유인해 끌어들인 프랑스의 가장 용맹한 기사들을 모두 구출하게 될 것입니다. 제 말을 믿어주세요."

브라다만테는 신속히 무장해 말을 몰았다. 멜리사는 브라다만테와 흥미있는 대화를 나누며 그녀를 인도해 들판과 숲들을 지났다. 마침내 그들이 숲에 도착하자 멜리사는 지시사항을 반복했다. 그리고 아틀란티스가 자신을 발견해 경계하지 않도록 브라다만테와 작별을 고했다.

브라다만테가 말을 타고 3.2km쯤 갔을 때 갑자기 로게로가 두 명의 사나운 거인으로부터 세찬 공격을 받는 것이 보였다. 그녀가 주저하는 동안 그가 도와달라고 소리쳤다. 그러자 멜리사의 주의사항은 중요성을 잃고 말았다. 브라다만테는 멜리사의 신의와 진실에 갑자기 의문을 품게 되었다.

"내가 내 눈과 귀를 믿지 못한단 말인가?"

그녀는 그를 방어하기 위해 앞으로 돌진했다. 로게로가 도망치자 거인들이 추격했고 브라다만테도 그들을 쫓아 성곽 문을 통과하자 그녀는 미망에서 깨어났다. 물론 거인이나 기사는 보이지 않았다. 그녀는 자신이 포로가 되었음을 깨달았다. 하지만 연인과 함께 감금된 사실을 몰라 아무 위로도 찾지 못했다. 그리고 여러 형태의 남녀를 만났지만 그들이 누구인지 아무도 알아보지 못했다. 그들의 운명도 그녀와 마찬가지였다. 그들은 모두 환상에 빠져 서로 거인이나 난쟁이, 네 발 달린 짐승으로 봐 의사소통할 수 없었다.

✕〔10〕✕

아스톨포와 이사벨라의 모험

아스톨포는 잔인한 알씨나로부터 탈출해 덕망 있는 로게스틸라의 영토에 잠시 머물렀다. 그는 조국으로 돌아가고 싶었다. 로게스틸라는 그를 본토로 실어나를 가장 좋은 배 한 척을 빌려줬다. 또한 그와 헤어지면서 모든 종류의 마법을 극복하는 비결이 쓰인 놀라운 책 한 권을 선물했다. 자신을 생각해서라도 항상 그 책을 가지고 다니라는 것이었다. 또한 인간의 기술이 만든 것은 뭐든지 능가하는 다른 선물도 줬는데 겉으로 보기에는 아무것도 아닌 단순한 뿔나팔이었다.

아스톨포는 선한 여인에게 감사의 작별인사를 하고 선물의 보호를 받으며 프랑스로 돌아가기 위해 길을 나섰다. 순조로운 항해를 희망하며 항구에 도착한 그는 충실한 선원들과 다시 작별인사를 나누고 육로로 여행을 계속했다. 산과 계곡을 여행하면서 강도와 짐승, 독사를 만났지만 뿔나팔을 불어 모두 물리쳤다.

드디어 프랑스에 도착한 그는 많은 지방을 지나 군영으로 가던 도중 숲을 가로질러 흐르는 샘물에 이르렀다. 그는 물을 마시기 위해 말에서 내렸다. 그가 샘물에 몸을 숙이고 있을 때 젊은 시골뜨기가 잡목 숲에서 뛰어나오더니 라비칸을 타고 도망쳤다. 그것은 마법사 아틀란티스의 새로운 계략이었다.

시끄러운 소리에 아스톨포는 고개를 돌려 말이 도난당하는 것을 봤다. 아스톨포는 벌떡 일어나 도둑을 추격했다. 그런데 도둑은 말에게 압력을 가해 전속력으로 달리는 게 아니라 둘이 숲에서 나올 때까지 추격자가 자신을 볼 수 있는 거리를 유지하며 도망쳤다. 그런 후 라비칸과 도둑은 가까운 성안으로 피신했다. 그 뒤를 추격한 아스톨포도 아무 어려움 없이 성곽 안마당에 들어가 도둑과 말을 찾기 위해 사방을 두리번거렸다.

하지만 아무 흔적도 없었고 물어볼 사람도 전혀 보이지 않았다. 아스톨포는 자신이 마법에 걸려 곤경에 빠졌다는 생각에 선물로 받은 마법의 책을 떠올리고 그것을 들여다봤다. 그래서 자신의 생각이 근거가 있다는 것과 어느 길로 가야 할지 알게 되었다. 책의 지시에 의하면 탈출을 원하는 영혼이 누운 문지방 돌을 들어올리고 성곽을 떠나야 했다.

아스톨포는 전력을 다해 바위를 들어 옆으로 옮겼다. 그러자 마법사가 마법을 부렸다. 포로로 가득한 성에서 마법사는 아스톨포가 포로들에게 맹금류로 보이게 만들었다. 그래시 모든 포로가 그를 공격해왔다. 아스톨포가 뿔나팔을 떠올리지 못했더라면 그는 포로들에게 즉시 살해당했을 것이다. 그가 뿔나팔을 불자 포로들은 새 사냥꾼의 총소리에 놀란 비둘기떼처럼 마법사와 혼비백산해 도망쳤다. 아스톨 포는 다시 힘을 써 바위를 뒤집었다. 그리고 책이 지시한 대로 마법의 글자가 새겨진 아래 면을 모두 지워버렸다. 그러자 성곽과 벽, 작은 탑 들이 모두 연기로 사라지는 것이었다.

자유의 몸이 된 기사들과 여인들은 로게로, 브라다만테, 롤랑, 그라 다소 외에도 많았다. 뿔나팔 소리를 듣고 모든 사람은 군마를 타고 도 망쳤다. 아스톨포는 공포에 질린 라비칸을 붙잡았다. 뿔나팔 소리가 멈추자 로게로는 브라다만테를 알아봤다. 그들은 감금된 동안 매일 서로 만났지만 마법사의 마법 때문에 알아보지 못하고 있었다.

그들이 서로 알아보고 헤어진 후 발생한 모든 일로 이야기꽃을 피 울 때의 기쁨은 말로 표현할 수 없었다. 로게로는 그 틈을 타 브라다 만테에게 청혼했다. 그가 소망한 대로 그녀도 그를 마음속으로 사랑 하고 있었다. 다만 장애물이 있다면 신앙 차이였다. 그녀가 말했다.

"당신이 결혼 승낙을 얻으려면 제 아버님 아이몬 공작에게 정식으 로 요청해야 하고 가짜 예언자를 버리고 기독교도가 되어야 합니다."

사실 로게로도 자신을 위해 기독교를 받아들이는 것을 고려하고 있 었다. 그래서 그녀의 조건들을 수락한 후 그곳에서 멀지 않은 곳에 탑 이 있는 발롬브로사 수도원으로 당장 가자고 제안했다. 그들은 그곳 으로 말머리를 돌렸다.

아스톨포가 뿔나팔을 불어 마법을 잠재우고 있다.

한편, 히포그리프는 고삐를 벗고 옛 주인을 다시 만나기 위해 공중을 날아 자신이 익숙한 마굿간으로 돌아갔다. 아스톨포는 히포그리프를 발견해 기쁘기 그지없었다. 아스톨포는 로게로가 히포그리프를 탄 모습을 본 적이 있어 그 말의 힘을 알고 있었다.

아스톨포는 그 말을 타고 전 세계를 일주하며 공중에서 여러 나라와 사람들을 보고 싶었다. 더욱이 이 말을 다루는 법을 로게스틸라에게서 들은 적이 있고 그녀가 고삐를 말머리에 갖다 매는 것도 본 적이 있었다. 그래서 그는 마굿간에서 적당한 고삐를 골라 라비칸의 안장을 히포그리프의 등에 얹었다. 그가 당장 출발하는 것을 아무도 막을 수 없어 보였다.

그러나 그는 떠나기 전 필요하면 다시 회수할 수 있도록 라비칸을 안전한 곳에 두고 가야겠다고 생각했다. 그 일을 대신 해줄 시종을 어디서 찾을지 고심하던 중 때마침 브라다만테가 그에게 다가오는 것을 봤다. 아름다운 무사는 로게로와 함께 발롬브로사 수도원으로 가던 도중 부적절한 모험을 만나 로게로와 헤어진 상태였다. 그녀는 로게로와 몽탈반에서 만나기로 약속해 그곳으로 돌아가는 중이었다. 그래서 아스톨포는 자신의 미인 사촌 브라다만테에게 라비칸과 공중여행에 부담을 주는 황금창을 맡겨놓고 그녀에게 작별인사를 하고 공중으로 날아올랐다.

아스톨포의 도움으로 마법사의 성에서 풀려난 사람 중에는 롤랑도 있었다. 롤랑은 발길 닿는 대로 걷다가 하루가 다 저물 무렵 산기슭 숲에 도착했다. 갈라진 바위 틈에서 나오는 한 줄기 빛을 발견하고 놀란 그는 빛줄기를 따라 접근하다가 산기슭 깊은 동굴로 통하는 좁은 통로를 발견했다.

롤랑은 말을 매놓고 통행을 가로막는 덤불을 헤치고 바위돌을 딛고 아래로 내려가 동굴에 이르렀다. 동굴에 들어가자 슬퍼서인지 흥분으로 얼룩진 얼굴의 젊고 아름다운 여인이 있었다. 그녀 옆에는 늙은 여인도 있었는데 젊은 여인은 그 노파를 공포와 분노의 대상으로 보는 것 같았다. 예의바른 롤랑은 두 여인에게 정중히 인사한 후 누구의 만행으로 감금되었는지 말해달라고 애원했다.

젊은 여인은 간헐적으로 흐느끼며 대답했다.

"그 말씀을 드린다면 저를 이곳에 감금시킨 야만적인 남자로부터 더 가혹한 처우를 받을 것입니다. 이 여자가 틀림없이 보고할 테니까요. 하지만 그 불행한 사태가 벌어지는 걸 알고 있지만 당신에게 숨김없이 말하고 싶어요. 아! 왜 그의 분노를 두려워하겠어요? 그가 나를 죽인다면 오히려 더 없는 은혜인데요. 제 이름은 이사벨라로 갈리시아 왕의 딸입니다. 아니, 불행과 슬픔이 제 부모라고 하는 게 낫겠군요. 사실 저는 젊음과 재물, 조용한 성품 모든 것으로 행복했습니다. 그러나 슬프게도 현재는 가난하고 천하고 비참한 상태가 되었습니다. 어쩌면 더 많은 고통을 겪어야 할지도 모릅니다. 그러니까 제 아버지가 바욘에서 마상시합을 한다고 공표한 지 1년이 지났습니다. 그때 사방에서 수많은 기사가 궁전으로 모여들었습니다. 기사들 중에는 스코틀랜드 왕의 아들 제르비노도 있었는데 그는 결투할 때마다 승리해 미와 용기는 그를 따를 자가 없어 보였습니다. 그는 갈리시아 궁전을 떠나기 전 저와 결혼하고 싶다고 확언했고 저도 그가 아버님께 나와의 결혼을 간청하는 데 찬성했어요. 하지만 저는 회교도였고 제르비노는 기독교도여서 아버님께서 반대했습니다. 그는 프랑스 황제를 돕는 군대를 통솔하기 위해 귀국하라는 아버지의 부름을 받자 자신과 비밀결혼해 스코틀랜드로 가자고 저를 설득했어요. 그는 저를 태울 대형 배한 척을 마련하고 육상과 해상에서 세운 공으로 유명한 비스카얀 출신 기사 오데릭에게 배를 맡겼습니다. 오데릭은 약속한 날짜에 아버님의 해변 휴양지로 배를 가져왔고 저는 그 배에 탔습니다. 하인 몇 명을 태우고 그렇게 조국을 떠났습니다. 순풍을 타고 항해한 지 몇 시간이 지났을 때 강력한 폭풍이 엄습했습니다. 돛을 모두 내렸지만 소용이 없었습니다. 우리는 바람에 밀려 곧바로 바위가 많은 해안으로 오게 되었습니다. 더 이상 안전한 곳을 찾을 수 없음을 깨달은 오데릭이 부하 몇 명과 위험을 무릅쓰고 육지에 상륙했던 겁니다. 땅에 닿자마자 저는 무릎을 꿇고 저를 구해주신 하나님께 진심으로 감사드렸습니다. 우리가 상륙한 해안에는 사람이 살지 않는 것 같았습니다. 대피할 만한 집도 더 안전한 곳으로 이어지는 길도 전혀 보이지 않았습니다. 우리 앞에는 바다와 맞닿은 높은 산만 있었습니다.

　그런데 오데릭은 내 눈물어린 애원에도 나를 해적에게 팔아넘겨버렸습니다. 해적들은 자신의 군주인 모로코 황제에게 제가 마음에 드는

오데릭에게 잡혀 해적에게 팔려 인질이 된 이사벨라

선물이 될 수 있다고 생각한 것 같습니다. 이 동굴은 그 해적의 소굴로 편할 때 나를 데려가기 위해 노파를 시켜 저를 감시하고 있습니다."

이사벨라의 말이 끝나기 무섭게 무장한 남자들이 동굴로 들어오기 시작했다. 그중 한 명이 롤랑을 보더니 다른 사람들에게 말했다.

"덫을 놓지 않았는데도 새를 잡다니!"

그리고 그는 롤랑에게 말했다.

"내가 원하는 멋진 갑옷과 조끼를 갖고 이곳에 오다니 정말 고맙기 그지없군, 친구."

그러자 롤랑도 지지 않고 응수했다.

"그렇다면 그 대가를 치르게 해주지."

롤랑은 반쯤 타다 남은 나무토막을 집어 그에게 던졌다. 그는 머리에 맞아 의식을 잃고 바닥에 뻗었다. 동굴 한가운데에는 해적들이 식사할 때 사용하는 육중한 식탁이 있었다. 롤랑은 그 식탁을 집어들어 동굴 입구에 무리지어 있던 해적들에게 던졌다. 그들 중 절반은 머리가 깨지고 팔다리가 부러져 땅에 쓰러졌다. 나머지는 재빨리 도망쳤다.

롤랑은 이사벨라를 보호하며 길을 떠났다. 아무 사건도 일어나지 않은 채 며칠 동안 여행을 계속했다. 그러던 어느 날 그들은 손발이 묶인 채 사형당하기 위해 끌려가는 포로를 호송하는 남자들을 만났다. 포로는 고상하고 순진해 보이는 젊은 기사였다.

남자들은 불충실한 마간자 가문의 우두머리 안셀름 배자의 깃발을 갖고 있었다. 롤랑은 말을 타고 그들에게 다가가 그렇게 행진하는 연유를 물어보겠다며 이사벨라에게 기다리라고 말했다. 그리고 그들에게 다가가 끌려가는 포로가 누구이고 무슨 죄를 지었는지 우두머리에게 물었다. 우두머리는 포로가 안셀름 백작의 아들 피나벨을 음흉하게 살해했다고 대답했다. 그러자 포로가 큰소리로 외쳤다.

"나는 살인자가 아닙니다. 무엇으로도 그 젊은이를 죽이지 않았습니다."

롤랑은 마간자 가문의 지도자들이 잔인하고 난폭하다는 것을 알고 있어 우두머리에게 젊은 포로가 불의의 희생자라고 생각하고 우두머리에게 희생자를 즉시 석방하라고 명령했다. 하지만 그들로부터 건방진 대답을 듣자 창으로 그를 쳐 쓰러뜨리고 다시 두세 번 힘찬 공격으로 무리를 해산시키고 뒤처져 미처 들판을 빠져나가지 못한 자들에게 치명상을 입혔다.

롤랑은 서둘러 포로의 결박을 풀어주고 나쁜 마간자 사람이 감히 빼앗으려던 자신의 갑옷을 그에게 입혔다. 그런 후 롤랑은 싸움 현장으로 다가오는 이사벨라에게 그를 데려갔다. 젊은 포로가 자신의 남편 제르비노임을 알아본 이사벨라의 기쁨과 놀라움은 이루 표현할 수 없었다. 왕자도 이사벨라가 파도에 휩쓸려 실종되었다고 생각했는데 그렇게 다시 만난 것이다. 롤랑은 그들과 기쁨을 나누며 그를 구하는 데 도움이 되어 기쁘다고 말했다. 공주는 유명한 이 용사가 자신을 위해 했던 일을 제르비노에게 모두 들려줬다. 왕자는 롤랑의 발 밑에 엎드려 두 번이나 구해줬다며 감사를 표했다.

그렇게 축하와 감사의 말이 오가는 동안 이목을 끄는 소리가 덤불에서 들려왔다. 두 기사는 재빨리 주구를 착용하고 경계 태세를 취했다. 무엇이 그들의 대화를 중단시켰는지는 11장에서 알려줄 것이다.

11

안젤리카와 메도로

그 무렵 프랑스에서는 무서운 사건들이 벌어지고 있었다. 사라센군과 기독교군은 수많은 전투에서 서로 죽이고 있었다. 리날도는 이교도(이슬람교도)를 공격하는 군대를 통솔하며 그들을 격파하던 도중 롤랑의 문장이 새겨진 갑옷을 입은 기사와 맞대결하게 되었다. 기사는 주마라 왕국의 젊고 용감한 다르디넬 왕자였다. 리날도는 자신이 행한 살육을 이렇게 표현했다.

"위험한 식물은 다 자라기 전에 뽑아버리자."

리날도가 앞으로 나아가자 앞에 있던 군중이 길을 터줬다. 모세의 기적처럼 홍해가 갈라지는 것과 같았다. 기독교도들은 그가 마음대로 칼을 휘두르도록, 이교도들은 그의 공격을 피하도록 흩어졌다. 다르디넬과 리날도가 얼굴을 마주치자 리날도가 큰 소리로 외쳤다.

"젊은이, 그 작은 방패를 누가 했는지 몰라도 위험한 선물일세. 나는 자네가 붉고 흰 문장을 어떻게 방어할지 보고 싶군. 나와 싸워 방어하지 못한다면 롤랑이 도전하면 어떻게 방어하겠는가?"

다르디넬이 응답했다.

"내 무기를 지키고 그것을 영광스러운 무기로 만들 수 있다는 것을 그대는 알겠지. 누구도 생명을 내놓지 않고선 내게서 무기를 빼앗을 수 없을 테니까."

그렇게 말하며 다르디넬은 칼을 높이 쳐들고 리날도에게 달려들었다. 사자가 어린 황소를 공격하듯 리날도가 왕자를 공격하기 위해 전진하는 것을 본 사라센 병사들은 공포에 휩싸였다. 다르디넬은 선공했지만 아무 효과가 없었다. 리날도는 미소를 지으며 말했다.

"내 일격이 더 효과적이라는 것을 보여주겠다."

리날도는 그의 가슴을 세차게 찔렀다. 타격이 얼마나 격렬했는지 잔인한 무기는 왕자의 몸을 꿰뚫고 등 뒤에 넓은 구멍을 만들었다. 그 상처로 다르디넬의 몸통은 피를 흘리며 맥없이 쓰러지고 말았다. 날쌘 쟁기에 뿌리가 뽑혀 힘없이 고개를 숙이는 꽃처럼 다르디넬이 죽음의 그림자로 창백하게 질린 얼굴로 숨을 거두면서 한 종족의 희망이 사라졌다.

제방둑이 무너지면 사방에 물이 퍼지듯 다르디넬이 쓰러지자 이교도들은 더 이상 전투대열을 유지하지 못하고 뿔뿔이 도망쳤다. 리날도는 쉽게 이긴 게 너무 경멸스러워 더 이상 그들을 추격하지도 않았다. 그는 용감하지 않은 자와는 싸우고 싶지 않았다.

같은 시각 12용사들은 무어인(아프리카에서 살았고 8세기 스페인을 점령한 무어사람의 일파. 인도의 이슬람교도를 일컫기도 한다)을 무자비하게 살육하고 있었다. 샤를마뉴 황제, 올리버, 귀도, 덴마크인 오기에르도 사방에서 병사들을 살해했다.

이 무시무시한 날 이교도들은 한 명도 남김없이 살육당할 것 같았다. 그러나 현명한 왕 마르실리우스는 패주하는 병사들을 다독이며 전열을 재정비했다. 그는 패잔병들을 모아 대부대를 형성해 후방 진지로 질서있게 후퇴시켰다. 그의 진지는 참호와 넓은 도랑으로 잘 만들어진 요새였다. 도망병들이 급히 이곳에 들어오면서 무어군 패잔병들도 모두 이곳에 집결했다.

샤를마뉴 황제는 어쩌면 그날 밤 적을 전멸시킬 수 있었을지도 모른다. 그러나 그는 지친 병사들로 요새와 같은 적 진지를 공격시키는 게 신중한 처사가 아니라고 생각하고 정상적인 포위공격을 준비하면서 적을 포위하는 데 만족했다. 그래서 무어인들은 한밤중에 인명손실 규모를 알아볼 시간이 생겼다. 그들의 막사에서 통곡의 울음소리가 울려 퍼졌다. 어떤 무사는 형의 죽음, 어떤 무사는 친구의 죽음을 애도해야 했다. 많은 병사가 중상을 입었으며 모두 자신의 운명에 치를 떨었다.

당시 신분이 별로 높지 않은 두 명의 젊은 무어인이 있었는데 그들의 애국심과 충성심은 인류 역사에서 유례를 찾아보기 힘들 정도로 높았다. 그들은 군주 다르디넬을 따라 프랑스 전쟁에 참전한 클로리

이교도 군대와 전투를 벌이는 기독교 군대

다노와 메도로였다.

메도로는 한창 피어나는 꽃처럼 고운 뺨을 가진 평범한 젊은이였다. 사라센 병사 중 그처럼 우아함과 미를 겸비한 자는 없었다. 그의 선명한 머리카락은 반짝이는 검은 눈으로 더 돋보였다. 두 친구가 성벽에서 함께 보초를 서고 있었다. 자정이 되자 둘은 깊은 좌절감에 빠져 싸움터를 뚫어지게 바라봤다. 메도로는 눈물을 머금고 훌륭한 다르디넬 왕자에 대해 말했다. 장례식도 치르지 못한 채 왕자의 시체가 들판에 내팽개쳐 있다는 생각에 슬픔을 견딜 수 없었다.

"아, 클로리다노 친구여, 우리 왕자님의 시체가 늑대와 까마귀의 먹이가 되어야겠는가? 왕자님이 우리를 얼마나 사랑해주셨는지 생각하면 그의 체면을 세워주기 위해 이 한 몸 다 바쳐도 모자랄 걸세. 이보게 친구, 전쟁터에서 왕자님의 시체를 찾아 장례를 치러드리세. 내가 그의 진영으로 몰래 들어가보겠네. 내가 이 모험에서 죽는다면 그것은 왕자님에 대한 내 감사와 충성심에서 나온 것이라고 모두에게 말해주게나."

클로리다노는 친구의 헌신적인 사랑에 놀라면서도 감동했다. 또한 메도로를 좋아했기 때문에 포기하라고 오랫동안 설득했다. 그러나 메도로는 목적을 달성하든지 죽을 각오였다.

메도로의 목적을 바꿀 수 없었던 클로리다노가 말했다.

"메도로, 나도 자네와 함께 자비 가득한 이 모험을 돕겠네. 생명은 명예와 비교할 수 없을 만큼 소중한 걸세. 자네를 잃는 슬픔으로 죽느니 차라리 적의 무기에 쓰러지고 싶네."

두 친구는 보초 임무가 끝나자 아무 추종자도 거느리지 않고 기독교군 진영으로 몰래 들어갔다. 그곳은 조용한 암흑으로 불은 꺼져가고 있었고 사라센군의 공격을 두려워하는 것 같지도 않았다. 병사들은 피로와 술에 취해 무기와 장비를 땅 위에 둔 채 자고 있었다. 클로리다노가 걸음을 멈추고 말했다.

"메도로, 나는 왕자님의 죽음을 복수하지 않고선 이 진영을 떠나지 않겠네. 누군가 깨어나 우리를 놀라게 하지 않는지 지켜봐주게나. 나는 원수의 군대 안에 내 칼로 길을 만들고야 말겠어."

그렇게 말하고 그는 1년 전 샤를마뉴 진영에 들어와 의사와 점성술사 행세를 하는 알피우스의 천막에 들어갔다. 알피우스의 과학적 지식이 그가 노년에 이르러 침대에서 평온하게 죽을 희망을 준 적이 있다면 그를 속인 거라고 할 수 있었다. 그는 아무 경고도 없이 죽을 운명에 처했다. 클로리다노는 칼로 그의 심장을 꿰뚫었다.

그때 밤늦게 주사위 놀이를 하던 그리스인과 독일인이 천막에 들어왔다. 그들이 게임을 조금만 더 했더라면 운이 좋았을 것이다. 그들은 칼 공격을 상상조차 못했다. 다음에 클로리다노는 베개를 베고 누운 불운한 그릴옹에게 향했다. 그는 축제에서 방금 돌아오는 꿈을 꾸고 있는지도 몰랐다. 클로리다노가 그의 목을 베자 피와 함께 포도주가 쏟아졌다.

두 젊은 무어인은 샤를마뉴의 천막까지 잠입할 수도 있었다. 그러나 경계병들이 그 주위에 진을 치고 교대로 감시해 접근하는 것을 포기했다. 값진 전리품도 얻을 수 있었지만 왕자의 시신을 찾을 생각에만 열중한 나머지 진영을 가로질러 피비린내나는 싸움이 일어났던 곳으로 향했다.

그곳에는 부자이든 가난한 사람이든 일반 병사이든 말이든 피웅덩이라고 할 만한 시체더미 사이에 방패, 창, 칼이 여기저기 흩어져 있었다. 희미한 달빛의 도움이 없었다면 새벽이 올 때까지 무시무시한 살육 현장을 헤매며 왕자의 시신을 발견하리라는 희망을 버려야 했을지도 모를 지경이었다.

메도로가 달을 바라보며 기도했다.

"우리 조상들이 세 가지로 숭배했던 성스러운 여신이여, 하늘과 땅과 지하세계에서 힘을 보여주시는 그대여, 숲에서는 짐승들의 뒤를 쫓는 님프 중에서 가장 눈에 띄는 그대여, 내 소중한 주인님이 어디에 누워있는지 제발 알려주소서. 그리하여 그대가 보여준 자비와 사랑의 귀감을 제가 평생 따르게 하소서."

우연인지 아니면 달이 메도로의 기도를 알아들었는지 구름이 걷히며 달빛이 대낮처럼 밝아졌다. 달빛은 특별히 다르디넬 왕자가 누운 곳을 환히 비추는 것 같았다. 메도로는 눈물을 머금고 괴로운 심정으로 다르디넬 왕자의 붉고 흰 문장이 그려진 방패를 발견하고 왕자를 알아봤다.

메도로는 눈물로 신음과 비탄을 억눌렀다. 두려워서가 아니었다.

자신의 목숨조차 신경쓰지 않는 자가 그럴 이유는 없다. 그러나 누군가를 깨워 채 끝나지 못한 충성스러운 의무를 방해받고 싶지 않았기 때문이다. 메도로는 동료에게 사모하는 왕자의 시신을 어깨에 메고 가자고 제안했다.

소중한 짐을 메고 성큼성큼 걸어갈 때 별이 지기 시작하자 그들은 밤의 어둠이 새벽을 향해 사라지고 있음을 알았다. 바로 그 순간 극단적인 용기를 낸 도망병을 추격해 진영에서 멀리 나갔던 제르비노가 그들이 있는 숲속으로 들어오고 있었다. 그와 동행하던 기사들은 조금 떨어진 곳에 두 명의 동료병사가 있다고 생각했다. 클로리다노는 제르비노 일행을 보고 그들이 전리품이라도 찾듯 들판에서 흩어지는 것을 지켜보다가 메도로에게 시신을 내려놓고 도망쳐 목숨을 구하자고 말했다. 그리고 메도로가 짐을 내려놓으리라 생각하고 짐을 내려놨다. 그러나 왕자를 너무 사랑했던 착한 젊은이는 그를 버릴 수 없어 클로리다노가 도망친 후에도 힘닿는 데까지 왕자의 시신을 메고 숲속으로 몸을 숨겼다.

한편, 이제 적을 피했다고 생각한 클로리다노는 메도로가 자기 옆에 없자 탄식했다.

"아! 사랑하는 메도로, 자네의 안전은 아랑곳하지 않고 내 안전만 생각하다니!"

그러면서 그는 숲속 수풀 우거진 길로 도망친 곳으로 다시 발길을 돌렸다. 그곳에 가까이 접근하던 그는 무장한 사람들의 위협적인 목소리를 들었다. 메도로가 기사들에게 둘러싸여 있었다. 그들의 지휘자 제르비노는 메도로를 체포하라고 명령했다. 불운한 메도로는 여전히 시신을 멘 채 떡갈나무나 바위 뒤에 몸을 숨기기 위해 이리저리 움직이고 있었다. 클로리다노는 그를 도와줄 방법을 알지 못했지만 죽어야 한다면 그와 함께 죽기로 맹세하고 활을 당겨 기독교도 기사의 가슴을 꿰뚫었다. 기사는 힘없이 쓰러졌다. 다른 기사들은 치명적인 화살이 어디서 날아왔는지 몰라 사방을 두리번거렸다. 또 다른 기사도 동료에게 화살이 어느 방향에서 날아왔냐고 묻다가 목에 화살을 맞고 쓰러졌다.

병사 두 명이 죽어나가자 분노한 제르비노는 메도로를 살해하기 위해 그의 금발 머리카락을 붙잡고 질질 끌고 갔다. 그러나 제르비노는 젊은 미남 메도로를 보자 동정심이 솟았다. 메도로가 애원조로 말했다.

"아! 나리, 나리께서 섬기는 하나님을 두고 나리께 애원합니다. 제가 주인 왕자님의 시신을 매장할 때까지만 살려주십시오. 다른 부탁은 하지 않겠습니다. 이 성스러운 의무가 끝나면 생명을 내놓겠습니다. 그때 저를 원하시는 대로 처리하십시오. 제 사지를 새나 들짐승에게 주셔도 좋습니다. 하지만 우선 왕자님을 땅에 묻어드리게 해주십시오. 그것뿐입니다."

메도로가 매우 달콤하고 부드럽게 말해 돌 같은 무정한 사람도 움직일 정도였다. 그 말은 제르비노의 영혼의 밑바닥까지 움직였다. 그

부상당한 메도로를 구출하려는 클로리다노

가 자비로운 대답을 하려는 순간 한 잔인한 부관이 지휘관에 대한 예의를 망각하고 젊은 무어인을 창으로 찔렀다. 잔인한 행위에 분노한 제르비노는 비열한 자에게 달려들었지만 그는 목숨을 부지하기 위해 멀리 도망쳤다.

메도로가 쓰러지는 것을 본 클로리다노는 더 이상 참을 수 없었다. 그는 활을 던져버리고 칼을 손에 든 채 은신처에서 뛰어나왔다. 메도로의 복수를 하고 그와 함께 죽고 싶었다. 얼마 되지 않아 그는 부상당한 몸으로 마지막 힘을 다해 메도로에게 다가가 그를 껴안았다. 기사들은 메도로의 살인자를 쫓느라 현장을 떠난 제르비노와 합류하기 위해 클로리다노와 메도로를 그대로 놔둔 채 그곳을 떠났다. 클로리다노는 숨을 거뒀다. 많은 피를 흘리던 메도로도 구원의 손길이 도착했을 때 마지막 숨을 거두려고 했다.

그런 급박한 순간에 한 젊은 처녀가 쓰러진 기사들에게 다가왔다. 그녀는 농부 옷차림이었지만 고상하고 얼굴은 더없이 아름다웠다. 그녀의 아름다운 얼굴에는 사랑스러움과 선함이 깃들어 있었다. 그녀는 케세이의 공주 안젤리카였다.

소중한 절대 반지를 다시 찾은 안젤리카는 반지의 능력을 알고 있었을 뿐만 아니라 반지가 보여주는 힘이 자랑스러워 혼자 여행하는 것을 두려워하지 않았다. 또한 이제 롤랑과 사크리판트의 보호를 구해야 했던 과거의 방황에 남몰래 느꼈던 수치심도 더 이상 없었다. 그녀는 리날도와 결혼하려고 생각했던 것을 자책하기도 했다. 요컨대 그녀는 이 세상 어느 남자도 자신과 결혼할 자격이 없다고 생각할 정도로 자존심이 강해져 있었다.

안젤리카는 시신이 즐비한 전투가 휩쓸고 간 자리에서 이제 막 숨을 헐떡이며 죽어가는 사라센 병사 메도로를 발견한 것이다. 그녀는 메도로에게서 자신의 주군 다르디넬 왕자와 자신을 지키려던 클로리다노의 시신을 안장해달라는 마지막 부탁을 했다.

안젤리카는 메도로가 자신의 주군을 위해 죽음을 무릅쓴 사실을 알고 나서 눈물이 날 정도로 측은함을 느꼈다. 그녀는 자신의 고국에서 배운 의술을 발휘하기 위해 지혈에 효과가 있는 약초를 채집하기 위해 근처 초원을 뒤졌다. 길을 잃은 암소를 찾는 말 탄 시골사람을 만나자 그녀는 메도로를 안전한 피난처로 옮기는 것을 도와달라고 간청했다.

안젤리카는 돌멩이 두 개로 약초를 빻아 메도로의 상처 부위에 붙였다. 그 약으로 어느 정도 원기가 회복된 메도로는 그곳을 떠나기 전 친구와 왕자의 시신을 흙과 잔디로 덮어 매장할 수 있었다.

메도로는 자신을 구해준 사람들의 동정을 받아들이기로 하고 목동의 말을 타고 오두막으로 향했다. 오두막은 숲 변두리의 편안하고 안락한 곳이었다. 목동은 아내, 자녀들과 살고 있었다. 그곳에서 안젤리카는 메도로를 헌신적으로 간호하고 돌봐 드디어 그의 부상은 아물고 건강을 완전히 회복했다.

메도로를 치료하는 안젤리카

오! 리날도 백작,

오! 사크리판트 왕,

그대들이 덕망이 아무리 높고 유명한들 무슨 소용인가?

그대들이 모험으로 얻은 소득은 무엇인가?

오, 불운한 왕 아그리칸이여,

그대가 다시 살아나 당신이 결혼하려는 여인에게 거절당하고

그 대신 그녀가 비천한 출신의 젊은 병사와

휘멘(그리스 신화에 등장하는 결혼의 신) 신의 결혼 굴레에 고개 숙인다면

그것을 어떻게 견딜 것인가?

또한 그대 프라우,

그리고 잔인한 미녀를 얻기 위해

수없이 생명을 위태롭게 만들었던 수많은 기사들이여,

그대들이

그녀가 비천한 메도로를 얻기 위해 자기희생을 하는 것을 본다면

얼마나 가슴이 아프겠는가?

메도로가 완전히 회복되자 안젤리카는 그를 향한 불타는 열정을 키웠다. 그리고 둘은 끝내 사랑하는 사이로 발전했다. 이 얼마나 놀라운 사실인가! 영웅들과 군주들 모두 안젤리카의 사랑을 얻기 위해 자신을 마다하지 않고 목숨까지 건 노력과 반대로 엉뚱한 사람에게 그녀의 순결이 바쳐진 것이다.

한때 안젤리카는 리날도를 사랑했지만 그것은 샘물의 마법이었고 비록 하위 계급의 사라센 병사인 메도로는 그녀의 마음에서 우러나온 진정한 사랑이었다. 그녀는 그 사랑을 기념하기 위해 적당한 나무를 발견할 때마다 그들의 이름을 나무껍질에 새겨넣었다.

둘은 서로에 대한 사랑을 확인하고 목동의 낮은 지붕 아래에서 결혼식을 올리게 되었다. 결혼의 여신 휘멘의 불꽃이 거만한 공주를 위해 타올랐다. 그녀는 목동의 아내를 자신의 어머니로, 목동과 아이들을 증인으로 삼아 메도로와 행복한 결혼식을 올렸다.

둘은 목동의 누추한 오두막집에서 한 달 동안 신혼을 보냈다. 안젤리카는 메도로와 결혼한 후 아직도 자신이 쥔 여러 나라의 주권을 신랑에게 부여하기 위해 그를 데리고 동방으로 향했다.

그녀는 이동하는 내내 롤랑이 선물로 준 보석이 박힌 금팔찌를 갖고 다녔는데 착한 목동 가족에게 보상할 물건이 없어 그것을 뽑아 줬다. 그리고 두 신혼부부는 동방행 배를 바르셀로나에서 기다리기 위해 프랑스와 스페인을 나누는 피레네산맥으로 떠났다.

안젤리카와 메도로는 서로 사랑해 둘의 이름을 나무껍질에 새겨넣었다.

12

광인 롤랑

안젤리카를 잃은 롤랑은 자신의 투구와 무기를 벗어두고 절망감을 상징하는 검은 색 갑옷과 투구를 입었다. 그가 그런 모습으로 이교도들을 무참히 살육해 양쪽 군대 모두 낯선 기사가 행하는 업적에 매우 놀라고 있었다. 전투에 참가하지 않은 만드리카르도는 그런 무공 관련 보고를 받고 찬사를 받는 기사의 용기를 스스로 시험해볼 작정이었다. 두 연인 제르비노와 이사벨라의 재회를 도와준 롤랑과 축하를 나누고 있을 때 만드리카르도가 갑자기 나타났다. 만드리카르도는 잠시 깊은 생각에 잠기더니 롤랑에게 말했다.

"그대는 내가 찾는 사람이 틀림없다. 나는 열흘 이상 그대를 찾았다. 그대의 무공에 대한 명성을 듣고 나의 힘과 그대의 힘을 비교하기 위해 이곳에 왔다. 그대의 투구와 방패를 보니 우리 군대 내에서 살육을 자행한 사람이 당신임을 알겠네. 하지만 그런 표시 없이 자네를 수백 명 중에서 봤더라도 투사와 같은 자네의 모습은 자네가 바로 내가 찾

사람임을 알려줬을 것이네."

롤랑이 대답했다.

"그대의 용기를 존경한다. 그대의 그런 계획은 용감하고 너그러운 정신이 아니면 세울 수 없지. 그대가 나를 만나고 싶어 왔다면 그대에게 내 마음 가장 깊은 곳의 기백을 보여주겠네. 그대의 호기심을 충족시킬 수 있도록 투구의 면갑을 벗겠네. 하지만 그런 후에는 자네가 내 용기와 외양이 일치하는지 시험하길 바라네."

사라센인이 말했다.

"자, 어서 그렇게 하게나. 내 첫 번째 소망은 자네가 누구인지 아는 거니까. 그리고 두 번째 소망을 충족시키겠네."

롤랑은 만드리카르도를 살펴보더니 그가 옆구리에 칼을 차지도 않고 안장 철퇴도 없는 것을 보고 놀라 말했다.

"창으로 실패하면 무슨 무기를 쓸 건가?"

만드리카르도가 말했다.

"그런 건 신경쓰지 말게. 훌륭한 기사는 그대가 보는 무기 이외에는 휴대하지 않네. 나는 롤랑 용사가 갖고 다니는 유명한 뒤랑달 검을 다시 쟁취할 때까지 결코 칼을 휴대하지 않기로 맹세했네. 그 칼은 내가 가진 갑옷에 속한 것일세. 내가 필요한 것은 그것뿐이지. 그 검은 틀림없이 도난당한 거야. 하지만 그것이 롤랑의 손에 어떻게 들어갔는지는 모르겠네. 하지만 롤랑을 찾는다면 그에게 혹독한 대가를 선사할 작정이네. 또한 내가 그를 더 열심히 찾는 이유는 그가 음흉하게 내 부친 아그리칸 왕을 살해했기 때문에 복수하려는 것이네. 그가 정정 당당히 싸웠다면 아버님과 같은 무사가 정복될 수는 없었을 테니까!"

롤랑이 외쳤다.

"자네는 거짓말하고 있어. 그렇게 말하는 사람은 다 거짓말하는 거지. 자네가 찾는 롤랑이 바로 나일세. 물론 자네 아버지를 영예롭게 살해한 것도 바로 나야. 자, 여기 그 칼이 있으니 자네가 그것을 사용할 자격이 있을 만큼 용기가 있다면 칼을 주겠네. 내가 이 칼을 소유할 권리는 있지만 이 싸움에서는 그것을 사용하지 않겠네. 자, 보게. 이 나무 위에 칼을 걸어놓겠네. 자네가 내 목숨을 빼앗는다면 자네는 이 칼의 주인이 되는 걸세."

그렇게 말하고 롤랑은 뒤랑달을 칼집에서 꺼내 가까운 나뭇가지에 걸어났다. 이윽고 둘은 결전에 돌입했다. 똑같이 펄펄 끓는 열정 속에서 두 기사는 말을 타고 반원을 그리며 고삐를 느슨히 풀고 돌진하며 창으로 서로를 찔렀다. 둘은 말 위에 앉은 채 움직이지 않았다. 창 파편이 공중에 튀어 두 기사의 손에는 파편만 남아 있었다. 그래서 철갑옷을 입은 두 기사는 목장 경계선과 샘물 소유권으로 다투는 시골뜨기들처럼 막대로 싸워야 했다.

그러나 강건한 타격자들의 손에서 막대도 오래 버틸 수 없어 곧 맨손으로 싸움에 임했다. 그런 싸움은 타격을 받는 쪽보다 가하는 쪽에 더 큰 괴로움을 줬다. 이윽고 둘은 서로 껴안고 상대방을 잡아당겼다. 헤라클레스가 안타이오스(그리스 신화에 등장하는 인물로 땅에 발이 닿는 한 무적이었지만 헤라클레스가 공중에 들어올려 죽였다)와 싸우는 것 같았다.

만드리카르도는 롤랑보다 더 화가 치밀어 그를 말에서 떨어뜨리기 위해 맹렬히 달려들다가 말의 고삐를 땅에 떨어뜨리고 말았다. 상대방보다 침착한 롤랑은 그 사실을 간파하고 한 손으로 만드리카르도에게 저항하면서 다른 한 손으로 말 고삐를 잡아당겼다. 사라센인도 전력을 다해 롤랑을 잡아당겼지만 롤랑의 넓적다리는 바이스(공작기계나 공구 등이 움직이지 못하도록 꽉 죄는 기구)처럼 안장을 꼭 낀 채 전혀 동요되지 않았다. 마침내 사라센인은 롤랑의 말 뱃대끈(말이나 소의 배에 걸쳐 조르는 줄)을 끊어버렸다. 그러자 롤랑의 말 안장이 스르르 미끄러지면서 추락을 의식할 새도 없이 등자와 함께 땅에 떨어졌다.

그때 그의 갑옷이 내는 소음에 고삐가 풀린 만드리카르도의 말은 깜짝 놀라 나무, 바위, 울퉁불퉁한 땅을 개의치 않고 전속력으로 내달렸다. 말은 공포에 질려 주인을 태우고 전속력으로 달렸다. 그러나 화가 치밀어 제정신이 아닌 주인이 소리를 지르며 주먹으로 말을 때려 오히려 말의 도망을 재촉하고 말았다. 그렇게 4.8km 이상 달리던 그들 앞에 깊은 도랑이 나타나 말과 만드리카르도는 도랑에 거꾸로 처박히고 말았다. 그러나 도랑바닥이 깃털과 장미로 덮여 심한 타박상에도 다행히 팔다리는 부러지지 않아 그곳에서 빠져나올 수 있었다.

만드리카르도는 발을 다시 쓸 수 있게 되자 화가 나 말 갈기를 붙잡았다. 그러나 고삐가 없어 말을 세어할 수 없었다. 그는 고삐가 될 만한 것을 찾기 위해 주위를 둘러봤다. 바로 그때 그를 마지막으로 도우

만드리카르도를 추격하는 롤랑

려는 운명의 여신 덕분인지 손에 고삐를 든 채 길을 잃은 농장 말을 찾아다니던 농부가 그곳으로 다가왔다.

뱃대끈을 빨리 고친 롤랑은 다시 말 위에 올라 사라센인이 돌아오기를 몇 시간 동안 기다렸다. 하지만 그를 볼 수 없자 찾아나서기로 했다. 그는 제르비노와 이사벨라에게 다정히 작별인사를 했다. 그들도 기꺼이 그를 따라가고 싶었지만 용감한 용사는 허락하지 않았다. 그는 자신을 지켜줄지도 모를 친구를 데려가는 게 기사답지 않다고 생각했다.

롤랑은 그들을 남기고 떠나면서 혹시 만드리카르도를 만나게 된다면 그가 이웃동네에서 사흘간 머물 것이고 그래도 나타나지 않으면 샤를마뉴 진영으로 갈 거라고 전해달라고 부탁했다. 그리고 롤랑은 나무에 걸어둔 뒤랑달 검을 집어들고 사라센인의 말이 달려나간 방향으로 나아갔다. 그러나 그의 말도 공포에 질려 길을 혼동하고 급속도로 방향을 바꾸곤 했다. 그래서 롤랑은 이틀간 그들을 찾아 헤매다가 수색을 포기하고 말았다.

사흘째 정오 롤랑은 꽃들이 울긋불긋한 목초지를 굽이쳐 흐르는 시냇물이 있는 강둑에 도착했다. 높은 나무들이 정자를 이뤄 샘물에 그림자를 던지고 있었다. 나뭇잎 사이로는 미풍이 불어 더위를 식혀줬다. 목동들은 그곳에 와 갈증을 풀고 한낮 태양을 피하는 피난처로 사용하곤 했다. 꽃향기를 머금은 공기가 신선함을 혈관에 불어 넣어주는 것 같았다.

롤랑은 갑옷을 입고 있었지만 자연의 영향을 느끼고 있었다. 그래서 모든 것이 휴식을 권하는 것처럼 보이는 즐거운 정자 앞에서 그도 걸음을 멈췄다. 그러나 가장 치명적인 피난처를 선택한 셈이었다. 그곳에서 그는 평생 가장 비참한 시기를 보냈다고 할 수 있다.

그는 주위를 둘러보며 즐거운 마음으로 숲의 아름다움을 만끽했다. 그러던 중 몇 그루 나무에 새겨진 글자가 눈에 띄었다. 가까이 다가가 글자를 읽고 그것이 안젤리카 이름임을 알고 깜짝 놀랐다. 더욱이 그녀의 이름과 함께 메도로의 이름도 섞여 새겨져 있었다. 그는 날기 위해 솟아오르다가 그물에 발이 걸린 새처럼 그대로 멈춰섰다.

롤랑은 시냇물을 따라 산바위가 굽어 동굴을 형성한 곳에 이르렀다. 담쟁이 덩굴과 비틀린 야생 포도나무 줄기들이 자연의 손길이 파헤쳐 구석을 만든 곳의 입구에 피륙처럼 드리워져 있었다.

불행한 용사는 동굴에 들어가자마자 방금 새겨진 것으로 보이는 글자를 봤다. 메도로가 아름다운 왕비와 행복한 결혼을 한 것을 축하하는 시였다. 롤랑은 그 시가 축하하는 안젤리카가 자신이 알고 있는 안젤리카와 틀림없이 다른 인물일 거라고 자위했다. 메도로라는 이름을 들어본 적이 없기 때문이다. 그리고 바야흐로 해가 지자 롤랑은 다시 말을 타고 길을 떠났다. 그리고 얼마 가지 않아 연기가 피어오르는 오두막을 봤다. 그곳에서 개 짖는 소리와 소 울음소리도 들려왔다. 그는 하룻밤 은신처를 제공해줄 듯한 누추한 집에 다가갔다. 농가에 사는 사람들은 그를 보자마자 기꺼이 그에게 호의를 베풀었다. 한 사람은 자신의 말, 다른 사람은 방패와 동체 갑옷, 또 다른 사람은 황금색 박차를 돌봐줬다. 오두막은 메도로가 중상을 입고 운반되어 와 안젤리카의 간호를 받고 안젤리카와 결혼한 바로 그곳이었다. 그곳에 사는 목동은 누구나 그 결혼 이야기를 좋아해 곧 비참한 롤랑에게도 매우 자세히 그 결혼 이야기를 들려줬다.

목동은 이야기를 끝내고 잠시 자리를 비웠다가 돌아왔다. 그의 배려에 대한 감사의 표시로 안젤리카가 준 기념 팔찌를 가져왔다. 그것은 롤랑 자신이 그녀에게 준 것이었다.

그 팔찌는 흥분한 롤랑에게 최후의 일격을 가했다. 격노해 미쳐버린 그는 프랑스 용사 중에서 가장 유명하고 가장 꿋꿋한 자신을, 가장 놀라운 위험 속에서도 그녀를 구해준 자신을, 그녀를 위해 가장 무시무시한 싸움까지 벌인 자신을 무시하고 젊은 사라센인을 선택한 잔인하고 배은망덕한 그녀에 대해 절규했다. 고상한 백작의 자존심은 깊은 상처를 입었다. 억제할 수 없는 분노에 미치광이처럼 된 그는 매우 끔찍한 비명을 지르며 숲으로 달려나갔다.

"아냐, 아냐. 그들이 나를 잘못 본 거야! 롤랑은 죽었어! 나는 그저 지옥의 고통을 당하며 비참히 떠도는 백작 유령이야!"

그는 울부짖었다.

롤랑은 발길이 닿는 대로 숲속을 헤매다가 해가 뜨자 메도로가 치명적인 글자를 새겨놓은 샘물이 있는 곳으로 가게 되었다. 두 번째 분노의 눈으로 그곳을 다시 보게 된 용사는 칼을 뽑아 바위를 내리쳤다.

불행한 동굴! 이세 너 이상 그늘과 시원힘으로 사람들을 끌어들이지 못할 것이다. 궁형으로 목동이나 가축에게 더 이상 피난처를 제공하지 못할 것이다. 그대, 시원하고 깨끗한 샘물! 사납게 날뛰는 롤랑의 분노를 피하지 못하다니! 그는 나무줄기를 송두리째 뽑고 바위를 조각내고 식물과 잔디와 덤불을 흙이 묻은 채 뿌리째 뽑아 샘물 속에 던져 깨끗한 샘물을 더럽히고 망쳤다. 그렇게 난폭한 행동으로 지친 그는 땀에 흠뻑 젖어 헐떡거리면서 땅에 몸을 던진 채 사흘 밤낮으로 의식을 잃고 누워 있었다.

나흘째 되는 날 그는 갑자기 벌떡 일어나 무기를 집어들었다. 투구와 작은 방패를 멀리 던져버리고 비늘 갑옷과 옷도 갈기갈기 찢어 숲속에 조각조각 던져버렸다. 한 마디로 미친 것이다. 너무 미쳐 칼을 휴대하지 않은 것도 개의치 않았다. 그러나 사실 놀라운 일을 하기 위해 뒤랑달이나 다른 무기들이 필요하지도 않았다. 그의 엄청난 힘만으로 모든 것이 충분했다. 그는 강력한 손을 한 번 비틀어 소나무 한 그루를 뿌리째 뽑아버렸다. 그리고 이어서 떡갈나무, 너도밤나무, 단풍나무 가릴 것 없이 모두 뽑아버렸다. 오래된 숲은 들새 사냥꾼이 덫을 놓기 위해 덤불을 제거한 늪의 가장자리처럼 벌거숭이가 되어버렸다.

숲속에서 들려오는 무너지는 듯한 끔찍한 소리를 듣고 목동들은 예사롭지 않은 괴음을 알아보기 위해 가축떼를 두고 그곳으로 달려갔다. 그들의 운세가 나빠서인지 아니면 지은 죄 때문인지 그들은 일이 벌어지는 곳에 도착했다. 그리고 롤랑의 분노한 상태와 엄청난 힘에 놀라 그의 시야에서 도망치려고 했지만 두려운 나머지 침착성을 잃었다. 광인은 그들의 뒤를 쫓아가 한 명의 사지를 사과나무에서 사과 따듯 찢어

미쳐버린 롤랑의 난동

버렸고 또 다른 목동의 발을 떼어내 그것으로 다른 사람을 때려눕혔다.

다른 목동들은 모두 도망쳤다. 그러나 그가 똑같은 분노를 가축떼에게 발산하느라 그들에게 잠시 관심을 끄지 않았더라면 그리 쉽게 도망칠 수는 없었을 것이다. 농부들은 떡갈나무와 참나무 뒤에 몸을 숨기는 대신 건물 지붕과 바위 위로 올라갔다. 그들은 높은 곳에서 비참한 롤랑의 격렬한 분노를 벌벌 떨며 바라봤다. 발빠른 놈들만 제외하고 소, 양, 돼지들은 그의 두 주먹, 이빨, 손톱, 발에 구타당하고 사지가 찢겨나갔나.

드디어 자신 앞의 모든 것을 때려부수고 롤랑은 주민이 버리고 간 오두막에 들어가 음식을 찾았다. 오랫동안 먹지 못해 큰 시장기를 느껴 뿌리, 도토리, 빵, 날고기, 구운 고기 닥치는 대로 게걸스럽게 먹어치웠다.

그리고 다시 오두막에서 나온 광인 롤랑은 살아있는 거라면 사람이든 동물이든 뒤쫓아갔다. 날쌘 사슴 뒤를 쫓았고 사나운 곰과 늑대 뒤를 쫓아 맨손으로 때려잡아 찢어 먹기도 했다.

그렇게 프랑스 여기저기를 방황하며 수없이 자신의 생명을 위태롭게 만들었지만 신비로운 힘에 의해 치명적인 결과를 당하지 않고 생명을 보존했다. 여기서 롤랑 이야기는 잠시 멈추고 롤랑과 헤어진 제르비노와 이사벨라에게 무슨 일이 일어났는지 알아보자.

사흘 동안 왕자와 아름다운 신부는 롤랑의 결투 현장에서 만드리카르도가 돌아오기를 기다렸다. 그가 돌아온다면 롤랑의 부탁인 그와 또한 번의 결투를 하겠다는 장소를 전하기 위해서였다. 사흘이 지나 만드리카르도가 나타나지 않자 그들은 롤랑에게 무슨 일이 생겼는지 걱정되어 그를 찾아 나서 마침내 안젤리카와 메도로의 이름이 새겨진 나무가 있는 곳까지 오게 되었다. 그들은 그 글자가 어떻게 지워졌고 동굴은 어떻게 난장판이 되었으며 샘물은 어떻게 엉망이 되었는지 궁금했다. 그러나 무엇보다 그들을 슬프게 만든 것은 풀 위에 있는 롤랑의 동체 갑옷과 유명한 알몬테스가 착용했던 투구였다.

숲에서 말 울음소리가 들리자 제르비노는 시선을 돌려 안장 앞에 고삐가 걸린 채 서 있는 브리글리아도로를 발견했다. 그는 뒤랑달 검이 어디 있는지 살피다가 그 유명한 칼마저 칼집도 없이 풀 위에 아무렇게나 버려진 것을 봤다. 롤랑의 다른 무기와 옷조각들도 들판에 흩어져 있었다.

제르비노와 이사벨라는 놀랍고 슬퍼 이것을 어떻게 받아들여야 할지, 이 일의 진짜 원인이 무엇인지 생각해봤지만 도무지 상상이 가지 않았다. 무기나 옷조각에 핏자국이 보였다면 차라리 그가 살해되었다고 추측할 수도 있었지만 그렇지도 않았다. 그들이 고통스러운 불확실성에 빠진 동안 한 젊은 농부가 다가왔다. 그는 바위 위에 올라가 목격한 일의 공포에서 아직 벗어나지 못했지만 두 사람에게 자신이 목격한 모든 사건을 이야기해줬다.

제르비노는 눈물을 머금고 흐트러진 무기들을 모두 모았다. 이사벨라도 말에서 내려 슬픈 의무를 수행하는 제르비노를 도왔다. 그들은 화려한 갑옷조각들을 모두 모아 전리품처럼 소나무에 걸어놓고 지나가는 사람들이 훼손하지 못하도록 나무껍질에 경고문을 붙여놨다.

"이것은 12용사 롤랑의 무기들이다."

일을 마친 후 제르비노는 다시 말에 올랐다. 그때 한 기사가 말을 타고 다가와 그 전리품에 대해 말해달라고 요청했다. 그는 롤랑과 한바탕 결투를 벌인 만드리카르도였다. 왕자는 일어난 사건을 있는 그대로 다 말해줬다. 사라센 기사 만드리카르도는 기쁨이 충만해 앞으로 뛰어나와 뒤랑달을 집어들며 말했다.

"아무도 내 행동을 비난할 수 없다. 이것은 내 검이니까. 어디서 발견했든 내 것은 내가 가질 수 있다. 이 칼을 감히 내게서 지킬 수 없는 롤랑이 미친 듯 행세하며 칼을 포기한 것이다."

제르비노는 격렬히 소리쳤다.

"그 칼에 손대지 말게. 결투하기 전에는 그 칼을 가질 생각은 하지 않는 게 좋아. 당신이 가진 무기가 진짜 헥토르 것이라면 그것은 당신이 용맹을 발휘해 얻은 게 아니라 훔친 게 틀림없어."

그들은 즉시 서로 맹렬히 공격했다. 둔탁한 타격음이 공중에 울려 퍼졌다. 능숙하고 기민한 제르비노는 얼마 동안 뒤랑달의 공격을 성공적으로 피했지만 결국 목에 무시무시한 타격을 입고 말았다. 그는 말에서 떨어졌고 승리의 전리품을 노획한 만드리카르도는 말을 타고 도망쳤다.

✦ 13 ✦

제르비노와 이사벨라

만드리카르도가 칼을 갖고 달아나는 것을 본 제르비노의 고통은 결투에서 입은 상처의 고통보다 컸다. 그러나 출혈로 심하게 기력이 빠진 그는 넘어진 곳에서 전혀 움직일 수 없었다. 이사벨라는 어디서 도움을 구해야 할지 몰라 그저 슬퍼하며 잔인한 운명을 탓할 수밖에 없었다. 제르비노가 입을 열었다.

"사랑하는 당신을 안전한 곳으로 데려갈 수 있다면 죽음도 슬프지 않겠소. 하지만 이렇게 당신을 보호하지 못하니 정말 슬프오."

이사벨라가 대답했다.

"여보, 저를 떠난다고 생각하지 마세요. 우리의 영혼은 이별하지 않을 거예요. 이 칼이 제게 당신을 따라갈 방법을 줄 테니까요."

그녀의 말에 제르비노는 그녀가 자신을 따라 죽겠다는 생각을 버리고 살아남아 자신을 기억해달라는 것이었다. 이사벨라는 흐느끼며 목숨이 붙어 있는 한 그에게 충실하겠다고 눈물로 약속했다.

그가 숨을 거두자 이사벨라의 울음소리가 숲속 가득히 울려 퍼져 어느 존경스러운 은둔자의 귀에까지 들어갔다. 그는 그곳으로 서둘러 가 하나님의 말씀으로 그녀를 위로하고 달랬다. 마침내 그녀는 여생을 종교에 바치겠다고 다짐했다.

그리고 그녀가 죽은 남편을 놔두고 떠나려고 하지 않자 은둔자는 그녀를 도와 운반하기 편리한 관을 만들어 제르비노의 시신을 안치하고 말이 끌게 했다. 은둔자의 계획은 며칠 걸리지 않는 거리에 있는 수도원으로 가 이사벨라가 여생을 보내게 하려는 것이었다. 은둔자는 무장한 사람들이 자주 출몰하는 길보다 한적한 길을 택해 며칠 동안 걸었다.

그러던 어느 날 그들은 기사 한 명을 만났다. 그들의 길을 가로막은 기사는 바로 알지에 왕 로도몬트였다. 그는 아그라만트가 자신을 학대했다는 생각에 분개해 방금 그의 진영을 떠나온 참이었다. 아름다운 여인과 말이 끄는 검은 천으로 덮은 짐을 싣는 수행자를 본 로도몬트는 어디로 가는지 그들에게 물었다.

이사벨라는 자신이 처한 고통과 이제 속세를 버리고 종교에 헌신해 잃어버린 남편을 기억하며 살겠다고 결심한 이야기를 그에게 해줬다. 로도몬트는 그 말을 듣고 경멸하는 웃음을 짓더니 그녀의 계획이 별로 이성적이지 않다고 대답했다. 그녀처럼 매력 있는 여인은 땅속에 묻힐 게 아니라 즐기게 되어 있다며 자신이 죽은 연인을 보상해주겠다는 것이었다. 수도승은 그들 사이에 즉시 끼어들어 불경스러운 기사를 꾸짖었다. 그러나 기사는 그에게 잠자코 있으라고 명령하면서 그를 붙잡아 절벽 아래 바다로 던져 익사시키고 말았다. 로도몬트는 은둔자를 제거하고 공포에 떠는 슬픈 여인에게 연인과 같은 말투로 말을 걸었다.

"당신이야말로 내 애인이자 생명이자 빛입니다."

그리고 모든 폭력을 버린 채 그녀에게 가까운 곳에 있는 자신의 은신처로 함께 가자고 간청했다. 그곳은 당대 혼란으로 수도승들이 쫓겨난 허물어진 예배당으로 로도몬트가 소유하고 있었다. 복종 외에 다른 방법이 없는 이사벨라는 그를 따라가며 그에게서 빠져나올 묘안을 궁리했다. 목숨이 붙어 있는 한 죽은 남편에게 충성을 다하겠다는 맹세를 지킬 방법을 찾고 싶었다. 마침내 그녀가 입을 열었다.

"기사님께서 저를 풀어주시고 제가 이미 선언한 대로 맹세와 뜻을 이루게 해주신다면 100명의 여자가 주는 사랑보다 더 가치 있는 것을 드리겠습니다. 저는 약초를 하나 알고 있습니다. 여기 오다가 봤습니다. 그것을 적절히 조제하면 약초즙이 굉장한 힘을 발휘할 겁니다. 그 즙으로 피부를 씻으면 칼이나 불도 피부를 관통할 수 없습니다. 저는 그 액체를 만들 수 있습니다. 제 제의를 받아들인다면 당장 그것을 만들어드리겠습니다. 효능을 보신다면 기사님께서는 전 유럽을 얻는 것보다 더 가치가 있음을 아실 것입니다."

로도몬트는 그녀의 이야기를 듣자 그것이 사실이라면 그녀의 요청을 들어주겠다고 약속했다. 로도몬트는 자신이 옛날 아킬레스(그리스 신화에 등장하는 인물로 호머의 작품 《일리아드》의 중심적 인물. 트로이전쟁 때 파리스가 쏜 화살에 발꿈치를 맞고 죽었다)와 같은 인물로 만들어줄 비결을 배우고 싶은 마음이 간절했다. 이사벨라는 적당한 분량의 약초를 수집해 신비로운 몸짓과 주문을 외우며 약초를 끓인 후 일을 완성했다고 선언했다.

그리고 그 효능을 자신에게 시험해보라고 제의했다. 그녀는 제조한 액체를 목과 가슴에 바르고 칼을 들고 전력을 다해 자신을 세차게 치라고 로도몬토에게 말했다. 그래야 칼이 자신에게 해를 끼칠 수 있는지 알 수 있다는 것이었다. 이사벨라가 약초를 달이는 동안 자주 포도주를 마셨던 이교도는 얼떨결에 그녀의 말대로 칼을 뽑아 있는 힘껏 그녀의 목을 쳤다. 그러자 그녀의 예쁜 머리와 눈처럼 흰 목이 가슴에서 떨어져 나갔다.

이교도 기사는 무례하고 목석과 같았지만 이 슬픈 결과를 몹시 후회했다. 그래서 그녀의 헌신을 기리기 위해 주위 모든 지역에서 일꾼을 불러모아 제르비노와 이사벨라가 묻힌 예배당 주위에 탑을 세웠다. 또한 가까이 흐르는 시냇물 위에 그것을 가로지르는 흉벽과 난간이 없는 2m 폭의 다리를 만들었다. 그리고 탑 꼭대기에 하인 한 명을 경계세워 여행자가 다리에 접근하면 자신에게 통고하라고 명령했다. 그러면 로도몬트는 다리로 나아가 접근하는 기사에게 다리에서 결투하자고 도전장을 보내고 발을 조금이라도 옆으로 헛디디는 자는 시냇물 아래로 떨어지게 했다. 그는 기사들을 제압해 갑옷 1,000벌을 얻어 자신에게 희생된 이사벨라와 그녀의 남편 제르비노를 기념하는 전승 기념비를 세울 때까지 다리를 계속 유지하겠다고 맹세했다.

열흘 안에 다리가 건설되고 탑공사가 진행되었다. 다리가 놓인 길은 지름길이어서 많은 기사가 다리를 건너가다가 모두 예외 없이 무기나 자신의 생명을 전리품으로 내놔야 했다. 어떤 기사는 로도몬트의 창 앞에 쓰러졌고 어떤 기사는 강물에 떨어져 죽었다.

어느 날 로도몬트가 일꾼들을 독려하며 서 있을 때 광기에 휩싸인 롤랑이 다리에 접근했다. 로도몬트가 소리쳤다.

"멈춰라! 다리에 발을 들이지 말라. 이 다리는 너 같은 자를 위해 만든 게 아니다."

이 말을 알아듣지 못한 롤랑은 서둘러 다리로 향했다. 바로 그때 유순한 처녀 한 명이 말을 타고 다가왔다. 그녀는 연인 플로리스마트를 찾고 있던 플로르델리스였다. 그녀는 롤랑이 이상한 모습이지만 그가 롤랑임을 알아봤다. 한 번도 자신의 명령을 거부하는 자를 보지 못한 로도몬트는 광인에게 손을 써 그를 강물 속에 던져버리려고 했다. 그러나 처음으로 지금까지의 기사보다 막강한 강적을 만난 것이다.

"이 바보 같은 놈이 어떻게 이렇게 힘이 셀까?"

로도몬트가 숨죽이며 투덜거렸다. 플로르델리스는 걸음을 멈추고 힘센 두 무사가 다리에서 서로 떨어뜨리기 위해 싸우는 것을 지켜봤다. 드디어 롤랑이 갑옷으로 완전 무장한 로도몬트를 들어올려 옆으로 던지려고 했다. 하지만 완강히 버티는 로도몬트를 완전히 떼어내

로도몬트가 세운 돌다리에서 결투를 벌이는 장면

지 못하고 둘 다 다리 아래로 떨어졌다. 그들이 물에 빠지자 갑자기 큰 소리가 울려 퍼졌다. 그때 롤랑에게 유리한 점이 있다면 나체 상태여서 물고기처럼 수영할 수 있었다는 것이다. 곧 그는 둑으로 올라와 모험 결과에 대한 찬미나 비난을 전혀 신경쓰지 않고 그곳을 떠났다. 무거운 갑옷에 뒤엉킨 로도몬트는 간신히 둑으로 피신했다. 그동안 플로르델리스는 아무 저항 없이 다리를 건널 수 있었다.

아무 보람도 없이 오랫동안 방랑한 플로르델리스는 마침내 파리에 도착했다. 그곳에서 그녀는 그렇게 찾아 헤매던 사람을 만날 수 있었다. 연인 플로리스마트는 알브라카가 함락되자 파리로 돌아와 있었다. 서로 만난 둘은 기뻤다. 하지만 플로르델리스가 롤랑의 비참한 처지를 말해주자 플로리스마트는 침울한 표정을 지었다. 그녀가 롤랑을 마지막으로 본 것은 그가 로도몬트와 강물 속으로 떨어졌을 때였다. 롤랑을 형제처럼 사랑하는 플로리스마트는 여인의 안내를 받으며 즉시 그를 찾아나섰다. 롤랑이 신분에 합당한 대접을 받을 수 있는 곳으로 데려다주고 싶었기 때문이다.

둘이 파리를 떠난 지 사흘이 지난 후 로도몬트가 여전히 다리를 지키는 곳에 오게 되었다. 늘 그랬듯 다리에서 도전과 저항의 싸움이 일어나 두 기사는 서로 공격하기 위해 말을 타고 달렸다.

첫 번째 공격에서 말 두 필은 모두 넘어졌다. 하지만 다시 발을 딛고 일어설 공간이 없어 기사들은 말과 함께 물속으로 곤두박질치고 말았다. 작은 강의 수심을 알고 있던 로도몬트는 곧 육지로 올라왔다.

그러나 플로리스마트는 강물에 떠내려가다가 마침내 진흙 제방에 이르렀다. 하지만 그의 말은 발을 딛고 일어설 곳을 찾을 수 없었다. 다리에서 싸움을 지켜보던 플로르델리스는 연인이 비참한 상황에 빠진 것을 보고 큰 소리로 외쳤다.

"오! 로도몬트, 당신이 존경하는 그녀를 위해 그리고 저 기사를 사랑하는 저를 불쌍히 여긴다면 그를 죽이지 마세요. 그가 갑옷을 포기하고 당신의 무기더미에 갖다 놓는 것으로 충분하다고 생각해주세요. 그렇게 하시는 것보다 더 영광스러운 일은 없을 것입니다."

그녀의 애원이 너무 핵심을 꿰뚫어 냉정한 이교도의 마음도 감동받아 그는 기사가 육지로 올라오도록 도와줬다. 그러나 그는 기사를 포로로 만들고 그의 갑옷은 무기더미에 갖다놨다. 플로르델리스는 연인과 함께 있고 싶었지만 그의 강한 반대와 로도몬트의 마음을 알 수 없어 무거운 마음으로 길을 떠났다.

이제 로게로의 상황을 알아보자. 로게로는 브라다만테를 신부로 맞을 자격을 갖추기 위해 침례를 받을 목적으로 수도원에 가던 도중 골치아픈 사건에 휘말렸다. 그는 수도원으로 가다가 우연히 만드리카르도를 만났다. 둘은 누가 헥토르의 상징물을 소유할 권리가 있는지 언쟁을 벌였다. 치열하게 토론하다가 그 문제를 아그라만트 왕에게 맡기자고 합의하고 시라센 진영으로 향했다. 그곳에서 그라다소를 만났는데 그도 이미 그 문제로 만드리카르도와 논쟁을 벌인 적이 있었다.

그라다소는 롤랑이 버린 칼을 발견하곤 만드리카르도는 칼을 소유할 권리가 없다며 자신이 그 칼을 가져야 한다고 주장했다.

아그라만트 왕은 둘을 화해시키기 위해 노력했지만 뜻대로 되지 않았다. 그래서 만드리카르도가 다른 기사와 결투를 벌여 분쟁을 끝내자는 데 동의하지 않을 수 없었다. 그라다소와 로게로 둘 중 한 명이 만드리카르도와 싸운다면 둘의 이익을 위해 싸우는 셈이었다. 추첨 결과, 로게로가 결투 상대로 뽑혀 자신과 그라다소의 이익을 위해 싸우게 되었다. 아그라만트와 전군이 보는 가운데 약속 날짜에 결투가 벌어졌다. 결과는 로게로의 승리였다.

그러나 헥토르의 무기를 빼앗고 롤랑에게 도전한 적이 있고 제르비노를 살해했던 만드리카르도는 이 결투에서 목숨을 잃고 말았다. 그라다소는 상으로 명검 뒤랑달을 받았다. 하지만 그가 자신의 용기를 발휘해 칼을 얻은 게 아니라 다른 사람의 용기로 대신 얻은 것이어서 가치는 반감되었다. 로게로는 승리는 거뒀지만 중상을 입어 아그라만트 진영에서 여러 주 동안 무력하게 누워 지내야 했다.

한편, 브라다만테는 로게로가 몽탈반에 오지 않고 지체하는 이유를 모른 채 그곳에서 그를 만날 것으로 생각하며 기다리고 있었다. 로게로는 길어도 보름 후에는 브라다만테에게 가겠다고 약속했다. 그는 그 기간에 사라센군 사령관에 대한 자신의 의무를 다할 수 있다고 생각했다. 그러나 보름이 지나고 다시 한 달이 지났지만, 로게로는 돌아오지 않았다. 브라다만테는 로게로가 돌아오지 않는 이유조차 듣지 못했다. 바로 그 무렵 방랑모험을 하던 기사가 로게로와 만드리카르도의 유명한 결투와 로게로의 부상 소식을 갖고 그녀를 찾아왔다. 그녀를 더 놀라게 한 것은 젊고 아름다운 여전사 마르피사가 부상당한 로게로를 극진히 시중들고 있다는 것이었다. 또한 로게로가 부상이 낫는 대로 마르피사와 결혼할 거라는 소문이었다.

브라다만테는 소식을 전부 믿지는 않았지만 비탄에 빠져 지체하지 않고 로게로를 만나기 위해 길을 나섰다. 그녀는 로게로가 자신에게 맡겨둔 아스톨포의 말 라비칸을 타고 금창으로 무장한 채 성곽을 떠나 파리 사라센 진영으로 향했다.

부상당한 로게로를 헌신적으로 간호하면서 브라다만테의 질투를 자극한 마르피사는 사실 로게로의 쌍둥이 누나였다. 그녀는 로게로와 함께 마법사 아틀란티스의 손에 맡겨졌지만 아직 갓난아기일 때 한 아랍인에게 유괴를 당해 아랍부족 술탄의 양녀로 마법과 무술을 배우며 자라났다. 그리고 세상에 명성을 떨치는 두 진영 무사들의 용맹성을 직접 보고 시험하기 위해 아그라만트 진영까지 온 것이었다. 로게로와 만드리카르도의 결투가 벌어지는 바로 그 순간에 진영에 도착한 그녀는 로게로의 이름과 그에 대한 몇 가지 이야기를 듣고 단 한 번의 결투로 승리를 거둔 사람이 자기 오빠라는 생각이 들었다. 그래서 사람들에게 여러 가지를 물어보고 그가 자신과 가까운 혈육임을 더 확

사라센 진영에서 환대를 받는 로게로

신하고 그때부터 새로 찾은 사랑하는 오빠를 헌신적으로 간호했다.

로게로는 그렇게 은거하면서 누나에게 자신이 늙은 아틀란티스의 양육에서 배우고 들은 것을 모두 이야기해줬다. 로게로의 아버지는 기독교 기사였는데 아그라만트 왕의 누나이자 아프리카 이슬람교 군주의 딸과 사랑하게 되어 그녀를 기독교로 개종시키고 비밀리에 결혼했다는 이야기였다. 물론 딸의 결혼에 분노한 이슬람 군주는 사위를 귀양보내고 로게로와 마르피사 두 갓난아기를 딸과 함께 보트에 실어 바람과 풍랑에 죽게 만들었는데 어떤 운명으로 아틀란티스가 그들을 구했다는 것이었다. 이야기를 듣고 마르피사가 격한 어조로 말했다.

"오빠, 그럼 어떻게 그렇게 오랫동안 부모님의 원수를 갚지 않으셨나요? 부모님을 학대한 폭군의 아들까지 어떻게 섬기게 되었나요?"

그러자 로게로는 최근에서야 진실을 알게 되었고 이미 아그라만트와 관계를 맺고 있었으며 그에게서 기사 작위까지 받은 후였다고 대답했다. 그리고 명예롭게 아그라만트 진영에서 나와 조상의 신앙으로 돌아갈 기회를 엿보는 중이라고 덧붙였다. 마르피사는 그의 결심을 기쁘게 환영하면서 자신도 그와 같이 기독교 신앙을 받아들일 의사가 있다고 밝혔다.

한편, 기사 복장으로 로게로를 찾아나선 브라다만테는 도중에 훌륭한 용모와 예의범절을 갖춘 치녀가 슬픔에 잠긴 것을 봤다. 그녀는 바로 자신의 주인을 구출하고 복수해줄 사람을 도처에서 찾는 플로르델리스였다. 그녀는 다가오는 무사들을 눈여겨보다가 이 무사가 자신이 찾는 투사라고 생각했다.

"기사님, 당신은 제 주인을 포로로 만들고 저를 이처럼 방랑하는 탄원자로 만든 난폭하고 잔인한 무사에 맞서 용감히 싸우는 호의를 베풀어주시겠습니까?"

그녀는 다리 위에서 일어난 사건을 브라다만테에게 이야기해줬다. 억울한 일이라면 언제든지 도와주려는 브라다만테는 흔쾌히 그녀의 요청을 받아들였다.

다음 날 두 여자는 다리에 도착했다. 그들이 다가오는 것을 발견한 보초 하인이 로도몬트에게 보고했다. 그러자 로도몬트는 싸우기 위해 갑옷을 입고 다리로 나왔다. 늘 그랬듯 그는 다가오는 무사에게 무덤에 바칠 헌납물로 무기를 내놓으라고 요구했다. 브라다만테는 죄도 없는 사람에게 무슨 권리로 속죄하게 하느냐고 되물었다.

"당신의 생명과 갑옷이야말로 그녀의 무덤에 바치는 데 가장 적합한 봉헌물이다."

그리고 그녀는 창을 들어 공격 자세를 취한 후 말에 박차를 가해 상대방을 향해 달려나갔다. 다리 위에서 말발굽 소리가 천둥소리처럼 울려 퍼졌다. 결투는 한순간에 결정되었다. 금창이 끝낸 것이다. 마상시합에서 그렇게 유명했던 난폭한 무어인은 다리 위에 사지를 뻗고 누워버렸다.

"이제 누가 패자인가?"

로도몬트 다리에서 결투 도중 낙상하는 기사들

브라다만테가 물었다. 여자 손에 자신이 납작하게 눕힌 데 놀란 로도몬트는 아무 대답도 할 수 없었고 하려고 하지도 않았다. 그는 말없이 슬프게 몸을 일으켜 투구와 갑옷을 벗어 무덤에 던졌다. 그리고 침울하게 그곳을 떠났다. 그러나 먼저 시종들에게 모든 포로를 석방하라고 명령했다. 포로들은 모두 아프리카에 가 있었다. 플로리스마르 이외에도 롤랑을 찾기 위해 다리에 왔던 산소네트와 올리버도 끼어 있었다. 모두 결투하다가 차례대로 다리 아래로 떨어진 것이다.

브라다만테는 승리를 거둔 후 다시 길을 떠나 곧 기독교도 진영에 도착했다. 그리고 그렇게도 걱정시켰던 알쏭달쏭한 소식의 내막을 쉽게 알게 되었다. 로게로와 그의 용감한 미녀 누나는 신분과 공적 면에서 너무 유명해 심지어 적들끼리 나누는 대화에서도 빈번한 주제였다. 그래서 브라다만테는 알고 싶었던 모든 문제를 직접 물어보지 않고도 소문으로 알 수 있었다.

한편, 로게로의 승리로 뒤랑달을 소유하게 된 그라다소에게 이제 남은 일은 리날도의 말 베이야드를 되찾는 것이었다. 도전이 제안되고 수락되었지만 말라기기가 사용한 마법으로 방해받아 아직 결투가 이뤄지지는 않았다. 그라다소는 다시 리날도에게 결투를 신청했고 리날도는 쉽게 수락했다. 결투의 목적이 베이야드를 소유하는 것이어서 두 기사는 말을 타지 않고 싸웠다.

결투는 오래 계속되었다. 리날도는 뒤랑달의 치명적인 타격을 잘 알아 모든 기술을 이용해 그 칼의 타격을 받아넘기며 피했다. 그라다소는 전력을 다해 공격했지만 허공만 칠 뿐이었고 실제로 타격을 가해도 옆으로 빗나가 거의 손상을 입히지 못했다.

그런 식으로 둘은 서로 눈동자를 바라보며 오랫동안 싸웠다. 그러다가 이상한 소리에 정신을 빼앗겼다. 고개를 돌려보니 훌륭한 베이야드가 괴물 새의 공격을 받고 있는 것이 보였다. 정말 그것은 새처럼 보였다. 그것은 투르핀 주교를 제외하면 어디서도 보거나 들은 적이 없는 생물체였다.

하지만 그것은 새가 아니라 결투를 중단시키기 위해 말라기기가 지하에서 불러온 악마였다. 악마든 새든 괴물은 베이야드에게 바로 날아들어 날개로 말의 얼굴을 때리고 있었다. 베이야드는 굴레를 벗어나 하늘을 나는 새의 추격을 받으며 미친 듯 들판을 뛰어다녔고 마침내 숲속으로 사라졌다.

베이야드가 도망치는 것을 지켜본 리날도와 그라다소는 그들이 결투하는 목적인 말을 찾을 때까지 결투를 중단하는 데 합의했다. 그라다소는 자신의 군마를 타고 베이야드의 발자국을 따라 숲속으로 들어갔다. 화가 치민 리날도는 그 자리에 그대로 있었다.

그라다소는 자신이 말을 찾으면 말을 데리고 리날도가 있는 곳으로 다시 오겠다고 약속했다. 그리고 오랫동안 숲속에서 헤매다가 마침내 베이야드를 찾아냈다. 운종게도 베이아드의 울음소리를 들었다. 그라다소는 군대를 이끌고 프랑스를 침공해 말을 손에 넣으려던 목적이 드디어 달성되는 순간이었다. 그러나 리날도에게 베이야드를 데려가 겠다는 약속을 잊지 않고 있었다.

"말을 얻긴 얻었는데 이놈의 말이 나를 거의 몰라. 내가 자기를 포기 하기를 바라고 있어. 리날도가 말을 원한다면 내가 프랑스에서 말을 찾은 것처럼 그도 이 말을 인도에서 찾게 해야지."

그리고 자신의 배가 있는 아를레스로 가 야망의 목표물이었던 말과 칼을 싣고 자기 나라로 출발했다.

✕ 14 ✕

아비시니아의 아스톨포

정열적인 모험심이 많은 아스톨포 이야기로 돌아가보자. 그가 히 포그리프의 등에 올라타 세상 여러 나라를 비행하려던 때였다. 아스 톨포는 말머리를 동남쪽으로 돌려 아프리카 나일강 물줄기가 시작되 는 지역에 도착했다. 하늘에서 내려다본 전경은 막대한 부를 이룬 세 나푸스 왕이 통치하는 아비시니아의 수도였다. 그의 궁전은 태양빛을 받아 휘황찬란하게 비췄다. 모든 게 황금으로 만들어져 황금의 도시 라고 불렸다. 이 나라에는 황금이 흔해 장식용으로 황금보다 수정을 선호했고 모든 기둥은 수정으로 만들어져 찬란함을 더했다. 더욱이 루비, 에메랄드, 사파이어, 토파즈와 같은 다양한 보석들이 장식용으 로 박혀 있었고 벽과 천장은 진주로 장식되어 있었다.

유명한 항유나무가 자라는 곳도 이곳이었다. 길레아드라는 유대지 역에는 이 나무가 없었다. 유럽에서 상당히 귀한 사향, 용연향, 많은 종류의 고무나무의 원산지도 바로 이곳이었다. 이집트 파라오도 이

나라 군주에게 막대한 공물을 바쳐 나일강 수원을 차단해 다른 곳으로 흘러들어가지 못하게 부탁해 이집트의 비옥함의 원천을 지켰다는 이야기도 전해진다.

아스톨포가 이곳에 도착할 무렵 이 나라 왕은 큰 고통을 겪고 있었다. 나라는 부유하고 귀한 물건들을 생산하고 있었지만 왕은 굶어 죽을 위험에 처해 있었다. 부유한 나라에서 먹을 게 없어 굶는 게 아니라 왕의 식사시간만 되면 하르피스라는 괴물 새가 나타나 왕의 식사를 방해했다. 괴물 새는 떼지어 다니며 날카로운 발톱으로 모든 걸 잡아채고 찢고 그릇을 뒤집고 음식을 게걸스럽게 먹어치우고 남긴 음식에는 치명적인 병균을 감염시켜 고통을 줬다. 소문에 따르면 왕이 이런 저주를 받게 된 것은 오만으로 가득 찬 젊은 시절 나일강 수원인 산꼭대기 지상낙원을 군대를 동원해 침략했기 때문이다.

아스톨포는 왕국 영토에 도착하자마자 서둘러 그에게 문안인사를 드렸다. 세나푸스 왕은 그를 자상하게 맞고 그를 영접하기 위해 훌륭한 연회를 준비하라고 명령했다. 아스톨포가 왕의 오른쪽 귀빈석에 앉고 손님들도 모두 식탁 주변에 앉자 공중에서 하르피스 새떼가 내는 끔찍한 금속성 소음이 귀를 찢는 듯 들려왔다. 곧 새들은 식탁 위로 날아들어 접시에 있던 음식을 집어가고 넓은 날개를 펄럭이며 모든 물건을 뒤집었다. 손님들은 칼과 휴대한 모든 무기로 새들을 공격했지만 효과가 없었다. 아스톨포도 칼을 뽑아 새들을 반복적으로 타격했지만 소용없었다.

세나푸스 왕의 식사자리를 공격하는 괴물 새 하르피스

문득 아스톨포는 뿔나팔이 떠올랐다. 먼저 왕과 손님들에게 귀를 막으라고 시키고 한바탕 뿔나팔을 불었다. 그러자 뿔나팔 소리에 놀란 하르피스들은 날개를 최대한 빨리 저어 멀리 날아갔다. 아스톨포는 기회를 놓치지 않고 히포그리프의 등에 올라타 뿔나팔을 불며 괴물 새를 추격했다. 그들은 큰 산을 넘어 거처로 보이는 커다란 동굴 속으로 박쥐처럼 빨려 들어갔다. 새들이 보이지 않자 히포그리프를 동굴 입구에 내리게 하고 거대한 바위들을 굴려 동굴 입구를 막았다. 꼼꼼히 빈틈을 막아 한 마리도 나오지 못하게 봉쇄했다.

아스톨포는 그런 수고를 한 후 갈라진 바위틈에서 거품을 내며 나오는 깨끗한 샘물에 목욕하고 원기를 되찾았다. 그리고 잠시 휴식을 취한 후 높이 솟은 산 정상에 오르고 싶은 충동에 다시 히포그리프를 타고 위로 올라가보니 산꼭대기에는 신기하게도 넓은 평야가 펼쳐져 있었다.

평야 한가운데 화려한 궁전이 우뚝 솟아 있었는데 궁전 벽이 너무 휘황찬란해 인간의 눈으로는 바라보기 힘들었다. 아스톨포는 날개가 달린 말을 건물 쪽으로 몰아 공중에서 균형을 잡은 채 그것을 살펴봤다. 자연과 예술이 누가 가장 멋지게 건물을 장식하는지 보기 위해 애썼다는 생각이 들 정도였다.

아스톨포가 건물에 접근할 때였다. 신비로운 모습의 한 남자가 그를 반겼는데 눈처럼 흰옷을 입고 땅까지 드리워진 자주빛 망토를 어깨에 걸치고 있었다. 흰 턱수염은 몸 중간까지 내려왔고 흰 머리카락이 어깨를 뒤덮고 눈동자는 너무 찬란히 빛나 아스톨포는 그가 천국의 성인이라는 확신이 들었다. 존경심으로 말에서 내린 용사에게 현인은 다정한 미소를 지으며 말했다.

"고상한 기사여, 그대가 지상천국에 온 것은 모두 하나님의 뜻임을 알기 바라네. 샤를마뉴를 구하고 우리의 성스러운 신앙의 영광을 유지하기 위해 그대가 교육받아야 한다는 신의 뜻이 없었다면 이 높은 곳의 복된 자리에 올라와 앉을 수 없었을 거네. 나는 필요한 조언을 그대에게 해주기 위해 준비했네. 조언을 받기 위해 우리와 함께 있는 것을 환영하네."

아스톨포는 신비스로운 성인의 모습에 경탄을 금할 수 없었다. 그러나 그 존경스러운 남자가 주의 사도 중 한 명임을 알고는 놀라움을 금치 못했다. 그는 성 요한으로 그리스도의 12제자 중 한 명이었다. 성 요한은 아스톨포 왕자를 동료들에게 데려갔다. 족장 에녹과 예언자 엘리야가 그곳에 있었다. 성인들은 아무도 자신이 언제 죽는지 모른 채 속세에서 올라와 최후의 심판의 날이 올 때까지 영원한 봄의 기후 안에서 평화롭게 살고 있었다.

지상낙원에 사는 세 명의 성스러운 성인들은 아스톨포에게 최대한 친절을 베풀며 그를 영접한 후 쾌적한 성으로 안내해 입에 맞는 음식을 대접했다. 히포그리프도 각별한 보살핌을 받았다. 아스톨포는 너무 맛있는 과일을 받고 인간의 첫 조상이 신의 허락 없이 금단의 사과를 따먹던 죄를 용서하고 싶은 기분이 들었다.

산 정상의 성자들의 성

아스톨포는 배를 채운 후 달콤한 잠을 취해 기력을 회복했다. 동이 트기 무섭게 잠자리에서 일어나 방을 나섰다. 그리고 자신을 만나러 온 존경하는 사도를 만났다. 성 요한은 그의 손을 잡고 그에게 과거와 미래의 많은 이야기를 들려줬다. 특히 아스톨포에게 다음과 같은 이야기를 들려줬다.

"이보게, 지금 프랑스에서 벌어지는 일을 말해주겠네. 그 유명한 롤랑은 태어날 때부터 인간 이상의 힘과 용기를 부여받고 고대 삼손처럼 진정한 신앙의 옹호자가 될 교육을 받았지. 하지만 그는 이국의 공주를 쫓느라 기독교를 떠나 가장 비천한 배은망덕의 죄를 범하고 말았네. 이국의 공주가 그를 경멸해도 기꺼이 그녀와 결혼하고 싶어했지. 그래서 이성을 박탈당하는 벌을 받았네. 지금 그는 벌거벗은 채 산과 계곡을 돌아다니고 있네. 그의 처벌 기간은 3개월로 정해져 있는데 거의 끝나가고 있지. 자네가 여기 온 이유는 롤랑에게 다시 이성을 찾을 방법을 우리에게서 배우기 위해서네. 정말 자네는 나와 함께 이동해야 할 거야. 우리는 심지어 이 땅을 떠나 달로 올라갈 걸세. 달이 롤랑의 광기를 고쳐줄 수 있기 때문이지. 오늘 밤 우리 머리 위에 달이 뜨는 대로 이동하는 게 어떻겠나?"

태양이 바다 밑으로 가라앉고 달이 둥근 모습을 보이자 성자는 별들 사이로 이동하기 위해 오래 전 엘리야를 지구에서 하늘로 끌어올릴 때 사용한 이륜전차를 끼내왔다. 성자가 아스톨포를 자기 옆에 앉히고 고삐를 쥐고 준마들에게 명령을 내리자 놀랄 만큼 재빨리 높은 곳을 향해 올라갔다.

마침내 큰 대륙처럼 보이는 달에 도착했다. 달 표면은 광택이 나는 강철과 같았다. 달빛을 흐리게 만드는 녹슨 철과 같이 보이는 반점도 여기저기 보였다. 바다와 강이 보이는 지구를 멀리서 바라보니 별 볼 일 없는 점에 불과하다는 것을 깨달은 아스톨포는 놀라움을 금치 못했다.

아스톨포는 달에서 강, 호수, 평야, 언덕, 계곡이 있는 새로운 지역을 목격했다. 많은 아름다운 도시와 성곽이 풍경을 더 아름답게 꾸며주고 있었다. 광활한 숲도 있었는데 그곳에서 뿔나팔 소리와 개 짖는 소리가 들렸다. 그래서 님프들이 쫓아오는 것 아닌가 생각이 들었다.

기사는 자신이 보는 모든 것에 경탄하며 성자의 안내로 계곡으로 들어갔다. 그리고 주변에 흩어진 재물들을 보며 감탄사를 연발했다. 그 계곡은 인간의 잘못으로 지상에서 잃은 것들을 저장하는 곳이었다. 보물왕국에 있는 물건들은 운명의 여신이 가지고 노는 장난감으로 그녀가 바퀴를 돌리며 사람들에게 나눠주는 것들이다. 그러나 이곳 물건들은 운명의 여신도 주거나 빼앗을 수 없는 것들이었다. 일순간 찬란히 다가왔다가 얼마 가지 않아 사라지는 명성과 같은 것이 이곳의 보물인 이유였다. 또한 얻을 수 없는 것을 얻기 위한 수많은 맹세와 기도, 연인들의 한숨과 눈물, 게임과 옷치장에 보낸 시간, 아무 일도 하지 않고 나태하고 비천하게 보내려던 한가한 계획들, 모험과 음모, 그런저런 것들이 계곡을 가득 메우고 있었다.

달로 향하는 아스톨포와 성 요한

아스톨포는 자기 눈으로 보는 비범하게 여겨지는 모든 것을 이해하고 싶은 강한 욕구를 느꼈다. 특히 불분명한 소음을 내는, 산처럼 거대하게 부푼 공기주머니들이 보였는데 성자는 그것들이 한때 지상의 경이로움으로 여겨지던 아시리아와 페르시아 왕조들이라고 설명하며 하지만 지금은 이름조차 들어볼 수 없는 것이 되었다고 말했다. 아스톨포는 성자의 말에 웃지 않을 수 없었다.

"자네가 보는, 금과 은으로 된 이 모든 갈고리들은 신하들이 더 나은 것을 얻기 위해 군주들에게 바친 선물들이지."

성자는 또 올가미가 숨겨진 꽃다발을 그에게 보여줬다. 꽃다발은 그것을 받는 자를 속이기 위해 바친 아첨의 선물이었다. 무엇보다 그를 웃긴 것은 찍찍 울다가 허파가 터진 수많은 메뚜기였다. 성자의 말에 따르면 그것들은 타락한 시인들이 위인들에게 바친 소네트나 송시, 헌시라는 것이었다.

아스톨포는 우유가 쏟아져 만들어진 듯한 호수를 봤다.

"저것은 구두쇠들이 죽음을 맞을 때 놀라 자신도 모르게 베푼 자비의 표시라네."

성자가 말했다. 계곡에 있는 모든 것들, 즉 비열함, 잘난 척하는 태도, 거짓의 미덕, 은폐한 악덕을 모두 말하려면 시간이 너무 많이 걸릴 것이다.

무엇보다 아스톨포는 허무하게 보낸 많은 날과 생각하고 싶지도 않은 자신의 무분별한 출격을 다시 생각하게 되었다. 하지만 잃어버린 많은 것들 중 인간이 모두 가지고 있다고 생각하고 그것을 얻기 위해 기도할 필요를 느끼지 못한다는 것을 알게 되었다. 그것은 분별력이었다. 그런 분별력은 매우 가볍고 증발하기 쉬운 알코올 형태여서 병 속에 단단히 밀봉되어 있었다. 그 병들 중 하나에 '롤랑 용사의 분별력'이라는 딱지가 붙어 있었다.

성자는 이런 딱지가 붙은 병을 아스톨포에게 줬다. 그것은 반 이상 남아 있었는데 아스톨포는 그것이 자기 것임을 알았다. 물론 그는 지혜를 구하며 살았던 사람들의 거의 모든 지혜를 담은 병들도 많이 있다는 사실에 감탄을 금할 수 없었다.

'아, 인간이 이성을 잃어버리기가 얼마나 쉬운가! 어떤 사람은 정열에 굴복해 이성을 잃고 어떤 사람은 부를 찾아 폭풍우에 맞서 싸우다가 이성을 잃고 어떤 사람은 사소한 것에 너무 열중하다가 이성을 잃는다. 생각대로 점성술사, 발명가, 형이상학자 그리고 무엇보다 시인의 지혜가 담긴 병들이 가장 좋은 병이다.'

아스톨포는 자기 병을 집어 코에 대고 내용물을 흡입했다. 또한 매우 크고 내용물로 꽉 찬 롤랑의 병까지 집어 흡입했다. 아스톨포는 달을 떠나기 전 강변의 한 건물로 인도되었다. 그곳에는 면, 마, 양모 실꾸러미가 가득한 큰 홀이 있었다. 실타래는 수천 가지 색으로 빛나고 우중충한 색도 띠고 완전히 까맣기도 했다. 홀 한쪽에서는 한 노파가 여러 실타래에서 실을 감느라 바쁘게 움직이고 있었다. 그녀가 실타래 하나를 다 끝내자 다른 노파가 받아 그것을 다른 실타래 위에 놨다.

그리고 세 번째 노파는 양털실을 골라 적당한 비율로 섞었다. 아스톨포는 성자에게 그것이 무엇인지 물었다. 성자가 대답했다.

"이 늙은 여인들은 인간의 수명을 연장하고 재고 종결시키는 운명의 세 여신일세. 저 실타래에서 실이 나오는 동안 그 실에 속한 인간은 한낮의 햇빛을 즐길 수 있지. 하지만 자연과 죽음은 실이 감기는 자들의 눈을 감기 위해 항상 노려보고 있다네."

각 실타래에는 소유자의 이름이 적힌 금, 은, 쇠로 된 딱지가 붙어 있었다. 나이가 들었지만 적극적인 한 노인이 앞치마에 딱지를 채우고 뛰어다니다가 레테(망각의 강)의 강물에 던지기 위해 자리를 떠났다. 노인은 강가에 오자 앞치마를 털어 딱지를 강 밑에 가라앉혔다. 1,000개 중 한 개 꼴로 딱지 몇 개가 강물에 둥둥 떠올랐다. 수많은 매, 까마귀, 독수리가 시끄럽게 강물 위를 날아다니며 그 딱지들을 낚아채려고 했다. 그러나 딱지들이 새들에게는 너무 무거워 얼마 후 다시 그것들을 망각의 강에 떨어뜨릴 수밖에 없었다. 그러나 눈처럼 흰 아름다운 백조 두 마리가 딱지 몇 장을 모아 강가로 가져갔는데 그곳에서는 아름다운 님프가 주둥이로 받아 언덕 위 사원으로 운반해 불멸의 조상이 있는 신성한 기둥 위에 매달았다. 아스톨포는 그 모든 것에 압도당해 안내자에게 설명해달라고 요청했다. 그러자 성자가 대답했다.

"그 늙은이는 시간이라네. 그 늙은이가 딱지 위에 적힌 이름들을 망각의 강에 던지지 않는다면 그는 불멸의 이름이 될 걸세. 어떤 이름들을 구하기 위해 헛수고하는 소란스러운 새들은 아첨꾼, 연금생활

성인의 딱지를 낚아채려는 새들

자, 부패한 엉터리 시인들이지. 그들은 자신의 무가치한 이름을 망각에서 구하기 위해 최선을 다하지만 망각의 강은 그들을 틀림없이 삼켜버린다네. 아름다운 선율의 노래를 부르며 어떤 이름들을 영원한 기억의 신전으로 가져가는 백조들은 위대한 시인들을 뜻하네. 백조는 영생을 누릴 자격이 있다고 판단되는 이름들을 죽음보다 더 나쁜 망각에서 구해낸다네. 그런 백조는 매우 드물지. 군주들이여, 참된 혈통을 알아보고 자신의 시대에 나타날지 모르는 혈통을 키워나가길!"

✖ 15 ✖

아프리카 전쟁

아스톨포가 달에서 구한 귀중한 유리병을 갖고 지구로 내려갈 때 성 요한은 그에게 놀라운 능력의 식물을 줬다. 그 식물은 아비시니아 왕의 눈에 대자마자 시력이 회복되는 물질이었다.

"그대가 괴물 새 하르피스로부터 세나푸스 왕을 구해준 것 외에도 한 번 더 그에게 중요한 배려를 베풀게. 그럼 그는 그대에게 군대를 제공할 걸세. 자네는 그 군대를 이끌고 아프리카인들의 후방을 공격하게. 그럼 현재 프랑스를 침공한 아프리카 군대는 본국을 지키기 위해 철군해야 할 걸세."

그리고 성자는 모래폭풍으로 사막을 지나는 상인들이 고초를 당하는 사막땅을 장차 아스톨포 군대가 안전하게 지나갈 방법을 알려줬다. 성인으로부터 많은 가르침을 받은 아스톨포는 하늘을 나는 히포그리프를 올라타고 성자에게 감사를 표한 후 아프리카 대륙을 향해 날아갔다.

아스톨포는 나일강 진로를 따라 곧 아비시니아 수도에 도착해 세나푸스 왕을 만났다. 왕은 자신을 하르피스로부터 구해준 영웅의 목소리를 다시 듣자 매우 기뻐했다. 아스톨포는 낙원에서 가져온 식물을 왕의 눈에 갖다대 그의 시력을 회복시켜줬다. 왕은 그에게 어떻게 감사해야 할지 몰라 자신이 보답해줄 것을 말해달라고 간청했다. 요청하면 뭐든지 들어주겠다는 뜻이었다. 아스톨포는 샤를마뉴 황제를 도와줄 군대를 요청했다. 왕은 그에게 10만 대군을 줬을 뿐만 아니라 직접 지휘하겠다고 말했다.

군대가 출발하기 전날 밤 아스톨포는 날개가 달린 말을 타고 맹렬한 남풍이 불어오는 산을 향해 날아갔다. 바람은 누비아(나일강과 홍해에 이르는 지역) 사막의 모래를 일으켜 소용돌이를 만들고 강한 구름이 되어 이동 중이었다. 성 요한의 조언대로 아스톨포는 가죽 자루를 준비했다. 그리고 가죽 자루 입을 벌려 끔찍한 바람을 일으키는 통풍구를 향해 펼쳤다. 새벽이 되자 동굴에서 바람이 다시 불어왔지만 바람은 자루 속에 갇혀 안전하게 밀봉되었다.

아스톨포는 자신의 군대로 돌아와 선두에 서서 행군을 시작했다. 아비시니아인들은 아무 위험이나 어려움 없이 자기 나라를 북부 아프리카 왕국들과 분리하고 광활한 모래벌판을 가로질렀다. 무서운 남풍은 완전히 자루에 갇혀 촛불조차 끌 수 없었다.

세나푸스 왕은 아스톨포에게 기병을 제공할 수 없어 괴로워했다. 자기 나라에 낙타와 코끼리는 풍부했지만 말이 부족했기 때문이다. 성

세나푸스 왕의 영접을 받는 아스톨포

자는 그런 애로사항을 예상하고 아스톨포에게 구제방안을 가르쳐줬다. 아스톨포는 성자의 가르침대로 그 방법을 썼다. 광활한 평야와 바다가 보이는 곳에 도착한 그는 병사들 중에서 가장 체격이 우람하고 가장 총명하게 생긴 병사들을 뽑았다.

그리고 평야와 경계를 이루는 높은 산기슭에 그들을 방진(方陣)으로 배치하고 자신은 거대한 계획을 집행하기 위해 산꼭대기로 올라갔다. 그들은 아스톨포의 지시대로 산꼭대기에서 수많은 양의 바위 부스러기와 조약돌을 찾아내 산기슭 아래로 굴려보냈다. 놀랍게도 돌들은 굴러가면서 점점 커져 몸, 다리, 목, 긴 얼굴을 만들더니 평원에 닿자 말 울음소리를 내며 껑충껑충 뛰며 날쌔게 움직였다. 돌이 말로 변신한 것이다.

어떤 말은 적갈색이고 어떤 말은 밤색 털에 흰색 털이 섞이고 어떤 말은 알록달록하고 어떤 말은 밤색이었다. 산기슭에 있던 병사들은 새로 탄생한 말을 잡기 위해 애쓰며 각자 말을 잡았다. 아스톨포의 기적은 모든 말에게 고삐와 안장을 마련해줄 정도로 사려 깊었다. 그렇게 아스톨포는 갑자기 무려 8,000필의 우수한 기병대를 얻었다. 아스톨포는 그 병력을 진격시켜 드디어 아그라만트의 수도 비세트라 성벽 앞에 도착해 포위공격을 하게 되었다.

이제 리날도의 야간공격을 받아 패배한 사라센군이 도망친 아를레스로 가보자. 도시 앞에는 기독교군 진영이 자리 잡고 있었다. 아그라만트는 아프리카 본국에 아비시니아 군대가 침입했다는 전령을 받고 난감한 처지가 되었다. 군대를 철수하자니 프랑스 군대가 뒤를 칠 것이고 전장에 머물자니 본국의 안위가 위태로운 진퇴양난이었다.

아그라만트는 참모들과 의논한 끝에 사절단을 샤를마뉴 황제에게 보냈다. 아그라만트 왕은 양 진영을 대표하는 무사를 뽑아 결투로 승부지어 전쟁을 끝내자고 제안했다. 아프리카에서 발생한 유리한 상황을 전혀 듣지 못하고 있던 샤를마뉴는 이 제안을 받아들이고 리날도를 기독교군 대표로 뽑아 결투에 임하게 했다.

사라센군은 그때까지 남아 있던 로게로를 투사로 뽑았다. 로게로는 오직 명예 때문에 사라센 진영에 계속 남아 있었다. 그러나 사실 브라다만테가 주장한 기독교 신앙의 진리에 마음을 열고 있었다. 그래서 적당한 기회에 이교도 진영을 떠나 기독교도측에 가담하기로 결심한 상태였다.

하지만 친구들이 어려운 처지에서 명예를 위해서라도 그럴 수는 없었다. 그래서 돌아가는 상황을 봐가며 기회를 엿봤다. 그런데 자신이 기독교군에 대항해 사라센군을 대표하는 투사로 선택되었고 상대로 브라다만테의 오빠 리날도가 나온다는 소식에 깜짝 놀랐다.

로게로가 그런 정보를 듣고 당황하는 동안 브라다만테도 이 결투 소식을 듣고 슬픔에 빠졌다. 결투 도중 로게로가 쓰러진다면 이 세상에서 자신이 사랑할 사람이 사라지는 반면, 하나님이 프랑스 투사를 벌한다면 소중한 오빠를 애통해하지 않을 수 없었기 때문이다.

아름다운 여인이 이런 슬픈 생각에 잠겨 있을 때 여성 마법사 멜리사가 그녀 앞에 나타나 말했다.

"두려워하지 말라. 너를 그렇게 슬프게 만드는 이 결투를 중단시킬 방법을 찾겠다."

한편, 리날도와 로게로는 결투에 쓸 무기를 준비했다. 리날도에게 무기 선택권이 있어 그들은 전투용 도끼와 단도 외에는 다른 무기를 휴대하지 않고 말도 타지 않고 맨발로 싸우기로 했다. 결투 장소는 샤를마뉴 진영과 아를레스 성벽 사이 평원이었다.

기념비적인 결투 날이 밝아오자 양측 전령들이 나와 결투를 알렸다. 이어서 아프리카 병사들이 도시에서 나오는 게 보였고 그들 앞에 아그라만트 왕이 있었다. 그는 무어인 양식으로 장식된 빛나는 무기를 들고 머리에 흰색 별을 단 적갈색 말을 타고 있었다. 로게로가 그의 옆에서 결투장으로 걸어나갔다. 사라센 진영의 가장 위대한 무사 몇 명도 다양한 갑옷과 무기를 갖추고 그의 뒤를 따랐다. 샤를마뉴는 성채에서 나와 반달 원형으로 도열한 병사들을 사열하고 귀족들과 용사들을 옆에 거느렸다. 그들 중 몇 명이 리날도가 입을 일부 갑옷을 들고 있었고 유명한 덴마크인 오기에르는 리날도가 맘브리노에게서 빼앗은 투구를 들고 있었다.

바바리아의 나모 공작과 브레타그네의 살로몬은 결투를 위해 준비된 같은 무게의 전투용 도끼 두 자루를 갖고 있었다. 모든 당사자는 결

사라센 아그라만트 왕 앞에 선 로게로

투 조건을 매우 엄숙히 선서했다. 합의된 조건은 다음과 같았다. 어느 한 나라가 결투를 중단하려고 하면 두 결투자는 힘을 모아 결투를 중단시킨 죄를 저지른 나라에 대항한다는 것이었다. 또한 양국 왕은 이런 경우, 죄를 지은 나라의 투사는 자기 나라에 충성을 바칠 의무가 면제되고 그의 무기를 마음대로 상대국으로 가져갈 수 있다는 것이었다.

모든 준비가 끝나자 국왕과 수행원들은 각자 진영으로 물러가고 투사들만 남았다. 두 무사는 조심스럽게 나아가다가 결투장 중앙에서 부딪쳤다. 서로 공격할 때 타격 소리가 공중에 울려 퍼졌다. 전투용 도끼에서 불꽃이 튀고 무기를 사용하는 속도는 결투를 지켜보는 사람들의 손에 땀을 쥐게 했다. 로게로는 자신의 적이 자신과 약혼한 여인의 오빠라는 것을 항상 기억해 그에게 치명상을 입힐 수는 없었다.

그저 자신에게 가해지는 공격을 막을 뿐이었다. 반면, 리날도는 로게로를 무척 존경했지만 공격을 주저하지 않았다. 자신과 나라와 신앙을 위해 승리를 갈망했기 때문이다. 사라센군은 자기 편의 투사가 나약하게 싸우고 리날도가 공격하는 만큼 리날도를 공격하지 않는다는 것을 눈치챘다. 로게로의 불리한 점이 너무 두드러져 아그라만트의 얼굴에 걱정과 수치심이 여실히 드러났다.

한편, 여성 마법사 멜리사는 최근까지 보이지 않던 무례하고 충동적인 로도몬트로 변신해 기회를 엿보고 있었다. 마침내 그녀는 로도몬트로 가장해 아그라만트에게 접근했다.

"폐하, 프랑스의 가장 무서운 용사와 싸워본 적도 없는 젊은이를 어떻게 그렇게 경솔하게 선택하셨습니까? 틀림없이 폐하의 명예와 제국의 위신에 수치가 될 것입니다. 하지만 너무 늦은 것은 아닙니다."

그렇게 말하고 그녀는 가까이 서 있는 병사들에게 말했다.

"친구들이여, 나를 따르라. 여러분 한 명 한 명이 나약한 기독교도 20명에 맞서 싸울 수 있느니!"

아그라만트는 로도몬트가 다시 자기 곁에 온 것을 보고 그것을 흔쾌히 승낙했다. 사라센군은 즉시 창을 아래로 꽂고 군마에 박차를 가해 기독교도들을 향해 돌격했다. 멜리사는 자신의 계획이 척척 맞아 들어가는 것을 보고 사라졌다.

리날도와 로게로는 양 진영 병사들이 전면전에 돌입한 것을 보고 결투를 멈췄다. 싸움의 분노는 바로 사라지고 손을 잡았다. 그리고 어느 쪽이 서약을 준수하지 못했는지 확인할 때까지 서로 중립을 지키기로 결의했다. 둘은 거짓으로 위증한 진영을 영원히 떠나기로 약속했다.

한편, 첫 기습을 당한 기독교군 중에는 리날도의 동생이자 경쟁자 귀도와 올리버의 아들 그리퐁과 아퀼라드, 그리고 앞에서 언급했던 유명한 사람들이 끼어 있었다. 그들은 적에 대한 분노로 더 용기를 내 사라센군에 저항해 몰아냈다. 임청난 실육을 저지르면서 드디어 직을 들은 적군을 아를레스의 성벽 안으로 몰아 넣었다.

여성 마법사 멜리사의 계획으로 둘의 결투가 전면전으로 발발하는 장면

한편, 완전히 미쳐 바보처럼 분노를 터뜨리며 수많은 폭력을 저지르던 롤랑 이야기로 돌아가보자. 어느 날 롤랑은 앞길을 가로막은 강가에 이르렀다. 그는 수달처럼 수영을 잘해 강을 헤엄쳐 건널 수 있었다. 강 건너편에 도착한 그는 한 농부가 말에게 물을 먹이는 것을 봤다. 농부의 저항에도 그는 말을 붙잡아 타고 스페인과 아프리카를 나누는 좁은 해협이 있는 해안에 도착할 때까지 전속력으로 달렸다. 해안에 도착하자 해협을 횡단할 배 한 척이 출발하려던 참이었다. 그 배에는 손에 거울을 들고 육지를 향해 작별인사하는 사람들로 가득 차 있었다.

롤랑은 미친 듯 그들을 향해 다가가며 태워달라고 소리쳤다. 그러나 미친 사람을 일행으로 받아들일 생각이 없어 아무도 그를 신경쓰지 않았다. 롤랑은 그들의 행동이 무례하다고 생각하고 배를 추격하기 위해 말에 박차를 가해 말이 자심을 싣고 물속에 들어가게 했다. 가없은 말은 머리만 물 위로 올라왔다. 그러나 롤랑이 말에게 앞으로 나가라고 재촉하는 바람에 가련한 동물은 아프리카로 헤엄쳐 가거나 물에 빠져 죽을 수밖에 없었다.

배는 이미 롤랑의 시야에서 멀어지고 있었다. 이제 파도가 배를 완전히 가렸다. 그러나 그는 계속 말에게 압력을 가해 앞으로 나아가게 했다. 결국 말은 더 이상 발버둥치지 못하고 롤랑과 함께 물속에 가라앉았다. 하지만 결코 걱정하는 법이 없는 롤랑은 양팔을 쭉 뻗어 입에서 바닷물을 뿜어내며 머리를 파도 위로 내밀었다. 다행히 파도는 거세지 않았고 바닷물 표면에도 바람이 거의 불지 않았다. 그렇지 않았다면 무적의 롤랑도 죽었을 것이다. 그러나 바보들을 총애하는 운명의 여신은 이런 위험에서 그를 구출해 세우타 해안에 무사히 상륙시켰다. 여기서 그는 해안을 따라 걷다가 아스톨포의 흑인 병사들이 진을 친 곳에 이르렀다.

이 사건 바로 전 로도몬트가 다리에서 붙잡은 포로들을 가득 실은 배 한 척이 그곳에 도착해 아비시니아 군대가 있는 줄도 모르고 곧바로 항구로 들어가고 있었다. 물론 앞에서 말한 이야기대로 배가 항구에 도착하자 포로들과 포로를 붙잡은 자의 신분은 바뀌었다. 포로들은 자유의 몸이 되어 환영을 받았고 그들을 붙잡은 자들은 갤리선(옛날 노예와 죄수들이 노를 저은 돛단배)으로 보내졌다. 아스톨포도 기독교도 기사들에게 둘러싸여 인사와 축하의 말을 나누고 있었다. 바로 그때 진영에서 시끄러운 소리가 나더니 점점 큰 소리로 바뀌었다.

아스톨포와 그의 친구들은 무기를 들고 말을 타고 소리나는 곳으로 달려갔다. 나체의 한 남자가 손에 잡히는 것은 뭐든지 뒤집을 정도로 광란을 벌이고 있었다.

아스톨포, 두돈, 올리버, 플로리스마트는 놀라 그를 쳐다보다가 간신히 그를 알아봤다. 성직자의 조언대로 롤랑의 상태에 대한 경고를 받은 아스톨포가 맨 먼저 그를 알아봤다. 용사들이 롤랑을 에워싸자 광인은 주먹으로 그들을 때렸다. 그들이 갑옷을 입지 않았거나 반대로 광인이 무기를 들고 있었다면 그의 주먹세례에 그들은 모두 죽었을 것이다.

아스톨포와 친구들이 미친 롤랑에게 향하는 장면

그러나 플로리스마트가 그를 뒤에서 붙잡고 산소네트와 다른 사람이 그의 다리를 붙잡아 마침내 그를 밧줄로 묶는 데 성공했다. 그들은 그를 물가로 데려가 잘 씻겨주고 아스톨포는 그가 코로 숨쉬게 해주고 그의 입을 붕대로 감은 후 자신이 달에서 가져온 귀중한 병의 마개를 열고 그것을 능숙히 그의 콧구멍 아래에 놨다. 그러자 롤랑은 코로 모든 내용물을 한꺼번에 흡입했다. 얼마나 놀라운 일인가! 롤랑은 바로 총명함을 다시 얻었다. 그는 고통스러운 꿈, 괴물들이 자신을 갈기갈기 찢으려는 찰나로 믿어지는 꿈에서 깨는 것을 느꼈다. 그는 부끄러운 듯 한동안 말없이 엎드려 있었다. 그가 다시 고개를 들어 사방을 둘러보는 동안 플로리스마트, 올리버, 아스톨포도 선 채 그를 바라봤다. 롤랑은 자신이 나체로 결박되어 해변에 누워 있음을 깨닫고 놀란 것 같았다. 잠시 후 그는 친구들을 알아보고 매우 부드러운 어조로 말했다. 그들은 급히 그의 결박을 풀어주며 그에게 옷을 줬다. 그리고 그를 위로하고 그의 기분을 억눌렀던 무거운 짐을 덜어주며 그가 빠져들었던 비참한 상태를 잊게 하기 위해 노력했다.

이성을 되찾은 롤랑은 케세이의 여왕 안젤리카에게 느꼈던 미친 듯한 열정을 벗어 던질 수 있었다. 이제 그는 그녀를 더 이상 생각하지 않고 혁혁한 공적을 세워 옛 명성을 되찾고 싶은 간절함을 느꼈다. 아스톨포는 그에게 군통수권을 기꺼이 주고 싶었다. 하지만 롤랑은 많은 영광을 빚진 그로부터 군통수권을 받고 싶지 않았다. 하지만 둘은 모든 일에 협력하며 서로 조언을 구했다. 그리고 비세트라 도시를 총

공격하자는 제안을 내놓고 적당한 때를 기다렸다. 그러나 그 계획은 새로운 사건에 의해 중단되지 않을 수 없었다.

휴전이 깨져 피비린내나는 전투가 벌어진 후 몸이 너무 허약해진 아그라만트는 프랑스에 남으려는 시도가 헛됨을 깨달았다. 그는 지휘관 중에서 가장 용기 있고 가장 신뢰하는 소브리노와 제휴해 남은 병사들을 미리 귀국시키고 이어서 자신도 귀국길에 올랐다. 그렇게 아그라만트와 소브리노를 태운 배와 아스톨포의 군대가 진을 치고 있다는 사실을 너무 늦게 알게 된 아그라만트 왕은 이집트 왕에게 보호를 요청할 목적으로 동쪽으로 선수를 돌렸다. 그러나 날씨가 험악해지자 동료들의 조언을 받아들여 시칠리아섬과 아프리카 사이에 있는 섬의 항구로 향했다. 그곳에서 그는 세라카네의 호전적인 왕 그라다소를 만났다. 그라다소는 명마 베이야드와 명검 뒤랑달을 얻기 위해 프랑스에 왔다가 뜻을 이루고 귀국하던 중이었다.

파리 성벽 아래에서 전우로 지내던 두 왕은 서로 포옹했다. 그라다소는 아그라만트의 불운을 들어 알게 되었다. 그래서 아그라만트에게 자신의 군대를 주겠다고 제안하며 자신도 군대와 함께 싸우겠다고 말했다. 그라다소는 이집트의 원조에 의존하는 것을 강력히 반대하며 말했다.

"위대한 폼페이우스를 기억하게. 그 치명적인 해안을 피해야 하네. 내 계획을 들어보게. 나는 롤랑에게 결투하자고 도전장을 보내겠네. 내게는 매우 훌륭한 검과 군마가 있으니 그가 강철이나 구리로 만들어져도 나를 막을 수는 없을 것이네. 롤랑이 제거되면 아비시니아인들을 물리치는 데는 어려움이 없을 거야. 그리고 아비시니아 군대를 저지하기 위해 나일강 건너편에 있는 회교도, 즉 아라비아인, 페르시아인, 칼데인을 고무시키는 거지. 그러면 세나푸스 왕은 자신의 영토를 방어하기 위해 군대를 소집할 것이네."

아그라만트는 한 가지 세부사항을 제외하면 그의 충고를 모두 받아들였다.

"롤랑과의 결투는 내가 하겠네. 결투의 영광을 다른 사람에게 넘겨줄 수는 없으니까."

나이 많은 무사 소브리노가 대답했다.

"그렇다면 제3의 방법을 택하기로 하지. 일단 시종 세 명을 아프리카 해안에 보내 롤랑에게 도전장을 보내세. 그래서 그와 그의 기사 두 명을 무장시키고 우리도 기사 한 명을 끌어들여 3대3으로 람페두사 섬에서 싸우세."

이 조언이 받아들여져 시종 세 명이 급히 떠나 목적지에 도착한 후 기독교도 기사들에게 메시지를 전했다. 롤랑은 기뻐하며 시종 세 명에게 값진 선물을 줬다. 그는 이미 그라다소를 찾아 그가 소유한 것으로 알려진 뒤랑달을 되찾으려고 했기 때문이다. 그래서 그는 두 명의 기사로 충직한 친구 플로리스마트와 사촌 올리버를 선택했다.

세 명의 무사가 순풍을 타고 항해해 다음 날 아침 중요한 결투를 벌이기로 약속한 섬에 도착했다. 롤랑과 두 동료도 도착해 천막을 치고 있었다. 아그라만트는 그들의 반대편에 자리 잡았다.

다음 날 아침 지평선에 동이 트자 양 진영 무사들은 무장한 채 말에 올랐다. 그들은 서로 마주 보며 자리 잡고 창을 아래로 꽂은 후 말에 박차를 가해 비호와 같이 돌진했다. 롤랑은 그라다소의 돌격에 맞섰다. 그는 동요하지 않았지만 그의 말은 상대편 베이야드의 무시무시한 돌격을 버티지 못했다. 말은 비틀거리다가 몇 발자국 뒤로 쓰러지고 말았다. 롤랑은 말을 일으켜 세우려고 했지만 뜻대로 되지 않았다. 그래서 방패를 붙잡고 명검 발리사르도를 뽑았다.

한편, 아그라만트와 용감한 올리버는 서로 유리한 고지를 점령하지 못한 상태였고 플로리스마트는 적을 땅에 떨어뜨렸지만 승리를 추구하지 않고 롤랑을 내던진 그라다소를 공격하기 위해 급히 달려갔다. 상황이 이렇게 전개되자 롤랑은 그라다소와의 싸움에서 벗어나 칼을 높이 쳐들고 소브리노에게 달려가 일격을 가해 그를 기절시켰다. 그가 죽었다고 생각한 롤랑은 사랑하는 플로리스마트를 돕기 위해 다시 몸을 돌렸다. 용감한 용사 플로리스마트는 말도 무기도 없이 무시무시한 뒤랑달의 공격을 이리저리 피하고 있었다. 롤랑은 그를 구할겠다는 생각에 소브리노 왕의 말을 빼앗아 타기 위해 잠시 지체했다. 그가 곧바로 칼을 높이 쳐들고 그라다소에게 돌진한 것은 한순간도 시나지 않아서였다. 그러나 그라다소는 두 번째 적에게 조금도 당황하지 않고 무시하는 어조로 고함치며 칼을 들어 롤랑을 찔렀다. 하지만 거리를 잘못 계산해 칼은 롤랑에게 미치지 못했고 더구나 그의 갑옷을 꿰뚫지도 못했다. 롤랑은 발리사르도로 일격을 가해 그의 얼굴, 가슴, 다리에 상처를 입혔다. 그가 조금만 더 가까이 있었다면 두 동강 났을 것이다. 그때 소브리노는 중상을 입었지만 혼수 상태에서 회복되어 두 발을 딛고 일어서 친구들을 도와줄 방법을 찾기 위해 주위를 둘러봤다. 아그라만트가 올리버에게 크게 밀리는 것을 본 소브리노는 올리버가 탄 말의 배를 칼로 찔렀다. 말이 쓰러지면서 주인을 눌러 올리버는 빠져나오지 못하는 곤경에 처했다. 플로리스마트는 친구가 위기에 처한 것을 보고 말을 타 소브리노에게 달려가 그를 쓰러뜨렸다. 그리고 아그라만트로부터 자신을 방어하기 위해 몸을 돌렸다. 브리글리아도로라는 말을 타고 있던 아그라만트는 플로리스마트의 말에 비해 유리한 점이 있었지만 올리버와의 싸움에서 중상을 입었다.

어떤 것도 롤랑과 그라다소의 격렬한 결투를 능가할 수는 없었다. 그라다소가 손에 쥔 뒤랑달은 뭐든지 두 동강냈다. 그러나 이 칼의 위력을 훤히 알고 있던 롤랑은 출중한 칼 솜씨를 발휘해 뒤랑달에 의한 부상을 피했다. 반면, 많은 부상을 당한 그라다소는 피를 흘리며 분노와 경솔한 행동을 시시각각 드러내고 있었다. 그는 절박함에 양손으로 뒤랑달을 들어올려 롤랑의 투구를 강타했다.

잠시 롤랑은 의식을 잃었다. 롤랑은 고삐를 떨어뜨렸고 놀란 말은 그와 함께 들판으로 달아났다. 그라다소가 그를 추격하려는 순간 플로리스마트가 아그라만트에게 치명타를 가하는 장면을 봤다. 아그라만트는 이미 플로리스마트에 의해 말에서 굴러떨어져 있었다. 플로리스마트가 완승을 결정지으려는 순간 그라다소는 칼로 그의 옆구리를 찔렀다. 플로리스마트는 말에서 떨어져 들판을 흥건히 피로 적셨다.

때마침 의식을 회복한 롤랑은 그 광경을 목격했다. 분노 때문인지 슬픔 때문인지 알 수 없지만 그는 발리사르도를 집어들고 가장 가까운 아그라만트에게 먼저 일격을 가했다. 그것을 본 그라다소는 처음으로 용기가 사라지고 죽음의 어두운 전조가 내려앉는 것을 느꼈다. 그가 자신을 방어하기 위해 일어서 롤랑은 그에게 몸을 던져 치명상을 입혔다. 그의 칼은 그라다소의 갈빗대를 관통해 몸 반대쪽에 넓은 구멍이 났다.

그렇게 프랑스의 가장 유명한 용사의 칼을 맞고 사라센의 가장 용감한 무사는 쓰러지고 말았다. 롤랑은 자신의 승리보다 사랑하는 플로리스마트에게 달려가 포용해 눈물로 그녀를 적셨다. 플로리스마트는 아직 숨쉬고 있었다. 그리고 몇 마디 작별의 말을 할 수 있었다.

"사랑하는 친구여, 나를 잊지 말게. 그리고 나를 위해 기도해주게. 오! 그리고 플로르델리스에게 오빠가 되어주길 바라네."

플로리스마트는 그녀의 이름을 부르며 숨을 거뒀다. 롤랑은 몇 분 동안 비탄에 잠겼다가 다른 동료와 적을 찾기 위해 고개를 돌렸다. 올리버는 자신의 말의 무게에 눌려 누운 채 허우적거리며 빠저나오기 위해 애쓰고 있었다. 롤랑이 그를 겨우 구출했다. 이어서 소브리노를

플로리스마트는 롤랑에게 자신의 사랑하는 플로르델리스를 부탁하며 숨을 거둔다.

땅에서 일으켜 세워 자신의 시종에게 맡기고 친동생처럼 부드럽게 간호했다. 무시무시한 무사 롤랑도 쓰러진 적에게는 가장 관대한 인간이었다. 그는 정복당한 기사들의 무기, 베이야드, 브리글리아도로를 자기 것으로 만들고 그들의 시체와 다른 것들은 시종을 시켜 되돌려보냈다.

그러나 용사들이 돌아오는 것을 지켜보다가 플로리스마트가 없자 플로르델리스의 슬픔이 얼마나 컸는지는 오직 신만 알 것이다. 그녀는 다른 사람들의 얼굴에서 그가 살해되었음을 눈치챘다. 그런 생각이 들자 그녀는 이유를 묻지도 못한 채 곧바로 의식을 잃고 쓰러졌다. 잠시 후 의식을 회복해 최악의 두려운 진실을 알게 되자 그를 혼자 떠나보낸 자신을 질책했다.

"적이 그에게 반역의 일격을 가했을 때 단 한 번이라도 소리를 질렀다면 내가 생명을 구할 수 있었을 텐데. 아니면 내 몸을 그들 사이에 던져 보잘것없는 내 생명을 바쳐 그를 구했을 텐데. 아니면 그의 마지막 유언이라도 듣거나 그에게 마지막 키스라도 해줄 수 있었을 텐데."

그녀는 한탄했다. 그 무엇도 그녀를 달랠 수 없었다.

━━━ ❲ 16 ❳ ━━━

로게로와 브라다만테

한편, 기독교도와 사라센 전투에서 사라센 대표로 나섰던 로게로는 리날도와의 결투를 중단한 후 진로를 고민하고 있었다. 결투 협정 조건에 따르면 그는 협정을 깬 아그라만트를 버리고 샤를마뉴에게 충성해야 했다. 물론 브라다만테를 향한 그의 사랑도 그를 같은 방향으로 부르고 있었다.

하지만 그는 어려운 시기에 군주이자 지도자를 버린 채 떠나고 싶지는 않았다. 그래서 아프리카행 배를 타고 사라센군에게 향했다. 그러나 항해 도중 폭풍을 만나 배는 암초에 충돌하고 말았다. 선원들은 보트로 뛰어내렸지만 파도가 보트를 삼켜 로게로를 비롯한 모든 사람이 목숨을 구하기 위해 헤엄쳐야 했다. 로게로는 파도와 싸우는 동안 기독교도가 되겠다는 공언을 오랫동안 실천하지 못한 죄를 생각하고 자신이 육지에 다다를 수만 있다면 더 이상 세례를 미루지 않겠다고 맹세했다. 그런 그의 맹세가 하나님을 감동시켰는지 다행히 육지에 다다를 수 있었다. 한 경건한 은둔자의 도움으로 구조된 것이다. 바다가 바라다보이는 암자에 사는 은둔자는 로게로와 며칠을 보내며 검소하게 식사하고 그에게 기독교 신앙의 교리를 가르치고 세례를 베풀었다.

그러는 사이 그라다소를 만나 베이야드를 다시 찾기 위해 길을 떠난 리날도는 도중에 아프리카에서 벌어지는 중요한 소식을 듣고 그들과 합류하기 위해 아프리카로 향하는 중이었다. 그러나 너무 늦게 도착해 친구들과 함께 플로리스마트의 죽음을 애도하며 이교도 기사들에 거둔 승리를 기뻐하는 데 만족해야 했다.

아프리카인들은 왕이 죽자 결투를 포기하고 비세트라는 항복했다. 기독교군은 아프리카 병사들을 해산시킨 후 귀향 조치했다. 아스톨포는 아비시니아군과 작별하고 나서 그들에게 전리품을 나눠줘 귀국시켰다. 그때 그는 그들이 이곳에 올 때 아무 위험 없이 모래사막을 건너게 했던, 바람 잡는 자루를 잊지 않고 줬다.

롤랑과 많은 간호와 보살핌이 필요한 올리버, 이미 그런 보살핌을 받고 회복한 소브리노는 기독교 땅에 묻힐 플로리스마트의 시신을 쾌속선에 싣고 시칠리아로 향했다. 리날도는 산소네트와 다른 기독교 지도자들과 함께 롤랑 일행과 동행했다. 그들은 시칠리아에 도착해 종교의식을 갖추고 평소 플로리스마트를 알고 지낸 모든 사람과 그의 명성을 들어 알던 사람들의 슬픔 속에 엄숙히 장례식을 기행했다. 그리고 다시 마르세유를 향해 항해를 시작했다. 그러나 올리버의 부상이 호전되지 않고 점점 나빠져 그의 고통을 지켜보는 친구들을 너무 비통하게 만들어 그들은 대책회의를 열었다. 수로 안내인이 말했다.

"여기서 멀지 않은 섬에 한 기독교도 은둔자가 혼자 살고 있습니다. 그의 자문이나 도움을 구한 자는 헛되지 않았다고 합니다. 그는 놀라운 치료약을 만들 수 있으니 그에게 도움을 청하면 틀림없이 기사는 병이 나을 것입니다."

롤랑은 수로 안내인에게 그쪽으로 뱃머리를 돌리라고 명령했다. 이윽고 배는 호젓한 바위 옆에 무사히 도착했다. 부상자는 보트에 옮겨 실려져 은둔자의 암자로 운반되었다. 그곳은 배가 난파된 후 로게로가 찾았던 피난처였다. 로게로는 은둔자에게서 세례를 받고 아직도 그와 함께 지내며 신학 공부와 명상에 몰두 중이었다.

성자는 롤랑과 다른 사람들을 친절히 맞으며 그곳에 온 연유를 물었다. 그리고 기독교 신앙을 위해 싸우다가 위험에 처한 사람을 도와달라는 말을 듣자마자 치료에 나섰다. 그의 처방은 간단했지만 기도를 병행한 것이었다. 곧 용사에게서 통증이 사라지고 며칠 지나자 그의 발은 완전히 건강을 되찾았다.

소브리노는 기독교 수도승이 기적과 같은 치유를 행한다는 것을 깨닫고 즉시 자신의 거짓 예언자를 버리고 참회하는 마음으로 참된 하나님을 받들었다. 그리고 그에게 세례를 요청했다. 은둔자는 그의 요청을 받아들이고 기도해 그를 회복시켰다. 그러자 모든 기독교 기사들은 올리버의 건강이 회복되었을 때와 마찬가지로 소브리노의 기독교 개종을 기뻐했다. 무엇보다 로게로는 기쁨과 감사를 느끼고 은총과 신앙심이 나날이 커져갔다.

로게로의 명성이 모든 기독교 기사에게 알려지고 그가 결투에서 용맹함을 입증했음에도 리날도조차 그의 얼굴을 모르고 있었다. 소브리노는 그들에게 로게로가 어떤 사람인지 알려줬다. 그러자 그들은 용기와 예의 면에서 가히 세계적 명성을 가진 그가 더 이상 자신들의 적이자 무신론자가 아니라 기독교도로 개종해 독실한 종교의 수호자가 된 것을 기뻐했다. 모든 사람이 로게로 주위에 모여들었다. 어떤 사람은 그의 왼손을 잡았고 어떤 사람은 그를 껴안았다. 그러나 누구보다 리날도가 그를 소중히 여겼다. 그는 그의 가치를 누구보다 잘 알기 때문이었다.

얼마 가지 않아 로게로는 리날도에게 그의 누나와 결혼하고 싶다고 말했다. 리날도는 그의 결혼 계획을 흔쾌히 승낙했다. 그러나 그때 로게로에게 알려지지 않은 이유가 결혼으로 가는 길을 가로막고 있었다.

그리스 황제 콘스탄티누스 황제가 브라다만테의 미모와 진가의 명성을 듣고 샤를마뉴에게 사람을 보내 자신의 왕위를 계승할 아들 리오와 브라다만테를 결혼시키고 싶다고 밝힌 것이다. 그녀의 아버지 아이몬은 지금 집을 떠나고 없는 아들 리날도와 우선 이야기할 수 있을 때까지 결혼 승낙을 보류하고 있었다.

이제 무사들은 항해를 재개할 준비를 했다. 로게로는 독실한 신앙

롤랑과 로게로는 배를 마르세유 항구로 항해한다.

을 가르쳐준 선한 은둔자에게 작별인사를 했다. 롤랑은 본래 로게로의 것이었던 말과 무기뿐만 아니라 롤랑 자신이 여성 마법사로부터 얻은 검 발리사르도의 소유권도 그에게 넘겨줬다. 은둔자의 축복을 받으며 그들은 다시 배에 올랐다. 항해 속도가 빨라 그들은 곧 마르세유 항구에 도착했다.

아스톨포는 군대를 해산시킨 후 히포그리프를 타고 쏜살같이 날아가 사르디니아에 도착했다. 거기서 코르시카로 갔다가 왼쪽으로 방향을 약간 돌려 프로방스 상공을 떠다니다가 마르세유 근처에 내렸다. 그곳에서 아스톨포는 기독교 성자의 명령을 수행했다. 히포그리프의 고삐를 풀어 말이 더 이상 안장이나 재갈에 물리지 않고 스스로 은신처를 찾아가게 풀어줬다. 뿔나팔의 놀라운 능력도 그가 달에 다녀온 후 사라졌다.

롤랑, 리날도, 올리버, 소브리노, 로게로가 마르세유에 도착하는 바로 그때 아스톨포도 마르세유에 도착했다. 샤를마뉴는 사라센 왕들이 패했다는 소식뿐만 아니라 그것과 관련된 모든 사건을 듣고 있었다. 그리고 용감한 기사들이 자신에게 오고 있다는 소식도 듣고 가장 유명한 귀족 몇 명을 보내 영접했다. 황제 자신은 그들을 만나기 위해 조신들, 왕들, 공작들, 귀족들, 왕비, 아름답고 화려한 여자들과 함께 아를레스로 출발했다.

황제와 용사들이 서로 인사를 나눈 후 롤랑은 황제에게 로게로를 소개하기 위해 데려갔다. 그들은 로게로가 기독교도 무사 중 가장 용감한 무사인 리사 공작의 아들이라고 말하며 그가 갓난아기 때 불운하게 유괴를 당해 사라센의 거짓 신앙 안에서 양육되었지만 이제 하나님의 섭리로 기독교로 개종해 그의 아버지가 한때 왕권과 교회의 중요한 옹호자로서 누렸던 자리를 다시 회복했다고 설명했다.

로게로는 말에서 내려 황제 앞에 공손히 섰다. 샤를마뉴는 그에게 다시 말을 타고 자기 옆에 나란히 서라고 명령했다. 그리고 병사들이 보는 앞에서 그에게 명예로운 의식을 하나도 빠뜨리지 않고 수행했다. 승리를 자랑하는 화려함과 축제 분위기를 안고 병사들은 도시로 돌아갔다. 거리는 화환으로 장식되었고 집집마다 화려한 벽걸이 융단이 걸렸으며 아름다운 부인과 처녀들은 발코니와 창문에 서서 비처럼 꽃다발을 영웅들에게 떨어뜨렸다. 강력한 황제는 이런 환영 속에서 궁전으로 돌아와 며칠 동안 귀족들과 결투를 벌이고 주연을 베풀며 춤과 노래 축제를 열었다.

한편, 리날도는 아버지 아이몬 공작에게 누나를 로게로에게 주기로 약속했다고 말했다. 아버지는 그녀를 그리스 황제의 아들과 결혼시킬 생각이어서 그에게 화를 냈다. 어머니 비아트리스 부인도 딸 브라다만테를 만나 직위도 땅도 없는 기사를 거절하고 그녀를 넓은 리반트 제국의 여황제로 만들어줄 사람을 선택하라고 호소했다. 그러나 브라다만테는 존경심에 어머니의 간청을 거절할 수는 없었지만 전혀 마음에 없는 것을 하겠다는 약속을 하지 못하고 한숨만 내쉬다가 혼자 남게 되자 울음을 터뜨리고 말았다.

한편, 로게로는 낯선 사람이 주제넘게 자신의 신부를 빼앗는다는 생각에 화가 나 그리스 왕자를 찾아가 결투하기로 결심했다. 이런 계획하에 그는 갑옷을 입고 투구와 문장을 진홍색 바탕에 흰색 일각수(이마에 뿔이 달린 전설 속 동물)로 교체해 착용했다. 그는 신뢰하는 시종을 선택해 자신을 로게로라고 부르지 말라고 명령하고 그리스 왕자를 찾아 길을 나섰다.

라인강과 오스트리아 지역을 가로질러 헝가리로 들어간 그는 벨그라드에 도착할 때까지 다뉴브강을 따라갔다. 벨그라드에 도착한 그는 도시 앞에 제국의 깃발과 병사들이 모인 흰색 천막을 봤다. 콘스탄티누스 황제가 얼마 전 불가리아인들이 빼앗은 도시를 탈환하기 위해 포위공격을 하려는 진영이었다.

황제의 진영과 불가리아인들 사이에는 강이 흐르고 있었다. 로게로가 그곳 가까이 다가갔을 때 물을 뜨기 위해 강에 접근한 양 진영 사람들 사이에 사소한 충돌이 발생했다. 그리스인과 불가리아인 비율이 4대1이어서 불가리아인들은 허겁지겁 도망쳤다. 로게로는 그 광경을 보고 그리스 왕자에 대한 증오심 때문에 도망치는 무리의 한가운데로 쏜살같이 달려가 도망자들에게 다시 돌아서라고 소리쳤다. 그리고 우선 훌륭한 갑옷을 입은 그리스군의 지도자이자 그리스 황제의 아들처럼 소중히 여기는 조카와 맞붙었다. 로게로의 창이 그의 방패와 갑옷을 관통해 무사는 사지를 쭉 뻗고 들판에 쓰러져 숨을 거뒀다. 로게로 앞에서 그리스 병사들이 연달아 쓰러지자 놀라 전진을 멈췄다. 불가리아인들은 로게로 기사에게서 용기를 얻어 재집결해 방향을 바꿔 도망치는 그리스 병사들을 추격했다.

이런 갑작스러운 싸움이 벌어지는 동안 리오는 그곳에서 조금 떨어진 높은 지대에 자리 잡아 전투 상황이 한 명 때문에 바뀌는 것을 놓치지 않고 지켜보고 있었다. 그는 로게로의 용기에 칭찬을 아끼지 않았다. 그리고 로게로의 문장을 보고 그가 불가리아 병사들을 도와줬지만 불가리아 병사가 아니라는 것을 알았다.

또한 리오는 로게로의 용기가 자신의 자존심을 상하게 했음에도 그에게 악의를 품지는 않았다. 그에 대한 찬미가 분노를 능가했기 때문이다. 그 무렵 그리스 병사들은 강을 탈환했지만 병사들이 걷거나 헤엄쳐 도망치는 바람에 불가리아군 수중의 많은 포로가 되었다. 로게로는 리오가 조금 떨어진 강 하류에 있다는 정보를 그리스 포로에게서 알아내 말을 몰아 그가 있는 곳으로 향했다. 그러나 그리스 왕자가 강 건너편으로 물러가며 다리를 파괴해 그와 싸울 수 없었다. 날이 저물자 로게로는 하루 동안 그리스 병사들과 싸우느라 지쳤다. 그는 밤을 보낼 피난처를 찾기 위해 사방을 둘러보다가 오두막을 찾아내 휴식을 취하게 되었다. 그때 낮에 로게로와의 싸움에서 간신히 몸을 피한 한 기사도 피난처를 찾다가 오두막에 이르러 로게로의 갑옷을 발견하고 세상 모른 채 잠든 그를 쇠사슬로 묶어 그리스 황제에게 인계

그리스군을 제압하는 로게로

했다. 황제는 자신의 누나이자 로게로의 창에 첫 희생을 당한 젊은 기사의 어머니 디오도라에게 그를 넘겨줬고 그녀는 그를 지하 감옥에 처넣었다.

한편, 브라다만테는 부모님의 끈질긴 간청을 피하기 위해 샤를마뉴에게 온정을 베풀어달라고 눈물로 애원했다. 그는 명예를 걸고 그렇게 해주겠다고 약속했다. 누구든 단 한 번의 결투로 그녀를 정복하지 않는 한 그녀는 누구로부터도 결혼을 강요받지 않을 거라고 선언하고 다음과 같이 마상시합을 한다고 공표했다.

"아이몬 공작의 딸과 결혼하고 싶은 자는 해가 떠 해가 질 때까지 그녀와 칼로 결투해 그때까지 지지 않으면 그녀를 갖는다."

아이몬 공작과 비아트리스 부인은 사태가 이렇게 커진 데 크게 화가 났지만 마상시합 날을 기다리기 위해 그녀를 궁전으로 데려갔다. 브라다만테는 로게로가 궁전에서 보이지 않자 궁금해하며 비탄에 잠겼다. 그러나 약혼자가 지금 얼마나 고생하는지 알게 된다면 그녀의 괴로움은 얼마나 더 커질 것인가!

그는 쇠사슬에 묶여 햇빛이 전혀 들어오지 않는 지하감옥에 던져진 채 조악한 음식을 먹고 있었다. 절망이 그의 가슴을 휘감는 것은 너무나 당연했다. 그러던 어느 날 어둠을 밝히는 횃불에 정신을 차린 로게로는 두 남자가 감방에 들어오는 것을 봤다. 싸움에서 그의 용기에 감탄한 리오 왕자가 용감한 기사의 비참한 운명을 알게 되어 시종한 명을 데리고 지하감옥에 온 것이다. 리오 왕자는 로게로의 옥문에서 말했다.

"기사여, 나는 그대의 용기에 이끌려 이곳에 왔네. 내 신변이 위태로워지는 한이 있더라도 기꺼이 그대를 도와주겠네."

이에 로게로가 대답했다.

"큰 은혜를 지는군요. 제게 주시는 생명을 언젠가 원하시면 충실히 돌려드릴 것을 약속드립니다. 언제나 당신을 위해 목숨 바치겠습니다."

그러자 왕자는 로게로에게 자신의 이름과 직위를 말했다. 그의 말을 들은 로게로는 복받쳐오르는 감정을 억제할 수 없었다. 어쨌든 그는 감옥에서 풀려나 말과 무기를 모두 돌려받았다.

한편, 브라다만테와 결혼하려는 자는 누구나 칼과 창으로 그녀와 결투해야 한다는 샤를마뉴 황제의 포고령이 떨어졌다. 그리스 왕자는 자신은 그녀의 상대가 되지 않음을 알고 있어 그 소식을 듣고 안색이 창백해졌다. 곰곰이 생각한 끝에 그는 재치를 발휘해 아직 이름도 모르고 풀려난 프랑스 기사를 고용해 자기 대신 결투시킬 생각을 했다. 로게로는 왕자의 제안을 듣고 매우 고통스러워했다. 그러나 생명을 구해준 은인의 첫 요구를 거부하는 것은 죽음보다 더 나쁘다고 생각한 그는 왕자의 명령을 뭐든지 따르겠다고 성급히 승낙했다. 하지만 쓰라린 후회가 그를 덮쳤다.

그렇다고 지금 와 마음이 바뀌었다고 털어놓을 수는 없었다. 차라리 죽음이 나을 것 같았다. 죽음이 그의 유일한 치료방안이 될 것 같았다. 하지만 어떤 방식으로 죽어야 하겠는가? 그는 때로는 거짓 저항을 하며 그녀가 칼로 자신을 쉽게 찌르게 해야겠다고 생각했다. 그녀가 사용하는 무기로 살해당하는 것만큼 행복한 죽음은 결코 없을 것이었다.

그러나 부질없는 생각이었다. 그가 그리스 왕자에게 그녀를 얻게 해주지 못하면 그리스 왕자에게 진 빚을 갚지 못하는 것이기 때문이었다. 그리고 가짜 결투가 아닌 진짜 결투를 하겠다고 약속해 약속의 진실을 지키는 것 외에 다른 생각은 모두 버리기로 마음먹었다.

젊은 왕자는 많은 수행원을 거느리고 로게로와 함께 출발해 파리에 도착했다. 리오는 파리에 들어가지 않고 성벽 밖에 천막을 치고 사신을 보내 샤를마뉴에게 자신의 도착을 알렸다. 샤를마뉴 황제는 반가워하며 선물을 준비해 그들을 방문해 예의를 갖췄다. 왕자는 황제에게 자신이 파리에 온 목적을 설명하고 자신의 구애를 전해달라고 간청했다. 승자의 아내가 되거나 그녀의 칼에 죽어야 한다는 조건의 결투에서 자신보다 열등한 사람과는 결혼하지 않겠다는 그 처녀에게!

로게로는 사형선고를 받고 죽음을 기다리는 중죄인처럼 결전일까지 며칠을 보냈다. 그는 말을 타지 않고 맨발로 칼로만 싸우기로 선택했다. 그녀가 그의 말 프론티노를 보면 알아볼 것이기 때문이었다. 그는 리오 왕자의 겉옷과 금빛 쌍두 독수리 문장이 있는 방패를 휴대했다. 왕자는 자신의 모습을 누구에게도 드러내지 않도록 조심했다.

한편, 브라다만테는 그와 전혀 다르게 결투 준비를 했다. 그녀는 창날을 무디게 만들지 않고 날카롭게 갈았다. 결투의 순간이 다가오자 피 속에 불이 붙는 것 같았다. 그녀는 나팔 소리를 초조하게 기다렸다. 결투 신호가 울리자 그녀는 칼을 뽑아들고 로게로를 맹렬히 내리쳤다. 그러나 잘 지어진 성벽이나 오래된 바위가 거친 폭풍우에도 꼼짝하지 않듯 트로이의 헥토르가 한때 소유했던 무기로 무장한 로게로는 머리, 가슴, 옆구리를 사정없이 타격하는 그녀의 공격을 잘 버텨냈다. 그의 방패 투구, 흉갑에서 불꽃이 튀었다. 때로는 위에서 때로는 아래, 정면, 뒤에서 오두막 지붕에 떨어지는 우박처럼 그녀는 그에게 타격을 가했다. 그러나 로게로는 능숙한 방어 자세로 타격을 모두 피하거나 방패가 확실히 보호해주지 않으면 타격을 그대로 맞으며 방어할 뿐 그녀에게 반격하지 않았다. 그렇게 몇 시간이 흘러 태양이 서쪽으로 기울자 처녀는 절망하기 시작했다.

그러나 그녀의 분노도 그만큼 증가했고 하루를 거의 다 보냈지만 아직 작품을 완성하지 못한 숙련공처럼 한층 더 노력을 기울였다. 오, 비참한 처녀여, 그대가 누구를 죽이려는지 아는가? 그대가 상대하는 사람이 그대의 생명줄인 로게로라는 것을 안다면 그를 죽이느니 차라리 자살을 택할 텐데! 그는 그녀에게 자기 생명보다 더 소중한 사람 아닌가!

샤를마뉴 황제와 귀족들은 그렇게 대단한 힘과 기술을 보여주는 기사를 그리스 왕자로 생각하며 어떻게 그녀를 공격하지도 않고 자신을

샤를마뉴 황제 앞의 로게로

방어할 수 있는지 감탄을 금치 못했다. 황제는 두 투사가 잘 어울리는 한 쌍이 될 거라고 선언했다.

마침내 해가 지자 샤를마뉴는 결투를 끝내라는 신호를 보내고 로게로에게 브라다만테를 신부로 넘겨줬다. 로게로는 깊은 비탄에 잠겨 자신의 천막으로 돌아왔다. 리오는 천막 안에서 로게로의 투구끈을 풀어주며 그의 뺨에 키스했다.

"이제부터 자네는 내 무한한 감사에 따라 하고 싶은 대로 하게나." 로게로는 아무 대답을 하지 않고 착용한 문장을 치우고 일각수 문장이 있는 갑옷을 다시 착용한 채 모든 사람이 보이지 않는 곳으로 물러갔다. 자정이 되자 그는 말 프론티노에 안장을 올리고 천막을 떠나 군마가 원하는 방향으로 달렸다. 밤새도록 그는 깊은 괴로움에 잠겨 말을 타고 달리며 자신의 고통을 덜어줄 죽음의 신을 불렀다. 마침내 그는 숲속 깊은 은신처로 들어갔다. 거기서 프론티노의 마구를 풀어 말이 마음대로 돌아다니도록 풀어줬다. 그리고 땅 위에 몸을 던지고 너무나 비통한 통곡을 쏟았다. 사람이라곤 보이지 않는 그곳의 새와 짐승들이 그의 비통함에 감동해 그를 측은히 여길 정도였다.

브라다만테의 슬픔도 그에 못지않았다. 그녀는 로게로 외에 누구와도 결혼하고 싶지 않아 자신의 약속을 깨고 황제의 명을 거역하기로 결심했다. 그것이 안 되면 죽기로 결심했다. 그러나 뜻하지 않은 데서 구원의 손길이 찾아왔다. 로게로의 누나 마르피사는 브라다만테에 필적할 용기를 가진 여걸이었다. 그녀는 로게로와 브라다만테의 사랑을 확신해 그들의 결혼을 위협하는 위험을 보고 그들과 마찬가지로 애통해했다.

"그들은 이미 결혼하기로 맹세했다. 하늘 앞에 무엇이 더 필요하겠는가?"

그녀는 깊은 생각에 잠겼다. 그리고 샤를마뉴 황제 앞에 나아가 자신이 두 사람의 깊은 결혼 서약과 맹세의 증인이라고 증언하며 그들 사이의 맹약이 너무나 확고하고 굳건해 그들은 서로 자유롭게 다른 배우자를 만나 서로 버릴 수 없다고 털어놨다.

샤를마뉴는 그 말을 듣고 매우 당황해 브라다만테를 불러 마르피사가 선언한 내용을 전했다. 브라다만테는 그 말을 부인도 인정도 하지 않은 채 머리를 숙이고 잠자코 있었다. 아이몬 공작은 화를 내며 그런 거짓 결혼계약은 로게로가 세례를 받기 전에 이뤄져 무효라며 파기되어야 한다고 주장했다. 그러나 리날도나 롤랑은 그렇게 생각하지 않았다. 샤를마뉴는 마르피사가 다음과 같이 말하자 어떤 결정을 내려야 할지 알 수 없었다.

"제 오빠가 살아 있는 한 다른 사람은 아무도 이 처녀와 결혼할 수 없습니다. 그러므로 그리스 왕자가 로게로와 죽음의 결투를 벌여 살아남은 자가 그녀를 신부로 맞이하십시오."

황제는 그 말을 듣고 기뻐하며 리오 왕자도 무명 투사의 도움을 받는다면 결투에서 틀림없이 승리할 것으로 생각해 그 제안을 받아들였다. 그래서 샤를마뉴 황제는 로게로를 향해 결투에 나타나 자신의 배우자를 방어하라는 포고령을 내렸다. 리오도 나름대로 일각수의 기사를 사방에서 찾았다.

한편, 로게로는 절망에 짓눌려 아무것도 먹지 않은 채 밤낮 숲속에 누워 죽음을 자초하고 있었다. 리오의 한 부하가 그를 숲속에서 발견했다. 그러나 그는 데려가려는 그들에게 저항하며 버텼다. 그러자 부하는 멀지 않은 곳에 있던 주인에게 급히 달려가 그를 숲속으로 데려왔다. 그에게 다가온 리오 왕자는 로게로가 절망에 빠진 것이 사랑 때문이라는 말을 듣게 되었다. 하지만 사랑의 대상이 누구인지 단서는 주어지지 않았다. 왕자는 몸을 숙여 흐느끼는 무사를 껴안고 매우 부드러운 목소리로 말했다.

"왜 그렇게 슬퍼하는지 말해보게. 고치지 못할 불행한 일은 인간에게 일어나지 않는 법이네. 자네가 내게 슬픔을 감추고 있으니 나까지 슬퍼지네. 자네와 나는 끊으려야 끊을 수 없는 유대관계 아닌가. 그러니 왜 슬퍼하는지 말해보게. 돈, 책략, 교활함, 힘, 설득, 뭐든지 자네 마음을 달랠 것이 있는지 알아보겠네. 그렇게 다 해봐도 마음을 달랠 수 없다면 그때 죽어도 늦지 않을 걸세."

그가 너무 심금을 울리는 어조로 말해 로게로는 굴복할 수밖에 없었다. 그래서 드디어 입을 열었다.

"왕자님, 제가 누구인지 아신다면 틀림없이 제가 죽어 마땅하다고 생각하실 겁니다. 말씀드리죠. 저는 왕자님이 그토록 미워하는 로게로입니다. 저도 왕자님이 너무 미워 왕자님을 죽이기 위해 왕자님 부친의 궁전으로 갔습니다. 저와 결혼 약속을 한 신부를 왕자님이 빼앗아가는 것을 하나님이 승패를 가르듯 제가 곤경에 처했을 때 당신이 저를 정중히 대접해주셨기 때문에 제 확고한 결심이 흔들렸습니다. 왕자님에게 품었던 증오심을 버렸을 뿐만 아니라 왕자님과 영원한 친구가 되기로 결심했습니다. 그런데 왕자님은 제 영혼의 모든 것과 같은 브라다만테를 얻게 해달라고 요청했습니다. 제가 왕자님을 충심으로 섬겼는지 아닌지 아실 겁니다. 평화롭게 그녀를 소유하십시오. 하지만 왕자님께서 그녀를 소유하는 것을 제가 살아서 지켜보라고 요청하지는 말아주십시오. 제 죽음에 만족하시기 바랍니다. 저는 살아 있는 한 그녀가 다른 사람의 합법적인 아내가 되는 것을 금하는 맹세를 그녀에게 했기 때문입니다."

점잖은 리오는 그 말을 듣고 너무 놀라 입술을 꽉 깨물고 말없이 동상처럼 서 있었다. 이방인이 로게로라는 것을 알게 된 그는 로게로에 대한 호의를 버리지 않았다. 오히려 호의를 더 갖게 되었다. 그래서 로게로가 겪은 슬픔이 자신의 슬픔처럼 느껴졌다. 리오가 입을 열었다.

"로게로, 무적과 같은 용기로 자네가 내 병사를 패배시키던 날 그대가 로게로라는 것을 알았더라도 자네의 용맹은 나를 자네의 친구로 만들었을 거네. 자네가 내 적인 줄도 모르고 자네에게 덕을 베풀어 디오도라 지하감옥에서 자네를 기꺼이 풀어준 것처럼 말일세. 그리고 그런 일을 기꺼이 했다면 어떻게 자네가 나를 위해 포기한 여자를 기쁘

절망에 빠진 로게로는 진영을 벗어나 광야로 달린다.

게 돌려주지 못하겠는가? 그 여자는 나보다 자네에게 어울리는 여자일세. 나는 그녀의 가치를 알지만. 자네와 같은 기사를 슬프게 만들기보다 차라리 그녀를 잊고 인생 자체를 망각하겠네."

그는 이같이 말하며 같은 취지의 말을 덧붙였다. 로게로가 마침내 대답했다.

"제가 졌습니다. 다시 살겠습니다. 두 번씩이나 목숨을 구하는 빚을 지는군요."

그리고 며칠 지나 몸을 회복한 로게로는 궁전으로 돌아갔다. 그런데 궁전에는 불가리아 왕자들이 보낸 사신 한 명이 전투에서 쓰러진 왕 대신 불가리아 왕권을 가질 자격이 있는 일각수 기사를 찾기 위해 도착해 있었다.

리오 왕자는 브라다만테와의 싸움에서 난타당해 쭈그러진 갑옷을 입은 로게로의 손을 잡고 왕 앞에 나타나 말했다.

"보십시오. 새벽부터 해가 질 때까지 힘든 결투를 치른 투사가 이 사람입니다. 그가 결투 포상을 받기 위해 이곳에 왔습니다."

샤를마뉴 황제는 귀족들과 깜짝 놀란 채 서 있었다. 모든 사람이 그리스 왕자 자신이 브라다만테와 싸운 것으로 믿었기 때문이다. 그러자 마르피사가 앞으로 나와 말했다.

"로게로가 지금 이곳에 없으니 자신의 권리를 주장할 수 없어 동생인 제가 오빠의 명분을 대신해 답변하겠습니다."

그녀가 너무 화나고 경멸적인 어조로 말해 왕자는 위장이 더 이상 현명하지 않다고 생각하고 로게로의 투구를 벗겼다.

"그는 여기 있습니다."

마르피사의 기쁨과 놀라움을 누가 묘사할 수 있었을까? 그녀는 달려가 오빠의 목을 끌어안았다. 샤를마뉴, 리날도, 롤랑, 주위에 모인 사람 모두 오빠를 포옹하고 이마에 정다운 키스를 할 수 있도록 양보하지 않을 것처럼 보였다.

이 기쁜 소식이 많은 사람에 의해 슬픔으로 남몰래 방 안에 처박혀 울던 브라다만테에게 전해졌다. 그 소식을 듣고 그녀의 심장에서 정체되어 멈춰 있던 피가 너무 빨리 흘러 기쁨으로 하마터면 죽을 뻔했다. 아이몬 공작과 비아트리스 부인은 용감한 로게로에게 딸을 주겠다고 서약했다.

이제 불가리아 대사들이 로게로 앞에 나와 무릎을 꿇고 아드리아노플에서 왕관과 왕권이 기다리는 자신의 나라로 가자고 간청했다. 리오 왕자도 로게로를 설득했고 아버지의 이름으로 그들의 나라에 평화가 깃들기를 기도했다. 로게로는 이것을 받아들였다.

브라다만테와 로게로의 결혼식이 준비되었으며 샤를마뉴 황제 자신은 브라다만테가 자신의 딸인 것처럼 결혼식을 거행했다. 파리는 결혼 축하를 위해 부자와 가난한 자, 대사와 국가 원수, 다양한 사람들 모두 하객으로 참석했다.

결혼 축하 마지막 날 웅장한 연회 한가운데서 검은색 갑옷을 입은 기사가 나타났다. 브라다만테에게 패해 자신의 다리에서 흔적을 감춘 로도몬트였다. 그는 1년, 한 달, 하루의 은둔을 보냈고 브라다만테의 신랑 로게로에게 도전 신청을 했다. 로게로는 로도몬트의 도전을 거부하지 않았다. 샤를마뉴 황제조차 로게로가 싸울 준비를 하도록 도와주지만 브라다만테는 남편의 생명이 위태로워지지 않기를 바라며 불안해했다.

결투가 시작되고 로도몬트의 검이 로게로를 가격하지만 방패에 가로막혀 파편이 튀었다. 로게로는 로도몬트가 그를 향해 뛰어들어 씨름하는 동안 브라다만테의 근심어린 눈을 엿보고 힘을 내 사라센의 로도몬트를 향해 고개를 돌렸다. 그 틈을 놓치지 않고 로도몬트는 무서운 속도로 칼을 휘둘렀다. 로게로는 능숙하게 옆으로 피하면서 로도몬트의 허벅지를 칼로 찌르며 말에서 그를 끌어당겨 둘은 말에서 떨어졌다. 그들은 격투에 의존하지만 로도몬트는 이제 허벅지 상처에서 너무 많은 피를 흘려 눈에 띄게 약해졌다. 로게로는 그를 붙잡고 피가 흥건한 땅에 그를 내던졌다.

로게로는 로도몬트의 배에 무릎을 꿇고 상대방의 목구멍에 손을 얹고 단검은 공중에서 눈 위로 솟아올랐다. 사라센인은 몸을 헛되이 비틀려고 했지만 자신의 단검을 든 오른팔을 자유롭게 잡아당겼다. 로게로는 이제 단 한 가지 선택만 남았음을 알고 사라센인이 지옥에 떨어질 때까지 단검을 로도몬트의 머리에 단 한 번이 아니라 반복적으로 던져 목숨을 끊었다.

17

론세발레스 전투

사라센군을 프랑스에서 격퇴한 후 샤를마뉴는 최근 전쟁에서 사라센군에 가담한 스페인 마르실리우스 왕을 응징하기 위해 군대를 이끌고 스페인으로 쳐들어갔다. 샤를마뉴는 이 전쟁에서 승리를 거둬 마르실리우스를 복종시키고 프랑스에 공물을 바치게 했다.

12용사 중 한 명인 가노(가넬론)는 샤를마뉴와 같은 나이였고 오랫동안 황제와 친한 관계를 유지해 프랑스에 많은 영향력을 행사하고 있었다. 그는 용감하고 영리한 동시에 질투심 많고 거짓되어 믿을 만하지 않았다.

가노는 샤를마뉴를 설득해 자신을 공물을 주선하는 대사로 임명하고 마르실리우스 왕에게 가기로 했다. 그는 롤랑을 여러 번 포옹하며 사랑스럽고 진실해 보이는 듯한 고통의 작별인사를 했다. 그런 위선은 늙은 군주를 제외하면 모든 사람에게 분명해 보였다. 그는 올리버에게도 똑같이 부드럽게 대했다. 그러나 올리버는 그의 앞에 경멸적인 웃음을 지어보이며 속으로 이렇게 말했다.

'당신이 원하는 대로 좋은 말은 얼마든지 해줄 수 있지. 하지만 모두 거짓일 뿐이다.'

작별인사에 참석한 용사들도 모두 똑같은 생각으로 왕의 가노를 절대로 스페인 대사로 보내면 안 된다고 말했다. 그러나 샤를마뉴 황제는 그를 전적으로 믿고 있었다. 가노는 마르실리우스로부터 융숭한 영접을 받았다. 왕은 그를 맞이하기 위해 귀족들을 대동하고 사라고사로부터 24km 떨어진 곳까지 나와 군중의 박수갈채를 받으며 그와 일행을 시내로 안내했다. 며칠 동안이나 무도회, 게임, 기사들의 무술 시범이 벌어지고 여자들은 프랑스 기사들의 머리에 꽃을 던져줬다.

첫 번째 환영식이 끝나자 왕과 대사는 서로 이해하기 시작했다. 어느 날 그들은 정원 샘물가에 나란히 앉았다. 샘물이 너무 깨끗하고 잔잔해 주변 모든 물체를 물속에 반사했고 신선한 공기에 살랑거리는 과일나무들이 샘물을 둘러싸고 있었다. 그들이 나란히 앉아 아무 거리낌 없이 이야기를 나눌 때 가노는 왕의 얼굴을 쳐다보지도 않고 물속에 비친 왕의 표정을 살피며 말을 조정했다.

마르실리우스도 가노처럼 빈틈이 없어 가노가 말하는 동안 그의 얼굴을 바라봤다. 마르실리우스는 대사가 아닌 친구에게 늘어놓듯 한탄부터 하기 시작했다. 샤를마뉴 황제가 왕국을 빼앗아 롤랑에게 주기 위해 자신의 왕국을 침략해 입혔던 피해를 털어놨다. 그리고 야심 찬 용사 롤랑이 죽기만 한다면 좋은 사람들이 제 권리를 되찾을 거라고 믿고 있다고 분명히 말했다.

가노는 왕의 말을 인정한다는 듯 한숨을 쉬었다. 그러나 속마음을 오랫동안 억제할 수 없던 그는 곧 의기양양한 사악함으로 빛나는 얼굴을 들어올리며 다음과 같이 말했다.

"폐하께서 말씀하신 것은 모두 사실입니다. 롤랑은 죽어 마땅하며 궁전에서 제게 비열한 공격을 했던 올리버도 죽어야 합니다. 그런 모욕적인 행위를 처벌하는 것이 반역행위입니까? 제 계획을 들어보십시오. 롤랑은 폐하에게서 공물을 받기 위해 국경인 론세발레스로 올 것입니다. 샤를마뉴 황제도 산기슭에서 그를 기다릴 것입니다. 롤랑은 틀림없이 몇 명만 데려올 것입니다. 폐하께서 그를 만나실 때 몰래 병사들을 폐하 뒤에 배치해두십시오. 롤랑은 포위되고 그렇게 되면 누가 공물을 받겠습니까?"

가롯 유다와 같은 자가 그런 말을 하며 기뻐 어쩔 줄 모르는 사이 자연이 그것을 가로막았다. 갑자기 하늘에 천둥이 치며 번개가 번쩍이더니 월계수 나무가 꼭대기부터 아래까지 둘로 쪼개졌다. 가노는 가롯 유다가 목을 매 자살했다는 구주콩나무 밑에 앉아 있었는데 나무 꼬투리 열매 하나가 가노 머리 위에 떨어졌다.

가노와 마찬가지로 마르실리우스 왕도 이 징조에 경악했다. 그러나 점쟁이들을 불러 월계수에 나타난 조짐은 시저의 계승자인 샤를마뉴 황제에게 불리한 조짐이라는 결론을 내렸다. 다만 한 점쟁이가 유다 나무의 의미를 이해하지 못했다며 가노가 그것을 설명해주면 좋겠다고 말해 가노를 새삼 놀라게 했을 뿐이다. 그래서 가노의 속상함은 분노로 바뀌고 천성인 사악함이 그의 모든 생각을 지배했다. 마르실리우스 왕은 군대를 총동원해 론세발레스로 진군할 준비를 했다.

가노는 샤를마뉴에게 편지를 보내 마르실리우스가 얼마나 겸손하고 고분고분히 롤랑의 손에 공물을 바치기 위해 길을 가는 것이 얼마나 멋진 일이 될지 설명했다. 또한 공물 목록과 함께 수반되는 선물도 멋지게 덧붙여 묘사했다.

샤를마뉴 황제는 답장을 보내 대사의 부지런함에 매우 만족하고 모든 일이 원하는 대로 잘 준비될 거라고 전했다. 조신들은 이 일에 여전히 의구심을 품었지만 가노가 마르실리우스로 하여금 롤랑을 살해하고 샤를마뉴 황제를 론세발레스 근처에서 마르실리우스의 손아귀에 넘길 계획을 하는 것을 상상조차 하지 않았다. 어쨌든 롤랑은 군주의 명령대로 행동했다. 자신을 기다리는 잔혹한 운명을 꿈도 꾸지 않고 온건한 무사들을 대동하고 론세발레스로 갔던 것이다.

한편, 가노는 음모를 성공시키기 위해 샤를마뉴 황제의 면전에서 자유롭고 쉽게 행동할 필요가 있어 급히 프랑스로 돌아왔다. 마르실리우스는 성공을 확실히 하기 위해 최악의 경우 수적 우세를 통해서라도 롤랑을 계속 공격해 그를 죽일 수 있도록 3군(1군은 두 개 군단으로 편성)을 론세발레스 오솔길에 배치했다. 또한 가노의 조언대로 희생자들이 즐길 술과 음식을 많이 준비했다. 반역자가 다음과 같이 말했던 것이다.

가노는 샤를마뉴 황제와 일행에게 자신의 거짓 정보를 전한다.

"그것이 공격을 더 효과적으로 만들어줄 것입니다. 흥에 빠진 자들은 무장하지 않으니까요. 하지만 한 가지를 잊으면 안 됩니다. 내 아들 볼드윈이 틀림없이 롤랑과 함께 있을 것입니다. 제 아들을 돌봐주십시오."

왕이 대답했다.

"내가 입은 옷을 벗어 아들에게 주겠소. 전투 도중 그가 이 옷을 입게 하고 두려워하지 말라고 전하십시오. 병사들에게는 그에게 손대지 말라고 지시하겠습니다."

가노는 기쁜 마음으로 프랑스로 향했다. 그리고 축복 이외에는 아무것도 가져오지 않은 사람처럼 황제와 신하를 포옹했다. 샤를마뉴 황제는 그의 친절함과 유쾌함에 눈물을 흘릴 정도였다.

한편, 선량한 마법사 말라기기는 의아한 생각을 하고 있었다.

"뭔가 잘못되어 가고 있고 불길해 보인다. 이곳에 리날도도 보이지 않는다. 리날도가 반드시 이곳에 있어야 하는데. 리날도와 리시아르테토가 어디 있는지 찾아 빨리 이곳에 보내겠다."

말라기기는 계략을 써 현명하고 무시무시하고 잔인한 아쉬타로스라는 악마를 불렀다. 그리고 악마에게 부탁했다.

"리날도에 대해 말해주게나. 진실을 말해줘."

악마는 그를 뚫어지게 바라보며 아무 말도 하지 않았다. 악마의 얼굴은 수심과 격렬함의 표정을 담고 있었다. 악마보다 훨씬 더 우울한 모습의 마법사는 아쉬타로스에게 그런 표정을 짓지 말라고 명령하며 더 화낼 듯한 표정을 지었다. 그러자 악마가 놀라 입을 열었다.

"리날도에 대해 무엇을 알고 싶은지 아직 제게 말씀해주시지 않았습니다."

"내가 알고 싶은 것은 그가 어디서 무엇을 하고 있느냐."

마법사가 대답했다.

"그는 동서쪽 지역을 정복하며 그곳에 기독교를 전파하고 있습니다. 지금은 리시아르테토와 함께 이집트에 있습니다."

악마가 말했다.

"그러나 가노는 마르실리우스와 함께 무슨 음모를 꾸몄지? 그리고 그 음모의 결과가 무엇이냐?"

"나는 모릅니다. 그때 나는 가노에게 신경쓰지 않고 있었으니까요. 타락한 저희 악마들은 미래는 모릅니다. 다만 하늘의 조짐과 혜성을 보고 알 수 있는 것이 있다면 매우 이상하고 무시무시하며 반역적이고 피비린내나는 일이 금방이라도 일어난다는 것과 가노가 지옥에 자리를 준비해뒀다는 것뿐입니다."

"사흘 안에 리날도와 리시아르테토를 론세발레스 오솔길로 데려오게. 지금 당장 하게. 그럼 앞으로 자네를 더 이상 부르지 않겠네."

마법사가 큰 소리로 말했다.

"그들이 제 말을 믿지 않으면 어떡하죠?"

악마가 물었다.

"리날도의 말 속에 들어가 리날도가 너를 믿든 안 믿든 상관하지 말고 그를 데려오게."

"그럼 그렇게 하겠습니다."

악마가 대답했다. 그리고 땅이 흔들리더니 아쉬타로스는 사라졌다.

마르실리우스는 롤랑을 죽이기 위한 첫 조치로 자신의 제후 블란샤르딘 왕에게 자신보다 먼저 술과 사치품을 갖고 출발하게 했다. 온건하면서 예의바른 이 용사는 선물을 가져가 반역자가 시킨 대로 모두 나눠줬다. 그리고 샤를마뉴 황제에게 인사하러 간다는 핑계로 다시 돌아와 제2군 지휘를 맡았다.

그 지위는 전투 도중 롤랑에게 아들이 살해당한 팔세론 왕이 준 자리였다. 팔세론 왕이 제1군, 발룬간테 왕이 제3군을 맡고 있었다. 마르실리우스는 그 세 명에게 자신의 계획을 설명하고 친구 가노의 아들을 돌봐야 한다며 말을 맺었다. 자신이 가노의 아들에게 보내준 조끼를 보고 그를 알아볼 수 있을 거라며 기독교군 중 목숨을 구원받을 자가 있다면 가노의 아들이 유일하다고 덧붙였다.

한편, 가노의 아들과 가노를 믿지 않아 롤랑과 무슨 일이든 함께 하려는 용사 몇 명이 롤랑과 동행해 운명의 계곡에 들어왔다. 수는 적었지만 그들의 굉장한 용기를 감안하면 헛되이 목숨을 잃을 사람들은 아니었다. 그러나 기독교군 중에서 두 번째로 무서운 존재인 리날도는 이 사태에 대처한 시간에 맞춰 오지 못할 운명이었다. 용사들은 롤랑에게 배신을 경계하기 위해서는 더 많은 병력을 요청해야 한다고 간청했다.

하지만 뜻대로 되지 않았다. 믿음을 가진 자의 위대한 마음은 가능하면 의심을 품지 않으려고 했기 때문이다. 롤랑은 불필요한 도움을 요청하지 않았다. 또한 황제가 지시한 것 외에는 아무 것도 하고 싶지 않았다. 그렇다고 그도 의구심을 완전히 지운 것은 아니었다. 위대하고 활기찬 그의 마음에도 어두운 그림자가 드리워져 있었다. 명랑한 표정으로 친구들을 바라봤지만 친구들의 예상이 그를 불안하게 만들었다. 어쩌면 그는 어떤 선견지명에 의해 죽음이 다가오고 있음을 느꼈는지도 모른다. 그러나 그는 그런 이상을 드러내면 안 된다고 생각했다. 게다가 시간도 촉박했다. 기대했던 공물을 받는 순간이 다가왔기 때문이다.

마르실리우스 왕이 다음 날 일찍 공물을 가져오게 되어 있어 올리버는 아침 해가 뜨자 말을 타고 정찰을 나가 멀리서 스페인 조신들의 평화롭고 화려한 행렬이 보이는지 알아봤다. 그는 가장 가까운 고지에 올라갔다. 그리고 이미 오솔길에 배치된 마르실리우스의 제1군을 발견했다.

"오, 악마 같은 가노. 이런 결과를 보려고 그렇게 애를 썼구나!"

올리버는 소리지르며 말에 박치를 가해 롤랑을 향해 산 아래로 단숨에 내달렸다.

"그래, 무슨 소식이라도 있는가?"

롤랑이 물었다.

"나쁜 소식이야. 어제까지 듣지 못한 소식이지. 마르실리우스가 무장한 채 이곳에 와 있다네. 많은 군사와 함께."

용사들은 롤랑 주위에 모여들어 그에게 나팔을 불어 도움을 요청하라고 간청했다. 그러나 롤랑은 아무 말 없이 말을 타고 산소네트와 함께 산 위로 올라갔다.

그리고 많은 병사가 자신을 에워싼 모습을 보고 슬픈 표정으로 론세발레스 계곡을 내려다보며 말했다.

"오, 비참한 계곡이여. 오늘 흘린 피가 영원히 그대의 이름을 물들이겠구나."

롤랑의 작은 진영은 사라센군에 대한 분노로 가득 차 있었다. 그들은 황급히 무장했다. 투구끈을 매고 말에 올랐다. 투르핀 대주교는 기독교 무사들을 이리저리 찾아다니며 훈계하고 격려했다. 롤랑과 지휘관들은 잠시 회의를 가졌다. 롤랑은 비통한 나머지 처음에는 아무 말도 하지 않았다. 자신의 사람들을 이곳 론세발레스로 데려와 죽이고 있다는 사실이 너무 참담했다. 그가 입을 열었다.

"내 마음속에 스페인 왕이 그렇게 비열한 자라는 생각이 조금이라도 들었다면 그대들은 오늘과 같은 날을 맞지 않았을 걸세. 그는 나와 수없이 많은 정중한 인사와 대화를 나눴지. 나는 과거의 사악한 적도 시간이 지나면 현재의 좋은 친구가 되리라고 생각했네. 좋은 기회가

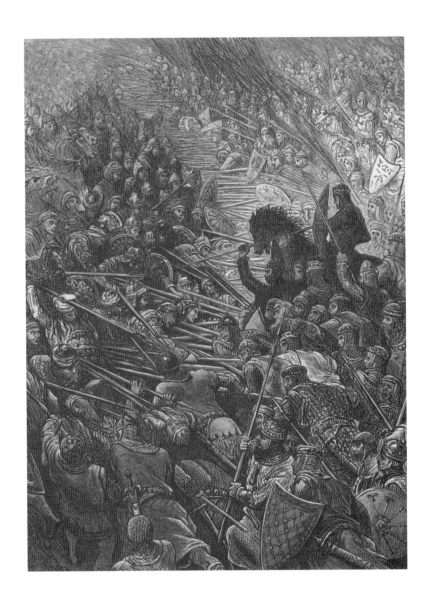

프랑스군과 스페인 사라센군의 전투 장면

오면 인간은 누구나 그런 미덕을 발휘할 수 있으리라 생각한 거지. 자신을 용서한 사람을 결코 용서하지 못하는 자도 기회가 주어지면 그러리라 생각했어. 그래서 그가 이런 사람이라곤 짐작도 못했던 걸세. 죽어야 한다면 우리 모두 죽기로 하세. 정직하고 용감한 사람들처럼. 그러나 사람들은 우리에 대해 말할 걸세. 죽는 것은 오직 우리의 육체뿐이라고 말이지. 내가 나팔을 불지 않는 이유는 나팔을 부는 것이 우리에게 어울리지 않을 뿐만 아니라 설사 황제께서 우리의 나팔 소리를 듣더라도 우리를 구할 수 없다는 것을 알기 때문일세."

그리고 롤랑은 소리쳤다.

"자, 사라센군과 싸우러 나가세."

그러나 그는 몸을 돌리며 통곡했다.

"오, 성모 마리아여, 죄인 롤랑은 생각하지 마시고 당신의 하인들을 불쌍히 여기소서."

이교도 제1군은 구름과 같은 먼지를 일으키며 뿔나팔과 북소리를 계곡에 울리며 수많은 깃발을 공중에 펄럭이며 말 울음소리와 함께 나났다. 그들을 지휘하는 팔세론 왕은 참모들에게 말했다.

"아무도 롤랑에게 손대면 안 된다. 그는 내가 처치하겠다. 죽은 아들의 원수는 내가 갚을 것이다. 내 손으로 그를 쳐죽이겠어."

롤랑은 비장하게 말했다.

"자, 친구들이여, 각자 스스로 지키게. 성 미카엘이여, 우리 모두를 돌봐주소서! 여기 있는 기사들은 모두 완벽한 분들입니다."

그의 말은 너무 당연했다. 리날도와 리시아르테토를 제외한 프랑스의 꽃들이 모두 그곳에 있었다. 그들은 모두 롤랑이 손수 뽑은 친구들이자 한결같은 동료였다. 그렇게 롤랑의 기사들과 대군의 지휘관들은 말을 탄 채 서로 마주 봤다. 롤랑의 용사들은 다가오는 대군 병사를 맞아 한 명씩 창을 들고 공격하며 싸움에 임했다.

아스톨포가 맨 먼저 나섰다. 그는 소리아의 아르롯데에게 달려가 그의 몸을 찔러 말에서 떨어뜨리고 저 세상으로 보냈다. 올리버는 말 프리모와 대적해 자신도 상처를 입었지만 창으로 그의 심장을 관통시켰다.

팔세론은 이런 격돌을 보고 기가 꺾였다.

"정말 놀라운 일이군."

올리버는 상처가 너무 고통스러워 더 이상 사라센군에게 달려나가지 않았다. 그러나 롤랑은 다른 용사들과 함께 적진 속에 뛰어들었다. 서로 투구를 치고 공격하는 소리가 불카누스(로마 신화에 등장하는 불과 대장간의 신)의 대장간이 활짝 열린 것 같았다. 팔세론은 롤랑이 매우 맹렬히 다가오는 것을 보고 쇠사슬을 끊어버린 마왕 루시퍼를 보는 것 같아 그를 혼자 상대하겠다는 마음을 고쳐먹었다. 그는 롤랑을 상대하지 않고 자신을 신에게 맡긴 채 복수하기에 더 좋은 기회를 기다리기로 하고 발길을 돌렸다. 하지만 롤랑이 무시무시한 목소리로 소리쳤다.

"오, 그대 반역자여, 긴 싸움의 끝이 이것인가?"

롤랑이 사라센 지도자 팔세론을 물리치는 장면

그리고 맹렬히 너무나 빨리 놀랍고 능숙한 솜씨로 창을 들고 달려들어 그의 몸을 찔렀다. 그는 바로 죽음을 맞았지만 말에서 떨어지지는 않았다. 롤랑은 앞으로 달려가 자신의 완벽한 타격이 어떤 결과를 냈는지 확인하기 위해 칼로 그의 시신을 건드렸다. 그러자 시신은 바로 땅에 떨어졌다.

이교도들은 지도자가 죽어 땅에 떨어지는 것을 보고 혼비백산해 후퇴하려고 했다. 그러나 그렇게 할 수 없었다. 마르실리우스가 나머지 병력을 그물처럼 계곡 주위에 포진시켰기 때문이다. 공포에 질린 사라센군은 어디로도 빠져나갈 수 없었다. 그래서 롤랑은 사라센 병사들이 가장 밀집한 곳으로 달려들어 가는 곳마다 벼락치듯 투구들을 파괴했다. 올리버는 월터, 볼드윈, 아비노, 아볼리오와 함께 싸움을 재개했고 투르핀 대주교는 홀장(주교나 수도원장의 직표)을 창 대신 사용해 자기 앞의 무리를 산까지 추격했다.

그러나 수많은 적을 어떻게 대적할 수 있겠는가? 마르실리우스는 끊임없이 병력을 투입했다. 용사들은 각각 수천 명의 병사를 상대해야 했다.

리날도와 리시아르테토의 말들은 왜 아직까지 꾸물거리는지?

그러나 말들이 꾸물거린 게 아니라 운명이 마법보다 빨랐다. 마법사 말라기기가 보낸 악마 아쉬타로스는 이집트에 있는 리날도에게 가 그에게 용건을 말한 후 리날도와 리시아르테토의 말 속에 들어갔다. 그러자 말들은 울음소리를 내며 콧김을 내뿜고 몸속에 있는 악마와 함께 달리기 시작했다. 그들은 피라미드 상공을 날아 사막을 가로질러 스페인에 도착해 마르실리우스가 제3군을 방금 배치한 현장에 도착했다. 말을 탄 두 용사가 사라센 병사들 한가운데로 들어가 그들을 쑥대밭으로 만들기 시작했다.

산 위에서 그 광경을 내려다보던 마르실리우스는 자신의 병사들끼리 싸우는 것으로 생각했다. 롤랑도 그것을 보고 그 용사들이 자신의 사촌들이라는 생각에 그들을 향해 급히 내달렸다. 동시에 올리버도 그것을 알아봤다. 이에 롤랑 진영의 환희는 말로 표현할 수 없었다. 용사들은 급히 몇 마디 주고받고 수많은 적에 대항했다.

롤랑은 마르실리우스에게 다가가기 위해 피나는 싸움을 하다가 한 젊은이의 머리를 내리쳤다. 하지만 그의 투구가 너무 견고해 깨지지 않고 머리에서 그냥 벗겨졌다. 오르란도가 다시 내리치려고 하자 젊은이가 소리쳤다.

"잠시만요, 당신은 제 아버지를 사랑했어요. 저는 부자포르테입니다."

롤랑은 부자포르테를 한 번도 본 적이 없지만 젊은이가 늙은 아버지의 훌륭한 모습을 그대로 닮아 칼을 떨구고 말했다.

"오, 부자포르테, 나는 네 아버지를 정말로 사랑했다. 그런데 어이하여 너는 아버지의 친구들에 대항해 싸우고 있는가?"

부자포르테는 눈물이 나서 즉시 말할 수 없었다. 마침내 그가 입을 열었다.

"저는 마르실리우스 군주 때문에 이곳에 강제로 오게 되었습니다.

저는 싸우는 척했을 뿐 기독교도를 한 명도 해치지 않았습니다. 하지만 기사님 진영에 배신자가 있습니다. 볼드윈이 마르실리우스가 준 조끼를 입고 있어요. 그것 때문에 누구나 볼드윈이 마르실리우스의 친구 가노의 아들이라는 것을 알아볼 수 있습니다. 그래서 아무도 그를 해치지 않는 것입니다."

롤랑이 말했다.

"다시 투구를 쓰고 지금처럼 행동하게. 자네 아버지의 친구는 결코 그 아들에게 적이 되지는 않을 테니."

격분한 영웅 롤랑은 몸을 돌려 볼드윈을 찾아나섰다. 바로 그때 볼드윈이 다정한 표정을 지으며 롤랑에게 급히 달려왔다.

"이상해요. 내 의무를 최대한 다하고 있는데 아무도 나를 공격하지 않습니다. 좌우에서 적을 살해했는데도 아주 힘센 이교도들까지 저를 피하니 이해가 가지 않아요."

롤랑이 말했다.

"그 비밀을 알고 싶다면 조끼를 벗게나. 비밀을 알게 될 걸세. 자네 아버지가 자네만 빼고 우리를 모두 마르실리우스에게 팔아넘겼으니까."

"제 부친이 그렇게 사악한 짓을 하다니! 그것으로 제가 죽음을 피할 수 있었다면 저는 이 칼로 제 심장을 뚫겠습니다. 하지만 저는 배신자가 아닙니다. 오해하지 마십시오. 설마 제가 불명예스럽게 살 거라고 생각하시지는 않겠죠?"

볼드윈이 조끼를 찢듯 거칠게 벗으며 말했다. 그리고 그는 롤랑의 말을 더 이상 귀담아 들으려고 하지 않고 말에 박차를 가해 싸움터로 달려나갔다. 롤랑은 젊은이가 절망에 빠진 것을 감지하고 자신이 한 말에 미안한 생각이 들었다.

이제 전투는 전보다 더 치열하게 전개되었다. 20명의 이교도가 기독교도 용사 한 명을 공격해 쓰러지기 시작했다. 산소네트는 그란도니오의 곤봉에 쓰러졌고 월터 다물리온은 어깨가 부러졌으며 베르링기에르와 오토네는 살해되었고 마침내 아스톨포마저 쓰러졌다.

롤랑은 아스톨포의 죽음을 복수하기 위해 그가 죽은 장소를 사라센 병사들의 피로 물들일 만큼 그들을 살육했다. 불운했던 부자포르테는 리날도를 만나 그가 어떻게 사라센 진영에 가담해 싸우는 것처럼 보이는지 설명할 틈도 없이 머리에 치명적인 타격을 받고 한마디 말도 없이 쓰러졌다. 롤랑은 큰 소동과 싸움이 벌어지는 곳으로 달려가 가노의 아들인 가련한 볼드윈의 가슴에 두 개의 창이 꽂힌 것을 발견했다.

"이제 나는 반역자가 아닙니다." 라는 유언을 남긴 채 볼드윈은 숨을 거뒀다. 롤랑은 그의 죽음이 자신 때문이라고 생각하고 크게 후회하며 하염없이 눈물을 흘렸다. 마침내 올리버도 쓰러졌다. 그는 자신의 피로 눈이 멀어 롤랑을 알아보지도 못한 채 타격을 가해왔다. 롤랑이 울부짖었다.

"여보게, 사촌. 적을 바꿨는가?"

그러자 올리버가 외쳤다.

"오, 형님. 용서하십시오. 앞이 보이질 않습니다. 저는 죽어가고 있

가노의 아들 볼드윈은 자신의 불명예를 씻기 위해 전쟁터로 뛰어든다.

어요. 어느 배신자가 저를 뒤에서 찔렀습니다. 저를 사랑하신다면 복수하고 죽을 수 있게 제 말을 적병이 많은 곳으로 데려가주십시오."

"나도 비통함과 피로로 곧 죽을 것이네. 우리 함께 가세."

롤랑은 사촌과 함께 적병이 가장 많이 모인 곳으로 말을 몰았다. 죽어가는 용사와 그의 지친 동료의 힘은 가공스러웠다. 그들은 싸움터 한가운데 길을 만들 정도였다. 롤랑은 사촌을 자신의 천막으로 데려갔다.

"내가 돌아올 때까지 이곳에서 기다리게. 저쪽 언덕에 올라가 뿔나팔을 불겠네."

"소용없는 짓입니다. 제 영혼은 빨리 떠나가고 있습니다. 하나님과 구세주와 함께 있고 싶습니다."

올리버는 말을 더 하려고 했지만 꿈꾸는 사람처럼 말이 불완전하게 나왔다. 그리고 숨을 거두고 말았다.

롤랑은 올리버가 죽는 것을 보자 이 세상에 자신밖에 남지 않았다는 생각에 자신도 지상을 떠나고 싶었다. 그러나 떠나기 전에 산기슭에 있는 샤를마뉴 황제에게 이 상황을 알려주고 싶었다. 그래서 뿔나팔을 집어 코와 입에서 피가 터져나올 정도로 세차게 세 번 불었다.

전투의 소음에도 불구하고 뿔나팔 소리는 다른 세상에서 들려오는 목소리처럼 모든 소음을 뚫고 퍼져나갔다. 새들은 그 소리에 떨어져 죽고 모든 시라센 병사들은 공포에 질려 후퇴했다는 이야기가 전해진다. 그 소리가 샤를마뉴의 귀에 전해진 것은 그가 신하들 한가운

위기에 처한 롤랑이 뿔나팔을 부는 장면

데 앉아 있을 때였다. 가노도 함께 있었다. 황제가 맨 먼저 그 소리를 들었다.

"저 소리가 들리나? 경들도 저 뿔나팔 소리를 들었는가?"

황제가 귀족들에게 물었다. 그 말에 모두 귀를 기울였고 가노는 심장이 뛰는 것을 느꼈다. 두 번째 뿔나팔 소리가 들려왔다.

"이 뿔나팔 소리는 무슨 뜻인가?"

황제가 물었다. 그러자 가노가 대답했다.

"롤랑이 사냥하는 것입니다. 수사슴 한 마리가 죽었습니다."

그러나 세 번째 뿔나팔 소리가 울려 퍼졌다. 더욱이 이번에는 소리가 무서울 정도로 격렬해 모든 사람이 서로 바라보다가 화난 얼굴로 가노에게 시선을 돌렸다. 황제도 자리에서 일어섰다.

"이것은 수사슴 사냥이 아니다. 그 소리는 내 마음속에 사무치는 소리였어. 오, 가노! 나는 너를 부끄럽게 생각하기보다 나를 부끄럽게 생각한다. 오, 이 더럽고 괴물 같은 악당! 당장 이 자를 감옥에 쳐넣어라. 어찌 신은 내가 오늘과 같은 꼴을 보도록 놔뒀는가!"

더 이상 말할 시간이 없었다. 샤를마뉴와 신하들은 반역자를 감옥에 가두고 몹시 슬퍼하면서 기도를 드리며 론세발레스 계곡을 향해 출발했다.

뿔나팔 소리가 울린 것은 오후였는데 황제는 30분 후에 출발했다. 한편, 롤랑은 말에 앉아 버틸 힘이 있는 한 아무리 절망적이더라도 자신의 의무를 다하기 위해 싸움터로 돌아왔다. 마침내 그는 자신의 종

말이 다가오고 있음을 느끼고 전에 갈증을 풀기 위해 갔던 샘물로 혼자 말을 달렸다. 말은 그보다 더 지쳐 있었다. 그가 말에서 내리자마자 말은 작별의 말을 하듯 무릎을 꿇었다.

"저는 당신을 편히 쉴 수 있는 곳으로 모셔왔습니다."

그리고 숨을 거뒀다. 롤랑은 말이 죽지 않기를 바라며 샘터에서 물을 떠 말에게 뿌렸다. 그러나 헛된 것임을 알고 말이 인간이나 되는 듯 몹시 슬퍼하며 그의 이름을 부르며 눈물을 떨궜다. 그리고 자신에게 잘못이 있다면 용서해달라고 말했다. 그 말을 들은 말은 눈을 조금 떠 다정하게 주인을 바라보더니 몸을 움직이지 않았다.

그리고 롤랑은 아름다운 검 뒤랑달을 부수기 위해 옆의 바위를 힘껏 내리쳤다. 칼이 적의 손에 들어가지 못하게 하려는 생각이었다. 바위는 석판처럼 갈라졌는데 그 후 큰 틈이 아직까지 남아 순례자들의 감탄을 자아내고 있지만 칼은 아무 손상도 없이 그대로였다.

그때 리날도와 리시아르테토는 사라센 병사들을 물리친 후 투르핀과 함께 올라와 롤랑에게 승리 소식을 전했다. 롤랑은 투르핀 앞에 무릎을 꿇고 죄를 용서해달라고 간청했다. 투르핀은 그의 죄를 용서했다.

롤랑은 칼자루를 십자가인 듯 뚫어지게 바라보다가 가슴에 껴안았다. 그리고 눈을 들어올렸다. 그는 천사로 변한 것처럼 보이더니 이윽고 고개를 떨궜다. 그의 몸에서 순수한 영혼이 재빨리 빠져나갔다.

그런 후 샤를마뉴와 귀족들이 그곳에 도착했다. 황제는 죽은 롤랑을 보고 무모한 젊은이처럼 말에서 몸을 던져 시체를 껴안고 그에게 키스했다.

"그대를 축복하겠네, 롤랑. 그대의 전 생애를 축복하고 그대의 모든 것을 축복하겠네. 그대의 과거와 그대를 낳은 부친을 축복하겠네. 자네에게 이런 종말을 가져온 사람을 믿은 내 잘못을 용서해주게. 그들에게 벌을 주겠네. 오, 사랑하는 그대! 하지만 정말 산 사람은 자네일세. 나는 죽은 사람보다 못한 사람일세."

황제의 눈에 비친 론세발레스 들판의 광경은 참혹했다. 사라센 병사들은 후퇴하고 정복당했다. 그러나 두 명을 제외한 모든 용사는 죽어 들판에 남아 있었다. 계곡 전체는 거대한 도살장처럼 보였다. 피와 먼지에 휩싸여 열(熱)을 발산해 악취를 풍겼다. 샤를마뉴 황제는 놀라움과 괴로움으로 심장 속까지 떨리는 것 같았다. 황제는 말없이 계곡을 바라보더니 그곳을 엄숙한 어조로 저주하고 나서 그곳에 다시 풀도 나지 않고 어떤 씨앗도 자라지 않으며 하나님의 분노가 영원히 깃들기를 기원했다.

샤를마뉴와 용사들은 사라센 병사들을 추격해 스페인으로 진격했다. 그리고 사라고사를 점령해 불사르고 마르실리우스를 붙잡아 가노와 함께 비열한 행위를 계획했던 구주콩나무에다 목을 매달아 죽였다. 가노는 론세스발레스에서 사람들의 저주를 받으며 목을 매달아 죽은 후, 다시 능지처참을 당했다.

18

리날도와 샬롯

샤를마뉴 황제는 론세발레스 전투에서 불행하게 용감한 기사들을 많이 잃고 슬픔에 빠졌다. 배신자 가노의 조언을 믿어 벌어진 일이어서 자신의 어리석음을 자책했다. 그런데도 황제는 또 실수를 저질렀다.

황제에게는 맏아들 샬롯 왕자가 있었다. 그는 오만하고 이기적인 인물로 아들임에도 황제에게 충성해 어느 신하보다 깊은 신뢰를 독차지하고 있었다. 샬롯은 리날도와 그의 형제들을 경쟁자로 여겨 그들을 미워하고 탄압하기 시작했다. 리날도는 왕자의 탄압을 피해 형제들과 몽탈반성에 은거하며 파리와의 인연을 멀리했다.

샬롯은 그들을 모함해 황제에게 밀고했다. 샬롯 왕자를 편애한 황제는 리날도와 그의 형제를 체포해 교살형 명령을 내렸다. 황제는 가장 용감한 기사들에게 그들을 체포하라는 명령을 내렸지만 전혀 성공을 거두지 못했다. 리날도는 체포자들의 노력을 사전에 좌절시키고 그들의 갑옷을 벗겨 되돌려보냈다. 그렇지 않을 때는 그들을 만나

의논한 후 황제에게 돌아가 리날도를 잡아올 수 없다고 말하도록 만들었다.

리날도가 버티자 마침내 샤를마뉴 황제는 대군을 일으켜 몽탈반성을 공격했다. 황제는 먼저 성을 포위해 식량을 끊었다. 성에 식량을 들이는 자는 누구든 사형에 처하라고 명령하고 리날도가 항복하도록 위협했다.

리날도는 식량이 거의 바닥나자 더 이상 싸우는 것이 무의미하다고 생각했다. 더욱이 형제들이 소규모 전투에서 포로로 잡혀 그가 목숨을 구할 유일한 희망은 황제와 타협하는 것뿐이었다. 리날도는 전령을 보내 황제가 형제들의 목숨만 살려준다면 자신의 성을 내놓겠다고 제의했다.

전령이 황제 진영으로 떠나자 리날도는 그가 가져올 소식이 궁금해 성 뒷문으로 베이야드를 타고 나갔다. 그는 어느 숲에 도착해 베이야드를 나무에 매놓고 전령 소식을 기다리다가 잠시 잠이 들었다. 나무에서 풀려난 베이야드는 풀이 많은 곳을 따라 돌아다녔는데 그때 시골사람 몇 명이 다가와 말을 주고받았다.

"저것 보게. 저건 리날도가 타고 다니는 명마 베이야드 아닌가? 저 말을 잡아 황제에게 갖다주면 큰 돈을 받을 수 있을 걸세."

그들은 황제에게 리날도의 베이야드를 바쳤고 황제는 훌륭한 말에 기뻐하며 그들에게 많은 선물을 하사했다.

반면 리날도는 잠에서 깨어나 말을 찾으려고 사방을 둘러보다가 말

리날도가 명마 베이야드를 타고 성 밖으로 나오는 장면

이 사라진 것을 깨닫고 신음하며 한탄했다.

"나는 왜 이렇게 불행한 시기에 태어났을까?"

리날도는 너무 절망한 나머지 갑옷을 벗고 박차를 버렸다.

"베이야드가 사라졌는데 이것들이 무슨 필요가 있단 말인가?"

리날도가 숲이 떠나갈 듯 한탄하자 그 소리를 들었는지 나이가 지긋한 남자가 숲에서 나왔다. 그는 턱수염이 가슴까지 내려왔고 눈썹은 눈을 거의 덮고 있었다. 그가 리날도에게 좋은 날이 되기를 바란다며 인사하자 리날도도 그에게 감사를 표하며 말을 건넸다.

"저는 태어나 좋은 날이라곤 하루도 없었어요."

그러자 노인이 대답했다.

"리날도, 절망하면 안 됩니다. 하나님께서 모든 것이 잘되게 해주시니까요."

그러자 리날도가 덧붙였다.

"제 문제는 너무 심각해 구원받을 수가 없습니다. 황제가 제 형제들을 붙잡아 죽이려고 하니까요. 제 말 베이야드를 이용해 그들을 구할 생각을 했는데 제가 자는 동안 도둑이 말을 훔쳐가버렸어요."

노인이 대답했다.

"그대와 그대 형제들을 생각하며 기도해드리겠소. 가난한 제게 주실 것은 없나요?"

리날도는 말했다.

"드릴 것은 아무것도 없는데요."

그때 자신의 박차가 떠올라 그것을 주워 거지에게 줬다.

"자, 박차를 받으시오. 이 박차는 제 부친 아이몬 백작이 제게 기사 작위를 주던 날 어머님이 주신 첫 선물입니다. 이것들을 처분하면 10 파운드 정도는 받을 수 있을 거요."

노인은 박차를 받아 자루에 넣으며 말했다.

"고매하신 리날도, 그 외에 또 주실 것은 없나요?"

그러자 리날도가 대답했다.

"지금 나를 놀리시는 겁니까? 당신과 같이 무례한 사람을 때리는 것이 부끄러운 일이 아니라면 정말 버릇을 고쳐드리고 싶소."

늙은이가 대답했다.

"정말 그러시면 큰 죄를 짓는 겁니다. 내 구걸을 받는 사람들이 모두 나를 때렸다면 나는 오래 전에 죽었겠죠. 나는 교회 수도원이든 어디서든 적선을 구합니다."

리날도가 말했다.

"맞는 말씀입니다. 도움을 요청하지 않으면 아무도 당신을 돕지 않을 테니까."

늙은이가 말했다.

"고매하신 리날도, 더 주실 것이 있으면 주십시오."

리날도가 그에게 외투를 주며 말했다.

"형제들을 수치스러운 죽음에서 구해주시고 제가 황제의 세력에서 빠져나갈 수 있도록 도와달라고 그리스도에게 이것을 드리는 거요."

순례자는 외투를 받아 접어 자루 속에 넣었다. 그리고 세 번째로 리날도에게 말했다.

"제가 기도하며 그대를 기억할 수 있도록 남은 물건이 있으면 주실 수 없습니까?"

그러자 머리 끝까지 화가 난 리날도가 말했다.

"비열한 놈, 나를 놀리는가?"

리날도는 격분해 칼을 뽑아 그를 내리쳤다. 그러나 노인은 지팡이로 막으며 말했다.

"리날도, 자네는 말라기기 사촌을 죽일 셈인가?"

리날도는 정체를 드러내 진짜 말라기기처럼 보이는 노인을 의심스러운 눈길로 쳐다봤다. 그리고 입을 열었다.

"용서하십시오. 몰라봤습니다. 하나님 다음으로 저는 사촌을 신뢰합니다. 제 형제들이 감옥에서 빠져나올 수 있도록 도와주십시오. 말을 잃은 저는 그들에게 아무 도움도 줄 수 없습니다."

그러자 말라기기가 대답했다.

"리날도 사촌, 말을 찾도록 도와주겠네. 말을 찾는 동안 내가 시키는 대로 해야 하네."

말라기기는 자루에서 외투를 꺼내 리날도에게 주며 그것을 갑옷 위에 입으라고 말하고 구멍이 많이 뚫린 모자와 낡은 신발 한 켤레를 건네며 그것을 착용하게 했다. 이제 둘은 매우 늙고 가난한 순례자로 보였다. 그렇게 그들은 숲에서 나와 길을 걷다가 잠시 후 네 명의 수도승이 말을 타고 가는 것을 봤다. 말라기기가 리날도에게 말했다.

"내가 가서 수도승을 만나보겠네. 그들에게 무슨 소식이 있는지 알아볼 생각이야."

말라기기는 수도승들로부터 다가오는 축제일에 샬롯 왕자가 리날도의 명마 베이야드를 탄 모습을 여자들에게 보여주려고 한다는 소문에 궁전에 많은 사람이 모일 거라는 말을 들었다.

"아니! 베이야드가 궁전에 있다구요?"

순례자가 놀라 소리쳤다.

"그렇소. 황제가 샬롯에게 베이야드를 줘 왕자가 그 말을 타고 있습니다. 이제 황제는 리날도 형제들에게 사형선고를 내려 교살형에 처하려고 합니다."

그러자 말라기기는 수도승들에게 적선을 구했다. 하지만 아무것도 주려고 하지 않자 말라기기는 순례복을 벗어던지고 갑옷을 드러냈다. 그제야 그들은 자선을 베풀며 공포에서 벗어나고 싶은 마음에 햇빛에 반짝이는 보석 장식의 금잔을 건넸다. 그러자 말라기기는 급히 리날도에게 돌아가 자초지종을 말해줬다.

축제일 아침 리날도와 말라기기는 축제가 열리는 곳으로 향했다. 말라기기가 리날도에게 박차를 돌려주며 말했다.

"사촌, 그 박차를 갖고 있게. 필요할 테니까."

리날도가 물었다.

"말을 잃어버렸는데 어떻게 박차가 필요하게 될 거란 말입니까?"

그러나 그는 말라기기가 시키는 대로 했다. 둘이 들판 가장자리에 자리 잡자 왕자들과 궁전 여인들이 모여들기 시작하며 황제가 행차했다. 샬롯 왕자도 함께 있었다. 왕자 가까이 베이야드가 보였다. 말은 특별보호 명령을 받아 마부들이 통제하고 있었다. 황제는 구경꾼들을 둘러보다가 말라기기와 리날도가 가진 빛나는 컵을 보고 샬롯에게 말했다.

"저것 봐라. 두 순례자가 정말 빛나는 컵을 갖고 있구나. 금화 100개 가치는 있을 것 같다."

샬롯이 대답했다.

"맞습니다. 저들에게 가 어디서 구했는지 물어보시죠."

그래서 그들은 말을 타고 순례자들이 서 있는 곳으로 갔다. 샬롯은 베이야드를 그들 가까이 멈추게 했다. 말은 순례자들의 냄새를 맡다가 리날도를 알아보고 자신의 주인에게 애무했다. 황제가 말라기기에게 물었다.

"여보게, 그대는 그 아름다운 잔을 어디서 구했나?"

말라기기가 대답했다.

"폐하, 11년 동안 교회와 수도원에서 구걸하며 모은 돈으로 샀습니다. 교황께서 친히 이 컵을 축복해주셨고 이 잔으로 먹거나 마시는 사람은 누구나 죄를 용서받을 힘을 이 잔에 부여해주셨습니다."

그러자 황제가 샬롯에게 말했다.

"아들아, 이분들은 올바른 성자들이다. 말도 못 하는 저 동물이 그들

샤를마뉴 황제 행렬

에게 존경을 표하는 것을 봐라."

그리고 황제는 말라기기를 향해 말했다.

"내가 죄 사함을 받도록 그 잔에서 음식 한 조각을 줄 수 있겠나?"

말라기기가 대답했다.

"저명하신 폐하, 폐하를 화나게 만든 사람을 모두 용서하지 않는 한 저는 감히 폐하의 요청을 받들 수 없습니다. 아시는 바와 같이 그리스도는 자신을 배신하고 십자가에 못 박히게 한 자들도 모두 용서해 주셨습니다."

왕이 대답했다.

"여보게, 그것은 진실이지. 하지만 리날도는 나를 너무 화나게 해 그를 용서할 수 없다네. 그리고 마법사 말라기기도 용서할 수 없네. 둘은 내 왕국에서 다시 살 수 없을 거야. 그들을 잡으면 교살형에 처하겠어. 순례자, 자네 옆에 서 있는 남자는 누구인가?"

말라기기가 대답했다.

"그는 귀가 먹고 말도 못 하고 눈도 먼 사람입니다."

그러자 황제가 다시 말했다.

"죄를 용서받을 수 있도록 내가 그 잔으로 물을 마시게 해주게."

말라기기가 대답했다.

"폐하, 이 사람은 가련한 제 동생으로 50일 동안 듣지도 말하지도 보지도 못하고 있습니다. 불행이 저희가 은신처를 찾은 집에 떨어졌던 것입니다. 그런데 그저께 한 현명한 여자를 만났는데, 그녀는 동생이 치료될 유일한 방법은 그가 베이야드를 타고 달려볼 수 있는 곳에 가는 것이라고 말했습니다. 그것이 어떤 방법보다 효능이 있다는 겁니다."

그러자 황제가 말했다.

"여보게, 그렇다면 자네들은 제대로 온 셈이네. 오늘 누군가가 베이야드를 타기로 되어 있지. 그 잔으로 물 한 모금을 마시게 해주게. 그럼 자네 동료를 베이야드에 태워주겠네."

말라기기는 그 말을 듣고 대답했다.

"그렇게 하시죠."

그러자 황제는 진지하게 기도를 드린 후 숟가락을 집어들고 자신의 죄가 용서받을 거라고 믿으며 순례자의 잔에서 물을 한 숟가락 떠 마셨다. 황제가 그런 행위를 한 후 샬롯에게 말했다.

"아들아, 이 병든 순례자가 네 말을 타게 해드려라. 그의 모든 병이 낫도록 말이야."

샬롯은 대답했다.

"기꺼이 그렇게 하겠습니다."

그의 말이 끝나자 하인들이 순례자를 말에 태워줬다.

리날도는 말에 타더니 등자(말을 타고 앉아 두 발로 디디는 물건 - 편집자 주)에 발을 올리고 말했다.

"조금 타보겠습니다."

말라기기는 그가 그렇게 말하는 것을 듣고 기뻐하며, 그가 보고 들을 수 있게 된 것 같은지 물었다.

"네, 모든 병이 고쳐졌습니다."

황제는 그 말을 듣고 투르핀 주교에게 말했다.

"십자가와 깃발을 들고 시가행진을 하면서 이 기적적인 사건을 경축해야겠소. 이것은 큰 기적이니까."

리날도는 사람들이 자신을 주시하지 않는 데 주목하고 말에게 속삭였다. 그러면서 박차를 가했다. 베이야드는 자신의 주인이 등에 올라탄 것을 알아 빠른 속도로 출발해 몇 분 지나지 않아 상당히 먼 곳까지 내달렸다. 말라기기는 매우 놀란 척하며 말했다.

"오, 고매하신 황제시여, 그 불쌍한 친구가 달아났군요. 말에서 떨어져 목이 부러졌을 것입니다."

황제는 말을 타고 순례자를 추격해 데려오거나 필요하면 그를 도와주라고 기사들에게 명령했다. 그들은 황제의 명령을 따랐지만 모두 헛수고였다. 리날도는 기사들을 모두 따돌리고 몽탈반에 도착할 때까지 계속 내달렸다. 말라기기는 의심받지 않고 그곳을 떠나도 된다는 허락을 받았다. 그는 리날도가 말을 타고 가다가 틀림없이 박살날 거라 며 그의 운명을 애도하며 길을 떠났다.

말라기기는 멀리 가지 않았다. 그는 변장을 바꾸고 황제에게 되돌아가 자신의 마법으로 리날도의 형제를 감옥에서 성공적으로 탈출시켰다. 세 형제 모두 몽탈반에 무사히 돌아왔다. 형제들이 구출되고 베이야드를 다시 찾게 된 리날도의 기쁨은 말로 표현할 수 없었다.

19

리날도의 죽음

포위공격 압력을 받는 몽탈반성은 날이 갈수록 식량부족의 고통이 심각해졌다. 수비대들은 식량을 아끼고 고기를 얻기 위해 말을 죽여야 했다. 마침내 베이야드만 제외하고 모든 말이 죽는 지경이 되자 리날도가 형제들에게 말했다.

"더 이상 먹을 게 없으니 베이야드를 죽여 식량으로 삼아야겠다."

그들은 베이야드를 도살하기 위해 마굿간으로 가 말을 꺼냈다. 그러나 알라르도가 말리며 말했다.

"형님, 베이야드는 명마이니 죽이지 맙시다. 하나님이 우리를 위해 뭔가 해주실지 누가 알아요?"

그러자 베이야드는 인간처럼 그 말을 알아듣고 자비를 구하는 듯 무릎을 꿇었다. 리날도는 그런 베이야드의 모습을 보자 미안한 마음이 들었는지 살려주기로 했다.

바로 그때 황제의 누나이자 리날도의 어머니인 아야가 아들을 구하기 위해 기사와 여인들을 데리고 진영에 도착했다. 그녀는 황제 앞에 무릎을 꿇고 리날도와 그의 형제들을 용서해달라고 간청했다. 모든 기사와 귀족들도 그녀의 소원을 들어달라고 간청했다. 그러자 황제가 말했다.

"사랑하는 누님, 누님은 훌륭한 어머니의 역할을 하시는군요. 누님의 선한 마음을 존경합니다. 누님의 아들들이 내 뜻을 무조건 받아들인다면 목숨만은 살려주겠어요."

샬롯은 그 말을 듣고 황제에게 다가가 귓속말로 속삭였다. 그러자 황제는 다시 리날도의 어머니에게 고개를 돌려 말했다.

"베이야드는 내가 샬롯에게 줬으니 그 말은 샬롯에게 돌아가야 합니다. 자, 누님, 어서 가서 내 말을 리날도에게 전하세요."

아야 부인은 황제의 말을 듣고 기뻐하며 마음속으로 하나님께 감사하며 말했다.

"훌륭한 오빠 황제 분이여, 분부 받들어 거행하겠습니다."

그것이 그녀가 몽탈반성에 올 수 있었던 이유다. 리날도와 형제는 어머니를 매우 기쁜 마음으로 영접했다. 그녀는 황제의 제안을 그들에게 전했다. 그러자 알라르도가 리날도에게 말했다.

"형님, 저라면 베이야드를 샬롯에게 주느니 차라리 황제의 적이 되겠습니다. 샬롯은 베이야드를 죽일 것입니다."

모든 형제도 이구동성으로 말했다. 리날도는 형제의 말을 듣고 대답했다.

어머니 아야를 환영하는 리날도와 형제들

"사랑하는 형제들이여, 말을 포기하고 용서를 받는다면 그렇게 하세. 다함께 화해하세. 우리가 황제의 권력에 저항할 수는 없네."

그리고 리날도는 어머니에게 다가가 황제가 그들을 용서하고 황제의 존엄에 거역했던 모든 행위도 용서한다면 말을 샬롯에게 주겠다고 말했다. 여인은 황제에게 돌아가 아들의 답변을 전했다.

그렇게 화해가 이뤄지자 리날도는 형제들과 베이야드를 데리고 성에서 나와 황제 앞에 엎드려 용서를 빌었다. 황제는 그들에게 일어나라고 말하며 모든 귀족과 조언자들이 보는 앞에서 그들을 용서했다. 모든 사람, 특히 어머니 아야 부인이 기뻐했으며 리날도는 베이야드를 샬롯에게 건네줬다.

"왕자님, 이 말을 왕자님께 드립니다. 원하시는 대로 이용하십시오."

샬롯은 약속대로 말을 받고 하인들을 시켜 그 말을 데려가 물속에 던져버리라고 명령했다. 베이야드는 물 밑바닥에 가라앉았지만 물 위로 헤엄쳐 올라와 옛 주인에게 달려가 그의 옆에 섰다.

"저를 왜 이렇게 다루셨습니까?"라고 원망하는 것 같았다. 왕자가 그 모습을 보고 말했다.

"리날도, 그 말을 다시 내게 주게. 그 말은 죽어야 하네."

그러자 리날도는 왕자의 말에 따랐다.

"왕자님, 이 말은 두말할 필요도 없이 왕자님 것입니다."

왕자는 사람들을 시켜 이번에는 말의 발에 무거운 멧돌을 하나씩 묶고 어깨에도 멧돌 두 개를 매단 후 다시 물속에 던졌다. 베이야드는 허우적거리며 주인을 쳐다보다가 맷돌을 벗겨버리고 리날도에게 돌아왔다. 동생 마르도가 그것을 보고 말했다.

"말을 한 번 더 포기한다면 형님은 틀림없이 영원히 부끄러운 사람으로 남을 것입니다."

그러자 리날도가 대답했다.

"아우야, 잠자코 있으라. 말의 죽음 때문에 다시 황제의 노여움을 사야겠는가?"

그러자 알라르도가 말했다.

"아! 베이야드, 그대의 진실한 사랑과 봉사에 어떻게 보답해야 하겠는가?"

리날도는 말을 다시 왕자에게 건네주며 말했다.

"왕자님, 이제 말이 다시 제게 돌아온다면 더 이상 왕자님께 돌려드릴 수 없습니다. 그것은 제 가슴을 쥐어짜는 일입니다."

매정한 샬롯은 전과 같이 사람들을 시켜 베이야드에 돌멩이를 매달아 물속에 던지게 하고 리날도에게 말이 보지 않는 곳에 있으라고 명령했다. 고생 끝에 베이야드는 수면 위로 올라와 목을 길게 빼고 주위를 살피며 주인을 찾아봤지만 어디에도 보이지 않았다. 슬픈 듯 눈망울이 커진 베이야드는 모든 것을 포기한 채 물 밑으로 가라앉고 말았다.

리날도는 베이야드를 잃은 슬픔에 다시는 말을 타지 않고 칼노 차지 않고 은둔자로 일생을 보내겠다고 맹세했다. 그리고 성으로 돌아가 자식들을 만나 재산을 나눠주기로 했다. 그렇게 황제와 형제들에게 작별을 고하고 몽탈반성으로 돌아왔다. 그는 자식들을 불러 장자 메릭에게 기사 작위를 부여하고 성과 토지를 다스리게 했다.

다른 자식들에게는 나머지 소유물을 나눠주고 포용하며 그들을 하나님께 맡기고 무거운 마음으로 작별했다. 그리고 멀지 않은 숲에 들어가 오랫동안 세상을 등지고 살아온 은둔자를 만났다. 리날도의 인사에 그는 정중히 답하며 어떤 신분이고 무엇 때문에 숲으로 왔는지 물었다. 리날도가 대답했다.

"선생님, 저는 죄 많은 인생을 살았습니다. 폭력도 많이 저질렀습니다. 명분 때문에 많은 사람을 죽였을 뿐만 아니라 가끔 고집스러운 정열에 휩싸여 사람들을 살해하기도 했습니다. 또한 저를 편들어준 많은 친구도 죽게 했습니다. 그들은 제가 올바른 사람이었기 때문이 아니라 저를 사랑했기 때문에 저를 지지했습니다. 이제 하나님께서 자비를 베푸시어 저를 용서하신다면 모든 죄를 고백하고 여생을 참회하며 보내겠습니다."

은둔자가 대답했다.

"그대는 죄를 많이 짓고 하나님의 계명을 어겼지만 하나님의 자비는 그대의 죄보다 크시다네. 진정으로 참회하고 새로운 삶을 산다면 하나님께서 당신과 당신의 과거를 모두 용서해주실 것으로 믿네."

그 말에 리날도는 위안을 얻어 말했다.

"선생님, 저는 선생님과 함께 머물고 싶습니다. 그리고 시키시는 대로 행하겠습니다."

은둔자가 대답했다.

"뿌리와 야채가 그대의 음식이 될 것이네. 윗도리와 신발은 착용하지 않아도 되네. 나와 함께 있으면 가난이 그대의 운명이 될 것이네."

리날도가 대답했다.

"저는 모든 것을 아니, 이보다 더한 것도 기쁜 마음으로 견디겠습니다."

그렇게 해 리날도는 은둔자와 3년 동안 지내게 되었다. 그의 기력은 약해져갔고 곧 죽을 사람처럼 보였다. 어느 날 밤 은둔자는 꿈속에서 하늘의 목소리를 들었다. 목소리는 은둔자에게 리날도로 하여금 지체 없이 예루살렘으로 가 이교도와 싸우라고 알렸다. 은둔자는 목소리를 듣고 기뻐 리날도를 불러 그 말씀을 전했다.

"여보게, 하나님의 천사가 자네에게 이렇게 전하더군. 자네가 어서 예루살렘으로 가 이교도와 싸우는 동료 기독교도를 도와야 한다는 거야."

그러자 리날도가 말했다.

"아! 선생님, 제가 어떻게 그런 일을 할 수 있겠습니까? 말도 타지 않고 칼이나 창도 손대지 않겠다고 맹세한 3년의 세월이 지났습니다."

은둔자가 대답했다.

"여보게, 하나님의 말씀을 전한 천사의 명령을 행하게나."

그러자 리날도가 말했다.

리날도가 성지 기독교군에 합류해 기적을 일으켜 전승하는 장면

"그렇다면 그렇게 하겠습니다. 하나님께서 저를 올바른 길로 이끌어주시길 기도해주십시오."

그리고 리날도는 길을 떠나 해안에서 배를 타고 시리아 트리폴리로 향했다. 그가 이동하는 동안 기력을 되찾았고 전성기에 맞먹는 힘이 솟구쳤다. 그는 말도 타지 않고 손에는 칼도 없이 순례자의 지팡이만 쥐고 기독교군에 합류해 훌륭히 싸웠다. 많은 전투에 참가했으며 그의 용기가 병사들의 사기를 고취시켜 하나님을 기쁘게 했다.

마침내 사라센군과의 휴전이 성립되었다. 이제 늙고 허약해진 리날도는 죽기 전 고향 땅을 보고 싶은 마음에 배를 타고 프랑스로 향했다. 고향에 도착한 그는 높은 지위의 사람들이 있는 곳을 피해 자신의 신분을 알지 못하는 비천한 사람들의 거주지를 찾았다. 그리고 시골에서 일하며 우유와 빵, 물만으로 만족스럽게 지냈다. 그렇게 사는 동안 쾰른이 신앙을 위해 피를 뿌리고 순교한 성직자들의 시신과 유물이 가득한 성스럽고 훌륭한 도시라는 말을 들었다. 그는 그곳에 가보고 싶은 욕구를 느꼈다.

마침내 경건한 용사는 쾰른에 도착했고 그곳 성 베드로 수도원에 가 밤낮으로 기도하며 성스러운 생활을 했다. 그때 쾰른 옆 마을에 무서운 전염병이 크게 번졌다. 많은 사람이 리날도를 찾아와 전염병을 없애달라고 애원했다. 성자는 주민들로부터 전염병을 없애달라고 하나님께 지성껏 기도했다. 드디어 전염병이 기세를 멈추자 온 주민이 그에게 감사드리며 하나님을 찬양했다.

당시 쾰른에는 아기로프스라는 주교가 살았는데 현명하고 이해심 많으며 속세를 떠나 만인의 귀감인 사람이었다. 성 베드로 교회건설 책임자인 주교는 급여를 받고 일하려는 모든 석공과 일꾼은 쾰른으로 오라는 공고문을 냈다. 리날도는 다른 일꾼처럼 그곳에 와 일했다.

보통 그는 혼자 4~5명 이상의 일을 해냈다. 다른 일꾼들이 저녁식사를 하러 가면 돌과 회반죽을 가져와 다른 사람들이 충분히 일할 수 있게 만들고 다른 일꾼들이 잠자리에 들면 자신은 야외 돌 위에서 자면서도 급여를 하루 1페니 이상 받지 않았다. 작업반장은 그의 이름과 소속을 물었다. 그는 아무 말도 하지 않고 그저 묵묵히 일만 했다. 그렇게 자신의 일에만 전념해 사람들은 그를 성 베드로 일꾼이라고 불렀다. 감독관은 이 성자의 근면성을 보고 다른 노동자들의 나태를 꾸짖으며 말했다.

"너희는 이 훌륭한 사람보다 돈은 더 많이 받으면서도 일은 그의 절반도 못하고 있다."

그것이 계기가 되어 일꾼들은 그를 미워하게 되었고 마침내 그를 몰래 죽이자는 데 합의했다. 그들은 그가 매일 밤 교회에 가 기도를 드리고 구호금을 낸다는 것을 알고 있었다. 그래서 그를 죽이기 위해 숨어 기다리기로 했다. 그가 교회로 들어오자 그를 붙잡아 죽을 때까지 머리를 때렸다.

그리고 시신을 자루에 넣어 돌과 함께 라인강 속에 던져 그것이 강바닥에 가라앉아 모든 행적을 은폐시키려 했다. 하지만 일이 그렇게 되기를 원하지 않으신 하나님이 자루가 강물 위로 떠올라 강둑에 이르게 했다. 그렇게 해 성스러운 순교자의 영혼은 찬송가가 울려 퍼지는 가운데 천사들의 안내를 받으며 하늘나라로 옮겨졌다.

당시 도르트문트 주민들은 기독교로 개종한 상태였다. 그래서 그들은 쾰른 주교에게 나아가 이 도시에 가득한 성스러운 유물의 일부를 조금 나눠달라고 요청했다. 주교는 성직자들을 소집해 주민들에게 어떻게 대답해줄지 논의했다. 그래서 도르트문트 주민들에게 방금 순교한 성인의 시신을 주기로 했다.

관에 안치된 시신이 마차에 놓이자 이상하게도 마차는 말과 사람의 도움도 없이 저절로 도르트문트를 향해 움직이기 시작해 성 리날도 교회가 있는 곳에 멈췄다. 주교와 성직자들은 그에게 경의를 표하기 위해 찬송가를 부르며 성자를 따라 4.8km를 걸었다.

그 후 성 리날도는 그곳의 수호신이 되었고 하나님은 그를 통해 전설에서나 볼 수 있는 많은 기적을 행했다.

보르도의 후온

샤를마뉴 황제는 해가 거듭될수록 통치하는 데 부담을 느꼈다. 이제 늙어가는 것이었다. 그래서 귀족과 신하들을 소집해 아들 샬롯과 루이스에게 프랑스 제국의 왕위를 물려주는 것을 논의하기로 했다.

황제는 맏아들을 불합리할 정도로 편파적으로 두둔하고 있었다. 그래서 귀족들이 샬롯을 유일한 군주로 받들자고 요청했다면 기뻐했을 것이다. 그러나 샬롯은 거짓과 잔인함으로 악명 높아 회의에 참석한 대신들은 황제가 물러나겠다는 제안에 반대하며 그동안 영광스럽게 지켜온 통치권을 계속 이어나갈 것을 간청했다.

반역자 가노의 사촌이자 현재 마간자 가문의 사악한 한 분파를 이끄는 하우테빌의 아마우리는 비밀리에 샬롯을 열렬히 지지해온 사람으로 방탕함과 나쁜 성품은 샬롯과 닮아 서로 잘 맞았다. 그런 아마우리는 구이엔 가문에 지독한 분노를 품고 있었다. 전 공작 세비누스가 가끔 아마우리의 비행을 비난했기 때문이다. 그래서 아마우리는 세비누스 공작이 죽자 그의 부인 알리스가 맡아 키우던 어린 두 아이를 중상 모략할 계획을 세웠다. 또한 자신의 부와 권력을 강화하기 위해 샬롯과의 관계를 돈독히 하기 위해 노력 중이었다. 이 계획을 염두에 두고 그는 샬롯 왕자에게 새로운 아이디어를 제안했다.

그는 귀족들의 의견에 동의하는 척하며 다음과 같이 말했다. 왕위를 물려주기 전에 먼저 샬롯에게 비옥한 성 몇 개를 줘 통치 능력을 시험하는 것이 최선의 방법이라고 제안했다. 그러면서 샬롯에게 구이엔 가문의 권한을 넘기면 황제의 통치 영역의 일부를 떼어내지 않고도 그런 시험을 할 수 있다고 덧붙였다. 세비누스가 죽은 지 7년이 지났지만 아들인 어린 공작들이 충성을 맹세하는 방문을 한 번도 하지 않아 충분히 그들의 권한을 박탈할 수 있다는 것이었다.

한편, 샤를마뉴 황제에게 늘 현명하고 정의로운 조언을 해 현자로 이름난 바바리아의 나모 공작은 샬롯 왕자를 위한 아마우리의 이기적인 조언에 화를 내며 불쾌감을 보였다. 나모 공작은 세비누스의 자식들이 아직 어리다는 것과 작고한 그들의 아버지가 프랑스에 영광스러운 봉사를 했는지 설명했다. 그리고 보르도에 있는 공작부인에게 기사 두 명을 보내 두 아들이 황제의 궁전에 와 경의를 표하고 충성 서약을 하는 게 좋겠다고 제안했다.

샤를마뉴는 이 조언에 동의하고 공작부인이 두 자식을 자신에게 보내달라고 요구하는 기사를 전령으로 보냈다. 공작부인은 두 기사가 오고 있다는 소식을 듣자마자 그들을 영접하기 위해 높은 지위의 사

세비누스와 알리스의 어린 두 아들

신을 내보냈다. 마침내 기사들이 궁전에 들어오자 그녀는 큰아들 후온과 작은아들 기라르드를 데리고 그들 앞에 나타났다.

존경과 극진한 예우를 받은 사절단은 값진 선물을 받고 보르도를 떠났다. 그들은 궁전으로 돌아와 어린 공작 후온이 틀림없이 궁전을 방문할 거라고 샤를마뉴에게 보고했다.

공작부인은 두 아들에게 짤막한 마지막 지시를 내렸다. 후온은 지시를 가슴에 새기고 기라르드도 어린 아이가 할 수 있는 한 어머니의 지시를 머리에 넣었다.

출발 준비가 끝나자 공작부인은 자식들을 다정히 껴안고 그들을 하나님께 부탁드리는 기도를 올리고 길을 가던 도중 유명한 클루니 수도원에 들러 아버지의 동생인 수도원장을 만나보라고 말했다. 높은 존경을 받는 수도원장은 기회가 있을 때마다 선행을 베풀어 사람들의 훌륭한 본보기가 되었다.

그는 조카들을 장엄하게 영접했다. 샤를마뉴의 의미 있는 조언자였던 수도원장은 자신이 조카들과 함께 샤를마뉴 앞에 나아가면 도움이 될 거라는 생각에 그들과 함께 파리로 떠났다.

아마우리는 샤를마뉴의 사신들이 보르도에서 받은 영접과 어린 공작들이 황제의 궁전을 방문할 준비를 한다는 소식을 들었다. 그래서 그는 샬롯에게 두 어린 공작을 몬틀레리 숲속에 숨어 기다리다가 살해하면 구이엔 공국을 갖게 해주겠으니 자신에게 병사들을 달라고 제안했다.

그들이 동의한 배신과 폭력 계획은 샬롯의 성격과 너무 잘 어울렸다. 샬롯은 아마우리의 제안을 받아들이는 것을 넘어 자신도 그 계획에 참여하겠다고 주장했다. 그래서 그들은 한밤중에 검은 복장을 한 다수의 병사 뒤를 따라 두 형제가 지나갈 숲속에 매복해 기다렸다.

동생 기라르드가 말을 타고 매사냥을 하며 재미있는 시간을 보내느라 형과 클루니 수도원장을 앞서가고 있었다. 기라르드가 무장도 하지 않은 채 혼자 다가오는 것을 본 샬롯은 그의 앞으로 뛰어나가 시비를 걸며 창으로 공격해 그를 말에서 떨어뜨렸다. 기라르드는 말에서 떨어지며 비명을 질렀다. 비명을 들은 후온이 동생을 보호하기 위해 칼을 들고 달려왔다. 기라르드의 상처에서 흐르는 피가 생생히 보였다. 후온이 말했다.

"이 비열한 놈, 이 애가 무엇을 잘못했느냐? 방어 수단도 없는 어린 아이를 공격하다니 정말 비겁한 놈이로구나."

그러자 샬롯이 대답했다.

"너도 똑같은 맛을 보여주겠다. 나는 아르데니스 티에리 공작의 아들이다. 네 아버지가 우리 아버지에게서 성을 세 개나 빼앗았지. 나는 아버님의 복수를 하기로 맹세했다. 어서 덤벼라."

후온이 말했다.

"겁쟁이 자식. 나는 너와 같은 족속의 비열함을 잘 알고 있다. 티에리의 알량한 아들아, 부디 입고 있는 갑옷 값이나 해라. 나는 두렵지 않다."

그 말에 샬롯은 사악한 자처럼 창을 들고 후온에게 달려들었다. 후온은 아슬아슬하게 망토로 팔을 가렸다. 방패치고는 정말 부드러운 방패였다. 창은 망토를 관통했지만 몸을 찌르지는 못했다. 후온은 등자에 올라 칼로 샬롯을 매우 세차게 공격해 그의 투구와 머리를 둘로 갈라버렸다. 비겁한 왕자는 땅에 떨어져 죽고 말았다.

후온은 숲에 무장한 사람들이 꽉 차 있는 것을 느꼈다. 그는 수행원들을 불러 급히 정렬시켰다. 그러나 아무도 숲에서 나와 그들을 공격하지 않았다. 샬롯이 쓰러지는 것을 본 아마우리는 후온과 타협하고 싶지 않았다. 샤를마뉴가 아들의 복수를 할 거라고 확신해 어떤 행동도 취할 이유가 없다고 생각했다. 그는 후온과 클루니 수도원장이 기라르드의 상처에 붕대를 감고 다시 파리를 향해 길을 떠나는 것을 지켜본 후 샬롯의 시신을 말 위에 얹어 파리로 가져갔다. 그가 파리에 도착한 것은 후온이 도착한 지 4시간 후였다.

클루니 수도원장은 조카를 샤를마뉴에게 소개했다. 그러나 후온은 황제에게 공손히 인사하지도 않고 자신을 죽이기 위해 매복했던 복병 이야기를 했다. 그것은 황제의 허락이 없으면 불가능한 일이라는 불평이었다. 샤를마뉴는 자신처럼 너그러운 정신을 가졌다면 저지를 수 없는 수치스러운 행동을 질책하는 데 깜짝 놀라 후온이 왜 그런 불평을 하느냐고 수도원장에게 물었다.

수도원장은 자초지종을 자세히 설명하며 티에리의 아들이라는 한 비겁한 기사가 기라르드에게 부상을 입히고 무장도 하지 않은 후온을

후온이 샬롯과 그의 부하들과 일전을 벌이는 장면

공격했다고 알려줬다. 그러나 후온이 힘과 용기로 반역자를 물리치고 그를 죽여 들판에 놔뒀다고 덧붙였다.

샤를마뉴는 자신이 티에리의 아들과는 아무 관련도 없다고 부인하며 젊은 공작의 승리를 축하하면서 두 형제를 호화로운 거처로 손수 안내했다. 그리고 그곳에서 붕대를 감고 누워 있는 기라르드를 보고 형제를 바바리아 나모 공작에게 맡겼다. 나모 공작은 세비누스의 전우여서 젊은이들을 친아들처럼 생각하고 있었다.

샤를마뉴는 그들을 떠나 궁전으로 들어왔다. 그런데 창에서 외치는 소리가 들리더니 무장한 사람들이 궁전으로 들어오는 것이 보였다. 황제는 죽은 기사를 말 위에 싣고 온 사람이 아마우리임을 알아봤다. 그리고 궁전 뜰에 모인 사람들이 샬롯 이름을 외치는 소리가 들렸다.

존경할 가치도 없는 아들에 대한 샤를마뉴의 편파적인 사랑이 그의 약점이었다. 그는 온몸을 부들부들 떨며 안뜰에 서 있는 아마우리에게 달려가 죽은 샬롯을 보더니 슬프게 울부짖었다.

"보르도의 후온이었습니다. 그는 제가 샬롯을 방어할 준비를 하기도 전에 그를 살해했습니다."

반역자 아마우리가 말했다. 그 말을 들은 샤를마뉴는 격분해 칼을 집어들고 아들을 살해한 자의 심장을 찌르기 위해 두 형제가 있는 거처로 달려가려는 순간 나모 공작이 샤를마뉴의 손을 잡고 막아서자 황제는 나모 공작에게 후온이 저지른 죄를 말했다.

"후온은 폐하 왕국의 동료입니다. 그에게 죄가 있다면 폐하는 마땅히 처리할 권한이 있으며 우리 귀족들도 그에게 사형선고를 내릴 수 있지 않습니까? 폐하의 손을 그의 피로 더럽히지 마시기 바랍니다."

황제는 나모 공작의 현명함에 진정되어 아마우리를 불렀다. 귀족들은 아마우리의 증언을 듣기 위해 모였다. 반역자는 보르도의 후온이 샬롯에게 자신을 방어할 기회조차 주지 않았고 샬롯이 황제의 맏아들이라는 것을 알면서도 그에게 치명적인 공격을 가했다고 비난했다. 거짓 비난에 격분한 클루니 수도원장이 앞으로 나와 말했다.

"폐하, 저 반역자가 거짓말을 하고 있습니다. 제 조카가 샬롯을 살해했다면 그것은 자신을 방어하기 위해서였습니다. 그것도 동생이 샬롯으로부터 일방적으로 공격당했고 적이 왕자라는 사실을 전혀 몰랐기 때문입니다. 저는 교회에 몸담고 있지만 본래 기사 출신입니다. 우리가 거짓말을 한다면 이 몸을 던져 그가 거짓말하고 있다는 것을 입증하겠습니다. 찬송가나 부르고 아침기도를 드리기보다 반역자를 처벌하는 게 더 나으니까요."

그때까지 후온은 아마우리의 사악한 중상모략에 놀라 침묵을 지키고 있었다. 그러나 이윽고 앞으로 나와 아마우리를 향해 말했다.

"가증스러운 반역자야! 어떻게 감히 거짓말을 하느냐?"

아마우리는 후온이 어리고 체구가 작은 것을 깔보며 결투를 제안했다. 후온은 제안을 받아들이며 귀족들에게 시선을 돌려 말했다.

"여러분, 제게 결투를 허락해주시기 바랍니다. 이렇게 정당한 명분도 없습니다."

나모 공작과 귀족들은 이 문제를 하나님의 판단에 맡기기로 하고 결투 날짜를 정했다. 샤를마뉴도 마지못해 동의했다. 후온을 다시 맡은 나모 공작은 그에게 기사 작위의 영광을 부여하고 갑옷과 흰색 방패를 내줬다. 클루니 수도원장은 조카가 출신 성분에 걸맞은 생각을 하는 데 기뻐하며 그를 포옹해 축복해준 후 급히 게르마인스 교회로 달려갔다. 그동안 황제의 무관들은 결투를 준비했다.

후온과 아마우리의 결투는 집요하게 오랫동안 계속되었다. 후온은 잔인한 아마우리가 가해오는 무시무시한 타격을 능숙하고 민첩하게 피하면서 한 번 이상 그가 피흘리게 만들었다. 그 결과, 반역자의 힘이 점점 빠지는 것이 보였다. 마침내 그가 말에서 몸을 던져 무릎을 꿇더니 자비를 베풀어달라고 빌었다.

"살려주게, 그럼 모든 것을 자백하겠네. 나를 일으켜 세워주게. 그리고 샤를마뉴 황제에게 데려다주게."

그 말을 듣고 용감하고 충직한 후온은 칼을 왼쪽 겨드랑이에 넣고 오른팔을 뻗어 엎드린 그를 일으켜 세웠다. 그러자 그는 그 틈을 타 후온의 옆구리를 칼로 찔렀다. 하지만 후온의 쇠사슬 갑옷은 칼침에 아무 손상도 입지 않았다. 비열한 행위에 분개한 후온은 어떡해야 할지 알 수 없어 자신의 죄가 완전히 사면되기 위해서는 아마우리의 자백이 꼭 필요하다는 것을 잊고 그에게 바로 치명타를 입히고 말았다.

나모 공작과 귀족들이 그들에게 다가가 아마우리의 시신을 결투장에서 치운 다음 후온을 샤를마뉴에게 인도했다. 그러나 아들의 죽음에 대한 슬픔과 분노에 사로잡힌 황제는 당시 상황에 전혀 만족하지 않았다. 황제는 고소자가 고소를 취하시키지 못했다는 핑계로 후온의 재산을 몰수하고 그를 프랑스에서 영구 추방시키기로 결심했다. 하지만 나모 공작과 다른 귀족들이 오랫동안 간청한 후에야 겨우 몇 가지 조건을 걸어 그에게 사면을 내렸다.

후온은 황제 앞에 다가가 무릎을 꿇고 충성 선서를 하고 부지불식간 황제의 아들을 죽인 데 자비를 베풀어달라고 말했다. 샤를마뉴는 후온의 손을 직접 잡지 않고 권장으로 그를 건드리며 말했다.

"그대의 충성 선서를 받아들이고 내 아들의 죽음에 대해 그대를 용서하겠지만 한 가지 조건이 있다. 그대는 당장 가우디소 왕의 궁전으로 가 식사하는 왕 앞에 서라. 그리고 왕의 가장 가까운 곳에 앉아 있는 유명한 손님의 목을 베어오라. 또한 왕의 딸인 예쁜 공주의 입술에 세 번 키스하라. 그리고 나에 대한 존경의 표시로 그 왕의 턱수염 한 줌과 치아 네 개를 요구해 가져오라."

모인 사람들은 이 같은 조건을 듣고 술렁거렸다.

"아니, 그럴 수가! 먼저 세례를 권하지도 않고 사라센 왕자를 살해하다니."

클루니 수도원장이 말했다.

"두 번째 조건은 그렇게 어려운 것은 아니지만 늙은 왕에게 하는 요구치고는 너무 무례하니 이루기 어려운 일입니다."

젊은 귀족들이 거들었다. 그러나 황제가 어떤 일을 결심하면 너무 완강하다는 것이 잘 알려져 있었다. 그럼에도 후온의 용기는 불가능이 없다고 생각하는 것 같았다. 그래서 바바리아의 늙은 공작의 중재를 종결지으며 후온이 대답했다.

"조건들을 수락하겠습니다. 폐하, 사면을 위해 제 대가를 받아들입니다. 폐하의 신하이자 프랑스의 동료 귀족으로서 저는 폐하의 명령을 수행하기 위해 떠나겠습니다."

나모 공작과 클루니 수도원장은 샤를마뉴가 내린 판결을 완화시킬 수 없어 즉시 떠나기로 작정한 후온을 앞세워 길을 나섰다. 수도원장은 우선 후온이 로마에 가 후온의 어머니 알리스 공작부인의 오빠인 교황에게 인사드리고 그로부터 사면과 축복을 받아 위험한 일에 대비하라는 충고 외에 해줄 게 없었다. 후온은 지시대로 하겠다고 약속하고 즉시 로마로 떠났다.

21

후온의 모험

후온은 로마 교회에 도착하자 갑옷을 벗고 순례자 옷을 입었다. 그런 복장으로 교황 앞에 나아가 죄를 고백한 후 자신이 교황의 조카임을 알렸다.

"아, 사랑하는 내 조카야! 내가 어찌 황제가 부과한 것보다 힘든 시련을 네게 줄 수 있겠느냐?"

교황이 그의 죄를 용서하며 큰 소리로 말했다.

"너를 돌봐달라고 하나님께 기도드리겠다."

그리고 조카 후온을 데리고 궁전으로 들어가 모든 추기경과 로마 군주들에게 그가 누나 알리스 공작부인의 아들인 구이엔 공작이라고 소개했다.

후온은 황제의 궁전에서 출발할 때 한 장소에 사흘 이상 머물지 않겠다는 맹세도 함께 했다. 교황은 이 기간에 그가 기독교의 영광을 지키기 위한 열정과 하나님을 수호할 자신감과 용기를 북돋아줬다. 또

한 그에게 팔레스타인행 배를 타고 성묘(그리스도가 부활할 때까지 누워 있
던 묘지)를 참배한 후 거기서 아시아 내륙으로 들어가라고 조언했다.

교황의 축복을 받은 후온은 그의 조언대로 팔레스타인행 배를 타고
경건한 마음으로 성지들을 참배했다. 그러나 그 고장과 언어를 몰라
숲속에서 길을 잃고 사흘 동안 한 명도 만나지 못한 채 꿀과 과일로 연
명해야 했다. 사흘째 되던 날 후온은 바위투성이 좁은 골짜기에서 길
을 찾다가 누더기 옷차림에 가슴과 어깨까지 덮인 턱수염과 장발의 남
자와 마주쳤다. 그는 후온을 보자 걸음을 멈추고 그의 무기와 태도로
미뤄 분명히 프랑스 기사임이 틀림없다고 생각했다.

"하나님, 찬양합니다! 한 명의 동포도 보지 못하고 사막에서 15년을
보낸 후 드디어 조국의 기사를 만났습니다."

후온은 그를 더 만족시킬 마음에 투구를 벗고 미소를 지으며 다가갔
다. 누더기 지휘관은 아까보다 더 놀라며 후온을 바라봤다.

"아니, 이럴 수가! 이렇게나 닮을 수 있단 말인가. 아! 선생님, 어느
왕국의 어디 출신인지 말씀해주십시오."

그가 큰 소리로 말했다. 그러자 후온이 대답했다.

"제 대답을 듣기 전에 먼저 당신에 대해 말씀해주십시오. 저는 기독
교도이고 구이엔에서 태어났다는 것만 우선 말씀드리겠습니다."

"아! 하나님, 제 눈과 마음이 저를 속이지 않게 해주십시오. 제 이름
은 쉐라스민으로 보르도 시장 귀르의 동생입니다. 저는 사랑하던 세
비누스가 숨을 거둔 전투에서 포로가 되었습니다. 3년 동안 비참한

노예생활을 견디다가 드디어 쇠사슬을 끊고 이 사막으로 탈출해 고독하게 살아왔습니다. 선생님 얼굴을 뵈니 제가 어릴 때부터 그분이 돌아가실 때까지 섬겼던 존경하는 군주가 생각납니다."

후온은 아무 대답도 없이 눈물을 글썽이며 늙은이를 포옹했다. 쉐라스민은 자신의 두 팔이 세비누스 공작의 아들을 포옹하고 있음을 깨달았다. 그는 후온을 자신의 오두막집으로 안내해 유일한 음식인 과일과 꿀을 그의 앞에 펼쳤다.

후온이 자신의 모험을 쉐라스민에게 자세히 말해주자 그는 감동받아 눈물을 흘렸다. 그리고 그런 모험적인 일을 수행할 방법을 논의했다. 쉐라스민은 이 일은 불가능하다고 솔직히 털어놨다. 그럼에도 결코 후온을 버리지 않겠다고 맹세했다. 그의 능통한 사라센어는 그들이 사막을 떠나 사람들과 어울릴 때 도움이 될 것이었다.

그들은 홍해를 거쳐 아라비아로 들어갔다. 쉐라스민은 그 지역을 통과하는 길에 얼마나 무시무시한 일들이 가득할지 자세히 묘사했다. 그곳에는 파이리스 왕 오베론이 살았는데 경솔하게 그곳에 들어오는 기사들을 포로로 잡아 죽은 정령으로 만든다는 것이었다. 더 먼 길로 돌아가는 수고를 하면 그곳을 지나가지 않아도 되지만 보르도의 후온을 가로막을 위험이란 없었다. 다시 기사 갑옷을 입은 용감한 쉐라스민도 마지못해 지름길로 가는 위험을 감수하기로 했다.

숲속에 들어간 그들은 오솔길이 여러 방향으로 나뉘는 곳에 이르렀다. 한 오솔길이 끝나는 곳에 다이아몬드로 덮이고 바람개비로 장식된 지붕을 가진 훌륭한 궁전이 보였다. 이윽고 훌륭한 전차 한 대가 궁전 문에서 나오더니 후온과 그의 동료를 마중나온 듯 달려왔다.

후온은 그 전차 위에 보석으로 반짝이는 긴 겉옷을 입은 다섯 살가량 되어 보이는 아름다운 아이를 봤다. 쉐라스민은 그 아이를 보더니 극도의 공포에 질렸다. 그래서 말고삐를 잡고 방향을 바꿔 서둘러 후온을 다른 곳으로 가게 했다. 어려 보이지만 사실 나이가 많고 배신을 밥먹듯하는 사악한 난쟁이와 이야기하기 위해 가던 길을 멈추면 길을 잃을 게 뻔하다는 것이었다. 후온은 사람들을 겁먹게 할 것 같지 않은 멋진 난쟁이 아이의 얼굴을 보지 못한 채 떠나는 것이 섭섭했지만 최대한 빠른 속도로 말을 타고 달리는 친구 뒤를 따랐다. 이윽고 숲에 굉음을 내는 폭풍우가 일어 햇빛을 가려 길을 잃고 말았다. 가끔어린아이 목소리가 들리는 것 같았다.

"가지 마세요, 후온 공작님. 제발 내게 귀기울여주세요. 내게서 달아나려고 해도 헛수고예요!"

쉐라스민은 더 빨리 도망치다가 당시 종교 행렬을 위해 모인 남녀 수도사들이 거처하는 수도원 대문에 다다르자 가던 길을 멈췄다. 쉐라스민은 성스러운 사람들과 깃발이 많은 그곳에서 사악한 난쟁이를 완전히 피할 수 있다고 생각했다. 그래서 피신처를 구해 말을 멈추고 후온을 안내했다. 바로 그때 난쟁이가 나타나 목에 걸린 상아 뿔나팔을 불어댔다. 그 순간 쉐라스민은 자신도 모르게 춤추는 나부처럼 춤추기 시작했다. 그리고 죽음을 예비하는 듯한 늙은 수녀의 손을 잡고

후온이 쉐라스민 궁전에 도착한 장면

잔디 위에서 활발하게 발을 움직였다. 그러자 다른 모든 남녀 수도승들도 어울려 춤췄다. 지금까지 열린 무도회 중 가장 이상한 무도회였다. 그러나 후온은 혼자 춤출 기분이 아니었다. 하지만 사람들의 우스꽝스러운 자세와 뛰어오르는 동작을 보며 배꼽을 쥐고 웃지 않을 수 없었다. 그때 난쟁이가 후온에게 다가와 후온이 사는 나라의 언어로 상냥하게 말을 건넸다.

"구이엔 공작이여, 어찌 저를 피하십니까? 하나님의 이름으로 간청하오니 제발 제게 말을 건네주십시오."

그는 난쟁이가 진지하게 자신에게 말을 건네는 것을 보고 자신의 계획을 돕기 위해 어떤 악령도 성스러운 하나님의 이름을 감히 사용하지 못할 거라는 생각에 마침내 입을 열었다.

"당신이 누구신지는 모르겠지만 당신의 말을 듣고 대답할 준비가 되어 있습니다."

그러자 난쟁이는 "후온이여, 저는 항상 당신의 민족을 사모해왔습니다. 당신이 태어난 후로 당신은 제게 늘 소중한 존재였습니다. 당신이 제 숲에 들어왔을 때 당신에게 마법을 쓸 수도 있었지만 당신의 고상한 양심이 당신을 모든 마법으로부터 보호하더군요. 여기 모인 남녀 수도승들과 쉐라스민이 당신만큼 깨끗한 양심을 갖고 있었다면 제가 뿔나팔을 불어 그들을 춤추게 하지 않았을 것입니다. 하지만 여기 악마의 목소리에 항상 귀를 막을 수 있는 수도승들이 어디 있습니까? 쉐라스민도 사막에서 종종 하나님의 힘을 의심했습니다."

그 말에 후온은 사람들이 열심히 춤추는 것을 봤다. 그리고 난쟁이를 향해 그들에게 자비를 베풀어달라고 간청했다. 난쟁이가 그의 간청을 들어주자 뿔나팔 효과는 즉시 사라졌다. 수녀들은 함께 춤추던 상대방에게서 떨어져 옷을 단정히 가다듬고 급히 행렬 안으로 다시 들어가 제자리들을 찾았다. 쉐라스민은 더위와 헐떡거림으로 조용히 서 있을 수 없어 풀 위에 몸을 던지며 말했다.

"제가 말씀드렸잖아요."

그는 화가 난 어조로 계속 말하려고 했다. 하지만 난쟁이가 그에게 다가와 말했다.

"쉐라스민, 그대는 왜 하나님께 불평했소? 그대는 왜 나를 사악하다고 생각했소? 그대는 이 정도 가벼운 벌을 받을 만하오. 하지만 그대가 착하고 충성스럽다는 것도 알고 있소. 곧 알게 되겠지만 나는 그대의 친구가 되고 싶소."

난쟁이는 쉐라스민에게 값비싼 술잔을 선물했다. 그리고 말을 이었다.

"이 술잔에 십자가를 그으시오. 그리고 내 힘은 당신이 숭배하는 하나님으로부터 온 것이고 내가 당신과 마찬가지로 하나님의 충직한 하인이라는 것을 믿으시오."

쉐라스민은 그의 말에 복종했다. 그러자 즉시 술잔에 맛좋은 포도주가 가득 채워졌다. 그가 한 모금 마시자 손과 다리의 원기가 회복되며 젊음을 느낄 수 있었다. 그는 감사한 마음에 어쩔 줄 몰라 무릎을 꿇었지만 난쟁이는 그를 일으켜 세우며 자기 옆에 앉으라고 말하고 자신의 내력을 말하기 시작했다.

"줄리우스 시저(로마의 장군·정치가·역사가)는 자신의 군대와 합류하기 위해 배를 타고 가다가 폭풍우를 만나 글리안다라는 선녀가 사는 셀리아섬에서 피신처를 구한 적이 있었습니다. 저는 유명한 그들 사이에서 태어났습니다. 나는 부모님으로부터 가장 훌륭한 것을 상속받았습니다. 아버님의 영웅적인 성품과 어머님의 미모와 마법 말입니다. 하지만 어머님의 악독스러운 한 자매가 사소한 모욕적인 일을 복수하기 위해 내가 다섯 살이 되자 요술지팡이로 나를 건드려 더 이상 자라지 못하게 만들었습니다. 어머니가 아무리 힘을 써도 요술지팡이의 효력을 멈출 수 없었습니다. 그래서 사실 나이도 들고 경험도 쌓았지만 겉보기에 어린 아이처럼 보이는 것입니다. 나는 어머니에게서 물려받은 힘을 기분전환을 위해 가끔 쓰지만 항상 정의를 지지하며 미덕을 보상하는 데 쓰고 있습니다. 나는 구이엔 공작 당신을 도울 수 있고 기꺼이 도와드리겠습니다. 나는 당신이 왜 이곳에 왔는지 알고 있습니다. 제 조언대로 한다면 완전히 성공을 거두고 아름다운 클라리문다를 아내로 맞을 거라고 예언합니다."

이렇게 말하고 난쟁이는 후온에게 소중하고 쓸모있는 술잔을 선물했다. 착한 사람이 선물로 받으면 저절로 술이 채워지는 신비한 술잔이었다. 상아 뿔나팔도 건네며 난쟁이는 말을 덧붙였다.

"후온, 이 뿔나팔을 부드럽게 불면 조금 전에 봤듯 소리를 들은 사람은 모두 춤을 추게 됩니다. 세게 불면 380km 떨어진 곳의 사람들도 소리를 듣고 당신을 구하기 위해 달려올 것입니다. 하지만 다급한 경우가 아니면 세게 불지 않도록 조심하십시오."

이어서 난쟁이 오베론은 가우디소 왕의 나라에 가기 위해 택해야 하는 길을 지시했다.

"그곳에 도착하기 전에 큰 위험을 만날 것입니다."라며 오베론은 눈물을 머금고 말을 덧붙였다.

"그때 당신은 모든 일에서 내 지시를 따르지 않을 것이고 많은 재앙을 겪을 겁니다."

그리고 후온과 쉐라스민을 포옹하고 헤어졌다. 후온과 추종자는 여러 날 사막을 이동해 사람이 사는 지역에 이르렀다. 그동안 오베론에게서 선물로 받은 놀라운 술잔이 술뿐만 아니라 음식까지 제공해 목숨을 유지해줬다. 마침내 그들은 큰 도시에 도착했다. 그들이 도시 변두리에 들어올 무렵 날이 저물고 있었다. 사라센어를 완벽히 구사하는 쉐라스민은 밤을 보낼 여관을 찾아봤다.

그때 품위있어 보이는 낯선 이방인 두 명이 여관을 찾는 것을 본 지방유지로 보이는 사람이 다가와 자신의 저택에서 쉬어가도 좋다고 말했다. 그들이 집으로 들어가자 주인은 사라센인으로는 드물게 놀랄 만큼 공손한 태도로 대했다. 그들에게 커피와 셔벗(과즙 아이스크림)을 내놓으며 매우 예의바르게 처신했다. 그러던 중 하인 한 명이 뜨거운 커피잔을 내오다가 그만 주인의 다리 위에 쏟고 말았다. 이에 놀운 커피잔을 내오다가 주인 다리 위에 쏟고 말았다. 놀란 주인은 매우 훌륭한 가스콘(프랑스 가스코뉴 사람)식 프랑스어로 소리쳤다.

"이 벼락 맞아 죽을 놈아! 이 바보야! 회교 사원 위에서 떨어져 죽어 마땅한 놈아!"

후온은 자기 나라 말이 무의식 중에 튀어나온 것을 듣고 웃음을 터뜨리지 않을 수 없었다. 손님들이 자기 말을 알아듣고 있는 것을 모르는 주인은 후온이 프랑스 사투리를 쓰는 것을 듣고 깜짝 놀랐다. 하인들이 물러가자마자 그들 사이에 신뢰감이 형성되었다. 정체를 들킨 주인은 둘도 가짜 사라센인 행세를 하는 프랑스 가롱 출신임을 알고 그들을 껴안고 자신이 기독교도임을 털어났다. 오베론의 조언에서 신중함을 배운 후온은 집주인의 진실함을 시험하기 위해 오베론에게서 받은 술잔을 긴 겉옷에서 꺼내 건넸다.

"아름다운 잔이죠. 하지만 잔이 채워지면 더 좋은 술잔이 되죠."

술잔은 즉시 채워졌다. 집주인은 놀라 감히 술잔에 입술을 대지도 못했다. 그러자 후온이 입을 열었다.

"마음대로 마셔도 좋습니다, 고향 친구. 당신이 진실한 사람인지 아닌지 이 술잔이 증명하니까요. 술잔은 정직한 사람의 손에 들어가면 저절로 술이 채워집니다."

집주인은 더 이상 주저하지 않았다. 그들은 채워진 술잔을 돌아가며 마셨다. 술잔이 돌아가면서 그들의 따뜻한 우정도 깊어졌다. 그들은 각자의 모험을 상세히 설명했다. 후온의 모험을 듣고 집주인은 후온을 더 존경하게 되었다. 후온이 자신의 합법적인 군주임을 깨달았기 때문이다. 집주인이 입을 열었다.

"제 이름은 플로리악입니다. 들으시면 놀랍고 슬픈 이야기이지만 이 강력한 거대 도시는 세비누스 공작의 동생이자 당신의 삼촌이 통치하고 있습니다. 구이엔 공작의 어린 동생이 바닷가에서 동료들과 함께 해적에 납치되었다는 소식을 들어봤을 겁니다. 당시 그의 하인이던 나는 그들과 함께 해적에게 끌려가 바바리아에서 노예로 팔렸습니다. 바바리아의 왕은 그의 군주 가우디소 왕에게 매년 바치는 공물의 하나로 우리를 바쳤습니다. 시종들의 아첨에 다소 우쭐해진 당신의 삼촌은 자신의 영향력을 확대하려고 했습니다. 진정한 회교도들처럼 모든 기독교도를 싫어하던 가우디소 왕은 우리를 사라센 종교자로 개종시키기 위해 힘썼습니다. 당신의 삼촌은 회교도 성직자들의 계략과 가우디소 왕이 제공한 쾌락과 관용에 빠져 끔찍하게도 기독교를 배신하는 범죄를 저질렀습니다. 그는 세례를 받은 사실을 부인하고 이슬람교를 받아들였습니다. 그래서 가우디소는 그에게 명예로운 자리를 내주고 자기 조카딸과 결혼시켰으며 그에게 이 도시와 인접지역을 통치하게 했습니다. 당신의 삼촌이 소년 시절에 품었던 나에 대한 우정은 그대로 있지만 내 신앙을 포기시킬 수는 없었습니다. 그도 자신의 설득에 내가 저항하는 것을 마음속으로 존경했을지 모릅니다. 아니면 머지않아 내가 사신을 따르길 바랐는지도 모릅니다. 그는 지신이 통치하는 도시까지 동행하자고 내게 제안할 정도로 나를 신뢰했고, 내가 몇몇 기독교도의 신앙을 보호해주는 것도 그대로 허락했습니다."

후온은 자신의 혈육이 저지른 만행을 부끄러워하며 입을 열었다.

"아! 나를 그 죄 많은 삼촌에게 데려다주십시오. 구이엔 가문의 왕자인 그가 조상의 신앙을 그렇게 비겁하게 버린 것을 반드시 부끄러워해야 하니까요."

그럼에도 플로리악은 부정적인 말을 했다.

"아, 슬픈 일입니다! 그는 당신의 질책을 들어도 부끄러워하지 않을 것입니다. 그렇게 쾌락을 즐기는 것에 대해 조카 앞에서도 아무 죄책감을 느끼지 않을 것입니다. 짐승처럼 육체적 쾌락에 빠져 가끔 잔인하게 행사하는 권력에만 신경쓰는 그는 당신을 강제로 구속하거나 사형에 처할지도 모릅니다."

용감하고 정열적인 후온이 말했다.

"그럼 그렇게 하라죠. 그보다 더 좋은 명분으로 죽을 수는 없습니다. 내가 도착했다는 것과 내 출생을 그에게 말해주고 내일 나를 그에게 데려다주십시오."

플로리악은 그의 제안을 계속 반대했지만 후온이 그것을 받아들이지 않아 그의 요구를 들어주겠다고 약속했다.

다음 날 플로리악은 시장의 시중을 들면서 그의 조카 보르도의 후온이 이곳에 도착해 궁전에서 그를 만나고 싶어한다는 뜻을 선했다. 놀란 시장은 어떡할지 결심하고도 당장 대답을 주지는 않았다. 그는 플로리악이 기독교도들과 프랑스 왕자들을 너무 사랑해 그들이 반역 행위를 저지르더라도 그들을 도와줄 것임을 잘 알고 있었다. 그래서 집안의 맏아들이 자신의 궁전에 도착했다는 소식을 듣고 기쁜 척했다. 그리고 즉시 사람을 시켜 후온을 데려오게 했다. 그런 후 궁전에 긴 의자들을 모아 축제 분위기를 조성하고 몇 가지 비밀스러운 명령을 내린 후 조카를 만나 궁전에 있는 고관들에게 그의 이름과 직함을 말하며 그를 소개했다.

후온은 삼촌이 초승달 모양의 보석이 박힌 화려한 두건을 이마에 두른 것을 보고 화가 치밀었다. 본래 솔직한 성격이었던 후온은 배신한 시장이 자신을 너그럽게 포용하는 것을 고통스럽게 받아들였다.

한편, 후온은 삼촌의 배교(자신이 신봉한 종교를 등지고 신앙생활을 저버리는 행위 - 편집자 주)에 대해 질책할 기회를 찾았지만 삼촌이 자신을 치켜세우는 말을 계속하는 바람에 뜻을 이루지 못했다. 시장은 후온과 단둘이 있는 기회를 요리조리 피하며 그와 함께 정원과 궁전 여기저기를 다니며 하루를 보냈다. 드디어 저녁식사 시간이 되어 시장이 후온의 손을 잡고 식당으로 들어갈 때 기회를 잡은 후온이 시장에게 나지막한 목소리로 말했다.

"오, 삼촌! 세비누스 공작의 동생이신 왕자여, 도대체 왜 나는 당신을 보며 이렇게 슬프고 부끄러워해야 하나요?"

시장은 감동한 척 그의 손을 잡고 귀에 속삭였다.

"조용하게! 사랑하는 조카, 내일 아침 자네 이야기를 모두 듣겠네."

플로리악 궁전에 초대받은 후온과 일행

후온은 그 말을 듣고 약간 위로가 되어 시장 옆자리에 자리 잡고 앉았다. 하급 법관들, 회교도 법률고문들과 고위관리들, 회교도 성직자들은 시장 맞은편에 앉았다. 쉐라스민은 그들과 함께 자리 잡았다. 하지만 손님들을 보살펴야 하는 플로리악은 서서 궁전 안에서 벌어지는 일을 살펴보며 여기저기 다녔다. 곧 그는 많은 사람이 무장하고 통로와 대식당과 연결된 대기실을 조용히 지나가는 것을 감지했다. 방금 자신이 본 것을 후온과 추종자에게 알리기 위해 대식당으로 막 들어가려는 순간 식당에서 난폭한 소음과 소란이 들려왔다.

후온과 쉐라스민은 맨 처음에 나온 음식에 만족해 입맛이 돌아 맛있게 먹고 있었다. 그러나 대부분의 프랑스인은 식사할 때 물을 마시는 데 익숙하지 않아 그들도 그것만으로는 만족스럽지 않다는 듯 서로 바라봤다. 후온은 쉐라스민이 초조해하는 모습을 보고 거리낌 없이 웃음을 터뜨렸다. 그러나 곧 쉐라스민과 똑같은 심정에서 술을 마시고 싶어 오베론의 술잔을 꺼내 십자가를 그었다. 술이 잔에 채워지자 그는 한 잔 다 마시고 다시 쉐라스민에게 건넸다. 시장과 관리들은 혐오스러운 그들의 행동을 보고 미간을 찌푸리며 놀라움을 억누르고 잠자코 앉아 있었다. 그러나 후온은 잔을 다시 채워 삼촌에게 건네며 말했다.

"삼촌, 우리와 함께 한 잔 하시죠. 이 술은 탁월한 보르도 포도주입니다. 삼촌에게는 어머니의 젖과 같은 술입니다."

시장은 좋아하는 그리스와 쉬라즈 포도주를 왕비들과 가끔 몰래 마시곤 했지만 사람들 앞에서는 물 외에는 공개적으로 아무것도 마시지 않고 있었다. 너무 오랫동안 그는 고향의 훌륭한 포도주 맛을 보지 못했다. 그래서 자신에게 주어진, 금보다 더 밝게 빛나는 잔 속의 포도주를 마시고 싶은 큰 유혹을 느꼈다. 그는 손을 내밀어 가득 채워진 술잔을 받아 입술에 댔다. 그러나 술은 모두 말라 사라져버렸다. 후온과 쉐라스민은 가스콘 사람들처럼 시장이 놀라는 것을 보고 웃음을 터뜨렸다. 그러자 시장이 큰 소리로 소리쳤다.

"이 망할 기독교도들! 내 식탁에서 감히 나를 모욕하다니!"

그리고 술잔을 조카 머리 위로 던졌다. 조카는 그것을 왼손으로 받고 오른손으로는 시장 머리에서 초승달 모양의 두건을 낚아채 마루 바닥에 내던졌다. 그것을 본 사라센인들은 깜짝 놀라 식탁에서 일어나 큰 소리를 지르고 그들의 모욕적인 행동에 보복할 준비를 했다. 후온과 쉐라스민은 방어 자세를 취하고 자신들에게 오는 초승달 모양의 칼을 막아냈다.

그때 큰 식당 문이 열리더니 한 무리의 병사들과 무장한 내시들이 급히 들어와 후온과 쉐라스민을 공격하는 데 합세했다. 후온과 쉐라스민은 넓은 선반과 찬장으로 방어하며 공격자들을 저지했지만 병사들이 점점 더 많이 들어오고 있었다.

보르도산 포도주로 기분이 좋아진 용감한 후온은 장난 가득한 자신의 흥취를 깬 사건에 화를 내지 않고 부드럽게 뿔나팔을 불었다. 뿔나팔 소리에 병사들의 분노는 잠잠해지고 모두 춤을 추기 시작했다. 더 이상 공격받지 않게 된 후온과 쉐라스민은 높은 위치에서 매우 독특하고 재미있는 광경을 구경했다. 곧 왕의 후궁들도 춤추는 소리를 듣고 보초병마저 사라진 것을 알게 되자 홀 안으로 들어와 춤추는 사람들과 합세했다. 왕의 후궁 한 명은 높이 뛰어올라 한 회교도 성직자의 손을 붙잡았다. 그런데 둘의 긴 옷이 엉켜 둘 다 넘어지고 말았다. 회교도 성직자의 턱수염이 후궁의 목걸이에 걸려 둘은 떨어질 수 없었다. 그런 행위를 결코 봐줄 수 없었던 시장은 회교도 성직자를 향해 한두 걸음 나오다가 넘어진 수도승에 걸려 넘어졌다. 그리고 사람들은 지쳐 쓰러질 때까지 계속 춤췄다. 시장은 후온이 자신을 쉽게만 해준다면 모든 것을 양보하겠다는 신호를 보냈다. 후온은 그의 요청을 들어줬다. 시장도 후온과 쉐라스민이 그 지역을 무사히 통과해 가우디소 왕에게 갈 수 있도록 도움을 주는 반지까지 선물하고 그들을 떠나 보냈다. 둘은 플로리악에게 작별을 고하고 다시 길을 떠났다.

22

후온의 승리

후온은 어머니의 궁전에 있을 때 아름다운 미녀들을 많이 봤지만 한 번도 그녀들을 사랑하는 마음이 생기지 않았다. 당시 그의 관심은 명예를 지키는 기사도 정신을 수련하는 것이어서 여자를 생각할 틈이 없었다. 목석과 같은 마음도 꿈처럼 실체가 없는 것에 의해 움직인다는 것이 이상하지만 사실이었다.

삼촌과의 이상한 사건을 경험한 다음 날 후온과 쉐라스민은 숲을 지나가다가 밤을 맞았다. 그들은 근처에서 발견한 동굴에서 밤을 지내기로 했다. 그들의 마법 술잔은 포도주뿐만 아니라 필요할 때 음식까지 제공해 배는 고프지 않았다. 피곤한 그들은 곧 깊은 잠에 빠졌다.

살랑거리는 나뭇잎의 자장가를 듣고 향기로운 꽃 냄새를 맡으며 후온은 꿈을 꿨다. 한 번도 본 적 없는 여인이 자신에게 몸을 숙여 키스하는 꿈이었다. 그가 그녀를 포용하기 위해 손을 내밀자 갑자스럽게 돌풍이 그녀를 휩쓸어갔다.

후온은 실망과 아쉬움에 잠에서 깼다. 그러나 얼마 지나지 않아 모든 일이 한낱 꿈에 불과했음을 깨닫고 마음의 위안을 얻었다. 하지만 어지럽혀진 마음과 슬픈 표정은 쉐라스민의 눈길을 피할 수 없었다. 후온은 잠시 망설이다가 자신이 왜 그렇게 수심에 잠겼는지 이야기했다. 하지만 마음은 여전히 혼란스러웠다.

이른 새벽 그들은 다시 길을 떠났다. 정오가 될 때까지 아무 말도 나누지 않은 채 계속 이동했다. 후온은 꿈 생각을 곰곰이 하고 쉐라스민은 꽃이 만발한 가롱 둑에서 보낸 어린 시절을 회상했다.

갑자기 그들은 고통스러워하는 외침 소리를 듣고 깜짝 놀라 숲 모퉁이로 시선을 돌렸다. 궁지에 몰린 기사가 사자와 싸우고 있었다. 기사의 말은 쓰러져 죽어 있었고 기사는 공포와 피곤으로 사자에게 저항할 수 없어 보여 싸움은 금방이라도 끝날 것 같았다. 결국 기사가 쓰러지고 사자의 앞발이 그를 덮치려는 순간 후온이 사자를 공격했다. 그러자 사자는 새로 나타난 적에게 분노를 돌렸고 사자의 포효는 숲을 진동시켰다. 사자는 덤빌 자세를 취하며 웅크렸다. 바로 그때 후온은 전광석화(電光石火)처럼 칼을 들어 사자의 옆구리를 찔렀다. 사자는 비명을 지르며 들판에 뒹굴다가 죽었다.

그들은 기사를 일으켜 세웠다. 쉐라스민은 재빨리 마법의 술잔을 기사의 입술에 갖다댔다. 잔에는 포도주 거품이 생겼고 기사는 포도주를 마시기 위해 입술을 갖다댔다. 하지만 포도주가 말라 입술을 적시지도 못했다. 기사는 분노의 괴성을 지르며 술잔을 땅바닥에 팽개쳤다. 용서할 수 없는 일이었다. 이어서 더 안 좋은 일이 일어났다. 그도 그럴 것이 후온이 그에게 상냥하게 말했다.

"기사님, 하나님께서 당신을 구해준 데 감사드립니다."

후온의 말에 기사가 대답했다.

"마호메트에게 감사드립니다. 마호메트가 나 같은 귀인에게 봉사하게 해줬으니까요."

그런 신성모독 발언을 들은 후온은 칼을 뽑아 이단자에게 덤벼들었다. 그러나 조금 전 그의 용맹함을 목격한 히르카니아는 후온의 용맹함에 맞서기 싫어 도망가려고 했다. 그는 재빨리 후온의 말에 뛰어올라 말 옆구리의 박차를 가해 전속력으로 달아났다.

후온과 쉐라스민은 화가 났지만 어쩔 수 없었다. 그들은 남은 말을 타고 계속 이동했다. 저녁이 되자 멀리 그 유명한 바그다드의 작은 뾰족탑과 망루들이 보이기 시작했다.

그들이 바그다드 부근에 도착했을 때는 녹초가 된 상태였다. 어둠 속에서 어느 쪽 길로 가야 할지 망설이다가 반갑게도 한 늙은 여자를 만났다. 노파는 그들의 질문에 대답하며 자신의 오두막에서 머무는 게 어떻겠냐고 물었다. 그들은 노파의 호의를 감사히 받아들이고 낮은 문을 열고 들어섰다. 노파는 비축해둔 식량 중에서 가장 좋은 음식이라고 할 수 있는 우유, 무화과 열매, 복숭아를 서둘러 준비하며 살을 에는 듯한 찬바람에 편도나무 봉우리가 얼었다며 실망했다.

후온은 평생 그렇게 맛있는 음식은 처음 먹어본다는 생각이 들었다. 노파는 손님이 식사하는 동안 다음 날 아침에 거행될 왕의 딸 결혼잔치에 온 것인지 물었다. 그들이 신랑이 누구냐고 묻자 그녀가 대답했다.

"히르카니아 왕자입니다. 하지만 공주는 그를 싫어해요. 공주는 그와 결혼하느니 차라리 용의 아내가 되겠답니다."

그 말에 후온이 물었다.

"그걸 어떻게 아십니까?"

그러자 노파는 공주에게서 직접 들었다며 자신은 공주가 어릴 때 유모였다고 대답했다. 후온은 공주가 왜 그렇게 왕자를 싫어하는지 물었다. 노파는 자신의 잡담이 큰 관심을 받는 데 기뻐하며 모두 공주가 꾼 꿈 때문이라고 대답했다.

"꿈?"

후온이 소리쳤다.

"네, 꿈! 공주는 꿈속에서 암사슴이었답니다. 사냥꾼인 왕자가 그녀를 추적하다가 그녀를 거의 잡는 순간 잘생긴 난쟁이가 황금마차를 타고 나타났대요. 난쟁이 옆에는 외국인으로 보이는 깨끗한 안색의 금발 젊은이가 있었답니다. 난쟁이의 마차가 서 있는 곳에 그녀는 인간의 모습을 취하고 올라타려고 했답니다. 그 순간 마차가 사라지는 동시에 난쟁이와 금발의 젊은이도 사라졌답니다. 하지만 그 모습이 공주의 마음속에서 사라지지 않았고 그때부터 그녀는 약혼자인 히르카니아 왕자가 꼴도 보기 싫어졌나 봐요. 하지만 그녀의 아버지인 왕은 그까짓 꿈 때문에 결혼하지 못할 이유는 없다고 생각하고 조정 대신들과 많은 인근 국가 군주들 앞에서 결혼식을 거행하기로 했습니다. 공주의 미모와 신랑의 덕망을 구경하기 위해 참석하는 그들 앞에서 말이죠."

노파의 말을 들은 후온은 흥분했다. 하나님이 후온을 이곳으로 이끌어 행복한 결혼을 하도록 장애물을 모두 제거한 게 분명하지 않은가? 그날 밤 후온은 일찍 잠들지 못하고 이상한 경험의 결과에 대해 상상의 나래를 마음껏 폈다.

후온은 결정적인 운명의 날로 생각하지 않을 수 없었던 그 다음 날 샤를마뉴 황제의 명령을 수행할 준비를 했다. 갑옷을 입고 상아 뿔나팔과 반지로 무장한 후온은 손님들이 연회에 모두 참석했을 때 가우디소 궁전에 도착했다. 후온이 정문에 도착하자 진실한 신자라면 모두 입장하라는 목소리가 흘러나왔다. 용감하고 충직한 후온은 성급한 나머지 거짓 핑계를 대고 안으로 들어갔다. 장애물을 통과하자 자신의 비열함이 부끄러워 후회했다. 그래서 잘못을 갚기 위해 두 번째 문으로 달려가 문지기에게 소리쳤다.

"이놈의 불신자야! 십자가에서 돌아가신 주님의 이름으로 명령한다. 문을 열어라!"

그러자 수백 자루의 창이 그를 가로막았다. 그때 후온은 시장인 삼촌이 준 반지를 처음으로 떠올렸다. 그는 반지를 꺼내보이며 자신을 왕에게 안내하라고 명령했다. 보초병은 반지를 알아보고 공손한 태도로 그를 통과시켰다. 그런 방법으로 그는 위대한 왕이 속국의 군주들과 저녁식사를 하는 화려한 홀로 이어진 문을 모두 통과했다. 수석시종도 후온의 반지를 보더니 그를 홀 위쪽으로 안내해 왕과 왕자들에게 샤를마뉴의 대사라고 소개했다. 그 덕분에 왕의 일행 가까운 곳에 후온의 자리가 마련되었다.

후온이 사자로부터 구해줬고 아름다운 클라리문다의 신랑이 될 예정인 히르카니아 왕자가 왕의 오른쪽에 앉았고 공주가 왕의 왼쪽에 앉아 있었다. 후온은 우연히 공주와 가장 가까운 자리에 앉게 되었다. 피로연이 끝나자 후온은 샤를마뉴의 명령을 수행하기 위해 서둘러 공주의 장미빛 입술에 키스했다. 돌발상황에 공주는 어쩔 줄 몰랐다. 후온은 샤를마뉴의 명령 때문만은 아닌 순전히 호감에 끌려 두 번째 키스를 했다. 그 광경을 본 히르카니아 왕자가 소리쳤다.

"뻔뻔한 이교도 건방진 놈, 내 맛 좀 봐라!"

그리고 후온에게 일격을 가해왔다. 후온이 그의 일격을 받았더라면 그의 임무는 미완성으로 끝났을 것이다. 그러나 배은망덕한 히르카니아의 타격은 목표물을 맞추지 못했다. 오히려 후온이 그에게 일격을 가해 머리를 몸통에서 잘라내 그의 신성모독과 배은망덕을 응징했다. 모든 일이 너무 갑자기 벌어져 아무도 손을 써 막을 수 없었다. 그러나 가우디소 왕이 소리쳤다.

"저 살인자를 잡아라!"

후온은 클라리문다 공주에게 두 번의 키스를 퍼부었다.

후온은 사방에서 포위당했다. 그러나 가공할 검으로 조신의 무리를 모두 막아냈다. 하지만 병사들이 계속 새로 투입되는 것을 보고 그렇게 많은 병력에 대항해 싸울 수는 없다고 생각했다. 그래서 뿔나팔을 생각해내 입술에 갖다댄 채 론세발레스에서 롤랑이 했던 것처럼 세게 불었다. 그러나 효과가 없었다. 오베론은 뿔나팔 소리를 들었지만 잠시나마 후온이 거짓 예언자를 믿은 죄를 범해 그를 도와줄 수 없었다. 후온은 오베론에게서 버림받았다고 생각했고 그 이유도 알아 힘을 잃고 붙잡혀 쇠사슬에 묶인 채 지하감옥에 갇히고 말았다. 그들은 후온을 며칠 동안 죽이지 않고 살려뒀다. 그가 더 고통스럽게 죽게 하기 위해서였다. 왕은 후온이 굶주림과 절망의 고통을 겪게 한 후 산 채로 껍질을 벗길 작정이었다.

그러나 오베론보다 나이가 많고 더 강력한 마법사가 용감한 후온에게 관심을 가졌다. 마법사는 바로 여인의 사랑이었다. 클라리문다 공주는 젊은 왕자에게 닥칠 운명을 알고 공포에 떨었다. 그래서 가정교사의 도움으로 교도소장을 설득해 사랑하는 후온의 쇠사슬을 풀어주기 위해 감옥 안으로 들어갔다. 그녀는 자기 손으로 직접 족쇄를 풀어주고 그에게 음식을 제공해 연명시켰다. 그가 목숨을 유지하기 위해서는 전적으로 그녀에게 의존할 수밖에 없었다. 공주는 매우 자상한 목소리로 다음 날 다시 찾아오겠다고 약속하고 감옥을 나왔다.

다음 날 약속대로 그녀는 다시 음식을 들고 감옥으로 들어갔다. 그런 방문이 한 달 동안 계속되었다. 후온은 너무 훌륭한 기독교도여서 자상한 공주가 사라센인임을 잊지 않고 이 만남을 이용해 그녀에게 진실한 신앙을 가르쳤다. 사랑하는 사람의 입에서 진리가 나올 때 진리를 믿는 것은 무척 쉬운 일이었다. 클라리문다는 곧 기독교 교리를 믿는다고 공언하고 세례를 받으려고 했다.

한편, 가우디소 왕은 죄수가 굶주림의 고통을 어떻게 견디고 있는지 여러 번 물어봤다. 그러나 그가 아직 굶주림 때문에 체중이 줄지는 않았다는 대답에 깜짝 놀랐다. 그리고 또 얼마 가지 않아 왕은 같은 질문을 반복했다. 교도소장은 죄수가 급사해 동굴에 매장했다고 대답했다. 왕은 사형집행 명령을 더 일찍 내리지 못한 것을 후회했다.

사태가 이렇게 진행되는 동안 후온의 모험적인 사건에 동참하지 않았던 쉐라스민은 사건 결과의 소문을 듣고 그를 구할 방법을 찾기 위해 궁전으로 들어왔다. 그는 왕에게 자신을 조카 솔라노라고 소개했다. 가우디소 왕은 그를 친절히 맞았다. 다른 신하들도 모두 그를 친절히 대했다. 그렇게 그는 공주에게 접근해 용감하지만 불행을 당한 후온을 어떻게 생각하는지 물었다. 그리고 공주의 의견을 듣고 자신이 어떤 사람인지 밝히고 신뢰하게 만들었다. 클라리문다는 그에게 후온의 탈출을 도와주고 아버지의 궁전을 떠나 후온과 함께 샤를마뉴 궁전으로 가겠다고 흔쾌히 승낙했다. 그들은 함께 떠날 준비를 거의 마쳤다. 배도 몰래 마련해 신속히 도망칠 때만 기다렸다. 그러나 뜻하지 않은 장애물이 나타났다. 후온이 샤를마뉴의 명령을 수행하지 않고서는 그곳을 떠나려고 하지 않은 것이다.

쉐라스민은 절망에 빠졌다. 그는 도움이 절실한 위기의 순간 오베론이 변덕스럽고 잔인하게 도움을 철회한 것을 크게 불평하며 후온이 명예를 위해 충분히 일했다며 불가능한 일을 끝낼 의무는 없다고 후온을 설득했다. 하지만 모든 노력은 부질없었다. 쉐라스민은 어떡해야 할지 알 수 없었다. 그런데 오스만투르크의 독재정치에서 매우 흔한 사건이 일어났다. 아라비아의 강력한 칼리프인 아그라파드가 급사단을 파견해 가우디소 왕을 교수형에 처하라는 명령장과 밧줄을 준비해 가우디소 궁전에 도착한 것이다.

가우디소를 처형하려는 이유는 알 수 없었다. 그러나 그런 경우, 오직 강력한 칼리프(마호메트의 후계자로 회교 국가의 국왕)의 의지가 모든 것을 대신했다. 가우디소의 탐욕은 유명했고 막대한 보물을 축적했으면서도 칼리프와 적당히 나눠 갖지 않았다. 교수용 밧줄을 휴대하고 궁전에 들어온 급사단은 그 사실을 칼리프에게 고해 바쳐 칼리프로부터 가우디소를 제거하라는 명령을 받은 것으로 추정할 수 있었다.

회교도 국왕의 명령으로 가우디소 왕은 교수형에 처해졌고 쉐라스민이 가우디소의 조카라는 이름으로 그의 시신을 인수해 품위 있게 장례식을 치르겠다는 허락을 받지 않았다면 그는 거리에 내팽개쳐져 개나 독수리의 먹이가 되었을 것이다. 후온은 샤를마뉴의 명령대로 가우디소의 턱수염과 어금니를 뽑은 후 장례식을 치러줬다. 그렇게 해 두 연인과 그들의 충실한 추종자가 프랑스로 돌아가는 데 방해가 될 장애물이 사라진 셈이다. 그들은 배를 타고 프랑스로 향하다가 잠시 로마에 들렀다. 교황은 보르도의 후온 공작과 클라리문다의 결합을 축복했다.

그 후 그들은 프랑스에 도착해 샤를마뉴 황제의 발 밑에 전리품을 갖다바쳤다. 황제의 총애를 다시 받게 된 후온은 신부와 함께 공작부인 어머니와 구이엔 성의 충직한 신하들에게 인사드렸다. 그들은 크게 기뻐하며 두 사람을 맞았다.

⟩⟨23⟩⟨

덴마크의 영웅 오기에르

덴마크인 오기에르는 최초로 이교도가 지배한 덴마크를 정복해 통치한 기독교도 게오프로이 왕의 아들이다. 오기에르가 태어나 유아 세례를 받기 전 매혹적인 여섯 여인이 아기의 방에 홀연히 나타나 잠자는 오기에르를 에워쌌다. 그들 중 가장 나이 많은 여인이 앞으로 나와 아기를 안아 키스하고 말했다.

"너를 이 시대의 가장 용맹한 무사로 만들어주겠다."

그리고 아기를 다른 여인에게 넘겨주자 두 번째 여인이 말했다.

"네가 용기를 발휘할 기회를 많이 주겠다."

이어서 세 번째 여인이 말했다.

"나는 이 아기가 누구에게도 정복당하지 않게 하겠다."

네 번째 여인이 아기의 눈과 입을 만지며 말했다.

"사람들을 기쁘게 만드는 재능을 네게 주겠다."

다섯 번째 여인이 말했다.

"지금까지의 선물이 실현되도록 사랑으로 보답할 수 있는 분별력을 주겠다."

자매 중에서 가장 나이 어리고 가장 아름다운 모르가나가 말했다.

"너를 내 아이로 삼겠다. 네가 내 아발론 섬에 올 때까지 죽지 않게 해주겠다."

아기에게 한 가지씩 능력을 준 여섯 여인은 그곳을 떠났다. 그 후 왕은 아이를 오기에르라는 이름으로 세례를 받게 했다.

오기에르는 게오프로이 왕으로부터 기사도 교육과 영웅이 되는 데 필요한 모든 무예를 갈고 닦았다. 그가 16살도 되지 않았을 때 모든 군주 위에 군림하며 세력을 확립한 샤를마뉴는 오기에르의 아버지가 자신에게 당연히 해야 할 충성 맹세를 하지 않은 것을 기억했다. 제국 중에서 가장 큰 영토인 덴마크의 군주이자 왕인 게오프로이가 황제에게 의례적으로 해야 하는 맹세를 빠뜨린 것이다. 그래서 샤를마뉴는 덴마크 왕에게 충성 맹세를 요구하기 위해 사신을 보냈다.

그러나 덴마크 왕은 오만한 말투로 충성을 거절했고 샤를마뉴는 자신의 요구를 강제로 관철시키기 위해 군대를 파견했다. 게오프로이는 그의 무력에 헛되이 저항하다가 성공하지 못하고 부득이 충성 맹세를 하지 않을 수 없었다. 또한 성실함에 대한 맹세로 맏아들인 오기에르를 샤를마뉴에게 볼모로 넘겨줘 그를 황제의 궁전에서 자라게 해야 했다. 오기에르는 아버지의 친구이자 자신을 친아들처럼 대해주는 나모 공작의 손에 맡겨졌다.

오기에르는 매일 점점 더 호감을 주는 잘생긴 젊은이로 성장했다. 그는 용모, 힘, 일처리 솜씨에서 모든 젊은 귀족 동료들을 능가했다. 또한 모든 마상시합에 참가하고 선배 기사들에게 친절을 베풀고 그들과 같은 기사가 되고 싶어 안달했다. 그러나 자신이 볼모로 잡혀 있다는 사실과 아버지가 자신을 잊은 것만 같다는 생각에 남모르게 반감을 갖기도 했다.

사실 그 무렵 덴마크 왕은 새로운 사랑에 빠져 있었다. 오기에르의 어머니가 세상을 떠나자 왕은 새 여자와 재혼해 구욘이라는 아들을 얻었다. 남편에 대해 절대권력을 휘두르던 새 부인은 남편이 오기에르를 다시 본다면 구욘보다 오기에르를 더 사랑할 거라는 생각에 남편을 교묘하게 설득해 샤를마뉴에 대한 남편의 충성 맹세를 보류시켰다. 그래서 충성을 맹세한 지 4년이 지났는데도 아무것도 이행하지 않자 샤를마뉴 황제는 그가 충성 맹세를 이행할 때까지 볼모인 오기에르를 철저히 감시했다.

게오프로이 왕은 아들 오기에르가 탄압을 받는 데도 충성 맹세를 지키지 않았다. 이에 분노한 샤를마뉴는 처음에는 오기에르에게 복수하려고 했다. 하지만 오기에르를 친아들처럼 보호하는 나모 공작의 간청을 받아들여 오기에르를 살려주기로 했다. 그러나 그것은 그가 샤를마뉴에게 신하로서의 충성을 맹세하고 황제의 허락 없이 궁전을 떠나지 않겠다는 조건이 붙은 것이었다. 오기에르는 이 조건을 받아들

샤를마뉴 황제로부터 기사 작위를 받는 오기에르

여 자유를 유지할 수 있었다.

또한 사라센군이 로마 근처에 상륙하자 리오 교황은 샤를마뉴 황제에게 도움을 청했다. 그런 일이 없었다면 샤를마뉴는 덴마크로 병력을 집결해 반항적인 게오프로이 왕을 당장 무력으로 정복했을 것이다. 샤를마뉴는 교황을 돕기 위해 신속히 군대를 집결해 알프스산맥을 넘었고 이탈리아를 가로지른 후 교황이 있는 견고한 도시 스폴레토에 도착했다. 리오 교황은 추기경들을 인솔해 샤를마뉴를 영접했다.

샤를마뉴는 스폴레토에서 이틀밖에 머물지 않았다. 사라센군이 더이상 버티고 저항할 힘이 없는 로마를 포위해 점령했다는 소식에 즉시 그들을 공격하기 위해 진군해야 했다. 샤를마뉴 군대의 전방부대는 나모 공작이 지휘했고 오기에르는 시종으로서 그를 보좌하고 있었다. 하지만 기사 작위를 받지 못한 오기에르는 무기를 휴대할 수 없었다.

한편, 프랑스 왕의 붉은 깃발은 깃발을 지킬 위치에 별로 적합하지 않은 알로리라는 기사가 책임을 맡고 있었다. 나모 공작은 강력한 이교도 무리가 자신을 공격해오는 것을 보고 돌격 명령을 내렸다. 오기에르는 전투 참가가 허용되지 않는 것을 크게 한탄하며 다른 젊은이들과 후방에 머물렀다. 그때 그는 알로리가 붉은 왕기를 내리고 말머리를 돌려 도망치는 것을 목격했다. 오기에르는 젊은이들에게 알로리의 비겁한 행동을 지적한 후 곤봉을 집어들고 말을 탄 그에게 타격을 가했다.

그리고 동료들과 함께 그를 무장해제시킨 후 그의 갑옷을 벗겨 입고 자신이 프랑스 왕기를 들고 비열한 기사의 말에 올라타 적의 제1열을 향해 돌진해 나모 공작과 합세해 이교도를 몰아내면서 왕기를 들고 흩어진 적의 대열 깊숙이 전진했다.

나모 공작은 그를 별로 높이 평가하지 않던 알로리로 생각하고 그의 힘과 용기에 깜짝 놀랐다. 젊은 동료들도 오기에르처럼 시신에서 갑옷을 벗겨 입고 오기에르를 따라 사라센 병사들을 무찌르며 나아가자 당황한 사라센 병사들은 주력부대쪽으로 후퇴하기 시작했다.

하지만 나모 공작의 후퇴 명령으로 오기에르는 할 수 없이 뒤로 물러났다. 그때 샤를마뉴는 그들을 돕기 위해 진군했다. 그래서 싸움은 전면전에 돌입해 이전보다 훨씬 무시무시한 국면에 접어들었다. 샤를마뉴는 사라센군 사령관 코루스블을 쓰러뜨리고 자신의 명검 조이우스를 높이 들었다.

그때 두 명의 사라센 기사가 샤를마뉴를 공격했다. 한 명은 샤를마뉴의 말을 죽이고 다른 한 명은 황제를 모래 위에 쓰러뜨렸다. 사라센 병사들은 황제의 투구에 그려진 독수리 문양을 보고 그의 신분을 알아채고는 황제에게 치명타를 가하기 위해 급히 말에서 내렸다. 황제의 목숨이 그렇게 위험에 처한 적은 단 한 번도 없었다.

하지만 황제가 말에서 떨어지는 것을 본 오기에르는 프랑스 왕기 때문에 딩황했지만 자신의 밀을 사라센인에게 밀어내 쓰러뜨린 후 다른 사라센인에게 엄청난 힘으로 일격을 가해 기절시켰다. 그리고 황제를

샤를마뉴 황제를 구하기 위해 사라센군 적진에 뛰어든 오기에르

일으켜 세워 쓰러진 기사의 말 위에 태웠다. 그러자 황제가 외쳤다.

"용감하고 자비로운 알로리! 내가 명예를 지키고 목숨을 구한 것은 모두 자네 덕분이네!"

오기에르는 아무 대답도 하지 않았다. 그는 황제를 구하기 위해 달려온 많은 기사에게 황제를 맡기고 자신은 왕기를 높이 들고 적이 밀집한 대열 속으로 들어갔다. 용감한 젊은 무사들도 그의 뒤를 따랐다. 마침내 마호메트의 깃발이 방향을 바꿔 후퇴하자 이교도들은 안전한 참호 속으로 피신했다.

투르핀 대주교는 투구와 피묻은 칼을 한쪽에 치워두고 주교관을 착용하고 주교장(주교나 수도원장의 직함을 나타내는 지팡이)을 갖고 테데움(가톨릭 교회와 영국 국교회에서 부르는 찬미와 감사의 찬송가) 찬송가를 불렀다.

그때 피와 먼지로 뒤범벅된 오기에르가 황제 앞에 나와 그의 발 밑에 왕기를 놓았다. 너무 무거운 갑옷을 입은 작은 키의 무사 일행도 불안한 걸음으로 그의 뒤를 따랐다. 오기에르가 샤를마뉴 황제의 발 밑에 무릎을 꿇자 샤를마뉴는 그를 알로리라고 부르며 포옹했고 투르핀은 높은 제단 위에서 그들을 축복했다. 그러자 황제의 오해를 더 이상 참을 수 없었던 밀론 백작의 아들과 샤를마뉴의 조카인 젊은 롤랑이 투구를 벗어던지고 오기에르의 투구끈을 풀기 위해 앞으로 나갔다. 다른 젊은이들도 투구를 벗어던졌다. 그것을 본 황제와 귀족들은 놀라움을 말로 표현할 수 없었다. 샤를마뉴는 자신을 위기에서 구해준 인물이 오기에르라는 사실을 알고 그를 두 팔로 포옹했고 용감한 젊은이들의 아버지들도 기쁨의 눈물을 흘리며 그들을 껴안았다. 나모 공작이 앞으로 나오자 샤를마뉴는 그가 오기에르를 포옹하게 넘겨주며 말했다.

"그대에게 얼마나 많은 빚을 졌는지! 내 분노를 가라앉혀줬네! 그리고 사랑하는 오기에르, 자네에게는 내 목숨을 빚졌지. 내 검으로 자네와 자네의 친구들에게 작위를 수여하겠네."

황제는 그렇게 말하면서 자신의 명검 조이우스를 뽑아 무릎을 꿇은 오기에르와 다른 젊은이들에게 기사 작위를 수여했다. 젊은 롤랑과 그의 사촌 올리버는 황제 앞임에도 불구하고 오기에르의 목을 얼싸안고 옛날 기사들이 지녔던 소중하고 신성한 전우애를 맹세했다. 하지만 오기에르가 받는 영광을 목격한 황제의 아들 샬롯은 매우 사악한 질투와 증오심을 품고 있었다.

병사들은 그날부터 다음 날까지 축제를 즐기며 보냈다. 투르핀은 젊은 기사들을 보호해달라고 기도하며 그들을 위해 준비한 흰색 갑옷에 축복을 보냈다. 나모 공작은 그들에게 황금빛 박차를 나눠줬고 샤를마뉴는 그들의 칼에 띠를 매줬다. 그러나 오기에르의 칼에 띠를 매던 샤를마뉴는 깜짝 놀랐다. 사랑하는 요정 모르가나가 마법을 부려 오기에르의 칼을 자신이 획득한 칼과 바꿔놨기 때문이다. 그래서 샤를마뉴가 오기에르의 칼을 칼집에서 뽑았을 때 칼 위에 다음과 같은 글이 쓰여 있었다.

"이 칼의 이름은 조이우스와 뒤랑달과 같은 강철과 능력으로 만들어진 코르타나!"

황제는 어떤 놀라운 힘이 오기에르의 운명을 지켜주고 있음을 느꼈다. 그는 아버지처럼 오기에르를 사랑하겠다고 맹세하고 오기에르도 자식으로서 그에게 헌신하겠다는 약속을 했다. 그들이 항상 그 약속대로 살았다면 영원히 행복했을 것이다.

한편, 사라센군이 좌절감에서 회복되어 샤를마뉴가 위기에 빠졌을 때 오기에르에 의해 쓰러진 사라센 기사 카라후에는 오기에르와 결투하기로 작정해 전령 옷으로 갈아입고 자신이 직접 메시지를 전해왔다. 프랑스 기사들은 그의 행동에 감탄하며 그가 전령보다 기사가 더 어울리는 것 같다고 수근거렸다.

카라후에는 전투가 벌어지던 날 왕기를 가지고 다닌 기사를 극구 칭찬한 후 마우리타니아 왕 카라후에가 그 기사에 대한 깊은 존경심으로 그와 결투하고 싶다고 전했다.

오기에르가 그에 답하기 위해 일어서려는 순간 비열한 샤롯 왕자는 그를 가로막으며 마우리타니아 왕의 결투 신청은 감금생활하는 노예가 받아들이기에 부적절하다고 말했다. 노예란 샤를마뉴의 볼모 오기에르를 가리켰다. 오기에르는 화가 치밀었지만 황제의 체면을 생각해 화를 가라앉혔다. 그러자 황제는 화가 난 목소리로 말했다.

"조용하라, 샤롯! 내 목숨을 구해준 사람은 내게 너만큼 소중하다. 그리고 자네 오기에르는 더 이상 볼모가 아니네. 사자어, 자네는 왕에게 달려가 내 대답을 이렇게 전하게. 내 궁전에서는 어떤 기사도 조건이 같은 결투를 거절하는 법이 없다고 말일세. 덴마크인 오기에르는 사라센 왕의 도전을 받아들이게. 내가 직접 보증서겠네."

카라후에는 큰절을 하고 대답했다.

"폐하, 폐하와 같이 위대하신 분의 생각은 역시 깊고 빛나는 명성에 걸맞다는 것을 확신하겠습니다. 저희 왕에게 폐하의 대답을 보고드리겠습니다. 제가 알기로 그는 폐하를 존경하므로 무기를 들고 폐하께 반기를 들지는 않을 것입니다."

그리고 샬롯이 황제의 아들임을 몰랐던 사자는 샬롯에게 고개를 돌려 말을 이었다.

"기사님께서 결투하고 싶은 욕망이 있다면 마우리타니아 왕의 사촌 사돈과 결투할 수 있도록 주선하겠습니다. 그는 프랑스 기사와의 영광스러운 결투를 받아들일 것입니다."

샬롯은 사람들 앞에서 공개적인 도전의 꾸지람에 화가 난 상황에서 서슴없이 결투하겠다고 말했다. 카라후에는 오기에르의 도전과 함께 샬롯의 도전도 받아들였다. 결투는 양쪽 군대로부터 똑같은 거리에 있는 숲으로 둘러싸인 목장에서 하기로 합의했다.

반역적인 샬롯은 매우 음험한 배신행위를 계획했다. 한밤중에 그는 자신처럼 비열하고 잔인한 기사 몇 명을 모아 자신이 당한 모욕을 복수하겠다고 그들에게 맹세시킨 후 갑옷을 입혀 숲속에 매복시키고 다가오는 일행을 모두 공격하라고 명령했다. 그가 말하는 모든 일행이란 오기에르와 두 명의 사라센인이었다.

그날 새벽이 되자 사돈과 카라후에는 창을 운반하는 두 명의 수습 기사만 데리고 약속된 목장으로 향했다. 샬롯과 오기에르도 각자 다른 길을 통해 목장으로 출발했다. 오기에르는 침착한 태도로 두 사라센 기사에게 정중히 인사하고 결투 조건을 타협하기 위해 그들을 만났다.

일이 이렇게 진행되는 동안 배신자 샬롯은 뒤에 남아 부하들에게 세 기사를 기습하라는 신호를 보냈다. 비겁한 무리가 숲에서 뛰쳐나와 세 기사를 에워쌌다. 세 기사는 기습공격에 모두 깜짝 놀랐지만 누군가 상대방에게 반역하고 있다고 생각하지는 않았다. 세 기사는 자신들이 똑같이 공격받는 것을 보고 하나로 뭉쳐 공격자들을 제압했다. 오기에르의 검 코르타나가 적에게 치명상을 입혔다. 하지만 카라후에의 칼의 강도는 그것과 똑같지 않아 부러지고 말았다. 그와 동시에 카라후에의 말도 살해되어 결국 카라후에는 무기도 없이 쓰러지는 자신의 말에 걸려 넘어지고 말았다. 이것을 본 오기에르는 그를 구하기 위해 달려가 방패로 그를 덮어준 후 쓰러진 흉악범의 칼을 뽑아 그에게 건넸다. 그리고 자신의 말 위에 올라타도록 그를 도와줬다. 그 순간 분노로 몸이 달아오른 샬롯은 자신의 말을 오기에르에게 밀어내 그를 쓰러뜨렸다.

사돈이 반역행위를 보고 샬롯에게 달려들어 밀쳐내지 않았다면 샬롯은 오기에르를 칼로 찔러 죽였을 것이다. 카라후에는 오기에르의 말 위로 가볍게 뛰어오르며 소리쳤다.

"용감한 오기에르, 나는 더 이상 당신의 적이 아닙니다. 당신에게 영원한 우정을 맹세합니다."

그때 많은 사라센 기사들이 반역행위를 발견하고 현장으로 다가왔다. 그러자 샬롯은 추종자들과 함께 숲속으로 도망쳤다.

현장으로 달려오던 군대는 덴마크에서 망명한 단네몬트가 지휘하고 있었다. 그는 오기에르의 아버지 게오프로이에 의해 옥좌에서 쫓겨나 사라센 진영에서 피신처를 구했던 사람이다. 그는 오기에르를 알아보고 카라후에와 사돈의 긴박한 항의와 위협에도 불구하고 즉시 그를 포로로 선언하고 힘센 호위병 한 명과 함께 그를 사라센군 진영으로 데려갔다.

처음에 오기에르는 그곳에서 매우 엄격한 감금생활을 했다. 카라후에와 사돈은 단네몬트에게 그의 석방을 강력히 요구하며 요구가 받아들여지지 않으면 무력으로 응징하겠다고 위협했다. 단네몬트는 오기에르의 석방에 반대했지만 사라센군 대장 코루스블이 타협에 찬성해 허가 없이 사라센군 진영을 떠나지 않는 한 오기에르가 진영 안에서 자유롭게 움직이게 해줬다.

카라후에는 그런 부분적인 양보가 만족스럽지 않았다. 그래서 다음 날 아침 도시를 떠나 샤를마뉴 진영으로 가 황제와의 면담을 요청했다. 그는 황제 앞에 도착하자 말에서 내려 투구를 벗고 칼을 뽑아들고 무릎을 꿇으며 그에게 바쳤다.

"고명하신 폐하, 폐하 앞에 있는 저는 마우리타니아 왕의 결투 신청을 폐하의 기사들께 전한 바로 그 전령입니다. 비겁한 늙은이 단네몬트 왕이 용감한 오기에르를 포로로 만들고 장군들을 회유해 그를 석방하지 못하게 만들었습니다. 이런 비열한 행위를 복수하기 위해 마우리타니아의 카라후에 왕인 제가 폐하의 포로가 되기 위해 이곳에 왔습니다."

샤를마뉴와 귀족들은 카라후에의 용기에 찬사를 아끼지 않았다. 샤를마뉴는 그를 일으켜 세워 그를 포옹하고 칼을 돌려주며 대답했다.

"그대가 이곳에 와 용기를 보여주니 오기에르가 사라진 것이 위로가 된다. 우리의 성스러운 신앙을 받아들이고 우리와 단결하도록 하나님께 빌겠다."

나모 공작이 이끄는 궁전의 모든 귀족은 그에게 경의를 표했다. 그러나 샬롯은 반역자로 인식된다는 두려움에 나타나지 않았다. 그런 사실을 아는 카라후에는 샤를마뉴 황제에게 그의 아들의 반역행위를 고해 그의 가슴에 차마 못을 박고 싶지는 않았다.

한편, 사라센군은 불화로 분열에 휩싸였다. 카라후에 군대는 자신들의 왕이 적 진영에 감금되었다는 이유로 총사령관에게 크게 반발하고 있었다. 심지어 전투에서 이탈해 동맹국에 무력으로 저항하겠다는 위협도 서슴지 않았다.

그런 와중에 샤를마뉴가 그들을 포위공격하자 사라센군 시위관들은 도시를 포기하고 배가 있는 곳으로 후퇴했다. 그렇게 휴전이 성립되어 오기에르는 카라후에와 포로교환이 되었고 두 친구는 얼싸안고 평생 형제로 지내기로 맹세했다. 교황은 자신의 본거지로 돌아갔고 이탈리아는 평온을 되찾았다. 샤를마뉴 황제는 귀족과 추종자들을 이끌고 프랑스로 귀환했다.

24

오기에르의 투쟁

샤를마뉴 황제는 덴마크 왕 게오프로이가 자신에 대한 충성 서약을 이행하지 않았을 뿐만 아니라 모욕적인 행동을 한 것도 잊지 않고 있었다. 그래서 황제는 그를 복종시키기로 결심했다. 하지만 바로 그때 덴마크 왕의 전령이 샤를마뉴를 방문해 게오프로이 왕이 자신의 과오를 인정하고 있다면서 물리칠 수 없을 정도로 강력한 힘을 가진 침략군에 대항할 수 있도록 도움을 요청한다고 전했다. 너그러운 황제는 그 말을 듣고 마음이 누그러졌다. 그리고 이번 기회에 오기에르를 시험해보기로 했다.

오기에르는 15년 동안 타지에 감금된 아들에게 전혀 관심을 두지 않고 연락도 취하지 않는 아버지의 매정함을 깊이 통감하고 있었다. 샤를마뉴 황제는 오기에르의 아버지가 그를 소홀히 대했지만 군대를 이끌고 아버지를 도와주고 싶지 않은지 오기에르에게 물었다.

그러자 오기에르가 대답했다.

"아들은 살아있는 한 마땅히 아버지를 도와드려야 합니다."

샤를마뉴는 오기에르에게 천 명의 기사로 구성된 군대를 이끌고 게오프로이 왕을 도와주라고 했다. 그런데 더 많은 사람들이 오기에르와 함께 싸우기 위해 자원입대했다. 그는 아버지를 돕기 위해 신속히 군대를 동원해 침략자들을 기습해 배가 있는 곳까지 그들을 퇴각시키고 서둘러 수도로 향했다.

그러나 오기에르가 도시에 다가가자 구슬픈 소리가 들려왔다. 그는 곧 그 소리의 사연을 알게 되었다. 게오프로이 왕이 눈을 감아 장례를 치르는 중이었다. 오기에르는 단 한 번만이라도 아버지를 포용하고 싶었지만 그렇게 못한 것이 너무 가슴아팠다. 그러나 그는 아버지가 자신에게 왕위를 물려주라는 유언을 남겼다는 소식을 듣고 시신이 안치된 교회로 가 눈물이 흥건히 고이도록 울었다. 그때 한 줄기 빛이 사방을 비추더니 천사의 목소리와 같은 소리가 들려왔다.

"오기에르야, 왕위를 동생 구욘에게 넘겨주고 너는 '덴마크인' 외에 다른 칭호는 달지 말아라. 그대의 운명은 영광스러우니라. 다른 왕국들이 그대를 위해 마련되어 있을 것이다."

오기에르는 하나님의 명령에 순종했다. 그는 계모에게 인사하고 나서 이복동생을 껴안으며 자신은 샤를마뉴의 용사에 만족한다며 덴마크 왕위를 포기한다고 말했다.

오기에르는 영광스럽게 샤를마뉴의 궁전으로 돌아왔다. 황제는 그에 대한 애정의 증거로 그를 자신과 똑같은 신분으로 대했다.

오기에르는 매력적인 벨리센과 결혼해 어린 볼드윈을 낳았다. 볼드윈은 아버지의 힘과 용기, 어머니의 미모를 완전히 이어받을 것 같았다. 이 소년이 어머니 품에서 떨어질 나이가 되었을 때 오기에르는 그를 궁전으로 데려가 샤를마뉴에게 소개했다. 샤를마뉴는 볼드윈을 포옹하고 자신을 섬기게 했다. 나모 공작과 다른 기사들은 볼드윈의 모습에 오기에르의 어린 시절을 본 것 같다는 생각이 들었다. 그들은 아버지를 너무 닮은 볼드윈을 사랑스럽게 대했다. 심지어 샤롯 왕자조차 처음에는 볼드윈을 좋아했다. 그러나 아이가 커가면서 오기에르를 닮아가자 증오하기 시작했다.

볼드윈은 샤롯에게 주의를 기울이며 기회 있을 때마다 그에게 봉사했다. 왕자가 체스를 좋아해 체스를 잘두는 볼드윈은 가끔 그와 게임을 했다.

어느 날 샤롯은 그와 체스를 두다가 두 말을 잘못 둬 짜증이 났다. 그래서 볼드윈에게서 말 하나를 빼앗아 실수를 만회할 생각이었다. 그러나 볼드윈은 자신의 함정에 그가 빠지는 것을 보고 약간 웃음을 참을 수 없어 승리를 외쳤다. 이에 화가 난 샤롯은 벌떡 일어나 무겁고 값비싼 체스판을 집어들어 볼드윈의 머리를 내리쳐 그를 죽이고 말았다.

샤롯은 그런 범죄행위에 두려움을 느끼고 무시무시한 오기에르의 복수가 두려워 궁전 안으로 몸을 숨겼다. 볼드윈의 어린 친구가 이 사건을 오기에르에게 알렸다. 오기에르는 방으로 달려가 피로 물든 채 죽은 아이를 봤다. 샬롯이 아이를 때려죽였다는 것은 아이의 상태로 봐 숨길 수 없는 사실이었다. 오기에르는 샬롯을 찾기 위해 궁전을 뒤졌다. 샬롯은 안심이 되지 않아 황제가 있는 방으로 피신해 나모 공작과 브르타뉴 살로몬 공작과 함께 탁자 주변에 앉아 있었다. 오기에르는 칼을 뽑아들고 황제의 탁자가 있는 곳에 이르렀다. 술잔을 따르던 하인이 오기에르를 가로막자 그의 손에 있던 술잔을 내리쳤다. 술잔 안의 내용물이 황제의 얼굴에 튀었고 격노한 황제는 칼을 집어들었다. 살로몬과 남작 한 명이 그들 사이에 몸을 던지지 않았다면 황제는 오기에르의 가슴을 칼로 찔렀을 것이다.

한편, 오기에르에게 영향력을 행사해온 나모 공작은 오기에르를 방 밖으로 내보냈다. 나모 공작은 방금 일어난 폭력의 결과를 예상하고 마음속으로 이미 그를 용서하고 불쌍히 여겨 그가 체포되기 전에 서둘러 밖으로 내보내고 파리를 떠나게 했다.

분노한 황제는 모든 귀족을 소집하고 오기에르를 체포해 적절한 처벌을 받도록 각자 최선을 다하라는 명령을 내렸다. 오기에르는 샬롯의 잔인한 만행을 처벌한다면 자수하겠다는 메시지를 황제에게 보냈다. 황제는 어떤 조건도 들으려고 하지 않고 많은 병사를 이끌고 오기에르 추적에 나섰다.

한편, 많은 기사들은 오기에르에게 열렬한 지지를 보냈다. 이렇게 해 그와 황제의 싸움은 결정적인 결과 없이 격렬히 진행되었다. 오기에르는 황제를 손에 넣을 기회가 한 번 이상 있었지만 유리한 기회를 이용하지 않고 아무 조건 없이 그를 풀어줬다. 심지어 자신을 용서해 달라고 애원했다.

물론 샬롯도 처벌해야 한다는 것이 그의 요구 조건이었다. 그러나 샤를마뉴는 비열한 아들을 너무 맹목적으로 편애해 샬롯을 처벌해 마음의 큰 상처를 입은 오기에르를 달랠 생각은 추호도 없었다.

마침내 오기에르는 자신을 돕기 위해 친구들이 흘린 피를 보고 슬픔에 빠져 얼마 되지 않는 병사들을 해산시키고 자신을 돌봐주려는 사람들 틈에서 빠져나와 덴마크 구욘 동생에게 발길을 돌렸다. 오래 이동하느라 지친 그는 아르데니스 숲에 도착하자 한적한 계곡의 신선함에 이끌려 휴식을 취하기 위해 들판에 드러누웠다. 베이프로르의 안장을 풀고 투구를 벗고 머리를 방패 위에 눕히고 잔디 위에서 잠에 빠져들었다.

그 무렵 렝스의 투르핀 대주교는 자신의 교구에 있는 교회들을 방문 중이었다. 프랑스 귀족의 존엄성과 당대 용감한 기사의 명성을 얻게 만든 그의 군인정신에 따라 많은 성직자를 데리고 여행하듯 다수의 기사와 여행 중이었다.

기사 한 명이 목이 말라 오기에르가 잠자는 샘터로 다가갔다. 그는 그곳에서 어떤 기사가 사지를 쭉 뻗고 누운 것을 발견했다. 그는 급히 달려가 대주교에게 보고했다. 그러자 투르핀은 샘터로 가 그 기사가

오기에르는 샤를마뉴 군대를 괴롭혔지만 황제를 적대시하지는 않았다.

오기에르임을 알아봤다.

너그러운 투르핀은 평소 아끼던 오기에르가 어려운 처지에 처하자 구해주고 싶은 충동을 느꼈다. 그러나 오기에르를 알아본 주교들과 기사들은 황제가 강요했던 명령을 항상 기억했다. 투르핀도 그 명령을 어길 수 없었다. 그래서 대주교는 오기에르가 결박되는 것을 보고도 손쓸 수가 없는 자신을 탓하는 듯 신음을 내뱉었다. 대주교 수행원들은 오기에르의 말과 무기를 압수하고 오기에르를 결박해 황제에게 인도했다.

오기에르가 저지른 최초의 과오 외에도 그 후 그가 보인 완강한 저항에 너무 격분한 황제는 그를 당장 사형에 처하라고 명령했다. 그러나 나모와 살로몬과 같은 훌륭한 공작들의 지지를 받는 투르핀 대주교가 오기에르를 위해 너무 열심히 기도해 오기에르를 죽이지 않기로 하고 철저한 감시하에 그를 투옥하라고 명령했다.

그리고 오기에르를 투르핀에게 맡기며 하루에 빵 1/3조각, 고기 한 조각, 포도주 1/4잔으로 배급량을 제한했다. 덴마크 왕과 오기에르의 강력한 친구들의 적대감을 부르지 않으면서 오기에르를 죽일 수 있다고 생각했다. 황제는 투르핀에게 자신의 명령을 철저히 지키라는 엄명을 내렸다.

너그러운 투르핀 대주교는 오기에르를 사랑해 그의 목숨을 구할 방법을 찾았다. 키가 210cm나 된 오기에르는 식욕노 키에 비례해 배급을 그렇게 조금만 먹으면 곧 죽는다는 것을 알고 있었다. 더구나 오기에르는 독실한 기독교도로 항상 열심히 신앙을 전파해 불신자들을 정복한 것을 대주교는 생생히 기억하고 있었다. 투르핀은 자신이 행한 맹세에서 벗어나지 않으면서 나중에 이름이 붙은 그 '정신적 유보'를 이번에 실천하는 것이 정당하다고 생각했다. 그것은 그가 우연히 생각해낸 것이다.

매일 아침 투르핀은 밀가루 54kg으로 만든 빵 한 덩어리에서 1/4, 양이나 살찐 송아지 고기의 1/4 고기, 무게가 18kg이나 되는 술잔을 만들어 그 잔에 1/4이 차도록 포도주를 부어 오기에르에게 줬다.

오기에르의 감옥생활은 오래 계속되었다. 샤를마뉴는 오기에르가 아직 죽지 않고 버티고 있다는 소식을 주기적으로 듣고 깜짝 놀랐다. 그래서 황제는 투르핀에게 그 이유를 물었다. 하지만 투르핀은 허용된 배급 분량만 죄수에게 줬다고 서슴없이 대답했다.

한 가지 말하지 않은 것은 오기에르가 포로로 잡혀 황제에게 연행될 때 성 페론의 수도원장이 명마 베이플로르를 보고 샤를마뉴에게 한 번도 부탁하지 않았지만 그 말을 자신에게 달라고 간청했다는 사실이다. 수도원장은 사람들을 시켜 그 말을 자신의 수도원으로 데려오게 했다. 그는 새로 얻은 말을 빨리 타보고 싶었다. 말이 눈에 들어오자 그는 서둘러 말 등에 올라탔다. 갑옷을 입은 오기에르의 육중한 체중을 싣고 달리는 데 익숙했던 말은 수도원장의 가벼운 체중에는 아무 느낌도 받지 않았고 수도원장의 긴 겉옷이 옆구리에 펄럭이며 자극하는 바람에 가파른 산길을 엄청나게 뛰어올라 마침내 주아이르 수도원에 도착했다.

말은 여성 수도원장과 수녀들이 보는 가운데 공포에 질려 이미 절반은 죽은 듯 정신을 잃은 수도원장을 땅에 내팽개쳤다. 타박상을 입고 굴욕을 느낀 수도원장은 불쌍한 베이플로르에게 복수했다. 분노가 치민 수도원장은 베이플로르를 노동자들에게 내주고 수도원 근처에 건설 중인 예배당 공사장에서 돌을 져나르게 했다. 이렇게 주인이 감옥 생활을 하는 동안 고상한 말 베이플로르도 잘먹지 못하고 혹사당하고 때로는 채찍까지 맞아가며 지냈다.

황제가 오기에르를 석방해야 할 몇 가지 중요한 사건이 일어나지 않았다면 그는 평생 감옥에서 살았을 것이다. 황제는 마우리타니아 왕 카라후에가 오기에르의 석방을 요구하기 위해 군대를 동원 중이라는 소식을 들었다. 또한 덴마크 왕 구욘도 휘하 군대를 총동원해 카라후에를 지원할 준비를 하고 설상가상 아라비아 왕 부르히프 휘하 사라센군이 가스코뉴에 상륙해 보르도를 점령하고 전속력으로 파리로 진격 중이라는 소식까지 들었다.

그제야 황제는 오기에르의 도움이 절실함을 깨달았다. 그러나 투르핀, 나모, 살로몬의 진정에도 불구하고 황제는 오기에르가 적당하다고 생각하는 처벌을 샬롯에게 내리는 데는 전혀 동의하지 않았다. 게다가 오기에르가 몸이 쇠약해져 힘과 정력이 없을 거라고 믿고 있었다.

이런 위기에 처한 황제에게 아라비아 왕 부르히프로부터 전령이 왔다. 부르히프 자신이 황제나 황제의 투사와 결투해 그 결과에 따라 문제를 해결하고 싶다는 메시지였다. 자신이 패하면 군대를 철수시키겠다는 조건이었다. 조언자 모두의 반대가 없었다면 황제는 그 신청을 기꺼이 수락했을 것이다. 조언대로 황제는 제안을 심사숙고할 시간이 필요해 다음 날 대답을 주겠다며 전령을 돌려보냈다.

신청을 받아들일지 아직 결정을 내리지 않은 짧은 시간 동안 세 공작은 오기에르를 석방해 결투를 신청한 강력한 도전자와 싸우게 하라고 황제를 설득했다. 그러나 그들은 오기에르를 설득할 수 없었다. 오랜 감옥생활과 잔인무도한 샬롯의 만행으로 자신의 품에서 피를 흘리며 죽어간 아들에 대한 기억으로 친구들의 끈질긴 권유에도 꿈쩍하지 않았다.

하지만 기독교 세력을 위협하는 부르히프를 제거할 필요가 있다는 큰 대의에 굴복했다. 하지만 오기에르는 샬롯이 적절한 처벌을 받게 해야 한다는 조건을 내걸고 결투를 받아들였다.

오기에르의 조건은 받아들이기 어려웠지만 황제는 위험이 임박했고 자신도 정의감이 어느 정도 회복되었으며 관대하지만 열정적인 영혼의 오기에르에 대한 강한 신뢰를 재확신해 그의 조건에 동의했다.

세 귀족이 오기에르를 샤를마뉴 황제 앞으로 인도했다. 황제는 약속한 대로 손이 묶이고 머리 위의 왕관을 박탈당한 샬롯을 고위 귀족들이 모여 있는 넓은 홀로 나오세 했다. 황제는 오기에르가 다가오자 샬롯의 손을 잡고 그를 오기에르에게 데려가 말했다.

전쟁터의 샤를마뉴 황제. 그는 오기에르에게 아들 샬롯을 넘겨줘 전쟁에 참여시킨다.

"여기 범인이 있네. 그대가 원하는 대로 처리하게."

오기에르는 대답도 하지 않고 샬롯의 머리카락을 붙잡아 무릎을 꿇게 했다. 그리고 다른 한 손으로 난공불락의 검을 집어들었다. 사랑하는 아들의 목이 자신의 발 밑에 떨어질 거라고 생각한 샤를마뉴는 눈을 감고 공포의 비명을 질렀다.

오기에르는 그 정도면 되었다고 생각했다. 그래서 샬롯을 일으켜 세워 결박한 끈을 자르고 그의 입에 키스한 후 황제의 발 앞에 무릎을 꿇었다.

황제는 샬롯이 아무 해도 입지 않은 채 오기에르가 자신의 발 밑에 무릎을 꿇는 것을 보고 놀라움과 기쁨으로 이루 형언할 수 없는 표정을 지었다. 황제는 오기에르를 양팔로 껴안고 온통 눈물로 적시며 귀족들에게 말했다.

"이 순간 오기에르는 나보다 더 위대하다!"

그러나 샬롯의 비열한 마음은 단지 죽음에서 탈출한 기쁨을 느끼는 정도였다. 그는 과거와 달라진 것이 하나도 없었다. 그러나 몇 년 후 보르도의 후온에 의해 응분의 벌을 받았다.

25

오기에르와 모르가나

혼란에서 어느 정도 냉정을 되찾은 황제는 오기에르의 건강한 모습을 발견하고 깜짝 놀라 대주교에게 눈길을 돌렸다. 대주교는 황제와 시선이 마주치자 얼굴을 붉히지 않을 수 없었다.

"틀림없이 오기에르는 주교님의 성에서 잘 지낸 것 같군요. 대주교님, 신세를 더 지게 되었습니다."

황제가 말하자 모든 귀족이 웃음을 터뜨리며 투르핀에게 농담을 건넸다. 대주교가 한마디했다.

"여러분, 마음껏 웃으십시오. 하지만 나는 오만한 사라센인에게 복수할 활력에 넘치는 팔뚝을 보게 되어 무척 기쁩니다."

샤를마뉴는 아라비아 왕 부르히프의 도전을 받아들이고 결투 날짜를 이틀 뒤로 정한 결정을 알리기 위해 전령을 급파했다. 오만한 부르히프는 자신의 도전을 받아들인다는 대답을 받자 경멸하는 미소를 지었다. 자신의 천부적인 힘과 기술 외에 그에게는 모종의 지략이 있었기 때문이다. 그러나 그는 마호메트에게 했던 결투 제안, 합의한 조건들을 지키겠다고 맹세했다.

한편, 오기에르는 자신의 갑옷을 요구했다. 너그러운 투르핀 대주교가 그의 갑옷을 충실히 간직한 덕분에 훌륭한 상태 그대로 그에게 돌아왔다. 그러나 결투에 필요한 말을 구하기는 쉽지 않았다. 샤를마뉴는 자신의 군마 블란샤르드를 제외하고 마굿간에서 최고의 말들을 모두 꺼내오게 했다. 하지만 모두 오기에르의 육중한 체중에 눌려 허리가 땅에 닿을 지경이었다. 당황한 대주교는 황제가 성 페론의 수도원장에게 넘긴 베이플로르를 생각해내고 병사를 시켜 데려오게 했다.
수도사들은 베이플로르에게 가혹했다. 더욱이 성 페론 수도원 노동자들은 수도원장의 명령을 충실히 이행하고 있었다. 돌아온 베이플로르는 삐쩍 마르고 기운이 없었으며 먼 거리를 무거운 돌을 싣고 끌어야 했던 형편없는 마차장비에 살갗마저 벗겨져 있었다. 말은 샤를마뉴 앞에서 머리를 숙이고 무거운 발걸음을 뗐다. 그러나 오기에르의 목소리를 듣자마자 머리를 쳐들고 울부짖고 눈을 반짝이며 옛 열정이 힘차게 되살아난 듯 앞발로 땅을 긁었다. 오기에르가 그를 애무해주자 훌륭한 군마는 답례로 그를 애무하는 듯한 행동을 보였다, 그리고 주인인 오기에르가 자신의 등에 오르자 베이플로르는 주인을 다시 태우는 게 자랑스러웠는지 뒷발로 뛰어올랐다.
이제 아무것도 부족한 게 없어 샤를마뉴는 병사들을 이끌고 파리에서 행군해 몽마르트산을 점령했다. 몽마르트에서 바라보면 결투가 거행될 생드니 평야가 한눈에 들어왔다.

결투날이 오자 오기에르의 입회인인 나모 공작과 살로몬 공작이 결투 장소로 그를 데려갔다. 부르히프는 유명한 두 족장을 대동하고 맞은편에 나타났다. 기분이 매우 좋던 부르히프는 허약한 베이플로르 앞으로 다가오자 친구들에게 농담을 던졌다.

"저 말이 아틀라스산 계곡에서 먹고 자란 말들 중에서 가장 훌륭한 군마 마르세발리와 감히 시합하겠다던 말인가?"

그러나 두 결투자는 서로 인사를 나누고 각자 말을 타고 물러났다가 상대방을 향해 전속력으로 돌진했다. 베이플로르는 평원을 돌진해 중간 지점 넘은 곳에서 적수를 만났다. 두 결투자의 창이 격돌해 산산조각났다. 그와 동시에 부르히프는 자신의 머리 위에서 번뜩이는 오기에르의 칼을 보고 깜짝 놀랐다. 그는 방패로 칼을 피하며 오기에르의 투구에 일격을 가했다.

오기에르는 부르히프보다 정확히 조준해 그에게 또 한 번 일격을 가했다. 부르히프의 칼보다 더 강했는지 오기에르의 칼은 부르히프의 투구의 일부를 잘라 귀와 뺨의 일부가 떨어져 나갔다. 피를 본 오기에르는 즉시 재타격하지 않았다. 그 틈을 타 부르히프는 자신의 말을 전속력으로 달아나게 했다. 그리고 말을 타고 달리며 안장 앞 테에 걸어둔 황금병의 내용물을 상처 부위에 발랐다. 그러자 흐르던 피가 바로 멈추더니 귀와 뺨의 살도 원상태로 완전히 회복되었다. 덴마크인

오기에르와 부르히프의 일대일 결투 장면

오기에르는 적수가 이전처럼 건강하게 돌아온 것을 보고 깜짝 놀랐다. 부르히프는 오기에르가 놀라는 것을 보고 웃으며 말했다.

"아리마데아의 요셉이 예수의 몸에 발랐던 귀한 향유를 내가 가졌다는 걸 아느냐? 팔 하나를 잃어도 이것 몇 방울만 바르면 팔이 다시 생긴다. 나와 결투하는 건 부질없는 짓이다. 항복하라. 그럼 너는 튼튼해보이니 내 갤리선(Galley: 중세 유럽 군용선으로 주로 노를 쓰고 돛을 보조적으로 쓰는 반갑판, 단갑판에 마스트 한 개와 삼각범으로 운항했는데 일반 운송용으로는 비용이 많이 들어 가볍고 고가인 향료 등을 주로 수송했다 – 편집자 주) 노예로 노를 젓게 해주겠다."

오기에르는 화가 치밀었지만 하나님의 도움을 구하는 것을 잊지 않았다.

"오, 당신의 신성한 피에 힘입은 강력한 도움으로 당신의 이름을 욕보이는 자를 그냥 두실 겁니까?"

그렇게 말한 후 오기에르는 전보다 더 맹렬히 부르히프를 공격했다. 두 결투자는 서로 무시무시한 타격을 가해 부상을 입혔다. 그러나 피를 계속 흘리는 쪽은 오기에르였고 부르히프는 피가 흐를 때마다 향유를 발라 피를 멈췄다.

불공평한 결투에 절망한 오기에르가 두 손으로 코르타나를 잡고 적에게 혼신의 힘을 다해 세차게 타격하자 부르히프의 방패가 두 조각 나면서 그의 팔 하나가 떨어져 나갔다. 동시에 부르히프도 오기에르에게 일격을 가했지만 적중시키지 못하고 베이플로르의 머리를 쳐 오기에르도 말과 함께 쓰러졌다.

그래서 부르히프는 땅에 뛰어내려 자신의 팔을 집어들고 향유를 바를 시간을 벌 수 있었다. 그리고 오기에르가 두 발로 일어서기도 전에 그에게 달려가 칼을 높이 쳐들었다.

몽마르트 높은 곳에 서서 위기에 처한 오기에르를 내려다보던 샤를마뉴는 신음을 내며 하나님을 원망할 참이었다. 그러나 투르핀 대주교는 모세처럼 두 팔을 들어 기독교 용사에게 하나님의 은총을 빌었다.

오기에르는 재빨리 일어나 안장 앞 테에 귀한 향유병을 매단 말에게서 떨어지도록 부르히프를 밀쳐냈다. 그리고 샤를마뉴는 이제 완전히 유리한 고지에 오른 오기에르가 재빨리 적을 무릎꿇리고 투구를 벗긴 후 단칼에 그의 목을 자르는 것을 봤다.

승리를 거둔 후 오기에르는 마르세발리 준마를 잡아 그의 등에 올라타 귀한 향유병을 찾아냈다. 몇 방울을 몸에 바르자 상처가 아물고 힘이 다시 솟았다. 부르히프에게 붙잡혔던 프랑스 기사들은 석방되어 오기에르 주위에 모여 자신들을 구해준 데 감사를 표했다.

결투에 대한 관심이 조금 줄어들자 높은 곳에 자리 잡은 샤를마뉴와 귀족들은 적 진영에서 이상한 동요가 일어나는 것을 감지했다. 처음에는 장군의 죽음 때문이라고 생각했다. 하지만 무기에서 나오는 굉음, 병사들의 함성, 전진하는 새로운 깃발들로 봐 부르히프 군대가 새로운 적의 공격을 받는 것이 분명했다.

황제의 판단은 정확했다. 전우 오기에르를 석방시키기 위해 군대를 이끌고 프랑스에 도착한 사람은 바로 마우리타니아의 용감한 카라후에 왕이었다. 프랑스에 도착한 카라후에는 상황이 바뀐 것을 알고 부르히프 왕이 죽어 혼란의 도가니에 휩싸인 사라센군을 공격하며 황제를 도왔다.

오기에르는 친구의 깃발을 알아보고 부르히프 왕에게서 탈취한 준마 마르세발리에 뛰어올라 사라센군을 공격하는 친구를 도와줄 마음에 달려갔다. 샤를마뉴도 군대를 이끌고 그 뒤를 따랐다. 사라센군은 완강히 저항했지만 무조건 항복하지 않을 수 없었다.

오기에르와 카라후에의 만남은 서로 사랑하는 친구이면서 뛰어난 기사들에게서 기대되는 뜻깊은 것이었다. 샤를마뉴는 그들을 만나 포옹하고 마우리타니아 왕을 자신의 오른쪽, 오기에르를 왼쪽에 거느리고 의기양양하게 파리로 귀환했다. 파리에서는 베르다 왕비와 신하의 부인들이 월계관을 씌워주고 시종이자 황제의 비서인 현명하고 용감한 에긴하르는 그 모든 사건을 역사에 기록했다.

며칠 후 덴마크 왕 구욘은 일단의 기사들을 거느리고 프랑스에 도착해 적이 아닌 당대 최고 기사로서 기독교 세계의 왕으로서 황제에게 충성 서약을 하기 위해 왔다는 메시지를 보냈다. 샤를마뉴는 사절단을 정중히 접견한 후 말을 타고 덴마크 왕을 만나기 위해 나갔다.

샤를마뉴의 궁전에 모인 위대한 군주들은 회의를 열었다. 경험이 많은 현명한 귀족들도 참석 요구를 받았다.

이교도를 섬멸하는 기독교군과 오기에르

그렇게 해 덴마크와 마우리타니아 연합군이 바다 건너 사라센군 나라로 들어가 전쟁을 수행하자는 결정이 내려졌다. 물론 오기에르는 왕은 아니지만 두 나라 왕과 같은 서열에서 자신의 깃발 아래 천 명의 기사를 지휘하게 되었다.

이 전쟁에서 오기에르와 그의 동맹자들이 수행한 유명한 행위를 모두 기록할 수는 없다. 다만 그들이 프롤레아이스와 유태지역의 사라센군을 섬멸하고 그곳에 왕국을 건설해 오기에르를 왕으로 옹립했다고 말하는 것으로 충분하다.

구욘과 카라후에는 오기에르와 헤어져 각자의 나라로 돌아갔다. 오기에르는 덴마크 구욘의 아들 월터를 자신의 왕국 후계자로 삼았다. 오기에르는 월터의 교육을 돌보며 월터가 보살핌에 걸맞게 성장하는 것을 지켜봤다. 하지만 오기에르는 그의 지위가 주는 모든 영광에도 불구하고 샤를마뉴의 궁전과 자신을 아들처럼 존중하고 사랑해준 나모 공작과 브르타뉴의 살로몬 공작을 그리워했다. 마침내 월터가 나라의 중책을 떠맡을 나이가 되자 오기에르는 배 한 척을 몰래 마련해 시종 한 명과 함께 한밤중에 궁전을 떠나 프랑스로 향했다.

배는 순풍을 타고 새처럼 빠르게 바다를 가로질렀다. 그러나 갑자기 항로를 이탈하면서 방향타마저 말을 듣지 않더니 바다쪽으로 뻗어나온 검은 곶을 향해 나아갔다. 곶은 천연 자석으로 이뤄진 산이어서 배가 가까이 갈수록 강해진 자력에 화살처럼 곶으로 돌진해 바위에 부

딪혀 산산조각났다. 혼자 겨우 살아남은 오기에르는 난파된 배 파편
과 함께 해안에 이르렀다.

오기에르는 사람이 사는지 알아보기 위해 해안 안쪽으로 들어가봤
지만 인기척을 찾을 수 없었다. 그때 갑자기 번쩍이는 비늘로 뒤덮인,
불을 내뿜는 말 한 필과 두 마리의 거대한 동물이 나타났다. 오기에르
는 칼을 뽑아 방어 태세를 갖췄다. 괴물들은 무시무시해보였지만 오
기에르를 공격하지는 않았다. 오히려 말 빠삐롱은 무릎을 꿇고 오기
에르에게 다가가 어서 자신의 등에 올라타라고 재촉하는 것 같았다.

한 번 모험을 시작하면 끝을 보는 오기에르는 빠삐롱의 등에 올라탔
다. 그러자 쏜살같이 달려 아름다운 풍경을 감추고 둘러싼 바위와 절
벽을 스쳐 지나갔다. 그리고 화려한 궁전에 도착할 때까지 계속 달렸
다. 오기에르는 궁전을 찬미할 시간조차 없이 줄지어 늘어선 기둥으
로 장식된 웅장한 앞마당을 가로질러 정원으로 들어갔다. 말은 정원
에서 도금양나무 오솔길을 통해 에나멜을 칠한 잔디와 같이 반짝거리
는 샘물가에서 무릎을 꿇었다.

오기에르는 말에서 내려 시냇가를 몇 발자국 걷다가 여신처럼 아름
다운 여인을 보고 걸음을 멈췄다. 동시에 놀랍게도 오기에르의 갑옷
이 저절로 벗겨졌다. 젊은 미녀는 다정한 모습으로 그에게 다가와 꽃
으로 장식된 왕관을 그의 머리 위에 얹어줬다. 그 순간 덴마크 영웅은
모든 기억을 잃었다. 그의 결투, 영광, 샤를마뉴, 그의 궁전 등 모든 것
이 기억에서 사라졌다. 눈에 보이는 것은 오직 모르가나뿐이고 그녀

의 발 밑에서 영원히 쉬고 싶은 느낌뿐이었다.

그 후 오기에르는 100년 이상 모르가나와 사랑을 나누며 즐거운 나날을 보냈다. 그곳에서는 시간이 멈춘 듯 모르가나의 매력은 쇠퇴하지 않았고 오기에르도 보통사람과 달리 아무리 나이를 많이 먹어도 늙지 않았다.

어느 날 모르가나가 장난삼아 오기에르의 머리에서 왕관을 낚아채지만 않았다면 그들의 행복은 더 오래 계속되었을지도 모른다. 모르가나가 왕관을 낚아채는 순간 오기에르는 기억이 되살아나며 만족감이 사라졌다. 샤를마뉴와 친척, 친구들에 대한 그리움이 떠오르며 모르가나와 함께 보낸 시간이 슬퍼졌다.

모르가나는 슬픈 눈빛으로 연인의 변한 모습을 바라봤다. 마침내 그녀는 그가 잠시만이라도 샤를마뉴의 궁전을 방문하고 싶어한다는 것을 알게 되었다. 그녀는 마지못해 그의 소망을 들어주기 위해 자신의 손으로 그에게 갑옷을 입혀줬다. 오기에르는 빠삐롱을 데리고 나와 그의 등에 올라타고 눈물을 글썽이는 모르가나와 작별인사를 나눈 후 빠른 속도로 대지를 가로질렀다.

오기에르를 영접한 적이 있는 바다 정령들이 해안에서 그를 기다리고 있었다. 바다 정령 하나가 오기에르를 등 위에 얹자 다른 정령들도 빠삐롱을 등 위에 얹었다. 바다 정령들은 넓은 지느러미를 펴 아발론 섬과 프랑스를 나누는 넓은 공간을 가로질러 나아갔다. 그리고 오기에르를 랑독에 상륙시키고 바다로 뛰어들어 사라졌다.

여신 모르가나로부터 꽃으로 장식된 왕관을 받는 오기에르

오기에르가 다시 빠삐롱을 타자 말은 바다를 건널 때처럼 빠른 속도로 파리 성벽 밑에 도착했다. 하지만 생트쥬네브의 높은 탑을 발견하지 못했다면 그는 파리 성벽을 거의 알아보지 못할 뻔했다. 그는 곧바로 샤를마뉴의 궁전으로 들어갔다. 그가 보기에 궁전은 완전히 다시 지은 것 같았다. 그리고 자신의 질문에 대답해주는 성곽 보초병과 하인들의 대화를 알아듣기 어렵다는 것을 깨닫고 오기에르의 놀라움은 극에 달했다. 물론 그가 사용하는 언어 이야기를 나누며 웃는 것은 더 놀라운 일이었다. 이윽고 궁전으로 가던 귀족 몇 명이 그 장면에 관심을 보였다.

귀족 신분을 나타내는 식별 표지를 알아본 오기에르는 그들에게 말을 걸며 나모 공작과 살로몬 공작이 아직 살로몬 궁전에 사는지 물었다. 그의 질문에 귀족들은 놀라 서로 쳐다보다가 나이가 가장 많은 귀족이 다른 사람에게 말했다.

"이 기사가 우리 큰할아버지인 덴마크인 오기에르를 얼마나 많이 닮았는지 모르겠어요."

그러자 오기에르가 대답했다.

"아, 사랑하는 조카야! 내가 그 덴마크인 오기에르다."

그러면서 그는 모르가나가 자신과 함께 사는 동안 시간이 흘러가는 것을 모를 거라고 말한 것을 기억해냈다. 아까보다 더 놀란 귀족들은 당시 프랑스를 지배하던 유그 카페 왕에게 그를 데려갔다.

용감한 오기에르는 서슴없이 궁전에 들어갔다. 그러나 그가 왕의 큰 홀에 도착하자 귀족들은 그에게 프랑스 왕에게 절을 하라고 지시했다. 오기에르는 작은 키와 큰 머리의 남자가 옥좌에 앉아 있는 것을 보고 깜짝 놀랐다. 그렇게 키가 크고 가장 잘 생겼던 샤를마뉴의 옥좌에 말이다.

오기에르는 소박하고 꾸밈없는 어조로 여러 가지 모험 이야기를 했다. 유그 카페 왕은 오기에르의 말을 잘 믿으려고 하지 않았지만 오기에르가 너무 많은 증거와 상황들을 말해 눈앞에 보이는 늙은 무사가 덴마크인 오기에르라는 것을 인정해야 했다.

왕은 오기에르에게 오랫동안 궁전을 떠나 있는 동안 일어난 사건들을 이야기해줬다. 샤를마뉴의 혈통이 모두 끝나 새로운 왕조가 시작되었고 왕국의 오랜 적 사라센인들이 여전히 도사리고 있으며 바로 그 순간에도 이교도들이 샤르트르를 포위공격해 자신도 며칠 후 도시를 구하기 위해 나갈 참이라는 것이었다.

영광을 좋아하는 마음에 언제나 불타는 오기에르는 자신도 나서서 싸움에 임하겠다는 제안을 했다. 그러자 유명한 군주는 그 제안을 정중히 받아들이고 그를 왕비에게 데려갔다. 여인들의 장식물과 손질한 머리, 이마까지 드리워진 아름다운 머리카락, 우아하게 고수머리처럼 엮어 짠 깃털이 여인들을 더 우아하게 만드는 것을 본 오기에르의 놀라움은 더 커졌다.

오기에르는 늙은 여황제 베르다 대신 당당한 풍채와 우아함, 솔직함과 매력을 겸비한 젊은 여왕을 보고 찬사를 아끼지 않았다. 오기에르가 마음속에서 우러나는 존경심으로 여왕에게 인사를 드리는 것을 본 많은 신하들은 그를 외국인이거나 파리에서 떨어진 곳에서 성장해 옛날 궁정 예절을 배운 귀족이라고 생각했다.

여왕은 자신이 소개받은 사람이 그 유명한 덴마크인 오기에르라는 것을 남편에게서 듣고 가끔 고대 역사에서나 읽었던 그의 유명한 공훈이 기억나 매우 놀랐다. 또한 오기에르의 얼굴에서 활기와 젊음, 위엄이 있는 태도에 더 놀랐다. 하지만 왕비는 무척 총명해 매사 경솔하게 믿지 않고 증거가 있어야 믿었다. 그녀는 샤를마뉴의 옛 궁전에 대해 많이 물었다. 그리고 오기에르로부터 자신의 의심을 없애버리는 교훈적이고 적절한 대답을 들었다.

유그 카페 왕은 샤르트르 주민들이 포위공격자들에 의해 궁지에 몰리고 있다는 보고를 받자 그들을 구하기 위해 오기에르와 함께 급히 출정했다.

오기에르는 과거에 일을 신속히 끝냈듯 이번에도 신속히 처리했다. 사라센군이 감히 결투를 신청했을 때는 왕기를 들고 사라센군이 밀집한 곳으로 들어갔다. 빠삐롱은 콧구멍으로 불을 내뿜으며 사라센군을 혼란에 빠뜨려 무찔렀다.

사라센군에게서 승리를 쟁취한 왕은 덴마크의 영웅을 파리로 다시 데려왔다. 그리고 프랑스의 구원자 오기에르는 자신의 용기에 걸맞은 영광을 안았다. 그리고 왕과 왕비의 호의를 받아들여 한동안 궁전에 머물렀다. 하지만 곧 왕의 죽음을 지켜보는 고통을 맛봐야 했다.

그러던 중 여왕이 가진 모든 완벽함에 마음이 움직인 오기에르는 그녀에게 청혼하고 싶은 마음을 억누를 수 없었다. 왕비도 그것을 받아들이고 싶었다. 그래서 그 청혼건을 심의하기 위해 귀족회의를 소집했다.

회의 전날 오기에르가 그녀의 발 밑에 무릎을 꿇고 있을 때 그녀는 보이지 않는 손이 오기에르의 이마에 금관을 얹는 것을 봤다. 그 순간 구름이 오기에르를 감싸더니 그는 왕비에게서 영원히 사라지고 말았다. 천사 모르가나가 오기에르와 왕비의 행동을 질투해 오기에르와 함께 아발론섬에서 다시 살기 위해 그를 데려간 것이다. 아직도 오기에르는 그곳에서 영국의 위대한 아더 왕과 함께 살고 있다. 그의 유명한 친구가 옛 시절의 통치를 회복하기 위해 돌아오는 날에는 틀림없이 오기에르를 데리고 귀국해 그와 승리를 함께 나눌 것이다.

롤랑의 노래

초판 **1쇄 인쇄** 2022년 08월 20일
초판 **1쇄 발행** 2022년 08월 25일

—

지은이 토마스 불핀치
편　역 김성진
펴낸이 김호석
편집부 곽유찬 · 주옥경
마케팅 오중환
경영관리 박미경
영업관리 김경혜

—

펴낸곳 도서출판 린
주소 경기도 고양시 일산동구 무궁화로 32-21, 로데오메탈릭타워 405호
전화 (02) 305 - 0210
팩스 (031) 905 - 0221
전자우편 dga1023@hanmail.net
홈페이지 www.bookdaega.com

—

ISBN 979-11-92575-01-8 (03860)

· 파손 및 잘못 만들어진 책은 교환해 드립니다.
· 이 책은 저작권법에 의하여 보호를 받는 저작물이므로 무단 전재와 복제를 금합니다.